KAREN BOOTH

Pour devenir père

Traduction française de
FLORENCE MOREAU

PASSIONS

HARLEQUIN

Collection : PASSIONS

Titre original :
THE TEN-DAY BABY TAKEOVER

Ce roman a déjà été publié en 2018

HARPERCOLLINS FRANCE
83-85, boulevard Vincent-Auriol, 75646 PARIS CEDEX 13
Service Lectrices — Tél. : 01 45 82 47 47 - www.harlequin.fr
ISBN 978-2-2804-9525-7 — ISSN 1950-2761

Composé et édité par HarperCollins France.
Imprimé en octobre 2023 par CPI Black Print (Barcelone)
en utilisant 100% d'électricité renouvelable.
Dépôt légal : novembre 2023.

FSC
www.fsc.org
MIXTE
Papier issu de sources responsables
FSC® C159065

Pour limiter l'empreinte environnementale de ses livres, HarperCollins France s'engage à n'utiliser que du papier fabriqué à partir de bois provenant de forêts gérées durablement et de manière responsable.

1

Quand Sarah pénétra dans le hall de la société LangTel, au cœur de Manhattan, elle y découvrit une atmosphère digne d'un lieu saint. Tout ici respirait l'ordre et la retenue. Autrement dit, ce n'était pas du tout l'endroit où amener un enfant en bas âge. Eh bien, c'était précisément ce qu'elle avait fait. Par ailleurs, le sol en marbre, les hauteurs de plafond et les immenses baies vitrées donnant sur la rue réverbéraient le moindre son, et en particulier les cris d'Oliver.

Afin de l'apaiser, elle l'embrassa sur le front et le fit rebondir sur sa hanche tout en arpentant de long en large l'espace d'attente, grand comme un timbre-poste. Eu égard à l'immeuble imposant qui l'abritait, LangTel avait vraiment lésiné sur le confort qu'il réservait aux personnes qui venaient sans rendez-vous. Deux chaises et un tapis de la taille d'un mouchoir de poche faisaient face à la rangée d'ascenseurs. Le tout était bien évidemment sous bonne surveillance.

Oliver gémit, enfouissant la tête dans son cou. Pauvre petit bonhomme ! Quatre heures de train l'avaient fatigué et maintenant il se retrouvait dans ces locaux très peu accueillants à l'heure de sa sieste. Elle poussa un soupir, en posant un baiser sur le sommet de son crâne. Quand elle pensait qu'il avait perdu sa mère trois mois auparavant... Et qu'il avait un père qui refusait de reconnaître son existence !

Sortant son portable, elle composa un numéro qu'elle connaissait désormais par cœur et ne souhaitait pas ajouter à ses contacts. Dès que, sous sa pression, le père d'Oliver aurait accepté d'endosser sa paternité, elle s'efforcerait d'oublier la suite de chiffres qui avaient dû déclencher la sonnerie d'un téléphone quelque part dans cet immeuble, vraisemblablement à l'étage le plus haut. Elle n'avait nulle intention d'entretenir ultérieurement des liens avec Aiden Langford. Le rapport qu'ils auraient serait bref, bien que d'une importance décisive : on lui avait confié son fils, et elle allait le lui remettre pour qu'il en assume la garde, même si cela la mettait au supplice.

— Bonjour, c'est Sarah Daltrey, dit-elle. J'appelle de nouveau pour parler à Aiden Langford.

L'un des deux vigiles surveillant le hall lui lança un regard en biais, cependant que la femme, au bout du fil, lui répondait d'un ton peu amène :

— M. Langford m'a dit une douzaine de fois qu'il ne vous connaissait pas. Aussi veuillez cesser d'appeler.

— Je réessaierai jusqu'à ce qu'il me parle.

— Dites-moi ce que vous lui voulez, peut-être pourrai-je vous aider.

— Non, il s'agit d'un problème personnel et M. Langford devrait apprécier le fait que je ne raconte pas à son assistante la situation dans le détail. En revanche, je la lui ai exposée de façon précise dans le mail que je lui ai adressé.

Enfin, les mails étaient plutôt au nombre de sept... Mais qui se serait encore amusé à les compter ?

— S'il m'accordait cinq minutes de son temps, je lui expliquerais tout.

Cinq minutes, c'était un mensonge. Elle aurait besoin d'au moins une heure pour décrire à Aiden Langford le déroulement des journées d'Oliver, ce qu'il aimait et ce qu'il n'aimait pas. Pour s'assurer surtout qu'il était prêt à prendre le relais dès que possible.

— M. Langford est très occupé. Je ne peux le mettre en communication avec toutes les personnes prétendant avoir besoin de lui.

— Écoutez, j'ai passé quatre heures dans un train pour faire le trajet Boston-New York ce matin et je me trouve maintenant dans le hall, avec dans les bras un bébé de onze mois dont c'est l'heure de la sieste.

— Je peux demander à la sécurité de vous faire sortir de l'immeuble, mademoiselle Daltrey, mais je suis certaine que ce n'est pas ce que vous souhaitez.

— Vous voulez vraiment embarrasser vos vigiles en les chargeant d'expulser une femme qui leur donnera des coups de pied et criera, un bébé dans les bras ?

Un silence lourd de signification s'ensuivit, puis l'assistante reprit :

— Voulez-vous patienter un instant ? Je vais voir ce que je peux faire.

Elle doutait que la collaboratrice d'Aiden Langford ait en la matière quelque pouvoir, mais avait-elle le choix ?

— Entendu, j'attends.

À cet instant, une femme aux formes sculpturales surgit de la porte tambour à l'entrée. Elle avait de magnifiques cheveux d'un beau châtain brillant et sa robe grise, assortie à des bottines noires, était d'une sobriété parfaite, qui mettait en valeur son joli ventre de femme enceinte. Le vigile se précipita vers elle, se saisissant du dossier qu'elle portait sous le bras.

— Bonjour, madame Langford. Je vous appelle l'ascenseur, s'empressa-t-il de déclarer.

Anna Langford ! Elle la reconnaissait, à présent : elle avait en effet effectué de nombreuses recherches sur la famille Langford pour trouver une façon d'accéder à Aiden. Anna était la codirectrice de LangTel, avec son frère Adam. Elle était aussi la jeune sœur d'Aiden Langford.

Oliver fit tout à coup tomber son jouet préféré, une tortue en peluche, et poussa un cri perçant. Seigneur, ce n'était pas le moment... Elle se précipita pour ramasser le jouet, tout en coinçant son téléphone entre son oreille et son épaule. À cet instant, Anna s'arrêta brusquement et tourna la tête, braquant les yeux sur elle et Oliver.

Génial. Maintenant, nous allons vraiment être jetés dehors.

Anna fronça les sourcils et s'avança vers eux, mais quand elle retira ses lunettes de soleil, son regard reflétait uniquement une grande douceur.

— Oh non ! Je vois quelqu'un qui n'est pas content du tout.

Elle ne pouvait décemment pas rester au téléphone, maintenant qu'Anna les avait remarqués, Oliver et elle. D'ailleurs, elle attendait toujours au bout du fil, immergée dans une épouvantable musique d'attente. Autant raccrocher. Elle fourra son téléphone dans le sac à langer et se redressa pour faire face à Anna.

— Désolée, dit-elle. C'est l'heure de la sieste, et il est fatigué.

Elle aurait eu besoin d'un marchepied. Même avec ses sandales à talons compensés, elle ne pouvait relever le défi : Anna était non seulement très belle, mais aussi très grande. On aurait dit un mannequin. Anna secoua la tête.

— Je vous en prie, ne vous excusez pas. C'est le rayon de soleil de ma journée. Il est adorable.

Sur ces mots, elle saisit la petite main potelée d'Oliver et lui sourit. Il répondit en agrippant ses doigts.

— À propos, je suis Anna Langford.

— Je m'appelle Sarah. Sarah Daltrey. Et voici Oliver.

Elle vit Oliver sourire à Anna. C'était un petit garçon si doux et si confiant ! Lui dire au revoir allait lui briser le cœur, surtout après les semaines où elle s'était occupée de lui toute seule. Pourtant, c'était la seule chose à faire. Elle en avait assez d'être nourrice et en charge d'enfants qui n'étaient pas les siens. Même si, en l'occurrence, les circonstances étaient très différentes, tout cela ressemblait bien trop à son ancienne vie.

Anna ne quittait pas Oliver des yeux.

— Ravie de vous rencontrer, tous les deux. Je dois accoucher dans six semaines, à la mi-juin. Les bébés m'attirent beaucoup, en ce moment.

Anna scruta un instant le visage d'Oliver et ajouta :

— Votre fils a des yeux incroyables. D'une nuance de bleu si brillante !

Exactement comme ceux de votre frère, non ?

Elle s'éclaircit la voix. Aurait-elle une meilleure occasion d'approcher Aiden Langford ?

— En fait, je ne suis pas sa mère. Je suis sa tutrice légale et m'efforce actuellement de le mettre en relation avec son père. C'est la raison de ma présence ici.

Elle venait de lancer un énorme pavé dans la mare, elle le savait. Pas étonnant de voir Anna nager en pleine confusion.

— À LangTel ? Son père travaille ici ?

Dans l'intérêt d'Oliver, elle avait fait son possible pour demeurer discrète, mais elle tenait là la chance unique de rencontrer Aiden. Elle n'obtiendrait rien de son assistante, inutile de rêver. Le cœur battant la chamade, elle se lança.

— Je suis venue voir Aiden Langford. C'est votre frère, n'est-ce pas ? J'ai besoin de discuter avec lui au sujet d'Oliver, mais il refuse de prendre mes appels.

Un éclair de surprise passa sur le visage d'Anna, qui les regarda tour à tour, Oliver et elle. Puis, du bout des doigts, elle se massa les tempes.

— Mademoiselle Daltrey, je ne crois pas que le hall soit l'endroit idéal pour parler de cela. Peut-être pourriez-vous m'accompagner en haut ?

Aiden prit l'appel interne de son assistante.

— Monsieur Langford, votre sœur est ici et souhaiterait vous voir, lui dit-elle. Elle est... accompagnée.

« Accompagnée » ?

— Pas de problème, faites-la entrer ainsi que son escorte.

Il reposa le rapport de marketing sur LangTel qu'il était en train de parcourir. Depuis plus de douze ans qu'il travaillait dans les affaires, il avait eu sa part de projections financières et de dossiers légaux ennuyeux. En matière de prise de décisions, il avait toujours préféré s'en remettre à son instinct, force étant de constater, quelques milliards de dollars plus tard, que la stratégie lui avait réussi.

Au bout d'une poignée de secondes, Anna pénétra dans son

bureau en compagnie d'une blonde qu'il ne connaissait pas. Une vraie petite bombe. Avec ses lèvres roses et pulpeuses, ses grands yeux bleus et sa robe d'été noire, elle incarnait la féminité au naturel. Et de légères taches de rousseur sur les joues. Délicieuse. Il n'avait pas un type de femme particulier, mais celle-ci affichait de nombreux critères qu'il appréciait, bien plus que ce qu'il était prêt à admettre. Hélas à un détail près. Un détail rédhibitoire : le bébé endormi qu'elle tenait dans les bras ! Au même titre qu'il évitait soigneusement de s'attacher à une femme, il avait rayé les mères de la liste de ses conquêtes.

— Aiden, je te présente Sarah Daltrey, déclara Anna d'un ton posé.

Bon sang ! En entendant ce nom, il oublia tout de suite sa robe d'été sexy et ses taches de son tout aussi sensuelles. Comment avait-elle fait pour arriver jusqu'à lui ?

— Vous êtes la femme qui ne cesse de m'appeler !, s'écria-t-il d'un ton outré. Et vous venez d'ailleurs de le faire encore du hall ! Comment diable êtes-vous liée à ma sœur ?

Anna intervint.

— Chut ! Le bébé dort !

Le bébé. Son cerveau se mit à travailler à cent à l'heure. Il avait lu le mail de Sarah, enfin, l'un d'entre eux du moins, d'où sa décision de ne pas la recevoir : ce n'était pas la première fois qu'on tentait de lui faire endosser une prétendue paternité. Rien d'étonnant, bien sûr. Quand on détenait comme lui une vaste fortune et que l'on venait d'une famille connue pour sa réussite sociale, on constituait une cible idéale.

— Ça ne me plaît pas, déclara-t-il tout à trac.

Son instinct lui disait en effet que tout cela n'annonçait rien de bon, aussi poursuivit-il :

— Je ne sais pas ce que cherche Mlle Daltrey, mais je vais appeler la sécurité.

Et, sur ces mots, il se saisit de son téléphone. Mais Anna lui tapa sur les doigts.

— Non, Aiden. Écoute, s'il te plaît, c'est important.

— Je ne sais pas ce qu'elle t'a dit, mais tout n'est qu'un tissu de mensonges.

Il entendait à présent son pouls battre dans ses oreilles.

— Cinq minutes, c'est tout ce que je vous demande, monsieur Langford.

La voix de Sarah résonnait d'un professionnalisme déroutant, on n'y entendait pas du tout le ton d'une personne déséquilibrée. Mais cet enfant alors... ? Oh non !

— Si vous ne me croyez pas et n'accordez pas le moindre crédit à la raison de ma visite, inutile d'appeler la sécurité, je m'en irai de mon plein gré, ajouta-t-elle.

Anna braqua les yeux sur lui, sourcils levés en signe d'interrogation.

Seigneur... Face à ces deux femmes qui n'avaient de toute évidence aucune intention de renoncer à leur demande, quel choix lui restait-il ?

— Si cinq minutes permettent de mettre un terme à cette comédie, très bien, je vous écoute.

— Dans ce cas, je vous laisse en tête à tête, déclara Anna déjà sur le seuil de la porte.

Se tournant vers Sarah, elle ajouta :

— Pourrez-vous passer dans mon bureau, quand vous aurez terminé ? J'aimerais que vous me donniez le titre de ce livre qui explique toutes les astuces pour qu'un enfant dorme toute la nuit.

Sarah hocha la tête et lui sourit comme si Anna et elle étaient les meilleures amies du monde. Qu'est-ce qui l'attendait, nom d'un chien ? Il y avait de quoi être inquiet !

— Oui, volontiers, répondit Sarah.

Dès que la porte se referma derrière Anna, un silence étouffant envahit son bureau.

Sarah Daltrey s'éclaircit la voix, puis s'avança vers lui, la tête du bébé toujours sur son épaule.

— Ce serait gentil de m'inviter à m'asseoir. Il est vraiment très lourd.

— Oh ! Désolé, bien sûr !

Et il lui désigna le siège en face de son bureau. Il ignorait ce qu'il était lui-même censé faire : rester debout, s'asseoir, croiser les bras ? Il se rabattit dans son fauteuil sans plus réfléchir.

— Je sais que c'est étrange, commença-t-elle, donc j'irai droit au but. La mère d'Oliver était ma meilleure amie depuis le collège. Elle s'appelait Gail Thompson. Ce nom vous rappelle-t-il quelque chose ? Elle m'a dit que vous vous étiez rencontrés au Crowne Lotus Hotel, à Bangkok.

Il sentit les muscles de ses épaules se contracter : ces informations-là ne figuraient pas dans le mail de Sarah, elle avait juste indiqué qu'elle était la tutrice de son enfant. Or, pour autant qu'il sache, personne n'était au courant de sa brève liaison avec Gail ; ils avaient fait connaissance au bar de l'hôtel et passé trois jours ensemble avant qu'elle ne reparte pour les États-Unis. C'était la dernière fois qu'il avait entendu parler d'elle.

— Oui, je me souviens de ce nom, mais cela ne veut rien dire.

Il changea de position dans son fauteuil, sachant exactement où la discussion allait les mener.

— Neuf mois après votre petite idylle en Thaïlande, Oliver est arrivé, reprit-elle en désignant le bébé. Et huit mois après, Gail m'a appelée pour m'informer qu'elle avait un cancer, en stade terminal. J'étais la seule personne qu'elle pouvait désigner comme tutrice légale, car elle n'avait pas de famille. Ses parents sont morts dans un accident quand elle était étudiante, et comme j'ai exercé le métier de nourrice, elle a logiquement pensé à moi. Elle m'a affirmé avoir tenté de vous appeler, mais sans plus de succès que moi, visiblement. Or, il est difficile d'être insistant quand on est mourant.

Il déglutit avec difficulté. Dans son mail, Sarah avait mentionné le fait que la mère de l'enfant était tombée malade, mais il avait supposé qu'elle était toujours vivante, qu'il s'agissait là d'une tactique pour l'amener à régler les factures d'hôpital.

— Elle est morte ?

Et il ressentit un pincement au cœur quand il dirigea le regard vers l'enfant. Un bébé seul au monde... Il avait très bien connu ce sentiment-là, quand il était lui-même enfant, et ne souhaitait à aucun de grandir ainsi.

— Oui, confirma-t-elle en hochant la tête.

Passant la main sous la nuque du bébé, elle déposa un baiser sur son front, et poursuivit :

— Oliver n'a donc plus de maman. Mais avant de mourir, celle-ci m'a chargée de vous retrouver afin de vous le confier et de me dégager de la tutelle. Je pense qu'il est préférable pour tout le monde que nous procédions aussi simplement que possible et que nous réglions l'affaire aujourd'hui.

« Aujourd'hui » ? Avait-il bien entendu ? Ah non, pas question ! Les choses n'allaient pas du tout se passer ainsi.

— Vous croyez pouvoir débarquer dans ma vie, me tendre un bébé que je ne connais ni d'Ève ni d'Adam, et disparaître ? Et après, quoi ? Je suis censé élever l'enfant ? Non, mademoiselle Daltrey, ne comptez pas là-dessus. Vous n'irez nulle part tant que je n'aurai pas la certitude que cet enfant est bien le mien. Il nous faut l'intervention d'avocats. Des tests de paternité. Je ne suis toujours pas convaincu qu'il ne s'agit pas d'un énorme canular.

À part pincer les lèvres, elle demeura imperturbable.

— Pour commencer, moi, c'est Sarah, et lui, c'est Oliver. Je comprends que vous soyez choqué, mais ce n'est pas ma faute. Si vous aviez répondu à mes appels, vous auriez été préparé à cette situation.

— J'en doute fort. C'est le milieu de la journée, je suis célibataire et incroyablement affairé. Je ne suis pas prêt à m'occuper d'un bébé dont j'ignorais l'existence il y a encore cinq minutes.

Il sentait la colère bouillir en lui, mais celle-ci ne tenait pas entièrement à l'inconcevable situation. En réalité, son propre ton lui déplaisait : eu égard à la façon dont lui-même avait été traité par son père, il ne voulait pas rejeter ce petit garçon. Aucun enfant ne méritait un tel sort, et encore moins un enfant qui ne connaissait pas son véritable géniteur.

— Je conçois que vous vouliez un test de paternité, mais dès l'instant où Oliver se réveillera, vous comprendrez qu'il est le vôtre. C'est votre portrait craché. Surtout les yeux. En outre, il a la même marque de naissance que vous, en haut de la cuisse.

Il la vit rougir en prononçant ces paroles, puis elle baissa les paupières, visiblement embarrassée. Alors, en dépit de la nature de leur conversation, il trouva sa réaction des plus charmantes. Elle semblait être le genre de personnes qui portaient leur cœur en bandoulière, qualité qui la rendait incroyablement sexy.

— Enfin, c'est ce que Gail m'a dit. Et Oliver en a une à cet endroit.

Prudemment, elle roula la petite jambe de son pantalon. L'enfant devait être sacrément fatigué car il bougea à peine. Puis la marque de naissance apparut enfin... Et il en eut le souffle coupé. Était-ce possible ? Il fit le tour de son bureau afin d'examiner la tache de plus près. Bon sang, il devait savoir si tout cela était bien réel. Et pourtant, la forme et la taille étaient identiques à la sienne : un ovale correspondant aux dimensions d'une pièce de dix centimes, légèrement incliné. La couleur brun foncé correspondait aussi.

Il s'apprêtait à la toucher, mais s'arrêta à mi-chemin.

— Désolé, je suis un peu déconcerté.

— Pas de problème, c'est votre fils.

Sa voix était agréable, soyeuse. Étant donné l'impression que lui avait inspirée son premier mail, elle ne cadrait pas du tout avec la personne qu'il avait imaginée.

La peau du petit garçon était chaude et d'une douceur poudrée. Il rabaissa doucement le tissu, puis examina son visage : ses paupières closes, serties de cils noirs, son expression complètement détendue, ses cheveux châtain clair aux reflets dorés... Un blond proche du sien, force était de l'admettre, même si le petit avait de fines boucles de bébé. Tel que lui, enfant. Pour avoir vu des photos, il le savait. Il sentit son pouls s'accélérer. Était-ce possible ? Tout cela lui arrivait-il vraiment ? Et comment était-il censé réagir ? Il n'avait pas la moindre idée de la façon dont on s'occupait d'un enfant. Cette histoire allait bouleverser toute sa vie, au moment où il était revenu s'installer à New York pour trouver sa place au sein de sa propre famille.

Soudain, Oliver s'agita dans les bras de Sarah et, l'espace d'un instant, il ouvrit les paupières, le regardant droit dans les yeux. L'éclat familier de bleu le frappa en plein cœur : c'était comme se voir dans un miroir.

Oh non, c'est le mien !

2

Finalement, pensa Sarah, la situation était moins affreuse que terriblement délicate...

Aiden était toujours agenouillé devant elle, scrutant avec attention Oliver endormi, et il lui était impossible de ne pas le regarder. Elle tenta de détourner la tête, de feindre un intérêt pour les photographies en noir et blanc de lieux exotiques accrochées aux murs, ou pour la vue qu'offrait la baie sur Manhattan, mais ne put tenir que quelques instants. Les yeux bleus d'Aiden l'attiraient irrésistiblement, si vifs et profonds qu'ils auraient pu l'hypnotiser. Son teint hâlé et chaud lui prêtait un certain piquant : à quoi ressemblait-il quand il n'était pas sur ses gardes ? se demanda-t-elle alors. Il émanait en effet de lui une confiance sans limites. Aiden Langford, elle en était certaine, faisait exactement ce qu'il voulait, au moment où il le souhaitait et de la façon dont il l'entendait. Il n'avait pas un tempérament à se laisser dicter sa conduite.

Dommage, c'était précisément sa mission. Impossible de prédire sa réaction, toutefois, car à en juger par l'expression de son visage, il y avait de fortes chances pour que tout se passe bien, en fin de compte. Bien qu'il se soit comporté comme un beau crétin quand elle était entrée dans son bureau, son attitude s'était adoucie. En regardant Oliver, il avait sans doute compris que, même en l'absence de preuves tangibles comme les résultats d'un test de paternité, le bébé était le sien.

Son cœur se serra. Pour elle, cela signifiait renoncer bientôt à cet adorable bébé. Se séparer de lui serait une déchirure, mais avait-elle le choix ?

Elle prit une profonde inspiration.

— Donc, reprit-elle, se rappelant le discours qu'elle avait répété tant de fois, je pensais vous confier Oliver et m'installer dans un hôtel, le temps que nous réglions l'affaire. Le test de paternité sera une formalité rapide à effectuer. On ajoutera alors votre nom sur le certificat de naissance d'Oliver et je renoncerai à ma tutelle en votre faveur. Tout ce qu'il nous faut, c'est un avocat ; ce sera l'histoire de quelques jours, puis je débarrasserai le plancher.

Il plissa le front et se mit à la regarder fixement.

— Débarrasser le plancher ? répéta-t-il.

Qu'il était difficile de soutenir son regard ! Ses yeux, parfaitement identiques à ceux d'Oliver, reflétaient cette nuance de bleu dont elle était tombée amoureuse trois semaines auparavant.

— Je vous ai déjà dit qu'il était hors de question que vous me laissiez un bébé et que vous disparaissiez.

Se relevant, il rajusta la veste de costume gris anthracite, qui soulignait sa large carrure et son imposante silhouette. La façon dont il la surplombait accentuait encore sa haute taille.

— Selon moi, poursuivit-il, le plus raisonnable est que vous gardiez Oliver jusqu'à ce que l'affaire soit réglée. Vous l'avez dit vous-même, vous avez exercé la profession de nourrice. Vous avez l'habitude de vous occuper des enfants. Pour ma part, je n'ai aucune expérience en la matière.

Bien sûr, la plupart des hommes célibataires, et notamment ceux qui s'en targuaient, n'étaient pas en mesure de tout laisser pour s'occuper d'un bébé. Toutefois, Aiden Langford n'était pas non plus le commun des mortels : n'était-il pas à la tête d'une fortune qui lui permettrait de résoudre le problème séance tenante ?

— *J'ai été* nourrice, vous remarquerez l'emploi du passé. Ce n'est plus ma vocation.

Elle s'arrêta, à deux doigts d'admettre qu'elle avait cessé

car elle n'avait plus le courage d'exercer ce métier, mais se reprit bien vite :

— Il faut que vous en cherchiez une pour Oliver. Je vous ai écrit le numéro de la meilleure agence de New York. Il suffit que vous les appeliez et ils vous enverront de l'aide.

— Donc je ne suis pas juste censé collaborer avec une parfaite inconnue pour m'occuper d'un bébé, mais ce bébé est censé accepter lui aussi la situation ?

Elle se figea. Bravo. Son argument avait fait mouche… Mais, non, elle ne devait pas se laisser fléchir.

— Je suis une femme d'affaires, monsieur Langford, répliqua-t-elle. Je dois retourner à Boston pour mon travail.

— Femme d'affaires ? Et dans quel domaine exercez-vous ?

Bien que sa question s'inscrive dans la logique de la conversation, elle ne put s'empêcher de se hérisser face à son ton hautain.

— Je gère une société de vêtements pour femme, et cela requiert l'essentiel de mon temps. Nous arrivons à peine à satisfaire la demande de notre clientèle.

— C'est plutôt un bon problème. Jusqu'à ce que les clients se fatiguent d'attendre et s'adressent à la concurrence.

En plein dans le mille, encore une fois ! Ne passait-elle pas la moitié de ses journées à certifier aux détaillants que leurs commandes seraient honorées sous peu ?

— C'est précisément pour cette raison que je dois rentrer à Boston. Sans oublier que cela fait presque un mois que je m'occupe de *votre* enfant. Il est temps que je reprenne le cours de ma vie et qu'Oliver en commence une nouvelle. Avec vous.

Il lui avait été fort difficile de prononcer ces derniers mots, mais le fait que sa voix ne se soit pas brisée renforça son assurance : elle n'avait même pas versé une larme, ce qui tenait du miracle.

Il s'assit alors sur le coin de son bureau et croisa les bras, ce qui tendit les manches de sa veste et fit ressortir ses muscles sous le tissu. Pendant un instant, elle en eut le souffle coupé.

Comment allait-elle plaider sa cause si elle était distraite par ce corps sublime ?

— Je vous propose de vous rémunérer pour les jours que vous passerez encore auprès d'Oliver, lança-t-il.

Voilà donc sa façon de gérer les problèmes ! Seulement, cette fois, il se trompait de porte. Un léger rire lui échappa.

— Mes services ne sont pas à louer.

— Je vous paierai le double de vos tarifs habituels.

Elle fronça les sourcils.

— Parfait, dans ce cas, le triple.

Il haussa les épaules et ajouta :

— Je ferai tout ce qui est nécessaire pour arriver à mes fins.

— De sorte que je serai la nourrice la plus cher payée de tous les temps. J'étais de toute façon fort bien rémunérée quand j'exerçais cette profession, car je suis plutôt douée dans la partie.

— Je n'en doute pas un instant, vous apportez juste de l'eau à mon moulin ; l'argent ne représente aucun problème, mademoiselle Daltrey. Si Oliver est vraiment mon fils, il mérite le meilleur et, en l'occurrence, vous me semblez la personne idéale.

Elle secoua la tête.

— Non, pas question.

Rien ne se passait comme elle l'avait imaginé, elle devait impérativement mettre un terme à cette entrevue avec Aiden Langford et à sa façon de lui jeter son argent et ses muscles au visage.

À cet instant, Oliver commença à s'agiter et à se frotter les yeux, remuant la tête à mesure qu'il se réveillait.

Voilà, elle avait parlé trop fort et la sieste était manifestement terminée. Se levant, elle tendit Oliver à Aiden.

— Prenez votre fils dans vos bras. Au moins une minute.

Mais Oliver s'accrocha à elle.

— Vous voyez ? Il est évident qu'il ne veut pas vous quitter ! Je suis un inconnu pour lui. Laisseriez-vous un bébé avec un étranger ?

Elle pinça les lèvres, cherchant la meilleure riposte.

Naturellement non, mais après les recherches approfondies qu'elle avait menées sur lui, il ne lui semblait plus réellement un étranger ; mais il s'agissait là de réflexions qu'elle ne pouvait lui livrer. Elle n'avait donc aucun argument à faire valoir.

— Pire, continua-t-il, un étranger qui ne sait pas changer une couche, ni le nourrir ni comment réagir s'il se met à pleurer.

— Vous n'en avez vraiment aucune idée ? Je sais que vous avez un frère et une sœur plus jeunes que vous. Ne vous êtes-vous jamais occupé d'eux ?

Il se passa alors la main dans les cheveux, les ébouriffant au passage.

— Non.

Bien joué ! Elle ne pouvait décemment pas laisser Oliver à un homme qui ne serait pas en mesure de prendre soin de lui, même si c'était ce qu'elle avait initialement prévu. Un plan terriblement simple, mais irréalisable...

— Je ne crois pas non plus que l'emmener à l'hôtel soit une bonne solution, argua-t-elle. Oliver doit s'habituer à votre présence et, de toute évidence, il va falloir que vous appreniez à vous occuper de lui.

Il parut réfléchir, puis déclara :

— Selon moi, la chose la plus sensée, c'est que vous logiez tous les deux chez moi jusqu'à ce que l'affaire soit réglée. Et je peux bien sûr louer aussi les services d'une nourrice. J'imagine qu'il faut également acheter un berceau, non ? Franchement, vous ne trouvez pas que c'est beaucoup pour un seul homme en une seule journée ?

Elle ne pouvait lui donner tort. Dans l'intérêt d'Oliver, il serait sans doute raisonnable qu'elle séjourne chez Aiden deux ou trois jours, même si cela rendait les adieux encore plus difficiles. Quant à la liste de recommandations pour qu'il apprenne à s'occuper seul du bébé, elle serait très longue... Oui, ils auraient besoin de temps. Étant donné les terribles auspices sous lesquels avait commencé sa vie, elle devait bien à Oliver de passer quelques jours à New York afin qu'il puisse repartir de zéro dans les meilleures conditions possibles avec son père. N'était-ce pas ce qu'elle avait promis à Gail ?

— Entendu, nous irons chez vous, concéda-t-elle.

— Vous m'indiquerez le salaire que vous souhaitez, je n'ai pas la moindre idée de la rémunération dans ce domaine. Ni même de ce qu'est censée faire une nourrice, à part tout, quand les parents ne peuvent s'occuper de leur enfant.

Par principe, elle avait d'abord refusé l'argent d'Aiden, mais si elle devait l'aider, autant obtenir de lui en contrepartie un service bien plus grand qu'un chèque. D'après les informations glanées sur Google, elle savait qu'il opérait des merveilles quand il s'agissait de faire prospérer une entreprise. Il avait cela dans le sang, les Langford comptant parmi les familles qui avaient le mieux réussi dans les affaires aux États-Unis. À coup sûr, il pourrait l'aider à résoudre les innombrables problèmes qu'elle rencontrait quotidiennement en vue de faire passer sa société à la vitesse supérieure.

— Je ne veux pas de votre argent, rétorqua-t-elle, mais votre expérience m'intéresse.

— Je vous écoute.

Et il haussa un sourcil, ce qui lui coupa une nouvelle fois le souffle.

— Votre expérience en affaires, précisa-t-elle alors. Je voudrais que vous m'aidiez pour ma société, que vous me trouviez des investisseurs, que vous m'appreniez à régler mes problèmes de fabrication et à accroître le nombre de mes distributeurs.

Il hocha la tête, réfléchissant clairement à sa requête.

— Tout cela requerra un certain temps, finit-il par dire. Si on ajoute ce que vous devrez m'apprendre pour Oliver, nous aurons besoin de plus de deux ou trois jours. Il nous faudra une semaine, à tout le moins.

Comment allait-elle faire ? Chaque minute supplémentaire passée avec Oliver renforçait l'amour qu'elle nourrissait pour lui. Elle le pressa contre elle, baisa son petit crâne et huma sa douce odeur de bébé.

Nous n'allons pas nous dire au revoir aujourd'hui, mon bonhomme, pensa-t-elle. Au fond, c'était une bonne chose.

— Aujourd'hui, nous sommes vendredi, déclara-t-elle. Donnons-nous dix jours. Dix jours durant lesquels je vous apprends à vous occuper d'Oliver et, de votre côté, vous m'expliquez comment gérer ma société.

— Il faudrait que je sois fou pour refuser. Vous m'avez piégé.

— Dix jours, pas un de plus.

— Je vous le répète, vous m'avez piégé.

— Donc c'est entendu ! Et je veux aussi avoir mon mot à dire dans le choix de la nourrice, tout comme je souhaite vous aider à aménager sa chambre.

Il fit alors la dernière chose à quoi elle s'attendait : il lui sourit. Pas à pleines dents, mais juste assez pour que son visage s'éclaire. Et dans ses yeux brillait un éclat qui la fit trembler.

Comment allait-elle pouvoir vivre dix jours si près de cet homme incroyablement beau ?

— Autre chose ? demanda-t-il, l'arrachant à ses pensées.

— Non, c'est tout pour le moment, répondit-elle d'une petite voix.

— Je préfère vous prévenir que je ne suis pas un expert de la mode. Les vêtements féminins, ce n'est pas vraiment mon monde.

Ah, mais il ne l'avait pas laissée finir ! Car étant donné sa réputation de séducteur, elle ne doutait pas un instant qu'il était assez versé dans sa spécialité à elle.

— En fait, il s'agit de lingerie et de vêtements de nuit, annonça-t-elle. Et quelque chose me dit que ce domaine ne vous est pas tout à fait inconnu.

3

Oliver dans les bras, Sarah descendit du SUV noir d'Aiden et, les yeux plissés derrière ses lunettes de soleil, scruta l'immeuble qui se dressait devant eux. S'élevant sur une dizaine d'étages, sa façade en briques était ornée de lierre et percée d'immenses fenêtres à petits carreaux. Ce n'était pas franchement la demeure dans laquelle elle avait imaginé Aiden Langford ; elle l'aurait plutôt vu dans un gratte-ciel donnant sur Central Park. N'était-ce pas ce que lui valait son droit d'aînesse ? Une adresse prestigieuse et un appartement tout aussi fastueux ? Au lieu de quoi, il résidait sur la Cinquième Avenue, au niveau de la 36e Rue, dans le district de Flatiron avec vue sur Madison Square Park. Cet homme allait à n'en pas douter lui réserver bien des surprises...

— Vous habitez tout là-haut ? demanda-t-elle en désignant le dernier étage. L'appartement avec la plus grande terrasse ?

Aiden était en train de sortir sa valise du coffre, ainsi que l'ours en peluche d'Oliver qui faisait au moins deux fois la taille du petit, tandis que John, le chauffeur, se chargeait de la poussette, des sacs de jouets et de vêtements d'enfant.

— Les quatre derniers étages m'appartiennent, répondit-il.

Le temps de se remettre de sa stupeur, elle se mit à regarder l'espace alentour : l'immeuble était encadré de verdure avec colonnes en pierre et fer forgé, tel un écrin. C'était en réalité très luxueux, mais dans un autre quartier de la ville que celui qui lui était spontanément venu à l'esprit.

— Cela représente beaucoup de mètres carrés pour un homme seul, observa-t-elle en installant Oliver dans la poussette.

— Un des étages est vide, le troisième, et le dernier est en fait une terrasse. J'ai de toute façon besoin de beaucoup d'espace.

— Je suis surprise que vous ne viviez pas près de chez Anna et son mari, elle m'a dit habiter à quelques minutes de chez votre mère.

À ces mots, il baissa les yeux vers elle, ses lunettes de soleil ne lui révélant rien d'autre que son propre reflet. Cependant, il n'avait pas apprécié sa remarque, à en juger par les plis apparus sur son front et la façon dont il haussa les sourcils. À cet instant, le chauffeur claqua la porte du coffre et elle sursauta.

— Comme je viens de vous le dire, j'ai besoin d'espace, répliqua-t-il d'un ton sévère.

Le ton qu'un père de famille aurait pu employer pour prévenir son adolescente de fille rebelle qu'elle avait intérêt à rentrer à la maison avant 23 heures.

Très bien ! Elle n'insisterait pas.

Ils pénétrèrent alors dans un remarquable vestibule, dont le sol en marbre noir et blanc et le lustre en cristal attestaient de la richesse et du bon goût des résidents. Les mains serrées sur les poignées de la poussette d'Oliver, elle s'efforça de respirer lentement pour calmer les battements fous de son cœur : elle avait passé un accord avec un homme qu'elle connaissait à peine, elle s'installait chez lui et allait lui confier un petit garçon qu'elle aimait déjà bien plus qu'elle ne l'aurait cru possible. Aussi préférait-elle faire abstraction du sentiment venu insidieusement se loger au creux de son estomac, cette voix qui lui disait que chaque minute passée ici l'éloignait de ce qu'elle était censée faire : laisser une fois pour toutes son passé de nourrice derrière elle.

Allons, cesse d'être si négative, c'est pour le bien d'Oliver, s'encouragea-t-elle. Elle devait y croire. De toute façon, c'était indéniablement le meilleur scénario pour lui : une période de transition durant laquelle son père pourrait se familiariser avec son tout nouveau statut de parent. Ils trouveraient une nourrice, aménageraient sa chambre et, dans dix jours, cet adorable petit garçon commencerait une nouvelle vie dans des conditions idéales. Pour sa part, elle s'en retournerait à Boston mener une existence simple et solitaire avec, comme lot de consolation, la possibilité de poursuivre une carrière peu susceptible de lui briser le cœur.

Quand ils entrèrent dans l'ascenseur, elle ferma les yeux pour éviter la sensation de claustrophobie qui la prenait souvent dans ce genre d'endroit ; pour éviter aussi de regarder Aiden, avec son air assuré qui la troublait tant. Pas étonnant qu'il ait une telle réputation auprès des femmes, la plupart devaient être hypnotisées par ses yeux pénétrants et incapables de concevoir la moindre pensée lucide au-delà de : *Bien sûr, Aiden, tout ce que tu voudras, Aiden...*

L'ascenseur tinta et John, croulant sous les affaires pour bébé, lui maintint les portes tandis qu'elle sortait la poussette de l'ascenseur. Ils se retrouvèrent directement dans un vestibule au parquet brillant, meublé d'une console en bois exotique et arborant des peintures abstraites et colorées aux murs. Aiden la suivait avec le sac de son ordinateur, sa valise et la peluche d'Oliver, qui contrastait joliment avec son costume gris foncé taillé sur mesure et sa cravate bleu nuit.

— Où souhaitez-vous que je dépose tout cela, monsieur Langford ? s'enquit John.

— Laissez les bagages ici pour l'instant, nous aviserons plus tard où les mettre.

John obtempéra, déposant sa charge sur la console.

— Merci pour votre aide, c'est très gentil, lui dit-elle en se tournant vers lui.

John lui jeta alors un coup d'œil surpris, comme si elle venait de se transformer en extraterrestre.

— C'est mon travail, madame.

— Sans doute, mais nous avons un nombre impressionnant de bagages ! Je suis certaine que vous n'avez pas l'habitude de transporter des sacs de peluches et de couches.

— J'en ai été ravi, lui assura-t-il, mais merci de votre gratitude.

Aiden les regarda tour à tour.

— Vous pouvez disposer, John, dit-il. Je vous appellerai en cas de besoin.

— Je serai en bas, monsieur.

Et sur ces mots, John s'engouffra dans l'ascenseur. Quand les portes se refermèrent derrière lui, elle se retrouva seule avec Aiden et un frisson la parcourut tout entière.

— John est vraiment gentil, dit-elle pour dissimuler son trouble. Nous avons eu l'occasion de discuter un peu quand nous avons réfléchi à la meilleure façon d'installer le siège enfant dans le SUV. Il m'a parlé de sa femme et de ses enfants. C'est un homme bien.

— Assurément, un homme très bien, répéta-t-il.

Et pourtant, elle l'aurait juré, tout dans sa voix indiquait qu'il ne connaissait rien de la vie de son chauffeur, et que jamais l'idée ne lui était venue de l'interroger à ce sujet.

— Et maintenant ? demanda-t-elle.

Elle laissait en effet les rênes à Aiden : c'était sa maison, son enfant...

— Dites-moi une chose, reprit-il. Pourquoi ce bébé a-t-il besoin d'un animal si grand ?

Elle haussa les épaules : curieuse question pour un homme possédant un appartement aussi immense !

— Les enfants adorent avoir quelque chose contre quoi se blottir. Et puis Oliver finira par devenir plus grand que l'ours.

— Ah, c'est donc ça !

— Vous apprendrez.

— J'ai l'impression que je n'ai de toute façon pas le choix.

Il posa sa valise contre le mur, plaça l'ours dessus et ajouta :

— Comment avez-vous pu voyager en train toute seule avec tous ces bagages et Oliver ?

— Disons que j'ai fait appel à la gentillesse des autres voyageurs. Au besoin, un pourboire peut s'avérer utile. Je sais me débrouiller.

— Vous êtes ingénieuse, je vous le concède.

Comme elle s'apprêtait à sortir Oliver de sa poussette, elle se ravisa : n'était-il pas temps de laisser Aiden prendre ses marques ?

— Je vous laisse l'honneur de détacher Oliver et de le prendre dans vos bras, lui dit-elle.

— Vous êtes sûre ? Je ne sais pas du tout comment m'y prendre.

— Il faut bien commencer par quelque chose.

Il s'agenouilla et Oliver empoigna une mèche de ses cheveux pendant qu'il s'efforçait visiblement de comprendre comment fonctionnait l'entrelacs de brides et de boucles. Elle se contenta de le regarder, résolue à ne pas intervenir. Oliver en faisait déjà assez, tirant sur sa veste et lui donnant des coups avec ses petits pieds.

Étant enfin venu à bout de sa tâche, Aiden s'accroupit, puis repoussa ses cheveux en arrière.

— Est-il toujours ainsi ? Plein d'énergie et montrant de l'intérêt pour tout ?

— Oui, à part quand il dort. Et maintenant, prenez-le dans vos bras.

Obtempérant, il glissa les mains sous les minuscules bras du bébé, et le souleva tout doucement comme s'il pouvait se briser, avant de maintenir Oliver maladroitement contre lui.

— Pliez le bras et faites en sorte qu'il s'assoie dessus, lui conseilla-t-elle.

Cette fois, elle intervint pour positionner Oliver, effleurant au passage la veste d'Aiden, puis recula pour juger de l'effet... Cet homme vigoureux et bien bâti, avec dans les bras son bébé préféré au monde, était terriblement sexy.

— Vous voyez ? Ce n'est pas si difficile.

Mais Oliver pencha tout le haut du corps vers elle en tendant ses petites mains.

— Je crois qu'il préfère être avec vous.

Non, elle ne devait pas céder.

— Ça va aller, dit-elle. Il faut qu'il se familiarise avec vous. Faites-moi visiter afin que nous puissions décider de l'endroit où aménager sa chambre. Oliver se tiendra tranquille si nous nous déplaçons, il y a tant de choses à observer pour lui, ici.

Il poussa un soupir et ils entreprirent la visite de son appartement moderne et ouvert. Très haut de plafond, il était presque exclusivement décoré en blanc, noir et gris, et tout y avait été savamment étudié, comme dans son bureau, à LangTel. Il régnait ici un ordre méticuleux, un silence irréel. La prise de conscience allait être rude pour lui quand Oliver se mettrait à investir l'appartement en babillant et que des jouets seraient disséminés un peu partout. Mais il était préférable de n'en rien dire pour l'instant, il l'apprendrait en temps voulu.

À sa droite se trouvait une vaste cuisine, avec une gazinière à huit brûleurs et un îlot central autour duquel étaient disposés six sièges. Au-delà, elle apercevait la salle à manger, un escalier, ainsi que l'espace salon où se déployait un immense canapé et où elle retrouvait les fenêtres à petits carreaux qu'elle avait admirées d'en bas. En tant que nourrice pour familles aisées, elle avait déjà vu des débauches de luxe, mais cet intérieur dépassait tout. Sans être agent immobilier, elle était certaine que l'appartement devait au moins mesurer cinq mille mètres carrés, si tous les étages étaient à l'image de celui-ci. Par comparaison, son logis bostonien aurait tenu dans la cuisine. Quand il avait affirmé avoir besoin d'espace, il ne plaisantait pas.

— Le salon est en façade et donne ainsi sur le parc, déclara-t-il.

— C'est très beau. Vraiment magnifique, dit-elle en le suivant dans la direction opposée.

— Voici la bibliothèque, poursuivit-il.

Et de la tête il désigna sa droite, où s'ouvrait une pièce aux lignes définies par des rayonnages noirs couverts de livres.

— La pièce du fond, avec la porte double, c'est mon bureau, précisa-t-il encore.

Sur ces mots, il fit demi-tour et revint dans le salon, qui était spacieux et confortable, meublé de plusieurs canapés savamment disposés, d'un écran plat au-dessus d'une cheminée en pierre, et d'une imposante table basse en verre.

— C’est superbe.

— Merci.

Et il changea Oliver de bras, apparemment un peu plus à l’aise avec la façon de le porter.

— Malheureusement, nous allons devoir vérifier que tout est adapté pour un enfant en bas âge et, le cas échéant, apporter quelques aménagements, reprit-elle.

— Pourquoi ? Qu’est-ce qui ne va pas ?

Elle hésita, ne sachant par où commencer.

— Les prises électriques non protégées dans chaque pièce, par exemple. Cette table basse : je vois d’ici Oliver s’y cogner la tête à la première occasion. Il faudra sans doute placer une barrière autour de la cheminée. Quant au reste de la maison, nous allons aussi le passer en revue. Pour les escaliers, une barrière sera également nécessaire.

— Mais les enfants n’apprennent-ils pas en commettant des erreurs ?

Le ton agacé de sa voix n’aurait pu tromper personne.

— Hélas ! ils commettent aussi des erreurs qui les conduisent aux urgences ! trancha-t-elle.

— Quel chamboulement va subir ma vie ! marmonna-t-il.

Il secoua la tête puis inspira une énorme bouffée d’air avant de reprendre :

— Il faut que vous me dressiez une liste très précise. C’est ainsi que nous allons aborder la question.

— En général, cela ne fait pas partie des tâches d’une nourrice, mais entendu.

— Je croyais que vous n’en étiez plus une.

— Exact.

— Dans ce cas, où est le problème ? Cette liste fait partie de notre arrangement. Vous avez besoin de mon expertise, et moi de la vôtre.

Quelle logique implacable !

— Parfait, soupira-t-elle.

Elle se dirigea alors vers une console en bois qui occupait une bonne partie du mur et plongea la main dans son fourre-tout, qu'elle avait posé dessus, pour y chercher une feuille de papier. Au-dessus du meuble étaient accrochées plusieurs photos encadrées : l'une prise du point de vue d'un saut en parachute, une autre du haut d'une falaise avec en dessous une cascade et la jungle en périphérie, enfin une troisième avait saisi un groupe d'hommes et de singes cheminant sur un étroit sentier à flanc de montagne. On avait l'impression que chacune avait été faite sur le tournage d'un film.

— Belles photos, dit-elle. Du National Geographic ?

— Des souvenirs de mes périples.

— C'est vous qui les avez prises ?

Il hocha la tête, retenant un sourire.

Puis il s'approcha d'elle, l'air soudain presque naturel avec Oliver dans les bras, ce dont elle se réjouissait.

— J'aime repousser les limites, l'informa-t-il.

Et elle en eut la chair de poule. Un homme ayant le goût du danger possédait un charme mystérieux à ses yeux, sans doute parce que cela représentait l'opposé de sa personnalité. Elle était déjà tombée amoureuse de partenaires avides de sensations fortes, mais aucun d'entre eux n'avait su adapter sa bravoure au domaine des relations affectives.

— Il va falloir pendant quelque temps renoncer à vos escapades téméraires, renchérit-elle. Le saut en parachute n'est pas vraiment une activité recommandée pour un nourrisson.

Il fronça les sourcils.

— Je préfère être honnête avec vous : devoir organiser ma vie en fonction des besoins d'une autre personne ne me plaît pas du tout.

Elle lui tapota l'épaule.

— Cette autre personne est votre fils. Bienvenue dans le monde des parents ! Je vous assure que cela vous fera le plus grand bien, vous allez vous rendre compte que le monde ne tourne pas autour de vous.

— Sauter d'un avion me rappelle que je suis vivant, rétorqua-t-il. Et qu'il faut que je profite pleinement du temps qui m'est imparti dans cette vie.

Dans ces dernières paroles elle perçut une note sombre. Qui était donc le véritable Aiden ? N'était-il pas triste de vivre seul dans ce grand appartement, aussi cossu fût-il ? En dépit de ses protestations, elle était persuadée qu'Oliver représentait une vraie bénédiction pour lui.

Le petit tendit les mains vers les photos, désignant celle prise d'un parachute, et Aiden s'en rapprocha pour qu'il puisse la toucher.

— C'est cool, non ? lui dit-il. C'est moi qui ai pris cette photo en sautant d'un avion. Peut-être qu'un jour nous ferons ça ensemble, toi et moi. Quand Sarah ne sera pas dans les parages pour nous l'interdire.

À ces mots, le bébé se tourna vers lui, scruta attentivement son visage, puis posa la paume sur sa joue. Alors Aiden recouvrit de sa main celle de son fils, et un sourire fasciné empreignit ses traits. Quel beau moment de douceur et de tendresse... Elle en fut touchée au point que des larmes lui montèrent aux yeux. Pour la première fois depuis qu'elle était descendue du train, elle était moins inquiète quant à la façon dont Aiden allait accepter sa paternité. Ils n'étaient pas encore au bout du tunnel, bien sûr, mais il montrait des signes d'intérêt envers son enfant. Il voulait intégrer Oliver dans sa vie, elle le savait. Elle aurait dû en être soulagée, et pourtant, elle ressentait un drôle de pincement au cœur, à l'idée de sortir pour toujours de leur existence...

Oliver a besoin d'un père qui sera désormais sa famille, lui rappela une voix intérieure, .

— Ne brûlons pas les étapes, reprit-elle en se ressaisissant. Pour l'instant, laissez-moi vous apprendre ce que vous devez faire concernant Oliver. En l'occurrence, il est temps de lui trouver une chambre dans votre immense appartement.

Aiden conduisit Sarah et Oliver au deuxième niveau de l'appartement, toujours en portant le bébé dans ses bras. Peu à peu, il se sentait plus à l'aise avec ce minuscule humain accroché au revers de sa veste, qui lui tenait chaud, et réagissait avec émerveillement à la moindre chose qu'il découvrait dans cet univers tout nouveau pour lui. Force était d'admettre qu'il appréciait fortement ce côté explorateur, chez lui. Il ne put s'empêcher de ressentir une pointe de fierté. Visiblement, les chiens ne faisaient pas des chats.

En haut de l'escalier, le palier donnait sur quatre chambres. Au fond se trouvait sa suite, et seule une des trois autres pièces, pour les invités, était meublée ; les deux dernières étant vides et inoccupées. Comme la plupart de sa famille résidait à New York, il ne recevait guère. Ses amis, peu nombreux d'ailleurs, préféraient tout comme lui parcourir le globe quand ils avaient du temps libre. Cet appartement était bien trop grand pour un célibataire, il le reconnaissait, mais n'en demeurait pas moins nécessaire à son équilibre.

Sarah et Oliver envahissaient en quelque sorte son espace. Son refuge, plutôt. Il n'avait pas encore eu le temps de réfléchir aux conséquences qu'impliquait sa paternité, même s'il acceptait le fait qu'avec l'arrivée de Sarah et du bébé dans sa vie, tout avait changé. N'empêche qu'il se sentait à cran ; il ne s'agissait pas juste de sécuriser des prises électriques ou de mettre des barrières, il le savait bien.

Il comptait sur les résultats du test de paternité pour rendre cette situation plus réelle. Il avait déjà appelé son avocat et avait à cœur d'apprendre qu'Oliver était véritablement son fils. En effet, lui-même avait longtemps pensé que Roger et Evelyn Langford, qu'il appelait ses parents, lui avaient menti au sujet de son véritable père. Le décès de Roger Langford, presque un an auparavant, avait renforcé la douleur liée à cette incertitude et la vérité était devenue un peu plus inaccessible. Difficile de harceler sa mère, une veuve en deuil, avec ses suspicions, mais il finirait bien par devoir en passer par là. Il ne pourrait pas se réconcilier avec sa famille sans être certain de ses origines. Il poussa un soupir. Il y avait beaucoup à réparer entre eux, lui-même ayant commis des erreurs. D'énormes erreurs dans un esprit de vengeance.

— Je crois que l'on pourrait installer Oliver ici, déclara-t-il en désignant l'une des chambres vides à Sarah. Celle-ci, c'est la plus grande et, de toute façon, il va grandir, non ?

Il évoquait des choses qu'il n'avait même pas encore envisagées... La vie au-delà de cette journée si particulière, quand Oliver serait plus âgé... Irait à la maternelle, à l'école primaire et ainsi de suite... Bon sang, il n'avait nul besoin de penser à ça maintenant ! De toute façon, une chose était certaine : il ne l'enverrait jamais au pensionnat, contrairement à ce que ses parents avaient fait avec lui.

— C'est la chambre la plus proche de la vôtre ? s'enquit-elle.

— Non, mais la plus proche est la moins grande.

— Ce serait mieux pour l'instant.

Et sans y être invitée, elle se dirigea vers l'autre chambre vide.

— C'est ici ?

Dans son élan, elle ouvrit la porte de cette pièce moins spacieuse, mais lumineuse.

— Oui, c'est bien mieux ici, ajouta-t-elle. Ce sera plus facile pour vous, puisqu'il se réveille toujours la nuit.

— Et je devrai donc me lever aussi, déclara-t-il.

C'était plus une constatation qu'une question. En fait, il était tellement hors de son élément, qu'il faisait comme si tout était logique.

Oliver commença à s'agiter et à donner des coups de pied, désireux qu'on le pose.

— Laissez-le marcher à quatre pattes, lui conseilla-t-elle.

Aussitôt, il le déposa doucement par terre : tel l'éclair, Oliver se rua sur les mains et les genoux à travers la pièce.

Elle sortit quelques jouets de son sac qu'elle lui tendit.

— Oui, reprit-elle alors, vous devrez vous lever la nuit pour le consoler s'il pleure, notamment s'il fait ses dents.

Il s'adossa à l'encadrement de la porte, pour faire barrage au cas où il prendrait à Oliver l'idée de s'échapper de la pièce.

— Est-ce pour cela qu'il salive autant ?

Elle sourit et s'assit par terre avec Oliver, ramenant ses jambes sous elle, sa robe volant autour de son corps.

— Ma mère disait toujours que ce n'était pas de la salive, mais une liquéfaction sucrée.

Il n'avait aucune envie de sourire et encore moins de rire au sujet de plaisanteries un peu mièvres, mais il ne put s'en empêcher. Elle le fascinait : elle était si différente des femmes qu'il avait connues jusque-là. Elle était belle, mais pas apprêtée, éloquente sans être prétentieuse. Spontanée, peu soucieuse de l'impressionner, elle allait droit au but sans tenter de le circonvenir.

Elle inspecta de nouveau la chambre.

— Je suggère que l'on commande un berceau sur Internet, en espérant qu'il puisse être livré le plus vite possible, ainsi que des articles de première nécessité pour Oliver. Il aura aussi besoin d'une commode, d'une table à langer. Et je vous recommande également d'investir dans un rocking-chair.

S'interrompant, elle se mit à compter sur ses doigts.

— Bon, il lui faut des vêtements, des couches, du lait maternisé, des biberons, un siège pour le bain. De la lessive pour bébé.

— Ah bon ? Une lessive spéciale est donc réellement indispensable ?

— C'est préférable si vous ne voulez pas qu'il se réveille en pleine nuit pour cause de démangeaisons… intempestives. C'est un souci de moins.

Décidément, quand il pensait avoir fait le tour de la question, voilà que surgissait une nouvelle fournée d'informations.

— Comme je vous l'ai dit, le mieux serait de dresser la liste de tout ce que je dois acheter, dit-il. Pour les commandes, vous pouvez utiliser l'ordinateur qui est dans ma chambre.

— Il faut également que j'appelle l'agence, pour la nourrice, encore qu'on ne me répondra peut-être pas un vendredi, après 17 heures. Bon, nous allons avoir une soirée bien occupée… Oliver doit aussi prendre un bain.

Le petit rampa alors jusqu'à elle et lui présenta la peluche qu'il tenait à la main.

Son portable se mit à sonner presque simultanément : c'était Anna, sa sœur.

— Veuillez m'excuser une minute, je dois m'assurer qu'il n'y a rien d'urgent.

— Naturellement. Je vais de mon côté appeler l'agence et Oliver pourra jouer. Pas avec les prises, bien sûr.

— Ah oui, les prises !

Il devait gérer cela aussi vite que possible.

Prenant l'appel, il se rendit sur le palier.

— Salut, Anna. Tout va bien ?

— J'appelais justement pour te poser la même question. Tout se passe bien avec Sarah et Oliver ? Je n'arrive pas à y croire, Aiden. Un bébé. C'est fantastique ! Pas trop débordé ?

Il se rendit dans sa chambre et s'assit sur le banc en cuir, au pied de son lit.

— J'ai l'impression que mon cerveau va éclater, oui. Je ne sais même pas ce que je ressens. Toi, au moins, tu as eu des mois pour t'habituer à l'idée de devenir bientôt mère. Mais moi, il faut que j'intègre le concept de paternité en quelques heures.

— Un peu plus de temps sera sans doute nécessaire, mais je me réjouis tellement pour toi. Tu sais, dès que j'ai croisé le regard d'Oliver, j'ai compris que c'était ton fils. Il te ressemble tant. Maman va en être toute retournée quand elle le verra.

Oh non ! Encore une chose à laquelle il n'avait pas pensé.

— S'il te plaît, dis-moi que tu ne lui as encore rien dit ! Ni à Adam, d'ailleurs, mais surtout pas à maman. Il faut que je réfléchisse à la meilleure façon de lui annoncer.

— Je n'ai pas pipé mot, lui assura-t-elle.

Même si l'idée de devoir affronter sa mère lui pesait, il poussa un soupir de soulagement.

— Bien.

Souvent, en pensant à sa mère, il se sentait bouillir. Il n'arrivait pas du tout à se figurer le moment où il lui présenterait ce fils dont il venait juste d'apprendre l'existence. Cela apaiserait-il ses soupçons, ses doutes qu'il n'avait partagés qu'avec Anna jusque-là ? Ou bien serait-ce pire ? En tout état de cause, la réaction de sa mère envers Oliver serait révélatrice. Si elle l'acceptait immédiatement, alors il continuerait à se demander pourquoi elle ne l'avait pas traité comme ses autres frère et sœur. Si elle le rejetait, il lui serait difficile de ne pas s'en prendre à elle.

— Quand vas-tu lui dire ? demanda Anna.

— Demain. Ou bien dimanche. Nous avons besoin de temps pour prendre nos repères.

Posant les coudes sur ses genoux, il poursuivit :

— Sarah est en train d'appeler une agence qui nous enverra une sélection de nourrices, nous devons installer la chambre d'Oliver et, après, elle me donnera des cours sur la façon d'être un bon père. Je devrai apprendre à changer une couche et à donner un bain à Oliver.

Anna gloussa.

— Qu'y a-t-il de drôle ?

— J'essaie de me représenter la scène : toi en train de donner un bain à un bébé. C'est adorable. Et aux antipodes de ce que j'ai toujours imaginé pour toi.

— Et moi donc ! Je n'aurais jamais cru avoir des enfants un jour.

Pas après la façon dont son père l'avait traité.

— La vie nous réserve parfois des cadeaux inattendus. C'est l'impression que j'ai eue quand j'ai découvert ma grossesse.

Anna portait en effet le bébé du miracle. Le médecin lui avait prédit qu'il serait pratiquement impossible qu'elle tombe un jour enceinte et encore plus improbable qu'elle mène une grossesse à terme, mais elle s'en était pourtant bien sortie jusque-là.

— Je comprends. Il faut juste que je me fasse à la nouveauté.

— En tout cas, promets-moi que tu ne garderas pas Oliver égoïstement pour toi. Moi aussi je veux en profiter. D'ailleurs, je pourrai passer chez toi et t'aider, si tu as besoin. J'amènerai Jacob. Cela nous permettra de nous entraîner.

Anna trouvait toujours une façon d'apaiser ses plus grands tourments. Même si, depuis son retour de New York, tout était allé de travers avec le reste de la famille, il avait réussi à nouer une meilleure relation avec elle.

— Merci. J'aurai vraiment besoin de ton aide après le départ de Sarah dans dix jours.

— Elle reste dix jours ? Comment l'en as-tu convaincue ? Elle semblait si déterminée à ne pas s'attarder à New York au-delà du week-end.

— Nous avons passé un marché. Elle m'accorde ce temps et je l'aide à gérer sa société.

À propos, sa sœur aurait très bien pu aider Sarah : avant de travailler pour l'entreprise familiale, Anna avait été directrice financière au sein d'une société spécialisée dans la confection pour femmes.

— Sarah t'a-t-elle dit ce qu'elle faisait ? reprit-il.

— Oui. Et l'idée de t'imaginer vendre des dessous est presque aussi drôle que celle de toi en train de donner son bain à Oliver.

— Je suis ravi que tous les changements qui affectent actuellement ma vie t'amusent à ce point, railla-t-il. Plus sérieusement, tu crois que tu pourrais faire appel à ton réseau ? Nous n'en avons pas encore beaucoup parlé, mais je sais qu'elle a besoin de fabricants, d'entrepôts et de distributeurs pour son entreprise. Connaîtrais-tu une personne avec qui je pourrai la mettre en contact ?

— Absolument, oui. Le temps d'y réfléchir et je t'envoie une liste de personnes à contacter.

— Parfait !

Une bonne chose de faite !

— Bon, ajouta-t-il, j'espère être en mesure de travailler efficacement lundi, car je doute que je vais me reposer, ce week-end.

— Ne te fais pas de souci pour ça. Le travail peut attendre. Tu es père, maintenant, c'est la chose la plus importante.

4

Assise par terre dans la chambre d'Oliver, Sarah venait de terminer sa discussion avec l'agence de nourrices. Se penchant en avant, elle donna à Oliver, qui jouait tranquillement sur ses genoux depuis quelques minutes, un baiser sur le dessus du crâne.

— Tu sais quoi ? Papa va employer une dame qui va parfaitement bien s'occuper de toi. C'est génial, non ?

Oliver se contenta de mâchouiller son anneau de dentition en caoutchouc, sans manifester grand intérêt.

Elle lui ramena ses douces boucles sur le côté.

— Elle jouera avec toi, t'emmènera faire de belles promenades dans le parc et te chantera des berceuses. Comme moi.

Elle sentit sa voix trembloter quand il la fixa de ses grands yeux ; fronçant le nez, elle s'efforça de lui sourire afin de bloquer les larmes qu'elle sentait monter à ses paupières. L'idée de quitter Oliver était aussi triste qu'inéluctable. S'attacher à des enfants qui n'étaient pas les siens ne faisait plus partie de ses pulsions autodestructrices, se rappela-t-elle. Pas plus que de se laisser embarquer dans la vie d'un père célibataire. Plus tôt elle laisserait Oliver à Aiden, mieux ce serait.

— Il est vraiment regrettable que vous ne puissiez continuer à être la nourrice d'Oliver, déclara Aiden.

Et elle crut s'évanouir… Tout d'abord à cause de sa voix qui l'avait surprise, puis de sa vue, quand elle leva la tête vers lui. Adossé au chambranle, il donnait l'impression de pouvoir conquérir le monde. Il avait changé de vêtements et portait à présent un sweat-shirt à manches longues ainsi qu'un jean foncé ; elle ne l'avait pas imaginé vêtu de façon aussi décontractée, même si, bien sûr, il était normal qu'il enlève son costume à un moment ou un autre. À cette idée, elle ressentit un léger trouble. D'autant plus qu'elle pouvait désormais mieux distinguer le contour de ses épaules et la forme de son torse bien sculpté. Pas de doute : Aiden Langford passait quelques heures par semaine dans une salle de sport.

Assez ! Ce genre de divagations ne lui valait rien. Elle ne devait surtout pas s'imaginer en train de lui ôter son sweat-shirt, de poser les paumes sur son torse et de l'embrasser... Décidément, sa curiosité était sa pire ennemie, mais il fallait dire qu'il ne l'aidait en rien avec son air aussi irrésistible que le reste de son corps ! Bon sang, elle n'était même pas certaine de ne pas avoir ouvert la bouche d'admiration ! Bah, tant qu'elle ne le dévisageait pas comme une obsédée sexuelle ! Ce qui n'était pas forcément gagné...

Se ressaisissant, elle déclara :

— J'adore Oliver, mais je vous ai déjà dit que je ne voulais plus être nourrice.

Il pénétra alors dans la pièce et, une fois encore, son pouls s'accéléra. Il leva les mains en signe de capitulation.

— Compris. Plus question d'être nourrice pour vous. Avez-vous eu l'agence ?

— Tout à fait. Ils nous envoient des candidates pour lundi matin. D'ici là, nous aurons le temps d'établir vos critères de choix, et les miens, bien sûr.

— Vous savez, je suis tout à fait capable de mener les entretiens tout seul.

Elle plissa les yeux.

— Vous avez bien requis mon aide, non ?

Se levant, elle cala Oliver sur sa hanche.

— Certaines nourrices enjoliveront sans doute leur expérience juste pour avoir un travail en or. Moi, je m'en rendrai tout de suite compte.

— Ah bon ? Je leur offre un travail en or ?

— Avec une maison comme la vôtre ? Oui, assurément. Qui plus est, il vous faut une personne qui s'adapte aux impératifs de votre emploi du temps. Elle devra donc résider chez vous.

Cette idée ne lui plaisait guère, elle pouvait le jurer, même si elle ne savait pas trop pourquoi. Elle était juste sûre d'une chose : le mythe de la nourrice tombant amoureuse du père de l'enfant dont elle avait la charge n'en était pas un, mais bel et bien une réalité. Cela se produisait tout le temps, c'était ce qui lui était d'ailleurs arrivé. Même à considérer Aiden uniquement pour son apparence, elle pouvait affirmer que la plupart des femmes tomberaient amoureuses de lui. Alors, si on ajoutait l'argent, le pouvoir, et ce côté un peu arrogant qui le caractérisait ? Peu de chances qu'on lui résiste bien longtemps.

— Attendez une minute… Vous êtes en train de me dire que je ne vais pas juste devoir accueillir une nouvelle personne dans mon foyer, mais deux ? La nourrice ne peut-elle vivre chez elle et venir ici quand je travaille ?

— Cela pourra fonctionner si quelqu'un prend éventuellement le relais en cas d'imprévu, un membre de la famille par exemple. Sinon, je ne vous vois pas en train d'attendre une nourrice alors que vous devez vous rendre au travail de toute urgence. Qu'en est-il de votre mère ?

À ces mots, il lui prit Oliver des bras avec empressement.

— Il n'est pas question que ma mère s'occupe de lui, décréta-t-il.

Pourquoi cette réaction surprotectrice ? Quelques heures plus tôt, il était quasiment prêt à les chasser pour toujours de LangTel, le bébé et elle. Or, à présent, il combattait autre chose qui, à coup sûr, l'affectait profondément.

— Pourquoi ? La plupart des gens seraient prêts à tout pour avoir une grand-mère ou un grand-père dans leur entourage susceptible de s'occuper de leur enfant.

— Pas moi.

— Officiellement, je suis encore la tutrice légale d'Oliver, j'ai le droit de savoir pourquoi.

Tout cela ne collait pas. Anna, la sœur d'Aiden, avait parlé de sa mère en termes des plus chaleureux. Elle avait par ailleurs glané des informations sur Evelyn Langford lors de ses recherches sur Aiden : celle-ci participait à de nombreuses collectes de charité et était connue pour sa générosité envers les hôpitaux pour enfants, la recherche contre le cancer et les foyers pour femmes battues. Tous les articles s'accordaient à écrire que son bénévolat s'était encore affirmé après le décès de son mari.

— Je ne dis pas que ma mère le maltraiterait, pas du tout. C'est juste que...

Il ferma alors les paupières et elle sentit sa gorge se nouer devant cet instant de vulnérabilité si inattendu de la part d'un homme comme lui. Il était en train de lui montrer un visage différent, qu'elle était désireuse de mieux connaître, tout comme elle souhaitait le réconforter.

— C'est compliqué, reprit-il. Disons pour faire court que ma mère n'est pas une personne sur qui on peut compter.

Il venait de s'exprimer sur un ton sans réplique, aussi n'insista-t-elle pas.

— Très bien, se contenta-t-elle de répondre.

— Quel est le programme pour le reste de la soirée ? J'ai un dossier en cours à terminer.

Elle regarda son téléphone : il était presque 17 heures.

— Oliver mange à 17 h 30, prend son bain à 18 heures Je lui lis une histoire à 18 h 45 et le mets au lit à 19 heures.

— C'est vous qui avez défini ses horaires ou lui ?

— Ce sont les horaires de tous les enfants de cet âge. Cela le rassure : il sait ce qui va se passer et quand.

Encore une fois, il parut dérouté.

— Je vois que j'ai décidément beaucoup à apprendre. Nous pouvons commander de la nourriture pour nous vers 20 heures, non ?

— Tout à fait, approuva-t-elle. Nous pourrons alors discuter de ma société.

Il lui fallait des compensations concrètes, dès ce soir, pour supporter une situation qu'elle s'était promis de ne jamais revivre.

— J'en ai parlé brièvement à ma sœur, il est possible qu'elle puisse vous aider. Cela dit, je ne peux pas vous promettre la lune.

Mais je ne vous ai pas demandé la lune, manqua-t-elle de s'écrier. Elle se ravisa avant que les mots ne franchissent ses lèvres, mais elle en avait plus qu'assez de ces hommes séduisants et puissants qui attendaient tout des autres et donnaient si peu en retour.

— Je suis certaine que vous pourrez à tout le moins me prodiguer de bons conseils. Cela me serait déjà fort utile.

— Je tâcherai de faire au mieux. Bon, allons dans mon bureau et commandons les affaires dont Oliver a besoin.

Ils descendirent d'un niveau et il la conduisit dans son bureau aux doubles portes, une pièce cosy et magnifique. Il était plus coloré et chaleureux que le reste de la maison. Les murs étaient d'un bleu profond, un tapis oriental dynamisait le centre de la pièce où deux fauteuils clubs couleur chocolat avaient été disposés, ainsi qu'une grande table de travail en chêne. Des étagères tapissaient deux pans de mur de haut en bas.

— Encore des livres ? En plus de ceux de la bibliothèque ?

— J'aime lire, déclara-t-il. C'est un bon moyen de s'évader.

— S'évader ? De quoi ?

— Pardon ?

— D'après ce que je vois, vous menez une vie fort agréable. Vous avez une superbe maison, un emploi que de nombreuses personnes vous envient et vous ne me paraissez pas souffrir de fins de mois difficiles. Et surtout, vous ne semblez faire que ce qui vous plaît.

Il la scruta quelques instants sans répondre, d'un air ni offusqué ni ravi.

— Et vous, vous dites toujours ce qui vous plaît, je me trompe ?

— Je ne voulais pas vous offenser, mais après avoir vu les photos en haut, les sauts en parachute, les randonnées dans les Andes, je me demande juste ce que vous avez besoin de fuir.

— Le stress, répondit-il d'un ton catégorique.

Elle remarqua alors qu'il faisait tourner un stylo au-dessus d'un bloc de papier, ce qui attira son regard sur ses mains, infiniment masculines et vigoureuses.

Elle déglutit.

— Ah, le stress, répéta-t-elle d'une voix étrangement essoufflée.

Elle chercha vaguement, dans sa mémoire, les méthodes qu'elle connaissait pour le réduire, mais en réalité elle était bien trop accaparée par d'autres pensées… Par exemple à quoi ressemblait son corps, sous son sweat-shirt. Ou au goût de ses lèvres…

— Tout à fait, dit-il en ouvrant son ordinateur. Bon, je ne sais pas par où commencer. Je tape « berceau » ?

— Vous permettez ?

Et elle lui tendit Oliver. Une fois assis sur ses genoux, le bébé chercha à s'emparer du stylo.

— Je peux lui laisser ?

— Non. Il le porterait tout de suite à sa bouche. En revanche, vous pouvez monter à l'étage lui chercher un jouet.

Il souleva les sourcils, comme si elle venait de lui suggérer une chose ridicule.

Elle haussa alors les épaules et répliqua :

— Il faudra bien finir par entrer dans votre rôle de père. Bon, voyons ce que je peux trouver en ligne…

Sans répondre, il sortit du bureau avec Oliver, et elle posa la main sous son menton, les regardant tous deux s'éloigner. Quel touchant tableau : l'un était si imposant et l'autre si petit ! Elle espérait de tout cœur que d'ici à dimanche, tout serait réglé, car elle doutait de sa capacité à supporter plus longtemps la situation.

Elle ouvrit une fenêtre de recherche et trouva rapidement un magasin à Manhattan offrant des possibilités de livraison dans les plus courts délais. C'était l'avantage des grandes villes : virtuellement, tout était possible. Dès qu'elle passerait commande, elle aurait fait un pas supplémentaire dans la direction qui allait la conduire à sortir de la vie d'Oliver.

Et de son père.

5

Aiden avait déjà assimilé une chose : la paternité n'était pas forcément une partie de plaisir, comme il avait pu le constater lorsqu'il avait voulu donner son dîner à Oliver. Sans chaise haute, Sarah et lui avaient improvisé en l'installant dans sa poussette, mais le bébé s'était d'emblée frotté les yeux et avait détourné la tête, refusant toute bouchée qu'il lui présentait. Sarah s'était gardée d'intervenir, se contentant d'observer le spectacle qu'il lui offrait, celui d'un homme capable d'orchestrer des contrats de plusieurs milliards et de négocier avec les P-DG les plus irascibles, mais incapable de convaincre un nourrisson de prendre une seule bouchée de nourriture. Frustré, il avait fini par lui passer le relais : Oliver avait alors mangé tout son petit pot sans le moindre problème ! Il s'était levé de table, l'ego meurtri, avec de surcroît de la purée sur le jean.

Il redoutait le pire pour le bain mais, en l'occurrence, Sarah prit les choses en main.

— C'est la seule baignoire de la maison ? demanda-t-elle une fois qu'ils furent dans la salle de bains.

Il ne comprit d'abord pas le sens de sa question. Cette baignoire était parfaite, on pouvait y entrer à deux et c'était pour lui un critère essentiel.

— Oui. Elle ne convient pas ?

— Elle est trop grande.

— Forcément, c'est une baignoire à deux places.

Là-dessus, il s'éclaircit la voix, attendant son commentaire.

— Dans ce cas, vous allez devoir prendre votre bain avec lui, car je refuse de laver un enfant dans l'évier d'une cuisine, ce n'est pas hygiénique.

Il se retourna et baissa la tête jusqu'à ce que son menton touche son torse : elle était bien plus petite que lui. Et elle portait toujours la robe d'été dans laquelle elle était arrivée ce matin. Enfin, était-ce ce matin ? Tant de choses s'étaient passées qu'il ne savait même plus.

— Donc vous allez me voir nu alors que nous nous connaissons depuis tout juste huit heures ? Vous êtes rapide, Sarah.

— Très drôle ! Non, c'est Oliver qui sera nu, vous, vous aurez un maillot de bain. Et si j'en avais eu un dans ma valise, je me serais chargée toute seule du bain, ce soir. Mais ce n'est pas le cas et par ailleurs vous devez tisser un lien avec lui.

Il prit un air dubitatif.

— Vous m'aviez aussi prédit que je n'aurais aucun problème pour lui donner son dîner.

Elle soupira.

— Les enfants sont imprévisibles. Plus tôt vous l'apprendrez, mieux vous vous en sortirez. En tout cas, il est important de créer un contact physique affectueux avec eux, c'est bien connu. Maintenant, allez vous changer, je fais couler l'eau.

— J'aime prendre des bains très chauds.

— Celui-ci sera tiède et vous allez adorer.

Il sortit en grommelant.

Quelques minutes plus tard, après avoir bien noué le cordon de son maillot de bain, il rouvrit la porte de la salle de bains.

— Je suis prêt.

Elle lui jeta un coup d'œil par-dessus l'épaule. Et sous ce regard éclair, il sentit tous ses muscles se contracter. Une bouffée de désir reflua au creux de son ventre : elle était vraiment ravissante avec ses yeux d'un bleu profond et ses joues rougissantes.

— Je vois, dit-elle en prenant un air hautain.

Sa réaction lui plut tout autant que son physique.

— Et maintenant ?

— Entrez dans l'eau. Je vais vous donner Oliver.

Elle prit le petit dans ses bras, alors qu'il s'efforçait de se mettre debout mains cramponnées au rebord de la baignoire. Elle lui ôta son pantalon et sa couche.

— Il a l'air excité, dit-il.

— Vous allez voir, il adore le bain. Vous avez de la chance d'être en maillot, moi je vais être toute trempée.

Enjambant la baignoire, il s'efforça d'oublier l'image que ces paroles venaient de faire naître dans son esprit. OK, elle ne resterait que dix jours, mais au fond, cela leur laissait une belle plage de temps, et puis n'était-ce pas ce qu'il préférait ? Des rencontres strictement limitées à une durée bien précise. Seulement, était-ce une bonne idée ? D'un point de vue physique, sans aucun doute, mais pour ce qui était des autres perspectives, il n'aurait su se prononcer. Il s'ensuivrait forcément des répercussions et des conversations délicates. Ah, mais dans quelle situation s'était-il fourré ?

Elle lui tendit Oliver et il le fit asseoir sur ses genoux, tout en l'enserrant par la taille, mais le bébé ne perdit pas de temps et se mit instantanément à frapper la surface de l'eau, qui gicla de toutes parts.

Jetant quelques jouets en plastique dans le bain, elle éclata de rire.

— Je vous avais prévenu.

Un grand sourire aux lèvres, elle contempla alors l'enfant, comme s'il était le soleil de sa vie, puis coudes posés sur le rebord de la baignoire, fit mine de faire marcher ses doigts sur l'eau ; le rire d'Oliver retentit dans la salle de bains, et il éclaboussa tout autour de lui de plus belle. Difficile de rester de marbre devant leurs jeux, même s'il avait les cheveux trempés et que la salle de bains était inondée.

— L'heure du bain est-elle toujours aussi chaotique ? s'enquit-il.

— En général, oui. De la sorte, on est assurés qu'il est bien propre et bien détendu pour mieux dormir.

— Ah bon, ça le calme ? s'étonna-t-il en fermant les yeux.

Il venait de nouveau de recevoir de l'eau sur le visage.

— Mais oui !

Elle lui passa un shampoing et ajouta :

— Mouillez-lui les cheveux avec vos mains, puisque nous n'avons pas de gobelet.

Il tenta d'obtempérer sans faire couler d'eau dans les yeux d'Oliver, ce qui s'avéra rapidement mission impossible. Cela dit, ça n'avait aucune importance pour son fils qui s'amusait avec le petit poisson qu'il tenait à la main. Comme il serait drôle de lui apprendre à nager, puis à plonger avec un tuba, à faire du surf, un autre de ses passe-temps. *Des petites vagues d'abord, c'est dangereux*. Tiens, il pensait déjà comme un parent. En fait, il avait eu l'impression d'entrer dans son rôle de père quand Sarah avait mentionné sa mère, tout à l'heure, et qu'il lui avait pris impulsivement Oliver des bras. Il se fit alors une promesse : son fils ne connaîtrait de la part de sa famille que l'amour inconditionnel. Aussi, sa mère devrait-elle prouver qu'elle en était capable, sans quoi elle ne ferait plus partie de son entourage.

Sarah se pencha pour shampouiner Oliver et une agréable odeur se répandit dans l'air.

— Ça sent bon, dit-il.

— Ça sent le bébé et c'est l'odeur la plus merveilleuse du monde. Enfin, en général. Parfois, ils peuvent aussi être de vraies petites boules de puanteur.

— J'imagine.

Comme toute chose, être parent avait ses bons et ses mauvais côtés, et il espérait que ces premiers seraient plus nombreux. En tout cas, il ne lui infligerait jamais ce qu'il avait subi de la part de ses parents ; à aucun moment, son fils ne douterait de son amour pour lui. Par conséquent, celui-ci ne se questionnerait jamais sur l'identité de son père. Et une fois le test de paternité établi, tout roulerait entre eux.

— Tournez-le pour qu'il vous regarde, ainsi, je pourrai lui rincer les cheveux.

Il voulut s'exécuter, mais l'exercice n'était guère aisé : autant essayer d'agripper une pastèque glissante.

— Je me demande bien comment je vais arriver à lui donner le bain tout seul.

— J'ai commandé un siège de bain, ce sera bien plus facile, vous verrez. Mais dans peu de temps, il pourra s'asseoir tout seul dans la baignoire.

Maintenant qu'Oliver lui faisait face, il en profita pour bien le détailler, et son fils en fit autant, tout en mordillant son poisson rouge. Il avait de grands yeux doux et innocents, merveilleux, remplis d'espoir, ce qui relevait du miracle eu égard à ce qu'il avait traversé. À mesure que Sarah le rinçait, il sentit monter en lui un besoin très fort de le protéger, et pas simplement de l'eau qu'elle déversait sur ses petites boucles : il voulait le préserver de tout, que jamais ses yeux ne reflètent autre chose que du bonheur. Son propre père l'avait-il un jour regardé de cette façon ? Sans vouloir être pessimiste, la lucidité le forçait à penser que non.

Elle fit rouler un pain de savon dans ses mains, puis frotta le dos, les épaules et le ventre d'Oliver, tandis qu'il le tenait fermement. Chaque caresse prouvait qu'elle s'occupait avec amour de lui. Il n'avait jamais vu ce côté-là chez une femme, à part à la télévision ou dans des films, et ce spectacle lui coupait le souffle. D'ailleurs, pour être honnête, il n'avait jamais fait grand-chose avec une femme susceptible de lui inspirer le désir d'une vie de couple. Prendre un verre, dîner, se séduire, ça oui, il connaissait, mais cela n'avait rien à voir avec une relation durable.

Quand elle ramena soudain ses cheveux d'un même côté, lui révélant sa nuque gracieuse, la fine ossature de son épaule, il dut refréner une puissante envie d'effleurer sa peau et s'efforça de penser à autre chose.

— Eh bien, parlez-moi de vous, lui dit-il.

Elle lui sourit et s'accroupit sur ses talons.

— Il n'y a rien extraordinaire à raconter. Je suis née et j'ai grandi dans l'Ohio, j'étais l'aînée d'une fratrie de cinq. Puis j'ai emménagé à Boston pour étudier le design et la mode, et j'y suis restée en travaillant en tant que nourrice.

— Pourquoi ne vous êtes-vous pas tout de suite lancée dans la mode ?

Elle sortit un drap de bain du placard.

— Boston est une ville qui coûte cher et il fallait que je paie mes études. Comme je m'étais occupée de mes frères et sœurs, l'idée d'offrir mes services en tant que nourrice m'est naturellement venue à l'esprit. D'autant que c'est bien payé.

— Si cela vous plaît tant et que ça rapporte bien, pourquoi voulez-vous arrêter ?

Elle se mit alors à regarder fixement le sol et sa chevelure blond doré retomba tout autour de son visage.

— Pour des raisons de santé.

Sa réponse était insensée : elle paraissait prendre un tel plaisir à s'occuper d'Oliver. Qui plus était, elle semblait avoir de l'énergie à revendre et une patience à toute épreuve.

— Et côté privé ? J'imagine qu'il y a un homme cher à votre cœur, dans votre vie.

— Exact.

Et le sourire qui éclaira immédiatement son visage lui fit l'effet d'un coup de poing en plein torse. Pour la séduction, c'était donc raté.

— Il s'appelle Oliver, poursuivit-elle. Il est adorable, parle peu, et s'extasie sur beaucoup de choses. Il ne sait pas encore marcher. C'est ainsi que j'aime les hommes.

Il sourit et secoua la tête. Elle était terriblement charmante et pleine d'humour. Mais pourquoi avait-il été si troublé à l'idée qu'elle ait un petit ami ?

Elle rejeta ses cheveux en arrière et adressa un beau sourire à Oliver.

— Plus sérieusement, je n'ai pas encore rencontré l'homme idéal et d'ailleurs, je ne le cherche pas, je suis bien trop occupée à créer ma société pour penser à ça. Pour l'instant, l'amour ne fait pas partie de mes projets.

Pas étonnant qu'il ait l'impression de voir en elle une âme

sœur, même s'ils venaient de milieux très différents. Tout comme lui, elle était libre et ne recherchait pas l'amour ; cette dizaine de jours ensemble s'annonçait donc parfaite.

Sarah s'apprêtait à crier victoire : Oliver était tout propre et Aiden ne l'avait pas surprise en train de le regarder. C'était un miracle, car elle n'avait cessé de lui lancer des coups d'œil à la dérobée, d'admirer son large torse musclé et le duvet qui le divisait parfaitement en son centre, sans compter ses épaules et ses biceps bien sculptés. Son tatouage à l'intérieur de l'avant-bras ne lui avait pas non plus échappé, un motif sombre et mystérieux, impossible à déchiffrer.

Elle tapota le bout du nez d'Oliver avec le doigt.

— Salut, toi. J'en connais un qui vient de prendre son bain et va enfiler son pyjama.

Aiden fronça les sourcils.

— Sarah n'est pas drôle, décréta-t-il à l'intention d'Oliver. Moi, je veux bien encore m'amuser pendant un quart d'heure.

Elle sourit.

— L'eau sera alors bien trop froide. Et il faut respecter le programme.

— Ah oui, le programme.

Et sortant Oliver de l'eau, il le lui tendit ; elle l'enveloppa aussitôt dans le drap de bain qui l'attendait, puis le sécha, lui frictionnant doucement la tête avec une serviette plus petite. Au moment où Aiden sortait de la baignoire, elle laissa glisser les yeux vers lui... Et faillit s'en mordre la langue. Penché en avant, il lui présentait la ligne parfaite de son dos, et plus bas, parfaitement moulés sous la serviette, ses hanches et son postérieur.

Subitement il se retourna et elle n'eut pas le temps ni l'envie de regarder ailleurs. Un sourire diabolique éclaira à cet instant son visage, un sourire qui disait nettement qu'il avait vu clair dans son jeu. Elle en fut pétrifiée... Si elle prenait un air effarouché, elle semblerait encore plus coupable, autant s'écrier : « Je n'ai pas pu faire autrement que regarder, la tentation était trop grande ». Toutefois, si elle continuait à le regarder comme elle le faisait maintenant, il y avait de fortes chances pour qu'elle finisse par oublier sa résolution, à savoir ne plus tomber amoureuse des pères célibataires à la beauté insoutenable, avec enfant adorable à la clé...

— Vous êtes toute mouillée, dit-il en nouant sa serviette autour de la taille.

Elle tressaillit puis cala Oliver sur sa hanche. Sa robe était constellée de taches sombres et lui collait aux cuisses.

— Vous avez raison, je dois me changer.

— Autant mettre une tenue décontractée dans laquelle vous serez à l'aise pour la nuit.

— Décontractée ?

Non, elle n'avait pas du tout l'intention de se détendre. Au contraire : elle devait rester sur ses gardes.

— À moins qu'une robe du soir soit plus appropriée pour l'histoire du soir. Je suis en plein apprentissage.

Et sur ces propos moqueurs, il lui prit Oliver des bras. Ces deux-là formaient décidément un adorable tableau, Aiden torse nu avec sa serviette nouée à la taille, et Oliver enveloppé dans son drap de bain.

— Mais puisqu'Oliver va se mettre en pyjama, c'est également ce que je vais porter, poursuivit-il. Et vous pouvez tout à fait vous joindre à nous.

— Je ne savais pas que je serais invitée à une soirée pyjama, en venant à New York, aussi, je n'ai apporté qu'une chemise de nuit de ma propre collection.

— Dans ce cas, cela me permettra de découvrir votre travail, je dois savoir ce que vous vendez.

— Je vous montrerai des photos.

— Pourquoi ? Elle est trop sexy ?

Et il lui jeta un coup d'œil délicieusement réprobateur...

— Si vous ne pouvez pas porter ce que vous créez, vous ne pourrez jamais en vivre.

— Bien sûr que je porte mes créations !

— Dans ce cas, montrez-m'en une. Je vous promets que je saurai me tenir.

Exaspérée, elle se raidit.

— Parfait. Tout ce dont vous avez besoin pour habiller Oliver est sur votre lit. Je reviens sous peu.

— Ne soyez pas trop longue. Je n'ai pas tout à fait compris cette affaire de couche.

Se hâtant pour regagner sa chambre pieds nus, elle se fustigea entre ses dents :

— Bien joué, ma grande ! D'abord il te surprend en train de le mater, et maintenant tu vas devoir lire une histoire du soir à moitié nue !

Comment avait-elle pu se mettre dans une situation pareille ? *Aiden*. C'était lui le responsable car il la surprenait, se comportant avec elle de manière totalement inattendue. Après leur rencontre dans son bureau tape-à-l'œil et leur arrivée dans son repaire privé, il lui avait montré un tout autre visage. Plus amène, plus généreux. Sans compter l'effet que sa présence physique avait sur elle : elle sentait tout son corps revenir à la vie après plus d'un an. Plus exactement depuis qu'elle avait découvert que Jason, son ancien employeur, couchait avec elle quand il était à la maison, et faisait la même chose avec de nombreuses autres lorsqu'il était en déplacement. Elle s'était autorisée à quitter son travail de nourrice et à cesser tout rapport avec lui. Et elle en avait payé le prix ! Jason lui avait piétiné le cœur, mais le pire avait été se séparer de Chloe, son adorable petite fille. C'était ce dont elle avait le plus souffert, aussi ne voulait-elle pas revivre la même histoire.

S'engouffrant dans sa chambre, elle en referma vivement la porte, puis inspira une grande bouffée d'air. Il était impératif qu'elle retrouve le contrôle d'elle-même. Oui, il était temps pour elle d'agir de façon sensée.

Elle laissa tomber les yeux sur sa valise posée sur le banc, au pied du lit. À moins qu'un pyjama ne se soit par miracle glissé à l'intérieur, il ne s'y trouvait qu'une chemise de nuit coupée dans le biais, lui arrivant à mi-cuisse, avec de fines bretelles.

La soie noire était chatoyante, de la dentelle argentée se mêlait subtilement à l'ourlet et au niveau du décolleté, par ailleurs assez chaste. Elle n'était pas outrageusement sexy, mais pas franchement sage non plus. Juste assez osée pour la mettre mal à l'aise. Ses épaules s'affaissèrent…

Ne lui avait-il pas dit qu'elle devait porter ce qu'elle créait ? De toute façon, elle n'avait pas le choix, ni le temps de penser : Aiden ne maîtrisant pas encore l'art de mettre une couche à un bébé, il y avait fort à parier qu'Oliver en profite et fasse pipi sur lui si elle s'attardait trop longtemps ici. Quelques instants plus tard, la soie glissait sur sa peau, lui rappelant pourquoi ses clientes ne pouvaient se passer de ses chemises de nuit après les avoir essayées : grâce à celles-ci, elles se sentaient particulièrement féminines.

Elle pouvait néanmoins en étouffer le potentiel sensuel… en enfilant un cardigan noir par-dessus. Ce qu'elle fit immédiatement. Ensuite, elle le boutonna jusqu'en haut. Jetant un coup d'œil dans le miroir, elle eut alors l'impression de trahir son travail, mais tant pis, et peu importait qu'elle ait l'air bizarre ainsi accoutrée.

La porte était ouverte, et Aiden penché au-dessus du lit, en train de mettre son pyjama à Oliver. Elle entra et s'assit sur le bord du matelas, appréciant au passage le satiné des draps. Dans son pantalon de pyjama gris foncé et son T-shirt noir qui soulignait étroitement sa carrure, Aiden était à tomber. Pourquoi fallait-il que cet homme soit si séduisant ?

— On dirait que vous vous en êtes bien sorti avec la couche, déclara-t-elle. Et le reste ?

— J'ai peur que son pyjama soit un peu de travers et le gêne aux entournures.

— Pensez à la façon dont vous enfilez le vôtre. Cela vous aidera.

Il lui adressa un sourire provocateur.

— Dans ce cas, Oliver est prêt car je ne porte pas de pyjama.

Il avait bien sûr fallu qu'il lui mette *cette* image de lui dans la tête ! Il n'avait pu s'en empêcher !

— Alors imaginez que vous mettez une chemise pour aller travailler.

Et sur ces mots, elle croisa les jambes, consciente du trouble qu'elle ressentait. Son corps était traversé de délicieux picotements et une douce chaleur se répandait dans son ventre.

Aiden enfila les jambes puis les manches de la grenouillère, mais les boutons-pressions lui donnèrent du fil à retordre.

— Ces trucs ne concordent pas !

— Commencez par le haut.

Il suivit ses conseils et, une fois le pyjama fermé, prit Oliver dans ses bras.

— Ça va ?

— Fantastique, dit-elle.

À cet instant, il s'assit près d'elle, Oliver sur les genoux.

— Vous savez, je ne vois pas ce que vous portez sous ce vieux cardigan trop grand.

Elle croisa les bras autour de sa taille.

— J'avais froid, mentit-elle...

Puisque, en sa présence, elle était plutôt en feu !

— Et puis, Oliver est fatigué, ajouta-t-elle. Je pense qu'il n'y aura pas d'histoire du soir, aujourd'hui.

Ouf, elle s'en était plutôt bien sortie avec cette affaire de chemise de nuit !

— Comme le berceau n'arrivera que demain, je suggère qu'Oliver dorme avec vous. C'est une façon charmante de s'attacher l'un à l'autre.

— Mais si je roule sur lui ? Ou s'il tombe du lit ?

Un petit rire lui échappa.

— J'ai dit quelque chose de drôle ? ajouta-t-il.

— Non, vous êtes prudent, vous commencez à intégrer les réflexes d'un père.

— Mais ce sont des questions pertinentes, non ?

— Tout à fait ! Nous pouvons disposer des chaises autour du lit.

Il se gratta la tête, scrutant la pièce.

— Levez-vous et prenez Oliver.

Elle obtempéra. Il poussa le banc au pied du lit et tira sur le matelas... Quelques instants plus tard, celui-ci tomba par terre dans un bruit sourd.

— Voilà, si Oliver tombe du lit, il ne se fera pas mal. Et puis, c'est juste pour une nuit.

Elle n'en crut pas ses yeux.

— On peut dire que vous savez résoudre les problèmes !

— C'est en partie égoïste : je ne pourrai pas dormir si j'ai peur qu'il lui arrive quoi que ce soit durant la nuit.

Elle ne prit pas même la peine de retenir un sourire, alors qu'elle sentait bien que chaque parole ou geste attendrissant de sa part l'attirait plus puissamment vers lui.

— Vous devenez un père devant moi ! s'exclama-t-elle.

Aiden se saisit des oreillers restés sur le matelas ; ils n'avaient pas fait partie du voyage.

— Quand j'ai une mission à accomplir, je ne recule devant rien.

— Je vois ça. Tout à l'heure, vous râliez contre les barrières pour enfants et vous voici maintenant en train de faire du camping dans votre chambre.

Il s'avança vers elle et lui prit Oliver des bras.

— C'est à cause du bain. Il s'est passé quelque chose... J'ai senti qu'il avait besoin de moi. Personne avant lui n'a jamais eu autant besoin de moi. C'était un sentiment totalement inédit pour moi.

Et la tristesse qu'elle entendit alors dans sa voix lui fit mal au cœur. Elle devait s'éclipser au plus vite !

— Je vais préparer un biberon pour Oliver qui sera prêt au cas où, et je vous indiquerai ensuite comment le coucher. Quelque chose me dit que vous allez très bien vous en sortir.

— Entendu. Voulez-vous que l'on dîne, une fois qu'il sera endormi ?

Oh oui, ce serait avec plaisir... !

— Non, merci. La journée a été longue, je préfère me mettre au lit.

Il parut surpris mais n'objecta pas.

— D'accord, comme vous le souhaitez.

Quelques minutes plus tard, elle remonta avec le biberon, lui donna les dernières instructions et regagna sa chambre. Comme Oliver avait fait une courte sieste, elle était certaine qu'il allait s'endormir rapidement...

Et ce fut de toute évidence ce qui se passa puisqu'elle ne l'entendit pas pendant un long, très long moment tandis que, recroquevillée sous sa couette, elle s'efforçait de bannir Aiden de ses pensées...

Mais au beau milieu de la nuit, alors qu'elle s'était enfin endormie, ses pleurs la réveillèrent brusquement. Des cris qui la transpercèrent d'autant plus qu'elle s'était promis de ne pas intervenir. Aiden *devait* gérer ce genre de crise. Le bébé hurla de nouveau et elle roula sur le côté : le radioréveil sur le chevet indiquait 2 h 43.

Allons, c'était tout à fait normal, il n'y avait aucune urgence, se dit-elle d'abord. Mais comme ses pleurs ne cessaient pas, son instinct lui dicta d'aller voir ce qui se passait et, pour être honnête, elle éprouvait aussi de la sympathie pour Aiden : il avait eu une dure journée ! Se redressant, elle tendit l'oreille... Tout était redevenu soudain calme. Elle allait se recoucher quand un nouveau cri retentit.

Ainsi qu'un coup à sa porte.

— Sarah ? Vous dormez ?

Entendre la voix d'Aiden au cœur de la nuit lui fit un drôle d'effet.

— Non... Vous avez besoin d'aide ?

Oliver se remit à hurler.

— Oui, si ça ne vous dérange pas.

— Deux secondes.

Elle bondit du lit et ouvrit la porte. Derrière se trouvait Aiden, presque nu à l'exception d'un boxer gris, portant un petit Oliver aux yeux tout rougis qui tendit immédiatement les bras vers elle, avide qu'on le console.

— Qu'est-ce qui se passe, mon bonhomme ? Pourquoi es-tu si dur avec papa pour cette première nuit ?

Aiden entra dans la chambre et s'assit sur le bord de son lit, passant une main dans ses cheveux.

— J'ai cru que c'était sa couche, elle était toute trempée. Je l'ai changée, mais ça ne l'a pas calmé.

Elle hocha la tête, tout en faisant les cent pas, en partie pour calmer Oliver mais aussi pour échapper à la vision que lui offrait Aiden.

— Bien.

— Il ne voulait pas non plus son biberon.

— Vous avez essayé la tétine ?

— Je n'arrive pas à la retrouver ! J'imagine qu'elle est quelque part dans le lit.

— Ça l'aiderait à se rendormir. Allons voir.

Elle le suivit alors dans sa chambre, qui était éclairée par la douce lumière de la lampe de chevet. Bravo ! se dit-elle. Il n'avait pas eu le réflexe du plafonnier, contrairement à la plupart des parents débutants. Elle continua à bercer Oliver tandis qu'Aiden, à genoux sur le matelas, retournait les draps.

— Ah, la voilà !

Victorieux, il se releva en brandissant le trophée. Oliver s'empara aussitôt de la tétine qu'il porta à sa bouche.

— C'était donc bien cela qu'il voulait.

— Ça m'en a tout l'air.

Il poussa un soupir, en regardant le petit.

— J'ai encore beaucoup à apprendre. Mais merci pour votre aide.

Sur ces mots, il voulut prendre son fils, mais celui-ci s'accrocha à elle en pleurnichant.

— C'est avec vous qu'il veut être. Vous devriez peut-être le garder dans votre lit pour le reste de la nuit.

— Non, ce n'est pas une bonne idée, votre lit est bien plus grand que le mien et vous devez impérativement commencer à nouer une relation tous les deux.

— Dans ce cas, venez avec nous dans mon lit. Je suis trop fatigué pour argumenter.

— Quoi ?

Elle le regarda, ébahie.

— Cela... Cela ne me semble guère convenable, ajouta-t-elle en bredouillant.

— Pourquoi ? Il y aura un bébé entre nous. Vous devez me croire quand je vous affirme qu'il ne se passera rien, aussi tentant que cela puisse être, Sarah.

« Tentant » ? Bien...

— Comme vous le disiez, mon lit est immense, et vous n'avez pas une silhouette très imposante, poursuivit-il.

— Merci ! fit-elle avec humeur.

— Allons, ne le prenez pas mal ! Recouchons-nous, s'il vous plaît.

— Très bien. Mais juste pour cette nuit, alors.

— La question ne se posera pas demain, puisqu'il y aura un berceau.

Il n'avait pas tort : coucher Oliver entre eux résoudrait le problème, non ?

Elle se glissa donc sous la couette... Même sans sommier, le matelas était d'un confort inégalable ; Oliver devait vraiment être malheureux pour ne pas arriver à dormir.

Aiden éteignit la lumière et les rejoignit, se couchant sur le côté, de sorte qu'il leur faisait face, à elle et Oliver. Le bébé se détendit peu à peu et desserra enfin son petit poing qui lui cramponnait l'épaule, puis roula sur le dos entre eux. Le calme qui régnait dans la chambre était aussi oppressant qu'un brouillard à couper au couteau, à peine supportable. Comment allait-elle se rendormir, bien trop consciente du fait qu'elle se trouvait dans le lit d'Aiden et qui lui-même ne dormait pas ?

— Sarah ? murmura-t-il.

— Oui ?

— J'ai vu votre chemise de nuit.

— J'imagine.

Pitié !

— Elle est magnifique. Je ne suis pas surpris que vous ayez du mal à honorer vos commandes.

Elle sourit dans le noir.

— Mais vous avez tort de penser qu'elle n'est pas sexy.

À ces mots, elle sentit son cœur partir pour un galop effréné ; maintenant, c'était certain, elle ne parviendrait plus à dormir de la nuit.

— Elle met vos jambes en valeur. Et vous avez de très belles jambes, poursuivit-il. Elle est aussi flatteuse pour d'autres parties de votre corps.

Ses flatteries la mettaient au supplice. Qu'était-elle censée répondre ? *Ton boxer met en valeur ton corps impeccablement musclé et mortellement séduisant ?*

— Sarah ? Tu dors ?

« Tu » ? Avait-il lu son propre tutoiement dans ses pensées ?

Elle était dans de beaux draps, c'était vraiment le cas de le dire. Elle aurait dû se mettre à ronfler, tiens !

— Pas tout à fait, murmura-t-elle.

— J'ai dit quelque chose qui t'a vexée ?

Non, tes compliments étaient parfaits.

— Je crois qu'on devrait dormir. Il ne faudrait pas réveiller le petit.

6

Aiden était rarement submergé : pourquoi paniquer quand on avait tant à faire ? Il suffisait de s'organiser et d'avancer. Pourtant, déambulant, une tasse de café à la main et les yeux pleins de sommeil, dans le dédale de cartons qui jonchaient le palier devant la chambre d'Oliver, ce matin-là, il s'avoua vaincu.

— Comment un bébé peut-il avoir besoin de tant de choses ? demanda-t-il à Sarah.

— Tu m'as déjà posé la question hier. Et je suis incapable d'y répondre. C'est ainsi.

Oliver calé sur la hanche, elle surveillait de près les deux livreurs qui montaient les meubles.

— Le berceau sera bientôt assemblé, et chacun pourra dormir dans son lit, ce soir, poursuivit-elle d'un ton appuyé.

— Bien sûr, approuva-t-il aussitôt.

Il avait déjà compris hier soir, à la façon dont elle avait réagi à ses compliments, ou plutôt face à sa non-réaction, qu'elle souhaitait garder ses distances. Dans la salle de bains, pourtant, il lui avait semblé sentir une sorte de courant passer entre eux, mais il s'était peut-être trompé.

Il avait sans doute eu tort de l'inviter dans son lit, mais le manque de sommeil dû aux pleurs d'un bébé, sans compter le chamboulement de la veille, ne l'avait pas aidé à réfléchir clairement. D'ailleurs, après, cela avait été pire : en plus d'avoir peur d'écraser Oliver, il avait été obnubilé par la présence de Sarah à ses côtés. Résultat, une longue nuit blanche. Certes, il lui était déjà arrivé de se retrouver au lit avec une femme qu'il connaissait depuis moins de vingt-quatre heures, mais jamais dans de telles circonstances, ni avec une créature d'une telle beauté. Ses taches de rousseur et sa bouche à se damner auraient suffi à elles seules à lui faire perdre la tête, mais il fallait aussi qu'elle soit d'une intelligence redoutable. Elle l'avait complètement séduit, alors que c'était la dernière chose qu'il pouvait se permettre !

— Comment allons-nous ranger tout cela avec un nourrisson crapahutant dans toute la maison ? demanda-t-il pour revenir à la réalité.

— C'est tout le défi que représente la garde d'enfants en bas âge. L'art du jonglage.

À cet instant, Oliver se mit à gigoter, désireux qu'elle le pose.

— Je vois, dit-il.

Et il avala une autre gorgée de café. La journée promettait d'être longue, et bien qu'il n'ait pas envisagé de passer le week-end de cette façon, et pour fatigué qu'il soit, il ne regrettait en rien les événements de la veille. C'était bien étrange...

— Il fera une petite sieste en fin de matinée, prédit-elle, et une plus longue dans l'après-midi, ce qui nous laissera un peu de temps. Bien sûr, ce serait plus facile si nous avions du renfort. Ne pourrais-tu pas appeler ta famille ?

Ah non, elle n'allait pas recommencer !

— Je t'ai déjà dit que je ne tenais pas à la présence de ma mère pour l'instant.

— Et Anna ? Elle pourrait emmener Oliver en promenade, cela lui ferait du bien de prendre l'air.

Au fond, l'idée était bonne. Anna était sa meilleure alliée au sein de la famille, tandis qu'avec Adam sa relation était plus délicate : enfants, leur père s'ingéniait à les comparer, et montrait une nette préférence pour son benjamin, le destinant déjà à prendre la relève, à LangTel, alors que la logique aurait voulu que le rôle lui revienne à lui, l'aîné.

Outre Anna, il y avait Jacob, son mari : tous deux se

comprenaient bien de par la relation tendue que chacun avait entretenue avec son propre père.

— Tu as raison, Anna sera sans doute partante.

Elle posa alors Oliver qui se mit aussitôt à jouer avec un carton.

— Dans ce cas, appelle-la.

Une heure plus tard, Anna et son mari arrivaient à l'appartement. Oliver n'ayant pas terminé sa sieste du matin, Anna en profita pour l'admirer longuement. Elle faisait une fixation sur les bébés, en ce moment. Ce qui n'était pas étonnant, du reste, vu qu'elle allait devenir mère.

— Eh bien, au bout de vingt-quatre heures, ça te fait quoi d'être père ? lui demanda Jacob, assis sur le canapé du salon.

— C'est surréel. Je ne vois pas quoi dire d'autre, répondit-il tout en scrutant le ciel sans nuages de Manhattan.

— J'imagine que tu vas faire un test de paternité ?

— Oui, c'est nécessaire pour ajouter mon nom sur le certificat de naissance. Puis Sarah signera une décharge de tutelle.

— Tu crois qu'il pourrait ne pas être de toi ?

Après avoir plongé les yeux dans ceux d'Oliver la veille, et vu sa tache de naissance, il savait que le test de paternité était une pure formalité. Toutefois, la question éveilla en lui une autre interrogation qui le hantait depuis des années : son propre père en avait-il fait un, le concernant ? Était-ce alors que les choses avaient dégénéré et que Roger avait déclaré ne plus vouloir avoir affaire à lui ?

— Non, je sais que c'est mon fils. Un regard m'a suffi.

Jacob lui sourit et posa le bras sur le dossier du canapé.

— Je n'arrive pas à croire que, dans six semaines, Anna et moi serons aussi parents. Surréel, c'est bien le mot.

— Et tes parents, sont-ils impatients de devenir grands-parents ?

— Ma mère prétend que oui, mais j'attends pour voir. Quant à la tienne, il n'y a aucun doute. Elle ne cesse d'en parler.

Ces paroles lui donnèrent un regain d'espoir.

— Et regardez qui est réveillé...

Anna, radieuse, venait d'entrer dans la pièce, Oliver dans les bras.

Son enfant agissait décidément comme un rayon de soleil sur tout le monde.

Aussitôt, Jacob se leva et l'enlaça.

— Porter un enfant te va à ravir, lui dit-il.

Le sourire de sa sœur s'agrandit encore.

— C'est Oliver qui est parfait. J'ai un neveu parfait, c'est indéniable.

La joie d'Anna était un vrai baume pour lui : il avait besoin qu'Oliver soit un membre à part entière de la famille et, par conséquent, devrait convier sa mère au plus vite, conclut-il. S'avançant vers le trio, il posa un baiser sur la joue douce comme un pétale d'Oliver.

Cet enfant connaîtra toujours l'amour. Il ne doutera jamais qu'il a été désiré et adoré, se promit-il.

— Bon, je vais vous montrer comment fonctionne la poussette, pour la promenade.

Seuls, pensa tout de suite Sarah quand la porte de l'ascenseur se referma derrière Anna, Jacob et Oliver.

Et lorsqu'elle se retourna, elle se heurta directement au torse d'Aiden.

— Du calme, capitaine ! dit-il en l'agrippant par les épaules. Nous aurons le temps de passer aux choses sérieuses, tu sais, même s'ils ne sont pas absents très longtemps.

Elle eut un moment d'hésitation : pourquoi ses paroles lui faisaient-elles l'effet d'une caresse ? Pourquoi y voyait-elle une allusion... sexuelle ?

— Profitons-en, alors, répondit-elle en riant nerveusement.

Il ne l'avait pas encore relâchée, et sa chaleur se déversa en elle,provoquant une vague de frissons qui la fit trembler. Cherchait-il à l'hypnotiser par son regard bleu azur ?

Un sourire éclaira soudain les traits d'Aiden et elle porta malgré elle les yeux sur sa bouche. Une vraie tentation...

Quelle version de lui-même lui donnerait-il si elle l'embrassait ? L'homme d'affaires en costume impeccable ? Nul doute qu'au lit, cet Aiden-là devait prendre les rênes avec brio... Ou bien lui montrerait-il l'image de l'aventurier cool et tatoué, qui sautait en parachute, et avait besoin de grands espaces ? Celui-ci prendrait son temps mais saurait à coup sûr la satisfaire au-delà de ses attentes. Elle sentit ses jambes flageoler : en réalité, elle voulait les deux.

— Je tenais à te remercier, déclara-t-il alors.

Et le timbre de sa voix rauque lui fit tourner la tête.

— Pour quoi ?

— Pour m'avoir apporté Oliver. Je n'aurais jamais cru ressentir des émotions pareilles.

— C'est un revirement à 180 ° de la part d'un homme qui n'a pas répondu à mes mails et mes appels pendant trois semaines.

Il hocha la tête, acceptant sa culpabilité, une tempête de bleus et de gris tournoyant dans ses yeux.

— Je sais, et je m'en excuse. Je ne voulais pas croire que c'était vrai. Il est impossible de savoir comment on va réagir face un enfant avant d'en avoir un. Si tu m'avais interrogé il y a encore deux jours sur un éventuel désir d'enfant, je t'aurais répondu par la négative. Ce n'est plus du tout mon état d'esprit aujourd'hui.

Bon sang, cet homme était irrésistible ! Un Apollon qui confessait sa tendresse pour un bébé ? Non, ça n'allait plus du tout. Elle devait cesser de tenter le destin ; après le bain d'hier, la nuit sur le même matelas, il était urgent qu'elle replace la relation dans un cadre professionnel.

— Je suis ravie de l'entendre, mais maintenant, au travail !

Alors il la relâcha, ses mains laissant des ondes de choc brûlantes dans leur sillage. La scrutant attentivement, il poussa un soupir et déclara :

— OK, comme tu voudras.

Au moment où elle pivotait sur ses talons, il la rappela.

— Une seconde...

— Oui ?

— Depuis quand j'ai une boîte à cookies ?

— Depuis que tu m'as donné carte blanche sur Internet. Tu as un petit garçon à la maison, c'est donc indispensable.

— Je pensais que les nourrices ne donnaient pas de choses sucrées aux enfants.

Elle haussa les épaules.

— Il est bon de leur montrer qu'on les aime en leur offrant des petites douceurs.

Reprenant sa marche, elle ajouta, doigt levé :

— Pas tous les jours, bien sûr.

En haut, le berceau en bois sombre attendait dans un angle. La commode, la table à langer et le rocking-chair formaient un complément assorti. Il ne restait plus qu'à apporter les touches finales à l'ensemble : des cadres, des livres, des jouets, tout ce qui ferait qu'Oliver se sentirait chez lui.

— Nous allons mettre des draps. Je vais te montrer comment baisser le côté du lit.

— Ça ne me semble pas très compliqué.

— Sans doute, mais il faut toujours s'assurer qu'il est remonté pour que l'enfant ne puisse pas tomber. Ou s'échapper.

— Ou fomenter un coup d'État !

— Très drôle. Comme Oliver a onze mois et qu'il prend appui sur les rebords pour se lever, on mettra le matelas au niveau le plus bas. Pour les nourrissons, on peut le relever. C'est plus pratique pour le dos.

— Sauf s'il y a encore quelque chose que j'ignore, je ne pense pas le relever un jour.

— Qui sait ? Et si un jour tu te maries et que tu as d'autres enfants ?

Pourquoi allait-elle à la pêche aux informations ? C'était plus fort qu'elle !

— Encore faudrait-il que je sois capable de retenir une femme plus de quelques jours !

— J'imagine que les liaisons courtes comme celle que tu as eue avec la mère d'Oliver sont la norme, pour toi ?

Gail avait été discrète sur cette relation, soulignant juste qu'il était charmant, sexy, et hostile à toute relation sérieuse. Mais elle comprenait pourquoi son amie avait succombé : elle aurait agi pareillement si elle avait eu le courage d'avoir des aventures. Hélas ! elle était incapable de ne pas s'attacher à un homme s'il lui plaisait.

— Tu sais ce que je t'ai dit à propos des grands espaces ? Cela vaut aussi pour ma vie privée.

— Belle façon de se défiler !

— Pardon ?

— Tu sautes d'un avion, mais tu as peur de t'engager ? Donc, quand tu rencontres une femme, tu décides d'emblée que ça ne mènera nulle part ?

— Non, je sais précisément où ça mènera, c'est-à-dire quand la liaison se terminera, car je connais mes limites et je les accepte.

Elle lissa les deux petites couvertures au pied du berceau.

— Si c'est ainsi que tu es heureux, parfait. Mais il me semble que tu n'es pas tout à fait honnête avec toi-même. Tu affirmes avoir besoin d'espace, toutefois, il ne t'a pas fallu très longtemps pour être à l'aise avec Oliver.

— Ce n'est pas la même chose, Oliver a besoin de moi. Et puis tu es la première à dire que tu n'as pas de temps pour un petit ami.

— Ma situation est complètement différente.

— En quoi ?

— Moi, je me refuse à voir en un homme une liaison passagère.

Contrairement à ce qu'ils font avec moi, eux.

Elle poursuivit :

— Mais toi, c'est ainsi que tu te comportes avec les femmes. Et je trouve ça très triste.

— Inutile d'être désolée pour moi.

— Oh ! ce n'est pas du tout le cas, ne t'en fais pas !

Elle secoua la tête, désireuse d'échapper au tour que prenait la conversation, pour la bonne raison qu'il l'obsédait depuis qu'elle l'avait rencontré.

Changeant bien vite de sujet, elle enchaîna :

— Et si on parlait de ma société ? C'est ma compensation, ne l'oublie pas. J'en suis au point où Kama ne peut plus ni décoller, ni s'écraser ni brûler.

— Kama ? C'est son nom ?

— Oui. C'est la déesse hindoue du désir. Et comme nos tissus viennent tous d'Inde, j'ai pensé que ce nom était approprié.

Il acquiesça et se mordit la lèvre.

— Ça me plaît bien, ce nom, il est simple, raffiné. En plus, il me fait penser au *Kama Sutra*, et tu sais pourquoi ?

OK, elle s'était *directement* jetée dans le piège.

— Bon, on peut discuter de façon sérieuse ? Les six prochains mois seront déterminants, et je ne sais comment les affronter. Je suis terrifiée à l'idée d'échouer.

Elle ne pouvait imaginer repartir de zéro, pour faire quoi, d'ailleurs ? Elle n'en avait pas la moindre idée.

— C'est si important que ça pour toi, ce commerce de chemises de nuit ?

— Ne sois pas méprisant, s'il te plaît ! C'est mon gagne-pain. Ma carrière.

— Si elle te tient tant à cœur, alors approprie-toi les pièces de tes collections, comme je te l'ai dit hier soir. Tu me cachais ce que tu portais, c'est gênant pour promouvoir son travail.

Non, c'était de lui qu'elle se cachait, nuance.

— De toute façon, ajouta-t-il, quoi que tu en dises, tu peux toujours reprendre ton métier de nourrice. Les enfants qui ont besoin qu'on s'occupe d'eux, ce n'est pas ce qui manque. Par ailleurs, tout le monde n'a pas l'âme d'un entrepreneur.

— Combien de fois devrai-je te le répéter ? Je ne veux plus être nourrice.

— J'avoue ne pas comprendre tes contradictions. À l'évidence, tu adores t'occuper d'Oliver, tu adores les enfants, aussi pourquoi refuses-tu de gagner ta vie de cette façon ?

— J'ai envie de relever un nouveau défi.

— Dans ce cas, donne-moi des détails sur ton entreprise.

— Je vais te montrer.

Elle avait pris des photos de ses collections et de son atelier pour convaincre les banques quand les ventes avaient commencé à décoller et qu'elle avait voulu s'agrandir.

— Tu pourras voir des photos de ce que je fais, dit-elle en lui tendant son téléphone.

— Ton atelier est minuscule, commenta-t-il en les faisant défiler. Comment peux-tu travailler dans si peu d'espace ?

— Je me débrouille. J'ai six employés très dévoués, mais il m'en faudrait quatre fois plus afin d'honorer mes commandes. Seulement, comment faire ? Pour s'agrandir, il faut obtenir de nouveaux prêts, acheter du matériel, prévoir des assurances santé et trouver du personnel qualifié.

— Sous-traite !

— Je ne peux pas licencier mes employés. Ils me sont fidèles depuis le début, ils ont des familles à nourrir.

— Bon, j'ai une proposition toute simple : je deviens investisseur. Je te fais un chèque et tu peux t'agrandir.

C'était du Aiden tout craché : on écartait les problèmes à coups de dollars, qu'il s'agisse du domaine privé ou professionnel. Mais pas question qu'il devienne actionnaire de sa société.

— Écoute, j'ai juste besoin de tes conseils, de tes contacts, pas que tu me jettes ton argent au visage pour te débarrasser de moi. Je te rappelle que tu t'es engagé à tenir ce rôle dans notre contrat.

Elle en avait assez qu'on fasse bon marché de ses rêves, de ses désirs, cela lui rappelait trop Jason.

Il lui redonna son téléphone, yeux rivés à elle. Et elle se sentit soudain à cran. Qu'allait-il encore lui proposer ?

— Tu as raison, dit-il enfin. J'ai dit que je t'aiderai et je tiendrai parole. Sans avoir vu ta comptabilité, je pense qu'il te faut un partenaire exclusif, un grand nom de la mode qui te permettrait de produire à grande échelle, qui mettrait du matériel à ta disposition, des entrepôts, et, plus important encore, qui se chargerait de la distribution de tes produits afin que tu puisses te concentrer sur tes spécificités, ce en quoi tu excelles.

Et voilà : il venait enfin de lui tenir le discours qu'elle

attendait, il avait compris ce qui la motivait, et n'essayait pas de se dérober.

— Génial ! s'écria-t-elle. Ainsi, je pourrai consacrer mon temps à concevoir mes modèles.

Et se projeter, enfin, vers l'avenir.

7

Le dimanche, Sarah avait compris que la vie d'Aiden n'était pas toujours aussi radieuse qu'elle en avait l'air. Il avait fini par appeler sa mère pour lui parler d'Oliver dans la matinée et, contrairement à ce qu'il espérait, et ce qu'elle pensait aussi, celle-ci n'avait pas tout cessé séance tenante pour se précipiter chez lui mais, sous prétexte qu'elle était occupée, s'était contentée de promettre qu'elle passerait le lendemain. Du coup, il s'était réfugié dans sa salle de sport pour soulever des haltères et courir sur des tapis de jogging pendant des heures. Comme s'il avait besoin de se muscler !

De son côté, elle avait tenté de tirer le meilleur parti de son temps en travaillant dans la chambre d'Oliver tandis qu'il jouait seul ou dormait, ratissant Internet en quête d'entreprises partenaires. Elle avait également effectué une grande balade avec Oliver et en avait profité pour lui acheter des albums pour bébé qu'elle-même adorait. Elle ne doutait pas qu'Aiden apprécierait et que, peut-être grâce à ceux-ci, il se souviendrait d'elle. Mais de cette journée, elle gardait un peu de tristesse pour lui, devinant que la solitude qu'il disait tant aimer cachait aussi une part de vulnérabilité liée à son passé.

En fin de matinée, ce lundi-là, elle attendait le retour du charmant Aiden. Car « l'autre » Aiden s'était comporté comme un véritable goujat lors des entretiens avec les nourrices. Elle n'avait pas compté avec sa prudence excessive de père et croisait à présent les doigts pour que le quatrième entretien se passe pour le mieux.

Hélas…

— Quel est ton problème, au juste ? demanda-t-elle au moment où les portes de l'ascenseur se refermèrent sur l'ultime candidate. Nous avons épuisé le réservoir des meilleures nourrices de l'agence. Celle-ci, c'était quasiment Mary Poppins, et tu lui as dit qu'elle ne convenait pas pour Oliver !

Il fourra les mains dans ses poches. Pourquoi fallait-il qu'il soit si beau ? Elle devait déployer trop d'énergie pour lui en vouloir.

— Tu as vu sa tête quand elle ne parlait pas ? Elle était glaciale et sévère. Je veux qu'Oliver soit heureux, vive dans un entourage bienveillant.

— Pardon ? On en est là ? Son visage ne te revenait pas ? C'est ridicule.

— Elle ne me plaît pas, un point c'est tout !

Elle marmonna entre ses dents. Certes, cette femme semblait un peu austère, mais à part cela, elle était parfaite ! De surcroît, elle avait plus de cinquante ans et était mariée, ce qui lui plaisait : elle n'avait pas très envie de laisser Aiden entre les mains d'une pétillante créature de vingt-cinq ans.

— Et Frances ? reprit-elle. Elle a travaillé pour le sénateur Meyers.

— Oui, mais ce n'est plus le cas, et je ne suis pas certain qu'elle ait dit la vérité au sujet de sa démission.

— Elle a dû rentrer à New York pour s'occuper de sa tante malade, alors que le sénateur et sa famille résident à Washington. Je ne vois rien de curieux dans cette explication.

— Et si sa tante lui prend tout son temps ? Non, elle ne m'inspire nulle confiance.

Sur ces mots, il se rendit dans la cuisine, où elle le suivit : il était crucial qu'ils résolvent ce problème de nourrice !

— Je suis tout de même experte en ma matière, argua-t-elle.

— Continuons à chercher !

— Nous sommes lundi, il nous reste juste une semaine. Que vas-tu faire si on ne trouve personne d'ici à mon départ ?

Aiden saisit une pomme dans le compotier posé sur l'îlot.

— Il est probable que je requière plus longtemps tes services.

OK, elle voyait sûrement clair dans son jeu : pour éviter tout éventuel problème avec une nouvelle nourrice, il préférait garder les *services* actuels, qui fonctionnaient. *Ses* services.

— Tu veux me forcer à rester en renvoyant toutes les autres nourrices ?

— Tu as entendu ce que tu as dit ? Les *autres* nourrices.

— Non, Aiden, ne compte pas sur moi.

— Franchement, je ne te crois pas capable de quitter Oliver, dimanche prochain. Tu es trop attachée à lui, ça se voit.

Pourquoi s'acharnait-il sur elle ? Il avait fait mouche par ces ultimes propos, et il le savait !

— Oui, je l'aime, comment ne pas l'aimer ? Mais ce n'est pas *mon* enfant, et comme tous ceux dont je me suis occupée auparavant, un jour ou l'autre, je devrai le quitter.

— Donc, tu en as fait un principe ! Très bien, fit-il d'un ton sarcastique.

— Je ne suis pas sans cœur ! se défendit-elle.

— Voilà pourquoi je ne te crois pas.

— Écoute, te trouver une nourrice fait partie de mon contrat, je vais rappeler l'agence et voir s'ils peuvent nous envoyer d'autres candidates. Entre-temps, j'apprécierais que tu relises les CV de celles d'aujourd'hui.

Là-dessus, elle posa ceux-ci sur le comptoir, pivota sur ses talons et se dirigea à grands pas vers l'ascenseur.

— Sarah. Attends !

Elle se retourna au moment où il mettait les CV de côté.

— Quoi ?

Il poussa un soupir.

— Je suis désolé, mais je te certifie que ces candidates, je ne les sens pas. Je fais de mon mieux, pourtant, mais la situation est si nouvelle pour moi. Je t'assure.

— Je sais, je sais. Je suis juste stressée à cause du temps qui nous est imparti. Je dois retourner au plus vite à Boston pour m'occuper de Kama.

— À propos, je voulais te dire qu'Anna et moi tentons de nous faire inviter à un défilé de charité organisé par *Fad Forward Magazine*. Ça semble être un grand événement dans le domaine.

— C'est le défilé Forward Style ? Où se tient-il cette année ? parvint-elle à demander.

— À Miami. Je pensais que tout le monde pouvait acheter des billets, mais en fait, il faut être invité pour avoir ce privilège, ce qui est un peu contradictoire, puisqu'il s'agit d'un gala de charité...

— Tout le gratin de la mode y assiste ! s'exclama-t-elle. Cependant, je ne suis pas certaine que cela puisse m'aider.

— Notre cible, c'est Sylvia Hodge, enchaîna-t-il. C'est elle l'hôtesse d'honneur, cette année. Selon Anna, elle recherche justement de nouveaux talents. Aller à Miami est le meilleur moyen de la rencontrer. Encore faut-il qu'elle prenne mon appel.

— Mais tu es Aiden Langford, non ?

— Je vais faire l'impossible pour obtenir des billets.

— Mais ils doivent valoir des dizaines de milliers de dollars !

— Cadeau !

— Non, ça dépasse les limites de notre accord.

— Tu m'as apporté Oliver. Je te dois bien ça.

Après cette grande pause qui durait depuis le vendredi, il avait une montagne de travail à rattraper pour LangTel. Hélas ! il n'arrivait pas à se concentrer et ne cessait de fixer l'horloge ! Sa mère devait arriver dans un quart d'heure à présent pour faire la connaissance d'Oliver.

— Je peux rester avec Oliver jusqu'à l'arrivée de ta mère, dit-elle. Après, je m'éclipserai pour vous laisser tous les trois.

Avait-elle lu dans ses pensées ? Savait-elle que son rapport avec sa mère lui causait beaucoup de peine ?

Il s'efforçait de rester optimiste, s'accrochant à l'idée qu'Oliver pourrait combler le gouffre qui existait entre lui et sa mère, mais il avait de nombreuses raisons d'en douter.

— Où iras-tu ?

— Faire un tour. Je suis tendue et excitée à la fois, tu sais, à cause de Miami, même s'il n'est pas sûr que l'on puisse assister au défilé. En plus, je veux me changer un peu les idées. Je n'ai pas vraiment travaillé depuis plusieurs jours. Je suis vraiment nulle.

Il l'observa plus attentivement. Elle portait un legging noir qui soulignait ses jambes fuselées et musclées, avec un haut moulant qui dévoilait ses épaules ; en outre, elle s'était fait une queue-de-cheval haute qui mettait sa nuque gracieuse en valeur. Il contourna son bureau et s'avança vers elle pour prendre Oliver, tout en luttant contre l'envie de lui retirer son élastique noir pour glisser la main dans ses cheveux, lui incliner la tête en arrière et lui donner un baiser à couper le souffle...

— Tu n'es pas nulle, tu es une femme superbe, et je serais un crétin si je ne te le disais pas.

Il la vit rougir, puis réprimer un sourire, ce qui aviva l'attirance qu'il éprouvait pour elle. Si elle savait que tout son corps brûlait de désir pour elle...

— Merci pour le compliment, dit-elle en lui passant le petit, c'est gentil... Bon, si tu t'occupes d'Oliver, alors je vais sortir maintenant. Je ne sais pas combien de temps ta mère va rester, mais j'irai prendre un café après ma promenade pour vous laisser plus de temps.

Soudain, il sentit son cerveau quasiment vrombir et une idée s'imposa à lui : Sarah devait rester ! Elle lui était indispensable lors de la visite de sa mère ! Elle avait le pouvoir de le calmer, et à part sa sœur, personne ne lui avait fait cet effet jusque-là.

— Et si je te disais que j'ai envie que tu restes ?

Elle plissa son adorable nez.

— Ah bon ? Vraiment ?

— Tu serais ma caution et mon soutien. Je n'ai pas une relation facile avec ma mère. Tu as dû t'en douter.

— Oui, bien que tu ne m'en aies pas expliqué la raison.

Parce que je n'ai pas envie d'en parler.

— C'est compliqué... Si tu es là, la conversation restera légère, distrayante. Ta présence me serait vraiment très utile.

Elle baissa les paupières puis décréta :

— Je suis fagotée comme l'as de pique. Il faut que je me change.

Sans réfléchir, il prit son menton en coupe, conscient d'avoir franchi une ligne rouge.

— Selon moi, tu es parfaite. Ne change rien.

Elle ne fit pas un geste. Lui non plus. Aucun d'eux ne prononça un mot, yeux rivés l'un à l'autre, comme s'ils voulaient sonder toujours plus profondément leur âme mutuelle.

Ce fut elle qui brisa le sortilège en secouant la tête.

— Tu es gentil, mais il n'est pas question que je rencontre ta mère dans cette tenue. En plus, je ne suis même pas maquillée.

Tournant les talons, elle ajouta :

— Je reviens dans cinq minutes.

Il la regarda s'éloigner, en proie à son imagination brûlante... Il y avait fort longtemps qu'il n'avait pas désiré une femme avec une telle force : quand une opportunité se présenterait-elle enfin ?

Il se rendit dans la cuisine où sa gouvernante avait préparé du café, ainsi qu'un assortiment de biscuits, et les cookies de la fameuse boîte commandée par Sarah. Pourquoi ne pas en proposer un à Oliver, pour voir s'il aimait ?

— Tu veux un cookie ?

Son fils s'en empara, le porta droit à sa bouche, comme la plupart des choses, et ouvrit de grands yeux, découvrant un nouveau goût. Il s'appuya contre le comptoir pour savourer l'instant. Sarah allait laisser derrière elle bien plus qu'une boîte de cookies quand elle repartirait, pensa-t-il.

— C'est bon, n'est-ce pas ? Attends d'être un peu plus âgé et je pourrai t'emmener manger des énormes glaces ou des hot-dogs quand on ira voir des matchs de base-ball.

Un mélange d'espoir et de mélancolie le saisit alors. Les

pères partageaient ce genre d'activités avec leurs enfants, et il avait réellement envie de vivre ces expériences qui lui avaient tant manqué pendant son enfance.

Sarah revint rapidement, les joues roses, sans doute pour avoir couru. Elle avait enfilé une jupe noire qui lui arrivait aux genoux et un corsage blanc qui épousait parfaitement les formes qu'il admirait maintenant depuis plusieurs jours.

— Encore une fois, tu es parfaite, dit-il.

À cet instant, l'Interphone pour l'ascenseur sonna.

— Merci. Allez, va répondre.

Son cœur, dont les battements s'étaient accélérés à la vue de Sarah, se contracta : sa mère arrivait...

Quand les portes s'ouvrirent, il parvint à lui adresser un sourire un peu forcé.

Vêtue comme à l'ordinaire de noir et d'une écharpe de couleur, sa mère resta bouche bée en découvrant Oliver.

— Aiden, cet enfant est ton portrait craché ! s'écria-t-elle. Il a l'air d'un ange.

Et une larme roula sur sa joue, bientôt suivie d'un vrai torrent...

C'était la dernière réaction qu'il attendait de la part de sa mère ! À travers ses larmes, elle parvint à lui sourire.

— Je peux le prendre ?

Une armée d'émotions contradictoires l'assaillit alors. Il était partagé entre l'instinct qui lui dictait de protéger Oliver, la joie de constater le trouble profond de sa mère et, surtout, son désir évident d'aimer son bébé.

— Oui, bien sûr, finit-il par dire.

Et il le lui tendit.

— Viens, maman, ajouta-t-il, je vais te présenter Sarah.

Ils rejoignirent Sarah dans la bibliothèque.

— Madame Langford... Enchantée de faire votre connaissance. Aiden m'a tant parlé de vous.

— Je vous en prie, appelez-moi Evelyn. J'aimerais en dire autant à votre sujet, mais hélas ! mon fils ne m'a rien raconté.

Là-dessus, sa mère se tourna vers lui pour lui adresser un regard déçu, une réprimande muette.

Il poussa un soupir.

— Enfin, ajouta-t-elle encore, cela ne m'étonne pas. Il est toujours très réservé. Il ne me confie rien.

Une bouffée d'impatience jaillit alors en lui, mais sa mère ne parut pas s'en rendre compte, trop accaparée par Oliver : elle alla s'asseoir sur le parquet de la bibliothèque avec lui et commença à lui tendre des jouets qu'elle prenait dans un sac préparé par Sarah.

— Il est intelligent, ça se voit, commenta fièrement sa mère comme à part soi.

Il l'observait, bras croisés, sur ses gardes.

8

Percevant la crispation d'Aiden en présence de sa mère, Sarah se plaça derrière lui et posa la main sur son épaule ; il tressaillit, puis parut se détendre à son contact. Décidément, elle avait sous-estimé la tension entre eux et elle en eut de la peine pour lui. Elle regrettait de ne pas l'avoir davantage questionné sur leur relation. Que s'était-il passé entre Aiden et sa mère ?

— Je peux faire quelque chose pour toi ? lui murmura-t-elle à l'oreille.

Il la regarda par-dessus son épaule et ce mouvement fit parvenir jusqu'à elle une bouffée de parfum masculin et chaud, comme celui de ses draps, de sa chambre entière, en fait.

— J'ai l'impression que tu as besoin d'un verre, ajouta-t-elle.

— Il n'est que 16 heures.

— Mais 17 heures en Nouvelle-Écosse. Un whisky ?

— Avec des glaçons.

Là-dessus, il lui sourit. Elle se retint alors d'enfouir les doigts dans ses cheveux, se contentant de mémoriser le contour de son épaule.

— Un cocktail, Evelyn ? demanda-t-elle d'une voix plus forte.

— C'est gentil, mais je me contenterai d'un Coca light, répondit-elle sans interrompre son jeu de coucou-caché avec Oliver.

— Très bien.

Elle servit donc le Coca light à Evelyn, puis apporta son verre à Aiden. Leurs doigts s'effleurèrent quand elle le lui tendit.

— Merci, Sarah. Pour tout, lui dit-il d'un ton reconnaissant et d'une voix chaude.

Pourquoi cet homme avec qui elle devait impérativement garder ses distances était-il si sexy ?

De nouveau, l'Interphone sonna.

— Curieux, dit-il. Je n'attends personne.

— Je vais voir, proposa-t-elle.

Et elle alla vers l'Interphone.

— Oui ?

— C'est Liam Hanson. Je suis envoyé par Barkforth and Sloan pour M. Langford.

Le test de paternité !

— Je pensais que vous deviez passer demain matin.

Aiden n'avait nul besoin d'une émotion supplémentaire aujourd'hui.

— Comme c'était urgent, on m'a dit de venir aujourd'hui. Mais on aurait dû vous prévenir.

— Bon, je vous ouvre.

Et elle se dépêcha d'aller annoncer discrètement la nouvelle à Aiden, qui avait saisi de quoi il retournait.

— Génial ! dit-il entre ses dents. Le moment idéal.

Il passa une main nerveuse dans ses cheveux ; ce qu'elle détestait le voir dans cet état !

Les portes de l'ascenseur s'ouvrirent.

— Navré pour ce petit problème de communication, monsieur Langford, déclara tout de suite Liam Hanson. Je vous promets que cela ne prendra que cinq minutes.

Il hocha la tête.

— Peu importe. Il faut le faire. Comment allez-vous procéder ?

— Je vais passer un tampon à l'intérieur de votre joue et de celle de l'enfant. C'est tout.

— Suivez-moi.

En silence, elle emboîta le pas à Liam et Aiden.

— Maman, déclara-t-il une fois dans la bibliothèque, je te prends Oliver une minute. Les avocats ont besoin d'un test de paternité pour régler la question sur le plan légal. On va juste lui passer un tampon dans la bouche.

Evelyn souleva le petit et le lui tendit.

— Est-ce bien nécessaire ? La ressemblance ne parle-t-elle d'elle-même ?

— C'est important pour lui et moi qu'il n'y ait aucun doute sur ma paternité.

— Bien sûr, dit sa mère.

Et elle avala une gorgée de Coca light.

Liam sortit deux tubes en plastique, puis pria Aiden d'ouvrir la bouche. Il appliqua le tampon à l'intérieur de sa joue et procéda de la même façon pour Oliver.

— Et voilà ! annonça Liam. Il ne reste plus qu'à envoyer le test. J'ai cru comprendre que vous souhaitiez les résultats avant la fin de la semaine.

— Tout à fait.

— S'il n'arrive que la semaine prochaine, je pourrai retarder mon retour à Boston.

Sarah tressaillit presque en entendant les propos qu'elle venait de prononcer ! Elle aurait dû s'en tenir à leur accord, car elle sentait bien que plus elle restait auprès d'Aiden, plus il l'attirait. Et elle ne doutait pas que c'était réciproque. Certains signes ne trompaient pas : la façon dont il lui avait relevé le menton, ses compliments sur sa tenue…

— Il est préférable que l'affaire soit réglée rapidement, renchérit-il à l'intention de Liam. Sarah doit partir dimanche, sa société l'attend, et Oliver et moi devons commencer notre vie à deux.

À ces mots, elle se sentit terriblement déçue. Et pourtant, n'était-ce pas ce qu'elle souhaitait ? Le moment aurait été tout à fait inopportun pour redéfinir ses priorités.

— J'avoue qu'Aiden a raison, dit-elle enfin. Je ne peux m'attarder trop longtemps à New York.

— Pas de problème, décréta Liam en plaçant les échantillons dans l'enveloppe prévue à cet effet. Les résultats vous parviendront vendredi.

Il le raccompagna jusqu'à l'ascenseur, puis revint, Oliver dans les bras, mais l'atmosphère avait visiblement changé.

Evelyn ne parut pas s'en rendre compte et, se levant du canapé, demanda :

— Je peux le reprendre ?

Il prit une profonde inspiration.

— Juste quelques minutes, alors, car Sarah et moi avons des choses à faire, puis Oliver devra prendre son bain et passer un petit moment dans le calme avant d'aller au lit.

Là-dessus, il lui tendit Oliver, mais ce dernier détourna la tête, désireux de rester avec son père.

— N'as-tu pas envie de passer un peu de temps avec grand-mère, mon petit ? insista Evelyn.

— Vous venez juste de faire connaissance, maman, il lui faudra un peu de temps pour s'habituer à toi.

— Peut-être que l'intervention de cet inconnu ne lui a pas plu. Ce test est vraiment inutile.

— Il faut suivre le protocole, c'est important, rétorqua-t-il en serrant Oliver un peu plus fort contre lui. Il a déjà perdu sa mère il y a un mois, un enfant a besoin de savoir d'où il vient, où est sa place.

Jamais elle ne l'avait entendu s'exprimer d'un ton aussi ému.

— Je ne voulais pas te bouleverser, dit Evelyn.

Il s'éclaircit la voix.

— Écoute, maman, Oliver nous fournit l'occasion rêvée de dissiper le nuage qui flotte sur notre relation depuis toujours mais, visiblement, tu ne veux pas en discuter, n'est-ce pas ? Tu préfères garder le secret.

— Mais de quoi parles-tu, Aiden ? Je n'en ai pas la moindre idée !

— Bien sûr que si ! J'ai abordé ce sujet au moins trois fois avec toi depuis mon retour de New York. C'est la raison pour laquelle j'ai été malheureux une bonne partie de ma vie. C'est aussi pourquoi je suis revenu, pour tenter de prendre la relève à LangTel, le rôle qui me revient. Et toi, tu parles tranquillement de la paternité de mon fils comme si ce thème n'avait pas été la grande question de ta vie. C'en est si frustrant que j'ai envie de hurler.

Désormais, de la détermination résonnait dans sa voix.

Oliver commença à gémir.

— Regarde, tu effraies le bébé, protesta Evelyn.

Aiden l'étreignit et lui frotta doucement le dos, tout en lui baisant le front.

— Il vaut mieux que tu partes, à présent, je n'ai pas l'intention de continuer à prétendre qu'on ne m'a pas menti. Je sais que ton mari n'était pas mon père. C'est une certitude profonde, mais dans cette famille, nous faisons tous mine de rien.

Quoi ? En regardant tour à tour Aiden et sa mère, elle laissa échapper un petit cri. Roger Langford n'était pas le père d'Aiden ? Comment était-ce possible ?

Evelyn posa alors la main sur son bras.

— Aiden, mon chéri, tu ne crois pas qu'on a déjà assez souffert en perdant ton père ? Ne nous fais pas plus de mal. Je t'aime, tu es mon fils, c'est tout ce qui compte.

Soudain, elle sentit qu'elle n'avait pas à assister à cette scène douloureuse entre Aiden et sa mère. C'était un sujet trop intime, trop privé, et elle n'était qu'une étrangère dans cette maison. Elle se dirigea alors vers l'escalier pour monter à l'étage, mais Aiden dut entendre le bruit de ses talons sur le parquet.

— Non, Sarah, reste ! ordonna-t-il.

Elle se figea, maudissant ses chaussures.

— Donc, poursuivit-il à l'intention de sa mère, c'est cela ta réponse ? Quand tu dis que nous avons perdu mon père, tu parles de Roger ou de mon véritable géniteur ? Parce que ce ne sont pas les mêmes hommes, sans quoi tu ne m'aurais pas envoyé en pension. Et il n'y aurait aucune raison qu'Adam soit l'héritier légataire, puisque c'est moi l'aîné.

— Aiden, il ne sert à rien de ressasser le passé. Et je ne crois pas qu'il soit correct d'en discuter devant une personne qui ne fait pas partie de cette famille.

— Sarah n'est pas une étrangère ! se récria-t-il en bondissant de son siège. Allez, il est temps que tu partes. Tu pourras revenir quand tu seras décidée à parler. D'ici là, je ne veux pas te voir.

— Tu vas donc me priver de mon petit-fils ?

— Tout dépend de toi. Il t'appartient d'en décider.

Evelyn poussa un lourd soupir, et elle en conclut que les réunions familiales chez les Langford ne devaient pas être une partie de plaisir.

— Tu changeras d'avis, déclara Evelyn. Un bébé a besoin de sa grand-mère.

Elle se pencha pour donner à Oliver un baiser sur le front.

— Au revoir, mon chéri, ta grand-mère reviendra bientôt.

Et sur ces mots, Evelyn s'éclipsa.

Il demeura d'abord immobile, lui tournant le dos. Elle entendait son pouls battre fort à son oreille. Qu'était-elle censée faire ? Que ce soit vrai ou non, il était convaincu qu'on lui avait menti au sujet de son père.

— Je suis désolé que tu aies assisté à cette scène, finit-il par dire. Tu dois regretter d'avoir accepté notre contrat.

— Allons, Aiden, dit-elle en se rapprochant de lui, le cœur lourd, je suis au contraire contente d'avoir été à tes côtés.

— Merci. Grâce à toi, une scène bien pire a été évitée. Une scène qui couve depuis trente ans.

Elle lui prit le bras, consciente qu'elle se trouvait sur des sables mouvants : comment pourrait-elle repartir dimanche prochain sans être hantée par ce drame ?

— Je ne pensais pas que tu lui poserais une telle question devant Oliver, commença-t-elle.

Il lui adressa un faible sourire qui lui serra le cœur. Depuis leur première rencontre, elle avait senti une fêlure en lui et, maintenant, elle commençait à comprendre pourquoi. Sa propre famille était si importante à ses yeux : ses parents, son frère et sa sœur avaient toujours été là pour elle, aussi ne pouvait-elle imaginer la façon dont Aiden avait grandi. Il avait certes de l'argent et des privilèges, mais cela ne remplaçait pas l'amour. Ni le fait de connaître ses origines.

— Merci pour ta présence, répéta-t-il. Je ne sais pas quoi dire d'autre.

Et, d'un bras, il l'enlaça, tandis qu'il tenait toujours Oliver de l'autre.

Elle se pressa contre lui, si attirée par lui, si désireuse d'alléger ses souffrances. Chaque seconde passée dans ses bras était un pas de plus à l'intérieur de son monde, et il lui faudrait recourir à tout son courage pour le quitter. Mais pour l'instant, il avait besoin d'elle, et c'était tout ce qui comptait.

Aiden observait Oliver à présent endormi dans son berceau, étudiant la façon dont sa petite poitrine se levait et s'affaissait dans la respiration. Bras au-dessus de la tête, jambes bien tendues, bouche en cœur, il avait l'air tranquille et serein. Après la visite de sa mère, ce spectacle le remplissait d'un bonheur et d'une paix inconnus. S'il n'obtenait jamais la vérité de sa mère, il aurait au moins Oliver, et cela suffirait à le combler.

Il alluma l'écoute-bébé, puis sortit de la chambre. Une odeur paradisiaque le frappa : Sarah ! Elle était en train de cuisiner et, à en juger par les effluves qui flottaient dans l'air, ce serait à coup sûr délicieux. Cette femme était décidément un ange ; aujourd'hui, il s'était accroché à elle comme à une ancre, quand la colère menaçait de l'emporter sur tout.

Il devrait faire preuve d'intelligence pour la garder en tant qu'amie dans sa vie, et celle d'Oliver. Il était impossible qu'elle ne fasse pas partie de l'existence de son fils, même s'il ne s'agissait que de coups de téléphone occasionnels ou de fêtes d'anniversaire. En revanche, eu égard à son incapacité à retenir une femme, il ne devrait pas tenter d'entretenir une relation autre qu'amicale avec elle, même si elle l'attirait énormément. Cela requerrait un gros effort de sa part, mais c'était indispensable, car s'il cédait à la tentation de goûter à sa bouche si appétissante, il était quasi certain qu'elle ne lui parlerait plus jamais, risque qu'il ne pouvait assurément pas courir.

— Quoi que tu prépares, je réserve un couvert, dit-il en entrant dans la cuisine.

Deux verres de vin rouge les attendaient sur la table. Lisait-elle dans ses pensées ? Son plus grand souhait était en effet de se relaxer après cet après-midi si difficile.

— Parfait ! dit-elle. Il y a encore de la place.

Elle lui tournait le dos, affairée aux fourneaux, et il dut se faire violence pour ne pas l'enlacer par la taille et déposer un baiser à la naissance de son cou. Ce qu'il aurait aimé enfouir la tête dans ses cheveux et s'emplir les poumons de sa suave fragrance ! Se perdre en elle...

Assez ! Il se saisit de son verre.

— Et que nous prépares-tu ?

Elle se tourna vers lui, un sourire aux lèvres.

— Des pâtes. Elles sont presque cuites.

— Génial ! Après le repas, nous pourrons monter sur la terrasse pour finir de siroter le vin tout en profitant de cette belle soirée. On emportera l'écoute-bébé.

Mais que lui prenait-il ? Ne venait-il pas de se promettre de rester sage avec elle ?

— Entendu, papa, répondit-elle gaiement en lui adressant un sourire flirteur.

Cette femme allait le tuer.

Le dîner fut très agréable ; elle était tendre, drôle, intéressante. Et il se surprit à ouvrir une deuxième bouteille.

— On va sur la terrasse ?

C'était décidément plus fort que lui ! À l'avenir, il devrait pourtant cesser de créer des opportunités.

— Je vais prendre un gilet, dit-elle aussitôt.

Pourquoi ? Je pourrais tout à fait te réchauffer. Mais il se mordit la langue à temps pour ne pas prononcer ces mots.

— OK.

Dehors, la nuit avait quelque chose de magique. Le ciel était strié de violet et de bleu profond, et les lumières de la ville se reflétaient doucement sur le visage de Sarah.

— Comme c'est beau, ici ! s'exclama-t-elle avec la sincérité d'une enfant.

Il la regarda, sourire aux lèvres. Et s'il s'accordait une parenthèse enchantée, pour ce soir ? Demain, tout pourrait rentrer dans l'ordre. Chassant cette pensée, il l'entraîna vers le canapé et alluma un radiateur d'extérieur ; puis, posant la bouteille et les verres sur la table, il s'assit près d'elle. Pas trop près, par prudence.

— Tu veux qu'on parle de ce qui s'est passé aujourd'hui ? lui demanda-t-elle. Peut-être que cela te soulagerait.

Il n'aimait guère s'épancher, surtout sur ce sujet-là, mais n'était-elle pas une confidente idéale ? Elle n'attendait rien de lui, et il lui devait tout de même des explications, après la scène de l'après-midi.

— Depuis mes huit ans, je soupçonne celui que j'appelais papa de ne pas être mon père biologique.

— C'est bien ce que j'ai compris... Comment un enfant de huit ans peut-il en arriver à cette conclusion ?

— Un jour, alors que j'étais rentré à la maison pour les vacances de Noël, puisque j'étais en pension, je les ai entendus se disputer à ce sujet.

Il avala une gorgée de vin, luttant contre les souvenirs douloureux qui l'assaillaient...

« Si je pouvais revenir en arrière, je le ferais. Mais je ne peux rien changer au fait que qu'il ne soit pas ton enfant. » Les paroles de sa mère résonnaient encore à ses oreilles après toutes ces années.

— Et tu ne leur as jamais demandé d'éclaircissements ?

— Non, je n'ai rien dit à personne avant d'être adulte. Roger Langford était un homme impressionnant, tu sais. Il n'a jamais été chaleureux avec moi, tandis qu'il l'était avec Adam et Anna. Je ne voulais pas lui donner le prétexte de m'éloigner encore plus de ma famille.

— Comment ça ?

— On m'a envoyé au pensionnat après la naissance d'Adam. J'avais sept ans, je n'ai pas compris pourquoi, on m'a dit que c'était pour mon bien, mais aujourd'hui je suis certain que c'était parce qu'il ne supportait pas ma vue.

Il vit une lueur de tristesse s'allumer dans les yeux de Sarah et elle lui saisit le bras, se rapprochant de lui. Il se détestait d'avoir assombri l'atmosphère... et mourait plus que jamais d'envie de la serrer contre lui !

— Comme cela a dû être difficile pour toi ! Je suis désolée. Je suis certaine que tu étais un petit garçon adorable.

Il n'aimait pas inspirer la pitié, mais l'empathie de Sarah se déversait comme un baume sur son cœur. Aussi enchaîna-t-il :

— La situation a empiré au fil des années. À l'école, je me bagarrais souvent et subissais les moqueries des autres. Cela dit, je me défendais ; aussi, quand mon père était convoqué, cela nous séparait encore plus, le confortant dans sa conviction que je n'étais pas de lui. J'avais sans doute un côté autodestructeur, mais je souffrais surtout d'un manque d'amour.

De son pouce, elle lui caressait doucement le bras, à présent.

— C'est compréhensible, aucun enfant ne devrait subir une telle dureté, dit-elle dans un murmure.

Et elle baissa les paupières. Ce qu'elle était belle, au clair de lune ! Un tableau vivant de la Renaissance.

— Je sais que cela t'a bouleversé de me voir débarquer avec Oliver dans ta vie, mais tu as enfin l'occasion de te rattraper avec lui, de lui donner l'enfance que tu n'as pas eue.

À cet instant, il eut la sensation que la terre s'arrêtait de tourner : cette femme avait décidément les mots justes, ceux qui lui allaient droit au cœur.

— Oui, tu as raison, il n'y a pas de fatalité.

— Absolument. Toutefois, je pense que tu ne trouveras la paix que lorsque tu auras obtenu la vérité de ta mère.

Il vida le reste de son verre.

— Je me demande si ce sera un jour possible.

— En as-tu parlé à un autre membre de ta famille ?

— Je me suis confié à Anna mais, selon elle, je suis fou d'imaginer une chose pareille. Elle sait que quelque chose clochait, dans notre famille, mais elle refuse de croire ma version. Et puis notre père est mort il y a juste un an, tout le monde le pleure encore, personne ne veut dire du mal de lui.

— Je crois pourtant que tu n'es pas fou, et que tu as raison concernant Roger Langford.

Sa bouche était tout près de la sienne, proférant les paroles qu'il rêvait d'entendre, les paroles qui donnaient un sens à ses peurs et à ses frustrations, à cette vulnérabilité qu'il aurait préféré ne jamais éprouver. Et, en même temps, il s'en sentait plus fort, plus léger... Comme il aurait aimé l'embrasser pour lui prouver sa gratitude !

Non, il ne devait pas ! Cela détruirait tout. Or, Oliver avait aussi besoin qu'elle fasse partie de sa vie.

C'est alors que son téléphone vibra : il venait de recevoir un texto d'Anna.

— Désolé, je dois le lire...

Il s'agissait de bonnes nouvelles, qu'il s'empressa de lui communiquer.

— Nous irons à Miami, toi et moi ! Anna nous a obtenu des billets.

Elle bondit du canapé.

— Pour Forward Style ?

Il se mit à rire.

— Tout à fait. Nous partons après-demain.

— Mercredi ? Il faut que nous réservions un vol de toute urgence. Et Oliver, qui va le garder ?

Elle plongea les yeux dans les siens.

— Et qu'est-ce que je vais mettre ?

— Pour Oliver, nous demanderons à Anna et Jacob de venir passer la nuit ici, ils seront ravis. Tu sais qu'ils l'adorent.

Elle parut se détendre.

— Tu as raison. Mais pour le reste ?

— Ne t'inquiète pas pour le vol, nous voyagerons dans un jet de la société.

— Tu es sûr ? C'est un peu extravagant, non ?

Il découvrait à quel point il aimait lui faire plaisir et lui adressa un sourire si grand qu'il en eut mal aux mâchoires. La joie qu'elle éprouvait était si douce pour lui après ces derniers jours éprouvants.

— Oui, sûr et certain. Et quant à ta tenue, je te rappelle que nous sommes à New York : il suffit d'aller faire du shopping.

Elle secoua la tête.

— Nous n'aurons pas le temps. Nous devons recevoir d'autres nourrices demain et, de ton côté, il faut que tu travailles. Et puis, si je veux impressionner Sylvia Hodge, je dois porter un de mes modèles.

— Tu comptes aller au gala en chemise de nuit ?

Elle lui donna une petite tape sur le bras et fit la grimace.

— Mais non, idiot ! Je crée aussi des robes et j'en ai une idéale pour une soirée comme celle-ci, à la maison. Couleur émeraude, avec un décolleté plongeant. Sylvia l'adorera.

Elle lui lança un regard malicieux et ajouta :

— Je vais demander à Tessa, mon assistante, de me l'envoyer par colis exprès.

Il sentit le souffle lui manquer : dans moins de vingt-quatre heures, il serait seul à Miami avec elle et sa robe dangereusement provocante. Comme ce challenge lui plaisait ! Cette femme fantastique éveillait son amour du risque.

— Dis-lui de glisser un maillot de bain dans le paquet. C'est indispensable, sous le soleil de la Floride !

9

Entre l'idée de laisser Oliver pour une nuit, et celle de rencontrer Sylvia Hodge dans moins de douze heures, au gala le plus prisé dans le monde de la mode, Sarah était dans un tel état d'agitation qu'elle redoutait presque d'en tomber malade au dernier moment.

— J'espère que je n'ai rien oublié...

Elle avait eu tant de choses à régler ! Pour voyager, elle mettrait la robe noire qu'elle portait à son arrivée, Tessa lui ayant expédié ses affaires directement à l'hôtel, à Miami.

— Si nous avons des questions concernant Oliver, nous vous appellerons, lui dit Anna assise sur une chaise devant l'îlot central de la cuisine.

— Oh ! Anna, donne-moi un dernier conseil avant qu'on parte pour l'aéroport ! renchérit-elle. Tu travailles dans la mode depuis si longtemps. C'est vraiment dommage que tu ne puisses pas nous accompagner.

— Dès que je t'ai vue, j'ai compris que tu étais une femme aussi calme que déterminée. Je ne doute pas un instant que tu mettras Sylvia Hodge dans ta poche. Elle sait repérer les talents.

Puisse-t-elle dire vrai ! D'autant que les frais engagés par Aiden pour ce voyage renforçaient la pression qui pesait sur ses épaules.

— Prête ? demanda ce dernier en entrant dans la cuisine.

Dans son pantalon gris foncé et sa chemise blanche, il semblait tout droit sorti d'un rêve. Jacob le talonnait, Oliver dans les bras. De toute évidence, le père en cours de formation donnait des leçons au futur parent.

— Ça te va très bien de porter un bébé, dit Anna à Jacob en se levant.

Celui-ci lui adressa un grand sourire.

— C'est le dernier accessoire à la mode. Les femmes en raffolent.

Anna roula des yeux et haussa les épaules.

Elle vit Aiden regarder le couple un instant... Il était anxieux, cela se voyait, et cette constatation la fit fondre : qu'y avait-il de plus tendre — et de plus sexy, cela soit dit en passant — qu'un homme qui se faisait du souci pour son enfant ?

Incroyable, il s'était attaché si vite à Oliver. Dire qu'elle avait craint qu'il ne soit capable de l'aimer ! Mais là, il fallait le rassurer : ils ne quitteraient Oliver que pour une nuit et sa tante et son oncle, qui l'adoraient déjà, veilleraient sur lui. Elle prit donc l'initiative des adieux, pour lui montrer qu'il n'avait pas à s'inquiéter.

— Donc, bonhomme, Anna et Jacob vont s'occuper de toi pendant notre absence. On se revoit demain soir, à notre retour.

Et elle lui embrassa le front, subitement submergée par l'émotion : et dire que, dans quelques jours, il s'agirait d'un véritable adieu !

— Au revoir, champion, dit Aiden d'une voix tremblante.

Et il baisa la nuque puis la joue d'Oliver.

John les attendait dans le SUV pour les conduire à l'aéroport de Teterboro, d'où ils décolleraient. Durant le trajet, Aiden ne cessa de donner des appels et son professionnalisme l'impressionna : serait-elle un jour en mesure de gérer avec tant de brio sa société ?

Au pied de la passerelle du jet blanc et fuselé qui les attendait, elle se pinça discrètement pour vérifier qu'elle ne rêvait pas. Mais quand il passa son bras sous le sien, au lieu de la faire revenir à la réalité, il l'emporta un peu plus loin encore dans le monde des fantasmes.

— On y va ? demanda-t-il.

Quelques instants plus tard, ils pénétraient dans une cabine luxueuse. Maintenant, l'impression de vivre un rêve ne pouvait que s'intensifier... Une douzaine de sièges couleur crème et d'une dimension très confortable y étaient disposés, l'intérieur de l'avion étant en acajou et en chrome.

— Bienvenue à bord, leur dit une hôtesse au sourire radieux.

— Dois-je m'asseoir à un endroit précis ? demanda-t-elle en levant les yeux vers Aiden.

— Je te suivrai où que tu ailles, répondit-il d'un ton pince-sans-rire.

Elle se sentit rougir. Il exagérait avec ce genre d'allusions, et elle était bien trop sensible à la moindre de ses remarques.

Elle prit donc place au hasard sur un siège et il s'assit juste en face d'elle.

— Que vous plairait-il de boire ? s'enquit l'hôtesse.

— Comme d'habitude, Genevieve, répondit-il.

— Parfait, monsieur Langford.

Il lui demanda alors :

— J'imagine que tu ne refuseras pas une coupe de champagne ?

— Il est 9 heures du matin, Aiden.

— Certes, mais tu es nerveuse, dit-il en ouvrant le journal, ça se voit sur ton visage. Un peu de champagne t'aiderait à te détendre.

Détestant regarder par le hublot, elle descendit le volet. Si elle semblait nerveuse, c'était parce qu'elle allait rencontrer Sylvia Hodge et d'innombrables personnes glamour, voilà tout !

— Je suis juste concentrée, reprit-elle. Je repense à tous les conseils que m'a donnés Anna.

Depuis l'adolescence, elle ne manquait jamais dans *Fad Forward Magazine* d'admirer les photos de l'événement qui donnait aux stylistes l'occasion d'exposer leurs modèles les plus osés. Y participaient des légendes de la mode, des rock stars, des pontes de Hollywood et parfois aussi des têtes couronnées. Elle avait toujours rêvé d'y assister un jour. Et maintenant, grâce à Aiden, elle avait une vraie chance de le faire et de mettre en avant son entreprise. Saurait-elle relever le défi ?

Bon, une fois sur place, quand elle pourrait endosser des vêtements plus appropriés, elle se détendrait sûrement un peu. Elle avait bien briefé Tessa à ce sujet : outre sa robe émeraude, celle-ci devait lui envoyer un tailleur et un maillot de bain. Son une pièce noir, avait-elle précisé, tout en espérant qu'ils n'aient en réalité pas le temps de profiter de la piscine de l'hôtel. Elle l'avait déjà vu torse nu, nul besoin de tenter le sort.

Quand l'hôtesse leur apporta leurs flûtes de champagne, il leva la sienne et déclara :

— À ton succès.

— J'espère qu'il sera au rendez-vous, répondit-elle, envieuse de son optimiste.

Il plissa le front.

— Il n'y a aucune raison d'en douter. Tu dois directement aller voir Sylvia Hodge et lui exposer tes projets. C'est ainsi que l'on traite les affaires. En prenant les commandes.

— Oh ! Vraiment ? Et tu crois que Sylvia Hodge va m'obéir ? C'est une légende vivante dans le domaine, personne ne lui dicte sa conduite, elle fait la pluie et le beau temps au pays des stylistes. Elle peut détruire une carrière en un rien. Il est fortement déconseillé de la contrarier.

— Je sais, mais j'ai une solution pour que tu sois zen, ce soir.

— Je suis tout ouïe !

— Es-tu sujette aux vertiges ?

— Ah, je te vois venir ! Oublie ! Les sauts en parachute, ce n'est pas pour moi, je n'ai pas le goût du risque.

— Il ne s'agit pas d'aventures, mais de s'amuser. Tu n'aurais rien à faire, juste rester assise.

— C'est-à-dire ? Tu as prévu que l'on fasse des montagnes russes ?

— Non, du parachutisme ascensionnel.

— Quoi ? Sur l'eau ? Dans les airs ?

Son cerveau partait dans toutes les directions. Pour la zénitude, c'était raté !

— Pas question ! s'empressa-t-elle d'ajouter.

Il se pencha vers elle.

— Sarah, tu m'as fait sortir de ma zone de confort, accepte que je te rende la pareille. Fais-moi confiance, tu vas apprécier.

Elle poussa un soupir agacé, et termina sa flûte de champagne. Il n'aurait plus manqué qu'elle se casse une jambe au moment où elle allait entrer dans le temple de Sylvia Hodge.

Trois heures plus tard, ils atterrissaient à Miami, où l'air doux et le soleil de Floride les attendaient. Ce beau temps lui donna l'impression d'être en vacances. Un SUV noir avait été prévu et John, qui faisait partie du voyage, les conduisit directement à l'hôtel. Comme la vie était facile, dans le monde d'Aiden ! Il n'y avait à se préoccuper de rien.

Elle lui lança un coup d'œil à la dérobée tandis que les palmiers défilaient derrière la vitre. Il était si beau que le regarder en était presque douloureux. Alors son imagination se mit à vagabonder… Qu'en serait-il d'être sa petite amie dans ce cadre idyllique ? De lui ôter ses vêtements, de partager son lit ? Elle détourna bien vite les yeux et les riva aux palmiers : il était impératif qu'elle reste concentrée sur son objectif.

Ils arrivèrent rapidement au Miami Palm Hotel, situé sur un petit îlot relié aux terres par un pont. Le hall offrait aux clients l'opulence attendue, avec ses chandeliers art déco, ses palmiers en pots et ses couleurs crème, corail et vert-bleu ; Aiden y était visiblement un client bien connu. On les mena directement à l'étage supérieur où le bagagiste n'ouvrit… qu'une porte !

— Une seule chambre ? marmonna-t-elle.

Puis elle se figea, bouche bée devant le luxe qu'elle découvrit… Un immense salon composé meublé de deux canapés imposants, avec un piano droit contre un mur jouxtait l'espace salle à manger qui comportait une table pour dix couverts, ainsi qu'un bar. Enfin, des portes coulissantes ouvraient sur une terrasse qui donnait sur un ciel sans nuages, une mer d'huile et encore d'innombrables palmiers…

— La suite présidentielle, annonça le bagagiste.

Et il déposa leurs bagages à l'intérieur avant de les laisser seuls.

— Deux chambres, Sarah, dit alors Aiden en souriant. Deux salles de bains indépendantes, le tout séparé par cette grande pièce. Et ta porte a un verrou, donc tu n'as aucune inquiétude à avoir.

Elle se sentit stupide : c'était un voyage professionnel, et elle devait adapter son attitude en fonction.

— C'est merveilleux. Merci d'avoir réservé ici. C'est très gentil.

— Je remplis juste ma part du contrat.

Et rien de plus, vraiment ?

— Bon, il est temps de nous préparer, enchaîna-t-il, nous avons quarante-cinq minutes devant nous.

— Pardon ? Tu étais sérieux au sujet du parachutisme ascensionnel ?

— Absolument. Nous sommes à Miami, je vais en faire et tu m'accompagnes.

— En fait, je préférerais siroter un mojito au bord de la piscine.

— Même si le spectacle me plaît, ce n'est pas au programme aujourd'hui.

— Mais...

— Non, pas d'objection ! Si tu as vraiment peur, le bateau nous ramènera, mais je doute que ce soit le cas.

— Très bien, murmura-t-elle, dépitée.

Une fois dans sa chambre, elle accrocha sa robe émeraude à un portant près du dressing. Elle allait se sentir confiante une fois dedans, ce serait son costume de super héroïne, celui dans lequel elle deviendrait une femme invincible.

Le temps était venu de sortir de sa zone de confort, Aiden avait raison !

Elle tourna la tête, et son regard tomba sur le lit : Tessa ne lui avait pas fait livrer le maillot de bain demandé. Certes, celui-ci était également noir, mais c'était un bikini. Un minuscule bikini.

10

Aiden regarda Sarah sortir de la chambre : si elle lui avait paru sur ses gardes pendant tout le vol, elle semblait à présent passablement agitée dans un léger caftan bleu et des sandales assorties. Elle était pourtant ravissante et il dut se retenir pour ne pas l'embrasser.

— Prête ?

— Tu me forces à pratiquer une activité qui me terrifie littéralement, donc, non, je ne suis pas prête.

Passant le bras autour de ses épaules, il l'entraîna vers la porte.

— Je te promets que tu vas adorer, fais-moi confiance, tout de même.

— Si je te dis que je m'en remets à toi, je vais me retrouver au beau milieu de l'océan Atlantique.

— Allons, Sarah ! Nous allons juste à la baie de Biscayne et je t'assure que je resterai toujours à tes côtés. Tu pourras même me tenir la main.

— OK.

Elle lui adressa un faible sourire et il enchaîna :

— Parfait ! Allons-y, avant que tu ne changes d'avis.

John les attendait devant le SUV. L'excursion, elle le savait, avait moins pour but de l'amuser que de lui montrer pourquoi il était nécessaire d'oser la pratique de sports à sensations fortes pour dépasser ses limites.

— Je voudrais juste que tu saches que pour réussir en affaires, il est nécessaire de donner l'impression que l'on est intrépide.

Elle le regarda par-dessus ses lunettes de soleil.

— Donner l'impression ? Je t'ai entendu au téléphone, tu es terriblement intimidant.

— Aujourd'hui, je n'ai plus à faire semblant, mais ça n'a pas toujours été le cas.

— Allons, tu viens d'une famille d'industriels prospères. Même si tu critiques ton père, il a dû beaucoup t'aider.

— J'ai toujours refusé son appui, je voulais prouver à mes parents que je n'avais pas besoin d'eux. Bon, je t'accorde que j'avais un fonds en fidéicommis qui, au départ, m'a avantagé, mais à part ça, j'ai tout accompli par moi-même.

— Refuser l'aide de ton père n'a pas dû favoriser ta relation avec ta famille.

— C'est vrai, mais je n'avais aucune envie de lui faire des courbettes. Cela dit, j'étais terrifié devant le défi à relever. C'est un ami qui m'a sauvé en m'invitant à faire du parachute au Pérou. Alors quelque chose a changé en moi : je me suis rendu compte que je pouvais tout faire, car je n'avais rien à perdre.

— Sauf peut-être la vie.

Il se mit à rire.

— Peut-être, mais quand on lâche prise, on comprend de quoi on est capable. Je n'ai pas l'intention de t'effrayer, juste de te montrer que tout est à ta portée. Tu n'as aucune raison d'être intimidée par Sylvia Hodge.

— Et moi je peux te prouver le contraire en t'énonçant cinquante raisons.

— Non. Tu as un produit remarquable, tu as démontré qu'il y avait une forte demande. Mais tu as quelque chose en plus : on ne peut simuler le talent et, en l'occurrence, ta créativité vaut de l'or.

Elle roula des yeux, sans doute pour masquer son émotion, et elle lui parut à cet instant si exquise qu'il en retint son souffle. Il croyait réellement en elle : n'avait-elle pas réussi à arriver jusqu'à lui, alors qu'il était farouchement déterminé à ne pas la recevoir ?

Elle lui tendit la main et il la saisit, emmêlant ses doigts aux siens. Sa peau était douce et chaude… Il lui sembla avoir attendu ce moment depuis le début.

— Monsieur Langford, votre bateau est prêt. Je peux porter quelque chose pour vous jusqu'au quai ?

La voix de John l'arracha au sortilège qu'elle exerçait sur lui.

— Merci, cela ira, John.

En dépit de l'interruption, ils ne s'étaient pas lâché la main. Son cœur battait à tout rompre… Elle lui laissait entrevoir un espoir auquel il n'était pas certain qu'il soit raisonnable de s'accrocher. Pourquoi se sentait-il si peu sûr de lui en sa compagnie ? Mystère… Avec toute autre femme, il savait où l'aurait mené le fait de lui prendre la main : dans son lit ! Mais avec elle, tout était bien plus subtil et compliqué.

Ils cheminèrent dans le sable chaud pour rejoindre un hors-bord bleu qui se balançait sur l'eau. L'appareillage nécessaire au parachutisme ascensionnel se trouvait à l'arrière. Il salua le jeune homme qui allait les accompagner, lui présenta Sarah, puis l'aida à monter à bord.

— Voici vos gilets de sauvetage, dit un autre homme plus âgé.

Il retira alors son T-shirt pour enfiler son gilet, surprenant le regard de Sarah… Elle détourna tout de suite les yeux et l'imita.

— Tu devrais retirer ton caftan, lui dit-il.

— OK, acquiesça-t-elle d'un air vaguement agacé.

Et elle se retourna, sans doute pour lui montrer qu'elle avait besoin d'intimité ; il en profita toutefois pour admirer la délicate courbe de ses épaules et de son dos, sa taille si féminine et son postérieur bien rebondi. Son bikini laissait peu de place à l'imagination, et pourtant ses pensées couraient en tous sens pour se représenter ce que ce mini-deux-pièces lui cachait encore ; il sentit tout son sang affluer vers une partie bien précise de son anatomie…

Quand, une fois son gilet enfilé, elle s'assit sur le banc, il se demanda s'il allait pouvoir prendre place près d'elle sans la toucher. Par chance, lorsque le bateau démarra, l'air marin rafraîchit sa peau brûlante.

L'équipage prépara les harnais puis les appela sur la plate-forme de lancement. Même si le hors-bord les secouait en rebondissant sur les vagues, il percevait nettement la nervosité de Sarah. Elle était raide comme un piquet quand on lui passa les sangles et qu'on l'accrocha au treuil. Il s'installa près d'elle. Un des hommes d'équipage déploya le parachute, le vent s'engouffra dedans, tirant sur la corde.

Elle lui saisit la cuisse.

— Oh non ! Je suis morte de peur.

C'était lui qui allait mourir si elle continuait à s'accrocher à lui de cette façon. Il déglutit avec difficulté, et lui prit la main.

— Nous sommes tous les deux, pas de panique.

— Comme c'est rassurant ! lança-t-elle avec dérision au moment où le bateau prenait de la vitesse.

À cet instant, un des hommes d'équipage annonça :

— Nous vous laissons monter, maintenant. Faites-nous signe si vous souhaitez redescendre avant la fin du tour. Amusez-vous bien.

Le hors-bord s'emballa, le treuil grinça et la corde commença à se dérouler, les hissant vers le haut. Elle poussa un cri et lui serra encore plus fort la main.

— Ne me lâche pas ! hurla-t-elle au moment où leurs pieds décollaient de la plate-forme.

Et ils s'élevèrent doucement dans les airs.

La corde se déroula et elle se retrouva avec Aiden au-dessus de la mer cristalline ; alors, contredisant toutes ses appréhensions, une sorte d'allégresse l'envahit au point qu'elle en laissa échapper de petits rires.

— Ça va ? s'enquit-il d'une voix forte, sans lui lâcher la main.

— Oui, répondit-elle de la même façon.

Et elle s'efforça de se concentrer sur la folle sensation de liberté qu'elle éprouvait, au lieu de ressasser le fait que ses pieds se balançaient à des dizaines de mètres au-dessus de la baie. Jamais elle n'était montée à une telle hauteur, à part dans la Sears Tower, à Chicago, où elle avait pressé le front contre la vitre et tout de suite fermé les paupières. Paradoxalement, ici, entre la tension du cordage et la toile déployée au-dessus d'eux, elle avait l'impression qu'ils ne pouvaient pas tomber. Était-ce la présence d'Aiden qui la rassurait à ce point ? Certes, il avait osé de nombreuses expériences périlleuses et il s'en était toujours bien sorti. Mais il ne s'agissait pas uniquement de son expérience. Si elle éprouvait une telle sensation de légèreté, n'était-ce pas parce qu'avec cet homme elle se sentait capable de tout affronter ?

Évitant de regarder en bas, elle contempla le paysage : les hôtels aussi hauts que des tours qui bordaient la plage, les gens semblables à des points minuscules sur le sable et les innombrables nuances de bleu que déclinait l'océan. Aspirant à pleins poumons l'air marin, elle apprécia simultanément la sensation de la brise sur sa peau et, plus que tout, celle de la main d'Aiden dans la sienne.

Si on lui avait proposé un mois plus tôt un tour en parachute ascensionnel, elle aurait vigoureusement refusé. Or, voilà qu'elle se demandait comment elle avait pu ne pas essayer jusque-là : quoi de plus merveilleux en effet que de flotter dans les airs en compagnie d'un homme aussi beau qu'Aiden ?

Oui, il jouait un rôle prépondérant dans ses présentes impressions, elle devait l'admettre. Cette expérience les avait rapprochés et il avait eu confiance en elle, l'avait encouragée. Tant d'autres l'avaient laissée tomber, à commencer par Jason ; de toute évidence, Aiden avait une autre idée d'elle, de sorte qu'il la réconciliait avec les hommes.

Quand il se pencha vers elle, un éclair d'électricité la traversa. Ils basculèrent légèrement d'un côté et les battements de son cœur s'accélérèrent. Grisée, elle s'inclina vers lui et ils continuèrent ce plaisant jeu de balancier, leurs épaules se touchant, toujours main dans la main. Elle sentit son cœur se gonfler face à l'absence d'entraves qu'elle éprouvait. Aujourd'hui, elle serait capable de tout !

Elle n'aurait su dire combien de temps ils restèrent suspendus entre ciel et mer, mais quand la corde les ramena vers le bas, il lui sembla que c'était bien trop tôt. En douceur, leurs pieds touchèrent la plate-forme de lancement du bateau, puis l'équipage se précipita pour rassembler le parachute et les aida à se débarrasser des harnais. Quelques minutes plus tard, ils marchaient sur la plage pour regagner l'endroit où John les attendait.

Reprenant place à l'arrière du SUV, les pieds couverts de sable, les cheveux ébouriffés et les joues assurément roses, elle se sentait merveilleusement bien. Toute nervosité l'avait désertée pour laisser place à une impression d'exaltation et d'invincibilité, qu'elle aurait aimé retenir pour toujours.

— Alors ? lui demanda-t-il en lui tendant une bouteille d'eau fraîche.

Elle lui sourit et détourna un instant la tête pour admirer South Beach qui défilait à toute allure derrière les vitres. Bon, autant lui avouer ce qu'il espérait qu'elle dise, même si elle aurait préféré le contredire...

— Tu avais raison, concéda-t-elle en lui faisant face, j'ai adoré. Au départ, c'était effrayant, mais ensuite, ça m'a vraiment plu.

— Et dans quel état d'esprit te sens-tu pour ce soir ?

Elle inspira une longue bouffée d'air : elle ferait ce qu'elle s'était promis, elle impressionnerait Sylvia Hodge et lui prouverait qu'elle méritait qu'on croie en elle.

— Très bien. Ce qui est un peu effrayant, car ça ne me ressemble pas !

— Rassure-toi, tu éprouveras encore une très légère appréhension ce soir, mais comme le parachute t'a débarrassée de ton anxiété, rien ne t'entravera dans tes résolutions.

Sur ces mots, il avala un trait d'eau et elle remarqua que ce petit tour dans les airs avait renforcé son hâle.

— Tu bronzes vite, lui dit-elle.

Enlevant ses lunettes de soleil, il souleva la manche de son T-shirt, révélant ses biceps musclés.

— Tu as raison, approuva-t-il, j'ai bien pris le soleil.

Puis il posa les yeux sur elle, et elle se sentit délicieusement nue sous son regard.

— Toi aussi, d'ailleurs, ajouta-t-il. Tu as un coup de soleil sur l'épaule.

— Oh non ! dit-elle. J'avais pourtant mis de l'écran total.

Elle scruta son autre épaule, celle qui était toute proche d'Aiden durant leur tour dans les airs et protégée par le parachute.

— Celle-ci, ça va.

— Nous mettrons de la crème en rentrant à l'hôtel.

« Nous » ?

— Je ne voudrais pas que tu sois mal à l'aise ce soir à cause de cela, précisa-t-il. Mais je te fais entière confiance.

Elle déglutit avec difficulté. Cet homme était incroyable... Comment lui avait-elle résisté jusque-là ? Au fond, serait-ce si grave s'ils s'accordaient une nuit de passion ? Bien sûr, elle s'était promis de se tenir à distance des pères célibataires, mais elle avait déjà partagé plus de choses avec lui qu'avec Jason. Et puis elle n'était pas vraiment la nourrice d'Oliver. Ou du moins plus pour très longtemps.

Une fois dans leur suite, eu égard à toutes les pensées érotiques qui lui traversaient l'esprit, elle se sentit soudain tétanisée.

— Bon, nous avons une heure devant nous avant de partir, déclara Aiden. Je vais tout de suite prendre ma douche.

Et, sans attendre, il enleva son T-shirt.

Ce qui rajouta à cette impression de paralysie ! Elle mourait d'envie de toucher ce torse si désirable, de le savonner elle-même sous la douche, c'en était presque fou.

— Une seconde... Avant que tu n'ailles prendre la tienne, laisse-moi regarder ton coup de soleil. Ton épaule m'inquiète.

— Oh... OK.

Elle s'approcha très prudemment de lui, comme d'un lion en liberté.

— Tourne-toi.

Des frissons lui parcoururent la peau...

Il déplaça sa queue-de-cheval sur le côté et tira un peu sur son caftan tandis que, de son doigt, il lui effleurait l'épaule.

— Alors ? demanda-t-elle d'une voix tremblante.

— Je ne vois pas très bien. Enlève ce truc.

Non, non, non, elle n'enlèverait pas son caftan... Et pourtant, elle en brûlait d'envie. Il était si proche d'elle qu'elle sentait la chaleur qui irradiait de lui. Elle fit légèrement glisser son caftan...

— Ah, c'est mieux !

Son ton était aussi fiévreux que celui d'un amant entre les draps...

Il plaça la main sur son épaule gauche tout en effleurant la droite de l'autre, ses doigts laissant un sillage brûlant sur sa peau. Une caresse paradisiaque... Elle aurait pu rester des heures devant lui, et le laisser recommencer autant de fois qu'il le désirait...

— C'est un peu rose, mais je crois que tu survivras.

Génial, car elle était à deux doigts de s'évanouir.

— Très bien, merci, parvint-elle à murmurer.

11

Sarah terminait de se maquiller, appliquant une dernière couche de poudre et une ultime touche de rouge à lèvres.

— J'y arriverai, dit-elle à haute voix. Je suis faite pour les affaires.

Elle se contempla de nouveau dans le miroir en pied. Cette robe était-elle réellement appropriée ? Certes, elle était magnifique. Mais avec son décolleté descendant jusqu'au nombril, elle constituait aussi une arme à double tranchant. Que ressentirait-elle s'il n'y prêtait pas attention ? Ou s'il la dévorait des yeux ? Car, comme tout ce qu'elle créait, cette tenue était destinée à ne plus former qu'une flaque sur le sol, à la fin d'une soirée. À être retirée par un homme ivre de désir, sans plus aucune défense.

Et elle-même, en avait-elle ? Elle avait bien l'impression que non et qu'à la moindre tentative de sa part, elle serait incapable de lui résister. Sa caresse sur son épaule, tout à l'heure, ne cessait de la hanter… Elle regrettait tant de n'avoir pas murmuré : « Embrasse-moi. »

Allons, franchir cette ligne les aurait menés droit dans le mur ! Sa priorité, c'était sa société, point final ! Elle ne devait pas jouer avec le feu, fantasmer sur un beau milliardaire alors que Sylvia Hodge et son empire étaient à portée de main.

Se saisissant de son sac, elle pénétra dans le salon où Aiden se tenait près de la porte, son téléphone contre l'oreille. Elle baissa bien vite les paupières pour éviter d'être submergée par une émotion trop forte… Ses yeux atterrirent sur ses chaussures noires parfaitement cirées, avant qu'elle les laisse remonter sur son pantalon de smoking, sa chemise d'un blanc éclatant… Tiens, il n'avait pas encore noué sa cravate… Et si elle lui demandait d'oublier ce show, Sylvia et toute l'affaire pour un tête-à-tête ? Ou plutôt… Un corps à corps… ?

À cet instant, il se tourna vers elle et sa vue se troubla.

— Je dois y aller, dit-il à son interlocuteur, au téléphone.

Puis il fourra l'appareil dans sa poche et la considéra.

Gorge soudain nouée, elle attendit le verdict.

— Tu es superbe, dit-il. Cette robe est stupéfiante.

— Tu n'es pas mal non plus dans cette tenue, renchérit-elle.

Il haussa un sourcil et, le regard rivé à elle, noua sa cravate. Son cœur ne tiendrait jamais face à ce genre de coup bas !

— C'est bien ? demanda-t-il.

— Ta cravate ?

— Oui.

— Un peu de travers.

Ce n'était pas vrai, mais comment perdre cette occasion de le toucher ? Posant son sac à main, elle entreprit d'ajuster sa cravate. Elle sentait son parfum étourdissant, son souffle chaud sur son visage, son regard brûlant sur ses seins. Et sa bouche, si proche… Pourquoi se torturait-elle ainsi ?

Elle recula d'un pas.

— C'est parfait, décréta-t-elle d'une voix étranglée.

Trop parfait.

— Très bien. Allons-y !

John les conduisit dans le lieu où se tenait l'événement organisé par Forward Style, l'adresse étant chaque année révélée juste quelques heures avant la manifestation, afin de la rendre encore plus exclusive. Et à en juger par le nombre de limousines déjà sur place, ainsi que par la masse de photographes et de personnes se pressant derrière les barrières de sécurité, c'était sans doute préférable.

Plus ils se rapprochaient, plus son calme l'abandonnait. Les flashs des appareils photo crépitaient, les projecteurs éclairaient la nuit, son cœur cognait à tout rompre, le monde dans lequel elle allait pénétrer était d'autant plus intimidant qu'elle en rêvait depuis l'adolescence. Elle avait suffisamment attendu. Son avenir était là...

Un voiturier vint leur ouvrir la portière ; Aiden descendit le premier, puis lui tendit la main. Il la lui pressa légèrement et, quoi que cela puisse signifier, elle fut soulagée de sentir sa poigne si ferme.

Le lieu, un ancien entrepôt reconverti, était inondé de lumières et des cascades de tissu blanc ruisselaient le long des immenses murs ; le bourdonnement des conversations se greffait sur les vibrations de la musique. Les mannequins, les rock stars et le Tout-Hollywood étaient déjà assemblés à l'intérieur, arborant les toutes dernières créations des stylistes en vogue, également présents pour défendre leurs couleurs. Tous semblaient se connaître, s'embrassaient, riaient, discutaient.

Un jeune homme en smoking s'avança vers eux pour leur désigner leurs sièges qui se trouvaient très près de la scène. Ce fut finalement au premier rang, entre le rédacteur en chef d'un célèbre magazine de mode et deux expertes du domaine, qu'ils assirent !

— Comment as-tu fait ? murmura-t-elle à Aiden.

L'enlaçant par les épaules, il enfouit le visage dans ses cheveux et déclara :

— Juste un don supplémentaire, ce qui ajoute à notre mystère. Tout le monde voudra savoir qui nous sommes.

Elle leva les yeux vers lui, sa bouche à quelques centimètres de la sienne. Alors qu'elle était plongée dans un monde complètement fou, elle ne pensait qu'à une chose : goûter à ses lèvres.

— Je ne sais que dire, à part merci.

Il lui sourit.

La musique devint plus calme, et elle crut que son cœur allait exploser. Oui, tout cela était bien réel, la soirée allait commencer... Sylvia Hodge fit en effet son apparition, moulée dans une robe argentée fendue sur toute la longueur d'une jambe. Ses cheveux noirs retenus en une queue-de-cheval haute, le poignet lourd de bracelets piqués de diamants, elle s'avança sur le devant du podium, avec le port d'une femme ayant le monde à ses pieds.

D'un geste majestueux, elle porta le micro à sa bouche rouge carmin et prononça un discours d'ouverture, avant de laisser place au défilé... Renonçant à suivre sur le programme à qui appartenaient les tenues qui défilaient devant elle, elle se laissa happer par la sublime créativité des modèles présentés. À côté d'elle, Aiden, son ancre ; en face, de l'autre côté de l'estrade, Sylvia, son plus grand challenge...

Puis le rideau retomba et une standing-ovation s'ensuivit.

Elle ne quittait pas Sylvia des yeux et, une fois tus les derniers applaudissements, passa à l'action sans attendre. *Au revoir, zone de confort !*

— J'y vais, lança-t-elle à Aiden.

La surprise empreignit ses traits, mais il renchérit promptement :

— Fonce !

Jouant des coudes, elle parvint dans une sorte de nuage à la hauteur de Sylvia et déclara d'une traite :

— Madame Hodge, je suis Sarah Daltrey et j'aimerais vous présenter ma société, Kama. Je sais que vous recherchez de nouvelles marques. Je suis spécialisée dans la lingerie de nuit et les sous-vêtements féminins. Et je suis certaine que ma collection vous plaira.

Sylvia la regarda, à la fois interloquée et amusée.

— Peu de personnes ont le cran de s'adresser ainsi directement à moi. Pouvez-vous me montrer votre travail ?

— Je porte l'une de mes propres robes, ce soir.

Sylvia la détailla d'un rapide coup d'œil.

— OK. Montrez-moi autre chose.

En un rien de temps, elle sortit son portable, afficha sa galerie et lui tendit l'appareil. Puis elle se mit à commenter chaque image, les mots sortant par flots, de façon naturelle, à présent qu'elle avait surmonté sa nervosité initiale.

Sylvia fit défiler une deuxième fois la galerie, tandis qu'elle tentait d'interpréter l'expression de son visage. Elle lui redonna ensuite son téléphone et lui tendit sa carte de visite.

— Appelez mon bureau demain et demandez Katie. Elle vous indiquera tout ce dont j'ai besoin, avant que nous puissions entamer des négociations. Je suppose que vous avez un site Internet et des pièces pour la saison prochaine ?

Elle sentait ses idées tournoyer en tous sens. Non, elle ne rêvait pas !

— Oui, bien sûr, répondit-elle vivement. Katie. Je l'appelle demain.

— Elle arrive tôt au bureau, si j'étais vous, je lui téléphonerais avant qu'elle soit très occupée. Vous avez du talent, mais vous ne décollerez pas si vous ne trouvez pas le bon partenaire.

Et sur ces mots, Sylvia Hodge, qu'elle regardait à présent comme une marraine toute-puissante et intimidante, se fondit dans la foule...

— Waouh ! Bien joué ! commenta Aiden. Tu as réussi ! Tu as été parfaite, bravo !

D'une main, elle lui saisit le bras, de l'autre, le revers de la veste sans trop savoir ce qu'elle allait faire, mais puisque ses initiatives lui réussissaient ce soir, autant en profiter.

— Tu m'as aidée à trouver la confiance en moi ! Partons d'ici, maintenant, cette musique me rend folle.

Et peu après, ils se retrouvèrent sur la banquette arrière, dans la nuit de Miami, direction l'hôtel.

Pour la deuxième fois de la journée, elle flottait dans les airs...

Il se tourna vers elle.

— Si les choses ne fonctionnent pas avec Sylvia, dit-il alors, je veux investir dans ta société.

— Mais la mode, ce n'est pas ta tasse de thé, tu te souviens ?

— Sarah, ce soir, tu pourrais me vendre le pont de Brooklyn. Tu as été incroyable, tu l'as bluffée.

Elle sentit une bouffée de fierté l'envahir, tout comme un puissant désir pour lui...

— Tu es adorable.

— Tu crois ? On voit bien que tu ne connais pas les pensées que m'inspire ta robe.

À ces mots, elle fut en feu, incapable de respirer.

Embrasse-le, lui ordonna une petite voix. *Et s'il te repousse, tu diras que c'était juste un moment de folie passagère, l'adrénaline liée à ton exploit.*

La voiture s'arrêta.

— Nous sommes arrivés, monsieur Langford, annonça John.

— Très bien, dit-il, les yeux rivés à elle. Il est l'heure de rentrer.

Alors qu'ils traversaient le hall, elle eut une prémonition : non seulement sa carrière, mais sa vie entière allait changer.

Aiden commença à défaire sa cravate dans l'ascenseur. Cette journée avec Sarah l'avait mis au supplice, elle était la tentation incarnée. Il ne cessait de la revoir dans son bikini noir, de se rappeler le contact de sa peau...

Mais à présent, il voulait davantage. Oui, il mourait d'envie de lui ôter sa robe et de l'entraîner dans son lit pour pouvoir enfin se noyer dans sa douceur et sa beauté. Et il l'aurait embrassée ici, dans l'ascenseur, s'il s'était senti capable de s'arrêter quand l'appareil arriverait à leur étage...

Heureusement, les portes s'ouvrirent bientôt et ils en descendirent.

S'arrêtant soudain en chemin, elle posa une main sur le mur et retira ses chaussures.

— Elles me tuent !

Il éclata de rire. Sa carrière reposait sur l'apparence mais, avec lui, elle n'hésitait pas à se montrer naturelle. Il ouvrit la porte, prêt à la prendre dans ses bras et l'embrasser, mais elle avait visiblement d'autres plans.

— Une minute, je reviens.

Et avant qu'il n'ait le temps de réagir, elle fonça vers sa chambre et referma la porte derrière elle.

Ça alors !

D'abord confus, il attendit. Elle allait bien revenir, tout de même ! Mais les minutes passaient et elle ne réapparaissait pas... De guerre lasse, miné par la déception, il gagna sa chambre et ferma la porte. Incroyable ! C'était la première fois qu'on lui faisait un tel affront. Mais il était vrai qu'il n'avait jamais connu de femme comme Sarah. À cette pensée, son désir monta d'un cran. Il retira son pantalon, légèrement soulagé d'être moins comprimé, mais son état empira quelques secondes après. Bon sang, il avait terriblement envie de lui faire l'amour.

Ce fut alors qu'on toqua à sa porte.

Un coup à peine audible. Ou bien son imagination lui jouait des tours. Sans réfléchir, en boxer, il se précipita pour ouvrir.

— Ah, tu étais bien là ! dit-elle d'un ton essoufflé, vêtue d'un déshabillé noir et argenté des plus sexy.

— Où croyais-tu que j'étais ?

— Je pensais que... Que tu m'aurais attendu car dans la voiture, j'ai cru que...

Assez parlé !

Prenant son menton en coupe, il lui donna un premier baiser... Puis poussa un soupir tremblant. Jamais il n'avait goûté une bouche si délectable.

Elle se hissa alors sur la pointe des pieds, noua les mains autour de son cou et, toute retenue la désertant, lui donna un baiser torride ; l'espace d'un instant, il crut s'être endormi en l'attendant et se trouver au beau milieu d'un rêve. Mais la façon délicieuse dont elle lui mordit la lèvre le ramena au présent, tout comme son murmure excitant :

— Déshabille-moi, Aiden, touche-moi partout et laisse-moi te caresser jusqu'à ce que nous tombions de fatigue.

Puis elle braqua sur lui un regard si ardent qu'il faillit en déchirer la bretelle de sa nuisette. Il se ravisa, pour faire durer le plaisir, et se limita à en relever l'ourlet, lui effleurant le haut des cuisses. Mais une poignée de secondes plus tard, la nuisette tombait à terre et elle se retrouva nue devant lui. Sa vue absolument fantastique le désarçonna un instant. Elle était magnifique, il ne savait par où commencer... Ses seins étaient encore plus voluptueux que ce qu'il avait imaginé, et ses courbes d'une sensualité envoûtante. Sa peau, légèrement hâlée par le soleil d'aujourd'hui, était soyeuse...

Plaquant les mains au bas de ses hanches, il prit sa bouche... Il était en train de vivre son fantasme, que pouvait-il demander de plus ? Cette femme était la quintessence de la féminité, pensa-t-il tandis qu'il laissait ses lèvres glisser sur sa nuque... S'asseyant sur le bord du lit, il l'attira entre ses cuisses et, sans détacher ses lèvres de sa peau, captura un de ses seins, titilla l'autre avec ses doigts, attentif à sa respiration, au moindre de ses mouvements pour se rapprocher de lui. Il était si désireux de découvrir ce qu'elle aimait, de la faire jouir comme jamais auparavant.

Tout à coup, elle enfouit la main dans ses cheveux, et de petits gémissements lui échappèrent. Puis, s'agenouillant, elle tenta de lui enlever son caleçon. Bientôt, elle referma son poing sur lui et, regard attaché au sien, pencha la tête...

Les caresses que sa bouche lui procurait étaient tout simplement exquises, si sensuelles et savantes qu'il doutait pouvoir tenir très longtemps...

— Sarah, finit-il par dire, viens ici.

Elle releva le visage vers lui.

— Ça ne te plaît pas ? demanda-t-elle, hésitante.

Était-il seulement encore en mesure de penser de manière cohérente ? Prenant son visage en coupe, il répondit dans un souffle :

— Bien sûr que si, au-delà de ce que tu peux imaginer, mais j'ai envie de te faire l'amour.

De ses lèvres, il traça un sillage de baisers sur ses seins avant d'ajouter :

— Si c'est aussi ce que tu veux.

— Aiden, je te désire depuis que j'ai posé les yeux sur toi, donc oui, c'est aussi mon souhait le plus cher.

Il aurait juré depuis le début que l'attirance était à sens unique, elle avait donc bien caché son jeu, ce qui la rendait encore plus sexy : peu de gens étaient susceptibles de le surprendre. Elle si !

— J'ai des préservatifs dans ma valise, précisa-t-il.

Elle roula sur le dos.

— Tu avais donc des idées derrière la tête ?

Il haussa les épaules, un sourire aux lèvres.

— Je ne voyage jamais sans.

— Il vaut mieux être prêt pour parer à toute éventualité, n'est-ce pas ? railla-t-elle.

— Tout à fait.

Et il lui tendit l'étui en relevant un sourcil.

— Je te laisse les honneurs ?

— Avec plaisir...

Son ton chaud et sensuel manqua de l'achever.

Quand elle s'allongea sur le lit, il se cala entre ses jambes et la pénétra, tout en déversant une pluie de baisers sur son corps ; elle enroula alors les jambes autour de sa taille. D'une main douce, il rejeta en arrière les mèches qui lui barraient le front, tout en se délectant de la sensation de ses talons posés sur ses reins.

Au clair de lune qui filtrait dans la chambre, ils rivèrent leur regard l'un à l'autre lorsqu'elle atteignit l'orgasme, ondulant sous lui sans relâche, haletant... L'expression de bonheur absolu qui empreignit alors son beau visage eut définitivement raison de sa résistance et il plongea lui aussi dans un plaisir indicible...

Lorsqu'il se laissa retomber sur le côté, elle vint tout de suite se blottir contre lui, et il eut la sensation que leurs corps se comprenaient parfaitement bien. Il n'avait qu'une hâte : la reprendre. C'était une chance inouïe de partager son lit avec elle, même s'il était possible que cette nuit soit aussi parfaite qu'unique.

12

Jamais Sarah n'avait été aussi épuisée et merveilleusement heureuse. Aux premières lueurs de l'aube, à moitié endormie dans le lit d'Aiden, elle repensait à la nuit fantastique qu'ils venaient de vivre, et notamment au moment où, revenant de la salle de bains, elle l'avait trouvé yeux grands ouverts alors qu'il s'était endormi après leurs ébats. Il l'avait tout de suite attirée dans ses bras, puis exploré de ses mains et de sa bouche les moindres parcelles de son corps.

Après quoi, il l'avait entraînée dans la spacieuse douche en marbre et l'eau chaude avait coulé sur leurs corps dans une sorte de déluge faisant écho à leur passion... Il s'était amusé à savonner le bout de ses seins, et lui avait donné des baisers torrides, à en perdre le souffle... Une nouvelle fois — elle ne tenait plus les comptes — elle avait atteint l'orgasme, se perdant dans un plaisir qu'elle n'avait jamais ressenti auparavant.

Cet homme était un magicien, anticipant toujours ses moindres désirs. En l'occurrence, il lui avait demandé de s'asseoir sur le banc en marbre de la douche, et s'était agenouillé devant elle... Il avait ensuite glissé la tête entre ses jambes et un enivrement insensé avait peu à peu pris possession de son être ; personne jusque-là n'avait su aussi bien jouer de son corps... Après ses délicates attentions, il l'avait pénétrée et, au bord de la jouissance, lui avait murmuré des mots qui lui avaient fait perdre tout contrôle.

Elle l'entendit remuer à son côté et, dans son sommeil, il se détacha d'elle. Le vide qu'elle ressentit alors la troubla. Mais c'était sans doute mieux ainsi, car avec le lever du jour, la réalité reprenait ses droits. Elle ne devait pas oublier qu'elle rentrait à Boston le dimanche et qu'Aiden et Oliver commenceraient alors leur nouvelle vie, ainsi que prévu. Elle avait rempli sa mission, s'était bien amusée avec Aiden, mais il n'était pas le genre d'homme à partager sa vie avec une femme : il avait besoin de son espace vital, ne le lui avait-il pas répété mille fois ? La paternité était déjà un fardeau suffisant pour un homme aussi épris de liberté que lui.

Elle s'était juré de garder ses distances, mais avait fini par commettre l'erreur de céder à l'attirance qu'il exerçait sur elle. À présent, chacun devait reprendre son chemin ; elle avait déjà connu une expérience malheureuse et ne comptait pas réitérer.

Constatant qu'il dormait encore, elle se leva et se rendit sur la pointe des pieds à l'autre bout de la pièce pour ramasser sa chemise de nuit. La vue de la soie noire abandonnée sur la moquette blanche déclencha alors en elle une avalanche de souvenirs douloureux, comme la réplique d'un tremblement de terre ; sa dernière matinée avec Jason s'imposa à son esprit, ce moment où elle avait désespérément cherché son déshabillé parmi les habits épars dans la chambre, pour partir au plus vite. Il venait en effet d'éclater de rire après qu'elle lui avait déclaré qu'elle l'aimait, et avait affirmé avec mépris que « coucher avec la nourrice » n'avait rien à voir avec des sentiments.

Elle ferma les yeux, luttant contre les larmes qu'elle sentait monter à ses yeux. *Tu es plus forte que cela*, s'exhorta-t-elle. *Ce n'est pas la même chose avec Aiden. Tu peux mettre un terme à cette histoire avant qu'elle n'aille plus loin.*

Ramassant sa chemise de nuit, elle sortit de la chambre : ce qui s'était passé à Miami resterait à Miami, c'était la seule façon de gérer la situation !

Aiden se réveilla dans un lit vide aux draps froids à l'endroit où se trouvait le corps tout chaud de Sarah quand il s'était endormi. Il n'avait tout de même pas rêvé ! Se redressant sur un coude, il se passa la main dans les cheveux. Enfin, il en était certain, Sarah et lui avaient fait l'amour cette nuit, et plus d'une fois.

Il remarqua alors que parmi tous les vêtements disséminés sur le sol il manquait sa chemise de nuit. Hum, hum... C'était lui en général qui s'éclipsait au petit matin, pas l'inverse, mais elle bousculait tous les codes et toutes ses habitudes. Bah, elle ne devait pas être bien loin ! pensa-t-il en enfilant son caleçon.

— Bonjour ! lança-t-elle de derrière le journal quand il entra dans le salon.

Elle était assise à la table, une tasse de café devant elle.

— J'ai commandé le petit déjeuner, j'espère que cela ne te contrarie pas. Je mourais de faim et puis nous avons tant à faire, aujourd'hui.

Il se frotta les yeux : ce n'était pas du tout cette Sarah-là qu'il s'était attendu à voir après une nuit d'amour.

— Tu es déjà douchée et habillée ?

Sans le regarder, elle répliqua :

— Ma valise est faite et je suis prête à partir.

Effectivement, celle-ci se trouvait près de la porte !

— Tu sais que nous pouvons partir quand nous voulons, répondit-il. Le jet nous attendra. Nul besoin de se précipiter.

Il avait tant envie de lui faire l'amour pour bien commencer la journée !

— J'ai déjà téléphoné à Katie, l'assistante de Sylvia, enchaîna-t-elle. Nous aurons une conférence téléphonique à 16 heures aujourd'hui. J'ai aussi appelé l'agence pour leur demander de nous envoyer d'autres nourrices que nous recevrons en fin de journée. On est déjà jeudi, Aiden ! Je rentre sous peu à Boston.

Pour une surprise... C'était lui normalement qui prenait ses distances, le lendemain matin, et levait tout éventuel malentendu sur ses intentions. En outre, il aurait juré que Sarah était une romantique qui aimait les câlins du matin. Il fallait croire qu'il s'était trompé.

Une conclusion s'imposa à lui : son travail était sa priorité absolue. Et elle aurait effectivement été insensée de relâcher sa concentration, maintenant que sa carrière prenait une nouvelle tournure, même après la nuit magique qu'ils avaient vécue.

Néanmoins, tout cela ne cadrait pas, sans qu'il sache vraiment pourquoi. Et puis il avait tant envie de lui prendre la main, de lui murmurer des mots doux à l'oreille, de lui proposer de revenir au lit…

Faisant contre mauvaise fortune bon cœur, il s'assit en face d'elle et se servit du café, espérant y voir plus clair.

Ce fut finalement elle qui le regarda.

— Tu prends ton petit déjeuner torse nu ?

Pardon ? Était-il entré dans un monde parallèle ?

— Cela ne t'a pas trop dérangée, cette nuit, il me semble, de me voir nu.

Elle s'éclaircit la voix et reposa son journal.

— Aujourd'hui est un autre jour.

— Soit, mais il se trouve que je n'ai pas envie de mettre un T-shirt. Donc il va falloir que tu supportes la vue de mon torse nu. J'espère que tu vas pouvoir te contrôler.

Elle roula des yeux.

— Je vais gérer.

Mais que lui prenait-il ? Son attitude était ridicule !

— J'ai manqué un épisode ? questionna-t-il subitement. Nous avons passé une nuit fantastique, non ? Ai-je dit ou fait quelque chose d'inapproprié ?

Elle termina son jus d'orange et plia sa serviette.

— Non, tout était bien.

« Bien » ?

— Seulement, poursuivit-elle, il est temps pour moi de me remettre au travail.

Et sur ces mots, elle se leva de table.

Il la saisit par le bras.

— Très bien, j'ai compris.

Toutefois, pourquoi l'avait-il touchée ? Pour la retenir ? Car un sentiment bien peu familier l'avait envahi, tout comme l'envie de prononcer des mots qu'il ne disait normalement jamais.

Peut-on discuter ? Que t'arrive-t-il ? Il devait plutôt se questionner sur lui-même : était-il resté trop longtemps au soleil ?

— Tu as raison, finit-il par concéder. Il faut que nous rentrions au plus vite à New York pour régler le problème de la nourrice.

Et il la relâcha... pour le regretter aussitôt. Bon, il était impératif qu'il se ressaisisse, il n'était pas lui-même, ce matin.

— J'appelle John pour le prévenir que nous serons prêts dans une demi-heure ? suggéra-t-elle.

Il y avait vraiment le feu !

— Disons quarante-cinq minutes, marmonna-t-il.

Et il la regarda sortir du salon. Ce matin, elle portait un tailleur et des talons, fini la robe d'été et les sandales, et ressemblait au chef d'entreprise qu'elle voulait être.

Leur relation ne s'améliora guère au cours de la journée. Par ailleurs, il était agacé contre lui-même, car il ne saisissait pas très bien ce qu'il attendait d'elle, au juste. Qu'elle lui parle de leur nuit ? Oui, bien que cela le contrariât fortement, c'était ce qu'il souhaitait et c'était là une expérience toute nouvelle pour lui ! En outre, il avait la certitude que leurs ébats avaient plu à Sarah.

Évidemment, dimanche — leur deadline — se rapprochait à grands pas et de nombreuses choses devaient encore être réglées, en particulier le test de paternité et le choix de la nourrice sur lequel il comptait rester intraitable.

Ils arrivèrent finalement devant chez lui en début d'après-midi.

— Je viens de recevoir un message de l'agence, déclara-t-elle. Ils nous envoient une nouvelle candidate.

— Une, c'est tout ?

— Entre tes exigences et les miennes, le champ est limité.

Sur ces mots, elle chaussa ses lunettes de soleil et descendit de voiture.

Marmonnant dans sa barbe, il lui emboîta le pas... et dut accélérer pour la rattraper.

— Tu veux bien m'expliquer ce qui se passe ? Si tu as quelque chose sur le cœur, dis-le afin que les jours qui nous restent à passer ensemble soient vivables !

— Je n'ai pas envie d'en discuter sur le trottoir. On peut attendre d'être en haut ?

— Oui, bien sûr !

Se tournant alors vers John qui les suivait avec leurs bagages, il ajouta :

— Je vous propose de passer le reste de la journée avec votre famille. Je m'occupe des valises.

— Mais, monsieur… Vous ne m'avez jamais renvoyé chez moi en pleine journée.

— Vous avez effectué ce voyage à Miami avec nous, alors vous avez bien droit à une demi-journée de repos.

— Merci beaucoup, monsieur. Je serai ici à la première heure demain matin !

— Parfait, vous me conduirez au bureau.

Quelques heures de travail lui permettraient de ne pas trop ruminer.

Dans l'ascenseur, il ne pipa mot, trop heureux à l'idée de retrouver Oliver et ne souhaitant pas qu'un éventuel échange avec elle le mette de mauvaise humeur.

De fait, une joyeuse ambiance régnait dans l'appartement, constata-t-il quand l'ascenseur s'ouvrit. Les rires d'Oliver et d'Anna y résonnaient sur un fond musical entraînant. Déposant les valises dans l'entrée, il partit à leur recherche, doublement désireux de les revoir et de s'amuser avec eux.

Ils étaient dans la bibliothèque. Allongé sur le sol, Jacob tenait Oliver par la taille au-dessus de lui, faisant mine de le lâcher avant de le rattraper rapidement. Son petit garçon éclatait à chaque fois de rire, tout comme Anna, assise en tailleur près de Jacob. Tout à sa bulle de bonheur, le trio ne s'était pas rendu compte de leur arrivée.

À cet instant, des sentiments contraires le submergèrent : de l'envie, des regrets, de la tristesse, mais aussi de la joie. Le spectacle le réjouissait et lui donnait une idée rassurante et optimiste de l'avenir, et pourtant, une pièce lui semblait manquer au puzzle…

Anna tourna soudain le visage vers lui et lui adressa un grand sourire.

— Regarde qui est rentré, Oliver. Papa !

Des larmes lui en montèrent aux yeux. Un père, c'était ce qu'il était désormais...

Jacob se releva et lui tendit Oliver qui avait visiblement envie de retrouver ses bras.

— Nous nous sommes vraiment bien amusés, Aiden, déclara son beau-frère. Tu as un adorable petit garçon.

Sur ces mots, il aida Anna à se mettre debout.

— Alors, Oliver, c'était bien ? dit-il en frottant doucement le dos de son fils.

Retrouver son odeur de bébé était magique.

À cet instant, Oliver s'empara de ses lunettes de soleil accrochées à sa chemise et il les lui laissa, même si elles lui avaient coûté une fortune. Lui baisant la tempe, il l'étreignit contre son cœur.

Sarah avança le visage au-dessus de son épaule.

— Salut, bonhomme, dit-elle.

Tout de suite, le visage d'Oliver rayonna de bonheur et un gazouillement joyeux lui échappa. À quelques centimètres de lui, elle frotta son nez contre celui de son petit garçon, et son rire cristallin résonna à ses oreilles. Il aurait aimé retenir ce moment pour toujours...

Tout à coup, il comprit : c'était Sarah la pièce manquante, puisque dans quelques jours elle sortirait de leur vie.

13

Il devenait à chaque minute plus difficile pour Sarah de supporter la compagnie d'Aiden. Elle avait pénétré dans un territoire qu'elle s'était juré de ne plus fouler, et avait cru en réchapper en adoptant une attitude inflexible et distante. Or, si elle pouvait maîtriser son cerveau, son corps refusait pour sa part de coopérer ! Le simple fait de respirer le même air que lui était ardu, car elle le désirait alors plus encore.

L'Interphone de l'appartement retentit. Ce devait être la nourrice.

Elle prit Oliver dans ses bras, tandis qu'Aiden émergeait de son bureau.

— Comment s'appelle-t-elle déjà ? Lucy ?

S'il faisait échouer cet ultime entretien, pensa-t-elle, il en assumerait les conséquences : pas question qu'elle reste plus longtemps sous prétexte qu'il était incapable de prendre une décision.

— Elle s'appelle Lily et elle a un CV irréprochable.

— Je l'ai lu, Sarah, inutile de me chanter les louanges de cette nouvelle candidate.

Elle ravala sa frustration. Mais il allait l'entendre en cas de sabordage.

Quand les portes de l'ascenseur s'ouvrirent, une jeune fille aux cheveux auburn entra d'un pas décontracté dans le salon. Avec sa longue jupe orange qui frôlait le sol et son haut à bretelles blanc, elle ne correspondait pas vraiment au profil qu'elle attendait. Il n'aurait peut-être pas besoin d'y mettre de la mauvaise volonté, il était possible que Lily coule d'elle-même.

— Bonjour, je suis Aiden Langford, déclara-t-il en lui tendant la main. Et voici Sarah, qui fait provisoirement office de nourrice en attendant que nous en trouvions une.

Après leur nuit à Miami, cette façon de la présenter la meurtrit, mais après tout, c'était la réalité : elle n'était qu'un arrangement temporaire.

— Bonjour, Lily, dit-elle. Voici Oliver.

La jeune fille ouvrit de grands yeux — incroyablement grands — et inclina la tête de côté tout en prenant la main du petit garçon.

— Bonjour, Oliver. Tu es une vraie petite merveille.

Elle avait la voix d'une princesse de conte de fées, pleine de magie.

Oliver fut tout de suite séduit et tendit les bras vers elle.

— Si vous n'y voyez pas d'inconvénient, j'aimerais jouer avec lui pendant l'entretien.

Aiden désigna la bibliothèque, où de nombreux jouets d'Oliver jonchaient le sol, et tous s'y rendirent.

Quelle audace, cette fille ! se dit-elle. Jamais elle n'aurait osé, quand elle était nourrice, dicter le cours d'un entretien, mais la réaction d'Oliver étant des plus positives, elle se garda d'intervenir. D'ailleurs, elle laisserait Aiden gérer l'entretien, demeurant debout, en observatrice.

Lily s'assit directement sur le tapis et commença à jouer avec Oliver, qui la regardait en gazouillant.

— J'imagine que vous avez lu mon CV, monsieur Langford.

— Oui, confirma-t-il. Il est impressionnant. Vous avez travaillé pour des familles prestigieuses.

— J'ai eu de la chance, et je dois également préciser qu'on apprécie en général mes méthodes.

— Pourriez-vous nous les décrire plus précisément ?

— Tout à fait. Je suis ferme avec les enfants, ils ont besoin d'un cadre, mais à l'intérieur de celui-ci, ce sont eux qui mènent le jeu. Si nous allons au musée, par exemple, nous faisons ce que l'enfant a envie de faire. Si nous nous lançons dans un projet artistique, il peut créer toute la pagaille qu'il veut si cela est nécessaire pour développer son esprit créatif. Si, au parc, il souhaite creuser la terre au lieu de monter sur la balançoire, je ne m'y oppose pas. Je chante à tue-tête avec eux et ils peuvent éclabousser dans le bain. Les enfants ont besoin de liberté et d'espace.

Elle fixa Lily, stupéfaite. Jamais elle n'était parvenue à réciter un tel laïus durant un entretien, dans sa précédente vocation. Sans compter que Lily avait fait mouche avec son choix de mots : liberté et espace. Aiden devrait déployer des trésors d'ingéniosité pour la recaler...

— Que pouvez-vous me dire d'autre ? questionna-t-il.

Lily se lança alors dans une théorie philosophique élaborée sur l'éducation et l'enfance, puis passa à une partie plus concrète en décrivant ses activités avec les enfants : longues promenades, rencontres avec d'autres enfants, visites à la bibliothèque.

Oliver aurait une vie idyllique avec Lily, se dit-elle. Elle était la nourrice idéale ; si Aiden l'engageait, elle aurait réussi à honorer les ultimes souhaits de Gail, à savoir trouver à fois le père d'Oliver et une personne à la hauteur pour s'occuper de lui. Aussi pourquoi éprouvait-elle soudain un tel vide ? Pourquoi avait-elle la sensation d'être dans une voiture qui s'éloignait à toute vitesse pendant qu'elle regardait dans le rétroviseur ?

La voix d'Aiden l'arracha à ses pensées.

— Sarah, puis-je te parler un instant en privé ?

S'efforçant une nouvelle fois de surmonter les sentiments qu'il lui inspirait, elle le suivit dans la pièce voisine.

— Je rêve, ou nous avons trouvé la nourrice idéale ?

Elle hocha la tête, luttant contre ses peurs, et lui sourit.

— Je crois que oui. Elle est fantastique. Oliver et toi allez être très heureux avec elle. Je pense que tu n'as pas à hésiter une seconde.

Autant en finir au plus vite, car elle n'était pas certaine que son cœur survivrait jusqu'à dimanche.

— Dans ce cas, c'est décidé.

Et, sans perdre une seconde, il retourna dans la bibliothèque et elle lui emboîta le pas.

— Lily, je vous embauche. Pouvez-vous commencer dès lundi matin ?

Cette dernière lui adressa un beau sourire reconnaissant, mais déclara :

— Oh ! l'agence ne vous a pas dit ? Une autre famille qui va s'installer en France attend une réponse de ma part et je dois prendre ma décision ce week-end.

— Je double le salaire qu'on vous propose, quel qu'il soit.

— Là n'est pas la question, c'est l'opportunité de voyager qui m'intéresse.

— Mais je voyage moi aussi beaucoup et je tiens à ce qu'Oliver fasse partie de mes aventures, à présent. Par conséquent, vous viendrez avec nous.

À ces mots Sarah sentit son cœur se serrer. Elle les imagina jouer les globe-trotters tous les trois, et se sentit subitement laissée pour compte...

Lily regarda Oliver.

— Il est adorable et vous plaidez bien votre cause. Néanmoins, j'aimerais encore réfléchir jusqu'à ce week-end avant de vous donner une réponse définitive. Je sais que vous avez besoin d'une nourrice tout de suite, mais comme l'autre famille ne partira pas avant un mois, je pourrai faire la transition entre...

Lily la regarda.

— Désolée, madame, j'ai oublié votre nom.

Elle pâlit. Elle était donc déjà sortie du paysage, déjà réduite à un fantôme !

— Ce n'est rien, je m'appelle Sarah, parvint-elle à articuler.

— Assurer la transition entre Sarah et la nourrice définitive.

— Très bien, je ne veux pas insister davantage, dit Aiden, mais réfléchissez bien à ce que je vous ai dit. Par ailleurs, je suis certain que le courant passera admirablement bien entre Oliver et vous.

Lily prit congé, Oliver lui prodiguant de généreux baisers

baveux. Incroyable ! Même lui était prêt à la congédier sans état d'âme, songea-t-elle.

Aiden poussa un soupir de soulagement appuyé lorsque les portes de l'ascenseur se refermèrent derrière Lily.

— Ouf ! Cela me laissera au moins un mois pour me retourner si ça ne marche pas ! Je ne voulais pas que tu croies que je te retenais en otage, mais je veux juste avoir entière confiance en la personne que je choisirai.

Elle hocha la tête.

— Moi aussi, je suis soulagée.

Aussi pourquoi se sentait-elle soudain si mal ?

— Tu pourras donc rentrer à Boston dimanche, comme prévu. D'ailleurs, comme nous aurons les résultats des tests demain, tu peux même partir plus tôt si tu veux. Dès samedi. Enfin, si tu es pressée.

Vraiment ? Son cœur cognait à tout rompre. Il n'y avait pas vingt-quatre heures qu'ils avaient couché ensemble et il lui désignait déjà la sortie ? Son instinct ne l'avait donc pas trompée ce matin. Elle devait partir d'ici le plus vite possible pour ne pas s'attacher à cet homme incapable de sentiments envers une femme !

— Très bien, je m'en irai dès que ce sera possible sans préjudice pour Oliver. En attendant, tu m'excuseras, j'ai une conférence téléphonique avec Katie dans quelques secondes, je la prends dans ma chambre.

— Sarah, attends...

Elle se figea et sentit alors ses doigts brûlants lui presser l'épaule. *Quoi ? Avait-il changé d'avis ? Voulait-il qu'elle reste au-delà de dimanche ?*

— Passe l'appel dans mon bureau.

Aiden ne savait pas ce qui lui avait pris de dire à Sarah qu'elle pouvait partir dès le samedi. Sur le moment, cela lui avait paru généreux, mais à présent, il se maudissait ! Il soupira... De toute façon, un jour de plus ou de moins, elle était bien résolue à regagner Boston : sa réaction suite à leur nuit passée ensemble, tout comme sa fixation sur sa date de retour, depuis le début, n'en étaient-elles pas les preuves éclatantes ? Elle avait tenu sa part du contrat, lui aussi, par conséquent leur relation s'arrêtait là... Sauf qu'au fond de lui, il éprouvait une curieuse sensation : celle que quelque chose clochait. Mais il n'arrivait pas à trouver quoi.

Il se mit à jouer avec Oliver, sans pouvoir faire abstraction de la conférence téléphonique dans la pièce voisine puisque Sarah n'avait pas fermé la porte ; la conversation se déroulait apparemment mal... Il fit de son mieux pour ne pas intervenir, mais quand elle revint, son visage confirma ses craintes : les traces d'excitation de la veille avaient disparu.

— Alors ? s'enquit-il.

— J'ai l'impression d'avoir heurté un train de plein fouet, dit-elle d'un ton las.

— Ce genre d'appel peut souvent donner cette sensation, remarqua-t-il pour l'apaiser.

Elle pinça la bouche.

— Non, ça ne s'est pas bien passé. Il y a trop de questions auxquelles je n'ai pas répondu.

— Je croyais que tes comptes étaient en règle.

— Là n'est pas la question. Ils m'ont demandé quelle part de marché je visais, et en combien de temps je comptais atteindre mes objectifs. J'étais incapable de répondre, car c'est précisément pour ce genre de choses que j'ai besoin d'eux.

Il sentit son estomac se contracter : l'avait-il suffisamment préparée à ce genre d'entretien ? Il en doutait à présent.

— À en juger par cet entretien, la société de Sylvia ne gère pas les problèmes financiers de ses partenaires, juste l'aspect créatif, poursuivit-elle. Or, c'est précisément de soutiens pécuniaires dont j'ai besoin.

— Mais tu as accompli un tel travail, elles en tiendront compte ; c'est le rôle de Katie de t'intimider pour que tu aies ensuite l'impression que Sylvia est ton sauveur.

— J'imagine que Sylvia m'a dit d'appeler car je l'avais piégée, elle ne voulait pas faire une scène, lors du gala.

— Ne sois pas si défaitiste ! Tu n'as pas encore eu de réponse définitive, et si ça ne marche pas avec Sylvia, tu passeras à autre chose. Je l'ai fait de nombreuses fois.

Jamais il ne l'avait vue aussi tendue, même le jour où elle avait débarqué dans son bureau.

— Non, Aiden, je ne suis pas comme toi une milliardaire qui jongle entre d'incroyables opportunités. Je n'ai qu'une corde à mon arc, ma collection, je ne sais faire que ça.

— Et exercer en tant que nourrice.

— Combien de fois devrai-je te répéter que cette carrière-là, c'est fini pour toujours ?

— Que s'est-il donc passé pour que tu sois si catégorique à ce sujet ?

— Je n'ai pas envie d'en parler. Personne n'est au courant, et je ne vais pas me confier à quelqu'un que je connais juste depuis une semaine.

Son ton dédaigneux le piqua au vif. Une semaine, venait-elle de lui rappeler alors que, curieusement, il avait l'impression qu'elle avait toujours fait partie de sa vie.

— J'essaie juste de t'aider.

— Je ne peux pas en parler, j'ai trop honte.

Elle en avait trop dit. Il devait absolument comprendre de quoi elle pouvait bien avoir à rougir, car il ne la voyait pas faire quoi que ce soit de déshonorant.

— Écoute, je ne vais pas te juger, j'aimerais juste savoir ce qui t'est arrivé. Je pense que tu me dois une explication.

Elle regarda le plafond, retenant visiblement ses larmes.

— J'ai été renvoyée de mon dernier emploi. Cette famille était tout pour moi, cela m'a détruite.

— Tu t'étais vraiment attachée aux enfants ?

— À l'enfant. Il n'y en avait qu'une, Chloe. Elle avait quelques mois de plus qu'Oliver.

Elle pinça les lèvres.

— Désolée, Aiden, je n'arrive pas à en parler...

Il l'attira alors dans ses bras, et huma son suave parfum... Les souvenirs de la nuit précédente le submergèrent.

— Dis-moi ce que tu as sur le cœur, tu te sentiras mieux après. C'est le conseil que tu m'avais toi-même donné quand nous étions sur la terrasse, et que j'étais bouleversé à cause de ma mère.

Elle posa la tête contre son torse, tremblante.

— Je suis tombée amoureuse de mon patron... Le père de Chloe.

— Continue, l'encouragea-t-il, en masquant son malaise à l'idée de l'imaginer dans les bras d'un autre.

— J'étais bien consciente que j'avais tort, mais il m'attirait énormément et j'adorais sa fille. Sa femme était morte depuis peu et il semblait avoir réellement besoin de moi ; je pensais que je lui plaisais, mais je n'avais rien compris du tout.

Il lui caressa le bras, ferma les paupières et inspira une longue bouffée d'air... Il aurait tant aimé être en mesure de la consoler, mais il devait aussi en savoir plus : quel genre de monstre pouvait bien séduire une femme comme elle et la laisser tomber ?

— Que s'est-il passé, Sarah ?

Elle leva les yeux vers lui.

— Je lui ai dit la vérité, que je l'aimais, et alors il a éclaté de rire, il pensait que je plaisantais. Pour lui, il s'agissait juste d'une aventure, il était persuadé que je couchais avec tous les pères des enfants dont je m'occupais. Quand je lui ai dit que non et que je ne plaisantais pas, il m'a licenciée. Il ne voulait plus que je m'occupe de sa fille, il ne me faisait plus confiance. Tu imagines ce que j'ai pu ressentir ?

— Il ne pouvait plus te faire confiance parce que tu l'aimais ? C'est affreux, en effet.

— C'est le pire qui me soit arrivé. L'amour non partagé est une chose, mais devoir couper tout lien avec un enfant qu'on aime en est une autre. J'ai toujours eu beaucoup d'affection pour les enfants dont j'avais la garde, et les quitter a toujours représenté un crève-cœur, mais au moins les adieux se passaient en bons termes. Là, c'était un rejet en bloc. On me prenait tout. J'ai donc décidé de changer de métier.

À cet instant, Oliver rampa à quatre pattes jusqu'à eux puis s'accrocha à son pantalon pour se mettre debout. Elle le prit dans ses bras, essuyant les larmes de son visage.

— Je suis désolée, dit-elle. Je n'aurais jamais dû te confier cela mais, au moins, tu comprends maintenant pourquoi Kama compte tant pour moi. Je ne peux pas reprendre mon ancienne vie.

Ayant changé plusieurs fois de domaine, il savait ce que représentait l'attrait d'un nouveau départ.

— Je comprends tout à fait, lui assura-t-il.

Elle soupira et parvint à lui sourire tout en lui tendant Oliver.

— Merci, c'est gentil. Et maintenant, il faut que j'aille dans ma chambre pour voir comment sauver la mise avec Sylvia Hodge. Tu veux bien t'occuper du coucher d'Oliver ?

— Naturellement. D'ailleurs, je suis certain qu'ensuite tu auras envie de rester un peu seule, dit-il en espérant qu'elle s'empresse de lui assurer le contraire.

Qu'elle le rejoigne, une fois Oliver au lit. Mais, à son grand désarroi, elle répondit :

— Exact ! Il faut vraiment que je réfléchisse. Et puis tu dois t'habituer à te débrouiller sans moi, puisque dans quelques jours, je ne serai plus là.

14

Sarah était en train d'écrire fiévreusement le mail destiné à Katie et Sylvia Hodge le vendredi matin dans le bureau d'Aiden, quand celui-ci surgit, téléphone à la main. Il souriait comme un homme délivré de toute inquiétude.

— La probabilité de paternité est de 99,9 %. Oliver est bien mon fils, annonça-t-il.

À ces mots, elle bondit de sa chaise et se jeta à son cou.

— Je le savais, depuis le début !

Dès qu'elle se pressa contre lui, elle n'eut plus envie de quitter ses bras, d'autant qu'il l'étreignit lui aussi très fort, tout en lui frottant le dos. Nul doute que ce moment de pur bonheur viendrait la hanter plus tard...

— Je savais au fond de mon cœur qu'Oliver était mon fils, mais je ne me rendais pas compte de ce que cela signifiait d'en avoir la confirmation. Étant donné mon histoire, cela me procure un sentiment de paix intérieure. Oliver et moi formons une famille, et cela, personne ne pourra jamais me le prendre.

Il la relâcha. Ce qu'il était séduisant quand il était détendu ! Les bonnes nouvelles lui allaient bien.

— Les avocats arriveront dans une heure pour la signature finale et porteront les documents aux juges dans l'après-midi. Ainsi, nous en aurons fini.

Et l'aventure new-yorkaise le serait aussi pour elle...

Il ne lui avait à aucun moment reparlé de leur fabuleuse nuit à Miami : elle se réjouissait qu'il respecte son choix, mais une part d'elle aurait aimé qu'il se batte un peu plus. Cette façon d'accepter sa décision n'était-elle pas la preuve qu'elle n'était rien de plus pour lui qu'une conquête supplémentaire ? C'était sans doute bien mieux ainsi pour tout le monde.

Il s'éclaircit la voix et demanda :

— Tu sais déjà quand tu repars ?

S'il avait su à quel point sa question la blessait, l'aurait-il posée ?

— Je vais rester jusqu'à dimanche pour profiter encore un peu de la compagnie d'Oliver.

Et de la tienne, ajouta-t-elle en silence.

— Je te pose la question car je compte donner une fête ce soir pour accueillir officiellement Oliver dans la famille Langford, et je tiens absolument à ta présence.

Elle eut la sensation de respirer un peu mieux : peut-être aura-t-elle occupé une place un peu plus importante au fond dans sa vie que les autres femmes ?

— Avec plaisir, répondit-elle. C'est une très bonne idée, cette fête familiale, et cela te permettra de te réconcilier avec ta mère.

— La discussion de fond n'aura pas lieu pendant la fête, la prévint-il alors.

— Je comprends.

— C'est si important pour moi d'avoir pu me confier à toi sur ce sujet.

Elle lui sourit, bien qu'à la torture. Cette capacité de parler à cœur ouvert était un des meilleurs aspects de leur relation. Il avait été adorable avec elle quand elle lui avait raconté à propos de Jason, et ne l'avait en rien jugée.

— J'en suis également très heureuse.

— Bon, je te laisse travailler, je vais moi aussi me plonger dans un dossier avant l'arrivée des avocats.

L'après-midi passa à une vitesse folle entre les avocats et les coups de fil aux différents traiteurs en vue de la réception du soir. Mais cette précipitation lui convenait, car elle l'empêchait de penser et de se rappeler que sous peu elle devrait prendre congé de deux personnes qui comptaient énormément pour elle et que, ensuite, ce serait une question de vie ou de mort pour sa société, en fonction de la réaction de Sylvia Hodge. Et, à vrai dire, elle redoutait le pire car, suite à son message, de nombreuses autres questions avaient suivi, ce qui avait accru ses doutes quant à une issue positive...

Adam, le frère d'Aiden, et sa femme, Melanie, furent les premiers invités à arriver. Adam était particulièrement séduisant, doté d'un charme presque aussi magnétique que celui de son frère ; au fond, Evelyn Langford ne détenait peut-être aucun secret. Melanie était pour sa part directe et bavarde.

— Je dois avouer que la paternité te va à ravir, déclara Adam en observant Aiden qui tenait son fils sur ses genoux.

— Merci, c'est très gentil, répondit-il, rayonnant de bonheur.

— Tu me donneras des conseils bientôt, car Mel et moi essayons d'avoir un enfant.

Un éclair passa dans les yeux de Melanie qui lui donna une petite tape.

— On avait décidé de ne rien dire ! lui rappela-t-elle.

Il l'attira à lui et l'embrassa sur la joue.

— On est en famille, on n'a pas de secrets les uns pour les autres.

Si seulement c'était vrai ! pensa Sarah.

Jacob et Anna arrivèrent ensuite, enthousiastes de revoir Oliver. Celui-ci s'était visiblement épris de son oncle Jacob durant leur voyage à Miami, car il tendit immédiatement les bras vers lui. Tout le monde discutait gaiement, le vin coulait à flots, et un fond musical complétait la petite *party* improvisée. Cependant, elle nourrissait une légère appréhension concernant l'arrivée de la dernière invitée.

— Bien sûr, il faut que ma mère soit en retard pour la première fête donnée en l'honneur de son petit-fils ! observa Aiden en prenant une carotte qu'il trempa dans une sauce.

— C'est sans doute à cause de la circulation, tempéra-t-elle.

— Vous savez bien qu'elle aime se faire remarquer, intervint Adam.

L'Interphone retentit alors. Aiden inspira profondément et arbora dans la foulée un sourire forcé.

— Voici maman.

Il alla à sa rencontre.

Evelyn salua chacun gentiment, réservant Oliver pour la fin.

— Et voici mon adorable petit-fils ! s'écria-t-elle.

Oliver parut heureux de la revoir et éclata de rire quand elle lui fit la grimace, tout en tenant son doigt dans son petit poing potelé.

Aiden sourit, mais il était tendu, Sarah le voyait bien. Vivre depuis si longtemps avec une telle incertitude devait être une réalité lourde à porter.

Pendant près de deux heures, elle s'efforça d'être très présente auprès d'Aiden, lui souriant de façon rassurante, lui resservant à boire. Chaque fois, il hochait la tête ou lui rendait son sourire, pour lui montrer qu'il était sensible à sa solidarité. L'amitié qu'ils avaient nouée était profonde et serait sans doute la chose la plus précieuse qu'elle garderait de ce séjour. Et cela la consolerait quand elle se demanderait ce qui se serait passé si elle n'avait pas érigé un mur entre eux après leur folle nuit, à Miami...

— Tout va bien ? s'enquit-elle en s'asseyant près de lui, sur le canapé.

Sa mère s'était éclipsée dans la salle de bains. La soirée allait bientôt se terminer, ce qui était une bonne chose, car il avait visiblement atteint ses limites : il avait l'air épuisé et toujours aussi crispé.

— Elle me rend fou. Elle a passé la soirée à faire des plans pour l'anniversaire d'Oliver, le mois prochain, et même pour Noël ! Cela m'irrite, c'est plus fort que moi.

Sans doute parce qu'Evelyn n'avait jamais agi de la sorte avec lui. Mais elle se mordit la lèvre pour ne pas dire à haute voix ce qu'il savait déjà.

— Elle essaie sans doute de se rattraper par rapport au passé.

Un léger sourire éclaira ses traits et il prit ses mains dans les siennes.

— Tu es adorable et j'apprécie ton optimisme, mais elle essaie juste de se débarrasser du problème, le balayant sous le tapis.

Il avait probablement raison, aussi renchérit-elle :

— Bon, il est sans doute temps que chacun rentre, à présent.

— Oui. Oliver doit de toute façon aller au lit.

Quand sa mère sortit de la salle de bains, Aiden se leva du canapé :

— Je ne veux pas jouer les trouble-fêtes, mais je dois mettre Oliver au lit.

Sa mère lui sourit et acquiesça.

— Quel père attentif !

Se hissant sur la pointe des pieds, elle lui donna un baiser et ajouta :

— Ce fut une soirée merveilleuse. Dommage que ton père n'ait pas vécu plus longtemps pour faire la connaissance de son petit-fils !

Il se figea. Après toutes ces années de silence et de doute, il devait entendre la vérité, ainsi que le reste de la famille. Et tant pis si le moment était inopportun !

— Je ne suis pas certain qu'il lui aurait réservé un bon accueil.

— Mais que dis-tu là ? Bien sûr que si !

La blessure était trop cuisante, aussi ne put-il se contenir :

— Moi, il ne m'a jamais accepté.

Sa mère se pétrifia.

— Ton père t'aimait, Aiden.

Avec calme, il planta son regard dans le sien.

— Je suis fatigué de me poser la question.

— Mais...

— Maman, je t'aime, mais si tu veux faire partie de la vie d'Oliver, il faut me dire la vérité sur mon père.

Ce fut alors qu'Adam s'approcha.

— Tout va bien ?

Mais il ne lâcha pas sa mère des yeux.

— Maman allait me dire la vérité au sujet de mon père.

— Quoi ? Tu m'empêcherais de voir mon petit-fils ? s'indigna celle-ci.

Il hocha la tête.

— Si tu m'aimes, dis-moi la vérité, insista-t-il.

Et il constata qu'elle se retenait de pleurer.

— Je ne voulais pas te faire du mal, je n'en ai jamais eu l'intention.

— C'est trop tard, maman, le mal est déjà fait. Je te donne ce soir la chance de commencer à réparer les dégâts.

Sa mère se tordit nerveusement les mains.

— Nous avons tenté de faire en sorte que ça marche, mais ton père…

Evelyn jeta un coup d'œil à Adam, puis dirigea de nouveau les yeux vers lui. Anna les rejoignit alors et, lui prenant la main, la lui étreignit.

— Votre père n'a finalement pas pu gérer la situation. Chaque fois qu'il te regardait, Aiden, il se rappelait ma trahison. C'est pourquoi nous t'avons envoyé en pension, et j'étais la première à approuver car je ne supportais pas de le voir si dur envers toi et si aimant avec Adam et Anna. Ton père n'avait pas un caractère facile, je redoutais toujours qu'il s'énerve contre toi. C'est pourquoi le pensionnat était préférable.

Il déglutit avec difficulté, la gorge nouée, les souvenirs faisant surface : la solitude, les anniversaires à la pension, les coups de fil de sa mère qui faisait comme si de rien n'était, et les étés à la maison, quand son père était en déplacement… Le moment de vérité était donc arrivé, celui qu'il attendait depuis si longtemps.

— Dans ce cas, qui est mon père ?

Jacob, Oliver dans les bras, s'était rapproché d'Anna. Melanie se tenait tout près d'Adam. Et lui, qui avait-il ? Son regard tomba alors sur Sarah : elle était sa seule véritable alliée, dans cette petite assemblée.

— Ton oncle Charlie est ton père biologique, lui révéla sa

mère. Je suis sortie avec lui avant Roger, très peu de temps, mais cela a suffi. J'ai d'abord menti à Roger, je ne voulais pas qu'il sache pour son frère et moi. Nous étions amoureux et quand j'ai appris que j'étais enceinte, nous nous sommes mariés.

Elle marqua une pause, visiblement éprouvée.

— Il n'a pas fallu très longtemps à Roger pour comprendre : tu avais la même marque de naissance sur la cuisse que Charlie.

— La même qu'Oliver, renchérit-il d'un ton étonnamment calme, eu égard à la vitesse à laquelle travaillait son cerveau et battait son cœur.

— Les choses se sont calmées pour un temps, reprit Evelyn, mais à la naissance d'Adam, tout a changé. Il ne cessait de vous comparer, d'autant qu'il avait toujours eu une relation compliquée avec Charlie. Et quand celui-ci est décédé dans un accident de moto, Roger n'a plus été en mesure de gérer la confusion de ses sentiments. Tu étais devenu son bouc émissaire, il fallait que je trouve une solution pour te protéger de lui, alors ce fut le pensionnat.

Tout s'éclairait désormais, même si sa colère ne l'avait pas quitté. Il se tourna vers Sarah : parmi toutes les personnes présentes, c'était avec elle qu'il voulait discuter de tout cela, en tête à tête, en espérant qu'elle le souhaitait elle aussi. Mais son visage affichait une telle douceur, une telle empathie que le contraire était quasiment exclu.

S'adressant alors à sa famille, il déclara :

— Merci à tous d'être venus, c'était très important pour Oliver et pour moi.

— Dis-moi quelque chose, implora sa mère. S'il te plaît, dis-moi que tu me pardonnes.

Il aurait pu se montrer cruel, mais à quoi bon, désormais ? Le mal était fait et ne pouvait être défait. Sa mère pensait avoir agi pour le bien de son fils et avait souffert elle aussi. Comment lui en vouloir encore ? Pourtant, il avait besoin de calme, maintenant, pour assimiler la vérité.

Il poussa un lourd soupir.

— Je te pardonne, maman, mais cela ne veut pas dire que

l'affaire est close. Il s'agit d'une vie construite sur un tissu de mensonges, cela prendra du temps. Un jour, tu devras me parler de mon véritable père. Mais pour ce soir, je crois qu'il est préférable que chacun rentre chez soi.

Adam s'avança vers lui pour lui donner une chaleureuse poignée de main, et ce fut la première fois qu'il n'éprouva aucune arrière-pensée envers lui. Tous deux avaient été pris au piège d'un secret de famille qui avait provoqué beaucoup de dégâts. Soudain, il sentit une grande lassitude tomber sur lui.

Il n'avait plus envie de se battre avec sa famille. Il était père, désormais, et Oliver était la personne qui comptait le plus au monde pour lui.

— Tu es mon frère, Aiden, lui dit Adam. Et je t'aime. N'hésite pas à m'appeler si tu veux parler.

— Entendu ! Merci.

— Je ne sais trop quoi dire, à part au revoir, déclara sa mère.

— Et si tu venais passer le week-end prochain avec ton petit-fils ? lui proposa-t-il.

Le temps de la réconciliation était venu.

— Ce serait avec grand plaisir.

Là-dessus, Adam conduisit sa mère et Melanie vers l'ascenseur.

Après leur départ, Anna lui saisit le bras, les larmes aux yeux.

— Tu avais raison, je ne voulais pas le croire, je suis désolée.

Il enlaça tendrement sa sœur.

— Ne t'excuse pas, tu m'as toujours aimé et soutenu, et je suis certain que tu feras une formidable mère. Je suis impatient qu'Oliver ait un cousin.

Anna lui sourit malgré ses pleurs, puis lui donna un baiser sur la joue.

— Je t'aime, dit-elle.

— Moi aussi.

Une fois sa sœur et son mari partis, il se retourna : Sarah était juste derrière lui.

— Je vais mettre Oliver au lit, dit-elle.

Sa voix lui mit du baume au cœur : cette femme était la panacée à tous ses tourments !

— Faisons-le ensemble.

— OK.

Le rituel du soir fut rapide, Oliver étant épuisé, mais quand elle s'assit dans le rocking-chair pour lui lire son histoire, il les considéra tous deux, appuyé au chambranle : il aurait aimé retenir ce moment pour toujours... Le départ de Sarah allait laisser un tel vide dans sa vie et celle d'Oliver, un vide qu'il lui semblait impossible de combler. Hélas ! il ne pouvait la retenir contre sa volonté.

Quand elle eut déposé Oliver endormi dans son berceau, ils sortirent sans bruit sur le palier.

— Je suis désolé pour cette soirée, lui dit-il en lui prenant le bras. Je sais que nous avions dit que je devais attendre, mais je n'ai pas pu.

— Je suis très fière de toi, et même si c'est dur, sois patient, donne-toi le temps d'intégrer tout cela. En fin de compte, l'amour d'Oliver te guérira de toutes les blessures.

Il eut soudain de la peine à respirer : elle était si touchante, dans sa détermination à ce que tout se finisse bien. Si belle, aussi, qu'il était vraiment difficile de lui résister...

Pouvait-il risquer une deuxième rebuffade ? Au diable sa fierté, il la désirait et tenait à le lui dire.

Ce serait sa dernière occasion de lui ouvrir son cœur avant qu'elle parte.

— Ne t'en va pas, Sarah. Reste avec moi.

15

Avait-elle bien entendu ? se demanda Sarah.

« Reste avec moi »... C'étaient des mots qui la surprenaient. Qui l'effrayaient, aussi. Car ils faisaient écho à son envie interdite de prolonger son séjour... La désirait-il ? Bon, ce n'était pas le moment de spéculer.

— Tu veux qu'on parle ? lui demanda-t-elle alors.

Son regard bleu profond lui coupa le souffle, lui disant clairement que les paroles étaient inutiles. Il lui cala doucement une mèche de cheveux derrière l'oreille.

— Je ne sais pas quelle force de l'univers t'a amenée jusqu'à moi, je sais juste que j'ai besoin de toi, que je te désire. Et j'aimerais penser que c'est partagé.

Le temps parut se suspendre, et elle ressentit un vertige. Leur nuit à Miami avait été électrique, inoubliable, mais elle ne voulait pas qu'il prenne une décision hâtive, sous le coup des émotions de la soirée.

— Je ne veux pas gâcher notre amitié, commença-t-elle.

Et une aventure avec lui l'aurait brisée.

— Est-ce pour cela que tu t'es refermée, depuis Miami ?

— Oui. Même si je n'ai cessé de le regretter.

— Au diable les regrets !

Avant qu'elle ait le temps de comprendre ce qui se passait, il la souleva dans ses bras. Spontanément, elle noua les mains autour de son cou et, quelques instants plus tard, il la déposa sur son lit.

Le cœur cognant à tout rompre, elle ferma les yeux quand il captura sa bouche. Plus rien n'existait sinon son odeur si masculine, ses draps en soie, son corps aussi solide que musclé. Il posa la main sur sa cuisse, sous sa robe, et des ondes électriques la parcoururent. Roulant tout à coup sur le dos, il la jucha sur lui. Puis il glissa les mains dans sa culotte en dentelle, et prit ses fesses en coupe... Elle enfouit alors les doigts dans ses cheveux et se mit à bouger sur lui, sur son érection. Elle le désirait depuis deux jours, et chacun de ses gestes l'excitait un peu plus. À présent, il explorait ardemment sa bouche avec sa langue...

Fébrile, elle voulut déboutonner sa chemise, mais il la devança et, enserrant sa nuque, l'embrassa de nouveau tandis qu'elle caressait son torse avec empressement, le souffle court, son sexe entre les cuisses...

— Touche-moi, Aiden, murmura-t-elle.

Passant les mains derrière le dos, elle défit la fermeture Éclair de sa robe ; dans le même temps, il en releva l'ourlet pour la lui ôter, puis retraça d'un doigt le contour de son soutien-gorge avant de le plonger sous le tissu pour effleurer le bout de son sein... Elle le sentit se raidir, c'était tellement délicieux ! Des frissons la parcoururent cependant qu'un gémissement lui échappait. Les yeux rivés aux siens, il dégrafa avec lenteur son soutien-gorge... Alors il prit ses seins dans ses paumes, et elle s'inclina en arrière, paupières closes. Un moment de pur bonheur... Tout à coup, elle sentit sa langue contre sa pointe durcie et un frissonnement d'impatience la traversa. Il se mit à la titiller tout en glissant la main sous la dentelle de sa culotte... Cette fois, ce fut son clitoris qu'il frôla avant de caresser doucement les plis de sa chair.

Elle haleta. Il faisait monter en elle la tension qui la mènerait au plaisir le plus absolu... Quand celui-ci la submergea, elle étouffa ses cris en plaquant la bouche sur son épaule...

Mais elle n'était en rien rassasiée ! À présent, elle voulait le sentir en elle. Elle entreprit de défaire son ceinturon et, quelques secondes plus tard, son jean et son boxer volaient dans la pièce... Alors elle se saisit de son érection, la caressa ; leurs bouches se trouvèrent et ils se donnèrent de nouveau un baiser torride...

— Fais-moi l'amour, Aiden, souffla-t-elle.

Il roula sur le côté, doigts emmêlés à ses cheveux.

Tendant le bras, il ouvrit sa table de chevet en quête d'un préservatif. Elle s'en saisit, ouvrit précipitamment le sachet. Il prit une vive inspiration quand elle le lui enfila, puis la regarda ôter sa culotte. Rapidement, il la fit rouler sous lui, et chuchota :

— Je n'ai pensé qu'à ça depuis notre retour de Miami.

— Vraiment ?

— Vraiment.

Elle se cambra contre lui et il la pénétra avec délicatesse, accordant les harmonies de son corps aux siennes. Baissant la tête, il captura de nouveau sa bouche... Peu à peu, ils accélérèrent le rythme, la danse de leurs langues se fit plus frénétique, leur respiration plus saccadée, et quand de son pouce il frôla de nouveau son clitoris, la jouissance l'inonda pour la deuxième fois ; il la suivit de peu sur les rives du plaisir...

Au bout de quelques instants, il s'étendit près d'elle, reprenant son souffle, pendant qu'elle redescendait doucement sur terre.

— C'était fantastique, chuchota-t-elle.

Et elle en voulait encore !

Il lui sourit, yeux mi-clos.

— J'espère que tu n'es pas trop fatiguée...

Décidément, cet homme lisait dans ses pensées.

À la lueur du petit matin, appuyée sur un coude, Sarah regardait Aiden encore endormi. Elle se sentait l'âme d'un papillon émergeant enfin de son sombre cocon. Ils avaient bien failli se manquer, elle et lui ; un jour de plus, et elle était partie. Le quitter maintenant lui paraissait inimaginable. De toute façon, il ne la laisserait pas s'en aller, elle en était sûre ; le lien qui les unissait était trop fort.

Les événements de cette semaine avaient décidément bouleversé sa vie et chassé le sombre nuage qui flottait au-dessus d'elle depuis plus d'un an à présent. Oliver, Aiden et elle pourraient former une famille.

Il y aurait encore des obstacles à franchir, mais après la nuit qu'ils venaient de vivre, dans le sillage du secret enfin révélé et dont le poids avait tant pesé sur la vie d'Aiden, leur relation démarrait sur de solides bases. Dans la foulée, elle prendrait le risque de lui avouer les sentiments qu'elle éprouvait pour lui, certaine cette fois qu'il n'y aurait pas une triste fin.

Il remua dans le lit, puis sa main saisit son bras et il l'attira à lui.

— Tu es bien trop loin de moi, dit-il.

Elle lui sourit et, une fois lovée contre lui, respira profondément, s'enivrant de son odeur.

— Mais non, je suis tout contre toi, répliqua-t-elle dans un rire.

Il caressa son ventre nu.

— Tu as raison, je me suis trompé.

Et il enfouit le visage dans son cou, y semant mille petits baisers. Elle glissa sa jambe sur la sienne... Cet homme attisait sa faim comme aucun autre avant lui.

— Merci pour hier soir, murmura-t-il.

— C'est un peu étrange de remercier quelqu'un qui a fait l'amour avec vous.

— Non, je voulais dire merci pour tout ce qui s'est passé avant que nous nous retrouvions au lit. Tu es si...

Si quoi ? se demanda-t-elle en retenant son souffle. Allait-il passer aux aveux ? Lever toute inquiétude chez elle et prononcer les trois mots qu'elle attendait ?

Il scruta son visage, comme s'il y cherchait quelque chose.

— Tu es un miracle, poursuivit-il. J'ai eu une chance inouïe qu'Oliver et toi soyez entrés dans ma vie, et je t'en suis profondément reconnaissant.

Elle lui adressa un grand sourire.

— Je suis ravie de l'avoir fait.

— Je suis sincère, Sarah. Je n'ose pas imaginer l'état dans lequel j'aurais été sans toi à mes côtés, hier soir. J'avais tant redouté ces aveux, mais grâce à ta présence, tout s'est bien passé. Tu es une magicienne.

Un miracle, une magicienne, soit, mais ce n'était pas tout à fait ce qu'elle espérait. Cela dit, comment aurait-elle pu l'en blâmer ? Il venait de traverser de rudes épreuves avec sa famille, pas étonnant qu'il soit prudent. Il avait peut-être besoin d'entendre que jamais elle ne lui ferait de mal, qu'elle lui donnerait son cœur aussi librement que son corps.

Allez ! lui murmura une petite voix. *Dis-le-lui. Ouvre-toi à lui.*

Elle y céda.

— Je t'aime, Aiden.

Ces mots prononcés, une onde de chaleur la submergea. Oui, elle avait osé et en éprouvait une réelle satisfaction. Elle lui sourit, planta son regard dans le sien… Mais comprit rapidement que quelque chose n'allait pas : ses yeux ne reflétaient ni de l'indifférence ni de la colère, mais il semblait meurtri ; or, ce n'était pas du tout ce à quoi elle s'attendait. Non, de toutes les réactions possibles à sa déclaration d'amour, celle-ci était la dernière qu'elle ait escomptée.

16

« Je t'aime » ? Non, ce n'était pas ce qu'elle lui avait dit…

Je t'aime, c'était pour toujours, or il n'était pas prêt à s'engager pour la vie, loin de là ! Alors qu'il était sur le point de lui demander s'ils pourraient se revoir, elle avait tout gâché avec ces trois mots. Il n'y avait qu'une réponse possible à cet aveu, et il ne pouvait s'y résoudre.

— Écoute, commença-t-il, je ne prends pas l'amour à la légère.

En réalité, il ne croyait pas du tout à l'amour. Jamais il n'avait dit à une femme qu'il l'aimait, ni n'avait éprouvé ce sentiment. Sa relation avec elle était différente de tout ce qu'il avait connu, certes, mais ils avaient été pris dans un tourbillon de circonstances exceptionnelles, et ce qu'il ressentait pour Oliver était étroitement lié à la façon dont il la percevait, elle… Se pouvait-il que ce soit de l'amour ? Il n'avait pas le courage d'affronter la question.

— Moi non plus, plaida-t-elle. Mais je t'aime, c'est un fait. Je sais que nous nous connaissons depuis peu, malgré tout, c'est ce que je ressens pour toi et je voulais te le dire.

Une terrible impression de frustration le submergea. Pourquoi accélérait-elle le cours des événements ? Il courait déjà à toute vitesse pour la suivre, ne sachant comment tout cela finirait.

— Sarah, j'ai des sentiments pour toi, mais je ne suis pas encore prêt à aller si loin… Il est trop tôt.

Les gens tombaient-ils amoureux en dix jours ? Et si c'était le cas, cet amour tenait-il ?

— Pas pour moi ! On peut tomber amoureux en une minute, l'amour ne suit pas un calendrier précis.

— Dans notre cas, si ! Tu as passé dix jours à me rappeler que nous avions une deadline ! Je n'aime pas avoir l'impression que l'on me force la main.

Tout comme il détestait le ton qu'il venait d'employer ! Seulement, il l'avait vue comme un havre et voilà qu'elle sabordait tout ce qui existait entre eux, ainsi qu'elle l'avait fait à Miami, d'ailleurs, bien que d'une autre façon. Ne comprenait-elle pas qu'il avait déjà franchi un énorme pas avec elle, lui qui n'avait jamais passé plus de trois jours consécutifs avec une femme ?

— Te forcer la main ? Mais c'est toi qui as fait le premier pas, hier soir, se récria-t-elle.

Se redressant dans le lit, elle s'enveloppa du drap.

— Tu m'as entraînée dans ton lit sans rien éprouver pour moi ? poursuivit-elle. Comme je suis censée partir dimanche, c'était facile, tu savais que tu n'aurais pas longtemps à me supporter !

— C'est injuste, Sarah ! Je te désirais, et c'est toujours le cas.

À cet instant, Oliver hurla dans l'écoute-bébé. Il rejeta bien vite la couette et enfila son boxer.

— Je vais le chercher. Nous reprendrons notre discussion plus tard, je ne veux pas en parler devant le bébé.

— Ah bon ? Eh bien moi, je ne veux plus du tout en reparler.

— Mais enfin pourquoi ?

— Parce que je ne peux retirer ce que je t'ai dit, c'est ce que je ressens, voilà tout !

Son fils pleurait, il fallait qu'il aille le voir, il s'occuperait de Sarah après. Bon sang, il pensait lui proposer de la revoir, évidemment, mais jamais la notion d'amour ne lui avait traversé l'esprit !

Quand il ouvrit la porte de la chambre d'Oliver, son petit bonhomme était debout dans son lit, accroché au rebord. Dès qu'Oliver le vit, il l'accueillit avec un sourire joyeux. Il le prit dans ses bras et lui donna un baiser sur le front, tout en le serrant contre lui. Avec son fils, au moins, il n'avait pas besoin de se poser de questions : ce qu'ils éprouvaient l'un pour l'autre, c'était de l'amour. Un amour inconditionnel. En revanche, il était incapable de définir ce qu'il ressentait pour Sarah. Et il ne pouvait lui dire qu'il l'aimait juste pour lui faire plaisir, car elle risquait plus tard de ressortir profondément meurtrie de leur relation. Et cela, il ne se le pardonnerait jamais.

Il changea Oliver puis descendit dans la cuisine avec lui pour lui préparer son biberon qu'il lui donna sur le canapé, tout en tendant l'oreille, pour décrypter les pas incessants de Sarah, à l'étage au-dessus… Marchait-elle de long en large, furieuse contre lui ? Regrettait-elle son aveu ? Ou bien faisait-elle l'inévitable, c'est-à-dire ses bagages ? Si c'était le cas, il ne pouvait l'en blâmer. C'était une belle femme vibrante de vie, et aucun homme n'aurait été assez idiot pour la repousser — sauf lui. Oui, il était un crétin fini, mais il n'était pas en mesure de lui dire qu'il l'aimait puisqu'il ignorait ce que cela signifiait.

Et maintenant, il ne pouvait plus lui proposer de sortir avec lui. On ne répondait pas par une invitation à dîner à une déclaration d'amour.

Entamer une relation alors que l'on n'était pas sur la même longueur d'onde pouvait avoir des répercussions dramatiques. C'était enclencher un désastre inéluctable. Or, elle avait déjà été meurtrie par un homme, il ne voulait pas lui faire revivre ce cauchemar, il n'était pas un salaud. Aussi n'y avait-il qu'une solution : préserver leur amitié et écarter toute complication sentimentale.

Sarah avait l'impression qu'à force de marteler le sol de ses pas, elle allait finir par abîmer le beau parquet de la chambre d'amis. Comment avait-elle pu être aussi stupide ?

Il était évident qu'Aiden ne partageait pas son amour, et même si cela lui faisait mal, au moins, elle savait à quoi s'en tenir. La seule solution, c'était de partir immédiatement. Elle s'en féliciterait par la suite, bien qu'en ce moment, l'idée la déchirait.

Sans compter qu'il y avait Oliver : sa relation avec le petit était la chose la plus simple et pure qu'elle ait connue. Il affichait un bonheur si sincère chaque fois qu'elle entrait dans sa chambre le matin ou qu'il se réveillait de sa sieste. Lorsqu'il était bouleversé et qu'elle le serrait contre lui, il se calmait instantanément, chacun s'accrochant à l'autre. L'amour d'Oliver remplissait son cœur depuis un mois et son absence allait y laisser un vide inimaginable. Hélas ! elle ne pouvait rien contre : sa place était près de son père, et Aiden n'était pas amoureux d'elle...

Elle s'écroula au pied du lit.

Et maintenant, qu'allait-il se passer ?

Reprendre la discussion, ainsi qu'il l'avait suggéré, était inconcevable : elle n'allait tout de même pas tenter de convaincre Aiden qu'il l'aimait ! Il n'était pas davantage envisageable qu'elle se terre jusqu'à demain dans sa chambre ; par conséquent, il ne lui restait qu'une solution, celle qu'il lui avait d'ailleurs généreusement proposée après le choix de la nourrice : partir aujourd'hui.

L'idée de faire ses adieux dès maintenant à Oliver était insupportable, mais elle pourrait passer des jours à s'y préparer que ce n'en serait pas plus facile. Ce fut alors que son téléphone lui indiqua l'arrivée d'un mail de Katie.

Sarah,

En dépit de certaines faiblesses dans vos prévisions financières, Sylvia souhaiterait poursuivre les pourparlers quant à l'acquisition de Kama. Nous comptons venir visiter vos ateliers à la première heure lundi matin. 9 heures vous convient-il ? Répondez-moi dès que possible.

Cordialement,
Katie

Le sort s'était donc chargé de décider pour elle : elle prendrait le prochain train pour Boston et partirait sans se retourner.

Katie,

Je vous remercie vivement pour votre proposition. Dites à Sylvia que je vous recevrai avec grand plaisir lundi matin à l'heure indiquée.

Cordialement,

Sarah

Elle n'avait plus le temps de se perdre en conjectures, aussi sortit-elle sa valise pour commencer à rassembler ses affaires, ce qui ne lui prit pas plus que quelques minutes. Après quoi, elle prit une douche, enfila la robe noire à bretelles qu'elle portait le premier jour de sa rencontre avec Aiden, qui lui semblait remonter à une éternité.

Comme elle descendait l'escalier, elle sentit les larmes lui monter aux yeux : elle eut la sensation de nager dans un océan secoué par une tempête, les vagues la fouettant en plein visage. Mais elle devait continuer d'avancer coûte que coûte vers le rivage, sous peine de couler.

Une fois dans le vestibule, elle fit rouler sa valise jusqu'à la porte.

— Tu pars ? s'écria Aiden de la cuisine.

Elle s'immobilisa.

Oliver jouait par terre avec des bols en plastique et des cuillères en bois.

— Oui, dit-elle, après avoir pris une grande inspiration. Il le faut. Sylvia Hodge vient visiter mon entreprise lundi matin à la première heure, j'ai besoin de temps pour préparer cette rencontre. Et puis comme tu n'as plus besoin de moi, autant que je débarrasse le plancher et te laisse passer le week-end en tête à tête avec Oliver.

— Mais tout cela est précipité ! s'exclama-t-il en sortant de la cuisine. Nous n'avons discuté de rien.

Par chance, il ne la toucha pas, se contentant de croiser les bras.

Elle s'efforça d'afficher un sourire impassible alors qu'elle n'avait jamais été aussi agitée et triste.

— Je ne vois pas ce qu'on pourrait se dire de plus. Je ne peux pas te forcer à prononcer des paroles que tu ne penses pas.

— J'aurais aimé que tu m'accordes plus de temps pour réfléchir à tout cela.

Le problème, c'était que la réflexion n'était pas de mise. Elle savait parfaitement qu'elle l'aimait, elle le sentait au plus profond de son être, une terrible brûlure en fait, car cet amour n'était pas partagé. Et il était urgent qu'elle parte car jamais il ne serait à la hauteur de ses attentes. Ce n'était pas sa faute, il avait été traumatisé par son passé, bafoué par ses parents, et désormais il avait besoin d'espace, pas d'une partenaire.

— Écoute, oublie ce que je t'ai dit ce matin, répliqua-t-elle.

Puis elle se précipita vers Oliver pour le prendre dans ses bras.

— Au revoir, mon...

Elle ne put aller plus loin ; sa voix se brisa, ses lèvres tremblèrent. Sur une impulsion, elle se pencha et lui donna un baiser sur le front, gravant dans sa mémoire son odeur et sa douceur qui allaient tant lui manquer.

Se redressant, elle fit face à Aiden, les larmes lui coulant sur le visage comme le déluge : ce qu'elle pouvait se maudire de lui offrir un tel spectacle ! Mais elle n'y pouvait rien.

— Je dois partir, sinon je vais rater mon train.

— Tu es sûre ?

Et il fit ce qu'elle redoutait : il lui saisit le bras.

— Oui, certaine, marmonna-t-elle en baissant les yeux pour ne pas soutenir son regard.

— Dans ce cas, je vais appeler John pour qu'il te conduise à la gare. Je t'en prie, ne refuse pas.

Elle se fit violence pour accepter, mais le contredire aurait sans doute été plus pénible encore.

— OK, dit-elle avec raideur. Merci.

Puis, sans lui jeter le moindre coup d'œil, elle pénétra dans l'ascenseur.

En mode automatique, elle chaussa ses lunettes de soleil ; quand elle arriva au bas de l'immeuble, John l'attendait.

— Mademoiselle Daltrey, dit-il. Penn Station ?

— Oui, John, merci.

Et elle monta à l'arrière de la voiture. Une fois à la gare, elle se ressaisirait.

Ce fut alors que son téléphone bipa : c'était un message d'Aiden.

C'est stupide, reviens ! Il faut qu'on parle.

Elle répondit aussitôt, et un échange de messages s'ensuivit :

Inutile ! Il n'y a rien à dire de plus.

J'ai besoin de temps, désolé.

Je comprends.

Et elle leva les doigts de son clavier avant de taper les mots qu'elle brûlait de lui envoyer : « Je t'aime toujours même si tu ne m'aimes pas. »

— Mademoiselle Daltrey, déclara alors John, M. Langford vient de m'envoyer un message où il me demande de vous ramener à la maison.

Elle poussa un soupir irrité : c'était tout lui de claquer des doigts et d'attendre que le monde se conforme à ses souhaits.

— Non, s'il vous plaît. Arrêtez-moi là et je vais prendre un taxi.

— Écoutez, je ne peux pas vous laisser là non plus.

Il ne manquait plus que cela ! Elle sentit la colère l'envahir, chassant la tristesse : Aiden ne pouvait entraver sa liberté de déplacement, tout de même !

— S'il vous plaît, continuez à rouler, John, j'envoie un message à M. Langford.

Je t'en prie, ne mêle pas John à tout cela. Laisse-moi partir.

Attendant sa réponse, elle préparait déjà ses arguments mais, encore une fois, il la surprit par son renoncement fort rapide.

OK.

Elle remit son portable dans son sac et déclara :

— Tout est arrangé, John, c'était juste un malentendu.

— Très bien. Nous serons à la gare en un rien de temps.

17

Sarah était partie la veille et Aiden se traînait.

S'il apprécia le soleil de la matinée, tout comme les rires d'Oliver quand il le fit marcher dans l'appartement en lui tenant la main — il progressait chaque jour et sous peu il y arriverait sans son aide — en réalité, il ressentait un immense vide dans le cœur...

Oui, l'absence de Sarah était bien plus difficile à supporter qu'il l'aurait cru. Son appartement lui semblait soudain trop grand...

En fait, elle lui manquait : sa douce fragrance, son rire, son implacabilité quand elle était en colère, son organisation, sa sensibilité... Les souvenirs se bousculaient en lui, notamment celui du jour où elle était parvenue à s'introduire dans son bureau, et avait chamboulé à jamais sa vie. Il y avait aussi le premier bain donné à Oliver, qui resterait inoubliable. Et puis cette soirée où elle n'avait cessé de l'observer en tapinois, et celle où il avait pensé, comme un idiot, que la séduire serait une routine pareille à celle qu'il connaissait avec les autres femmes. Il avait cru que le temps imparti serait son garde-fou, qu'ils ne s'attacheraient pas l'un à l'autre. Mais c'était bien peu la connaître ! Car elle lui avait enchaîné le cœur, la tête, et à présent tirait sur les ficelles depuis Boston.

Qu'était-il censé faire ? À l'évidence, ils n'étaient pas sur le même tempo, aussi...

La sonnerie du téléphone l'arracha à ses réflexions, et

l'espoir fit battre son cœur plus vite : Sarah ? Il se précipita sur l'appareil : déception ! C'était le nom d'Anna qui était affiché sur l'écran. Toutefois, il prit l'appel car cette dernière saurait sans doute le secouer.

— Salut, dit-il. Quelle bonne surprise ! C'est un peu tôt, non ?

— Je me suis dit que tu serais déjà debout, avec Oliver, et je voulais voir comment tu tenais le choc, après l'aveu de maman.

Il s'assit alors sur un haut tabouret, près de l'îlot, pour avoir une bonne vue sur Oliver qui jouait tranquillement.

— Pas trop mal, en fait. Depuis le temps que le sujet me tracasse, c'est une sorte de soulagement. Maintenant, il n'y aura plus de malaise entre nous.

— Bon, tant mieux, car je dois aborder un autre sujet avec toi. D'ailleurs, je me suis disputée avec Jacob qui m'a dit de ne pas me mêler de tes affaires, mais c'est plus fort que moi.

— Mais de quoi parles-tu, bon sang ?

— De Sarah, Aiden ! Pas question qu'elle reparte à Boston aujourd'hui sans que vous ayez évoqué l'avenir. Il faut que vous continuiez à vous voir ! Je connais ta position par rapport aux femmes, mais elle est différente.

La pauvre ! Le choc quand elle saurait... Mais d'ailleurs...

— Comment es-tu au courant, pour nous deux ?

Anna poussa un soupir agacé.

— Franchement, qui comptiez-vous duper ? Il faut voir comme vous vous regardez ! Et après la révélation de maman, c'est vers elle que tu as tout de suite tourné les yeux. Je me trompe ? Vous éprouvez des sentiments l'un pour l'autre, non ?

— Oui, mais il ne s'agit pas d'amour, et puis de toute façon il est trop tard, elle est déjà partie.

— Quoi ?

Elle avait hurlé si fort qu'il crut en avoir le tympan percé.

— Calme-toi ou ça va te déclencher des contractions.

— Tu l'as laissée partir ? Mais comment as-tu pu être aussi stupide ?

— Tout est allé trop vite avec elle.

— Trop vite ? Entendre ça d'un homme qui aime les sensations fortes... Je crois que tu es confus, Aiden.

— Sans doute, mais je ne veux pas commettre d'impair, Sarah compte énormément pour moi, mais je ne peux pas lui dire que je l'aime si je n'en suis pas sûr.

Anna soupira.

— Juste une question : comment te sens-tu maintenant qu'elle est partie ?

— Horriblement mal ! Comme si on m'avait arraché le cœur.

— Et à la maison, c'est comment sans elle ?

— Affreux. Je n'exclus pas de déménager.

— Si tu pouvais faire quelque chose, ce serait quoi ?

— J'irais la voir et je lui présenterais mes excuses.

Il jeta alors un regard à Oliver et une réalité le frappa : il aimait Sarah et s'était comporté comme un crétin. Non seulement il avait privé son fils d'une mère formidable, mais il avait rejeté une femme qui le comprenait et l'aimait malgré ses défauts.

— Et ça te plaît d'être dans cet état ? renchérit Anna. Parce que tu sais que tu peux toujours réparer les choses, entre vous.

— Non, j'ai tout gâché... Elle m'a avoué son amour et je ne lui ai pas dit que c'était réciproque.

Anna poussa une petite exclamation, à l'autre bout du fil.

— Tu vois, c'est fichu, ajouta-t-il. Comment pourrais-je réparer un tel impair ?

— En rampant devant elle.

— Ramper ?

— Il n'y a que ça qui marchera. Envoie-lui des fleurs, achète-lui des bijoux, des chocolats. Ce que tu voudras. Mais, surtout, mets-toi à plat ventre devant elle : prends le premier vol pour Boston et présente-lui tes excuses. Dis-lui ce que tu ressens.

— Tu crois que ça marchera ?

— Ce n'est pas certain, mais si tu n'essaies pas, tu le regretteras toute ta vie. Jacob et moi pouvons passer prendre le bébé dans une demi-heure.

— Non, c'est bon, je l'emmène.

Le dimanche matin, Sarah se rendit au siège de Kama, en réalité un atelier et un bureau dans un entrepôt qu'elle louait. Elle n'avait pas dormi de la nuit, ruminant sur ce qui s'était passé entre Aiden et elle, le cœur et la tête pesant mille tonnes. Perdre Oliver et Aiden était le pire qui lui soit arrivé de toute sa vie.

Sans allumer la lumière, elle passa entre les machines pour gagner son bureau afin de se mettre au travail. Elle avait beau se dire que Sylvia venait demain et qu'elle était peut-être à la veille d'un grand succès, le cœur n'y était pas. Elle se sentait complètement vide, ce qui était affreux. Son travail allait finalement lui rapporter, et elle était dans un état épouvantable. Elle avait connu des bas, dans sa vie, mais là, ça dépassait tout.

Ses yeux étaient de vrais torrents, son cœur lui faisait atrocement mal... C'était la deuxième fois qu'elle donnait et ne recevait rien en retour. Elle n'en pouvait plus ! D'ailleurs, le sort de son entreprise lui était aussi indifférent que la poussière qui dansait dans l'air. À quoi bon, puisque Oliver et Aiden, les deux seules personnes qui comptaient pour elle, ne faisaient plus partie de sa vie ?

Il n'avait pas été capable de lui ouvrir son cœur, il n'avait tout simplement pas pu lui dire qu'il l'aimait ! *Je t'aime...* Ces trois mots-là étaient visiblement imprononçables pour un homme riche au-delà de tout ce qu'elle pouvait imaginer, un prix trop lourd à payer.

Poussant un soupir de désespoir, elle se mit à ranger son bureau. Son objectif : rester occupée afin de lutter contre les souvenirs de sa nuit avec Aiden. Les souvenirs de la passion partagée. Elle était certaine qu'il y avait eu autre chose que le sexe entre eux et, tout au fond d'elle-même, elle était aussi persuadée qu'Aiden le savait, seulement il ne voulait pas l'admettre. Il avait été trop blessé, durant son enfance.

— Bonjour !

Elle sursauta, n'ayant pas entendu Tessa arriver.

— Tu m'as fait peur ! dit-elle portant la main à son cœur.

Que fais-tu là, un dimanche ? Tu devrais te reposer, c'est demain le grand jour.

Un sourire malicieux empreignit alors les traits de son assistante.

— Je suis venue pour faire entrer quelqu'un qui avait peur que tu ne lui ouvres pas la porte.

— Pardon ? De qui parles-tu ?

À cet instant, Aiden se matérialisa sur le seuil, Oliver dans les bras.

— Il fallait que je te voie. Que je t'amène Oliver. Tu lui manques, et à moi aussi, tu me manques.

Le sourire de Tessa s'élargit encore.

— Bien, déclara-t-elle, je vous laisse entre vous, tous les trois. À demain, Sarah.

Elle était sous le choc. Était-ce un rêve ? Un mirage ? Tout ce qu'elle voulait, c'était s'élancer vers eux. Oliver tendit les bras, elle le prit et Aiden les enlaça alors tous les deux.

— Sarah, je suis venu te dire que je t'aime.

— Mais...

Des larmes roulèrent instantanément sur ses joues... Comment pouvait-elle en avoir encore ?

— Ne te sens pas obligé de me dire ça ! Et tu n'aurais pas dû faire ce long voyage avec Oliver.

— Sarah, je te dois la vérité... Je suis amoureux de toi depuis le premier jour, mais tout est allé trop vite, ça m'a dépassé, je n'ai pas compris ce qui m'arrivait. En revanche, dès la minute où tu es partie, j'ai su que rien n'allait plus.

Un fardeau lui tomba subitement des épaules et elle se sentit aussi légère qu'une bulle : il n'avait pas fallu longtemps à Aiden pour sonder son cœur !

— Je sais que tout est allé très vite et que c'était une folie de t'avouer mon amour hier, mais je n'ai pas pu m'en empêcher, surtout après ce qui s'était passé dans ta famille.

Elle le scruta, subjuguée par son regard si bleu, si beau.

— Je ne pouvais pas te taire mon amour, il fallait que tu saches.

Il soupira et, lui calant une mèche derrière l'oreille, prit sa joue en coupe.

— J'ai passé ma vie entière en mal d'un foyer que je n'ai jamais eu, et toi tu surgis et tu me donnes en dix jours tout ce à quoi j'ai toujours aspiré.

— Pas dix, neuf !

— Tu m'as montré ce qu'était l'amour. Tu as trouvé la clé pour ouvrir mon cœur verrouillé. Et ce cœur va mourir, sans toi. Oliver et moi ne pourrons nous en sortir sans toi. Je t'aime, Sarah, et je suis résolu à faire en sorte que ça marche entre nous.

— Mais tu vis à New York, et moi ici. Et puis tu n'as même pas de nourrice.

— Si ! J'ai rappelé Lily de l'avion, et je suis arrivé à la convaincre d'accepter le poste. Elle sera là dès demain matin pour me permettre de passer au bureau de LangTel, en centre-ville.

— Pardon ? Tu ne vas repartir tout de suite ? Tu vas rester quelques jours ?

Il haussa les épaules.

— Tout dépendra de ce que Sylvia Hodge te dira demain. Selon Anna, si celle-ci acquiert Kama, elle voudra que tu t'installes à New York.

Elle n'avait pas encore pensé à cela... Tout était si nouveau.

— Est-ce qu'Oliver et moi nous pouvons nous installer chez toi en attendant ? Lily ira à l'hôtel.

— Je ne sais pas, dit-elle d'un ton railleur. J'ai besoin de mon espace vital, tu sais...

Il éclata de rire et lui embrassa le front.

— Ma chérie, tant que tu me reviendras, je te laisserai tout l'espace nécessaire.

18

Pour le troisième week-end d'affilée, Sarah se trouvait à New York avec Aiden et Oliver. Les aller et retour étaient épuisants mais dans une semaine, Kama ouvrirait officiellement ses bureaux au siège de Sylvia Hodge, à Manhattan ; Aiden, Oliver et elle seraient alors enfin réunis. Ils n'avaient pas encore parlé de l'avenir de façon précise, mais il lui suffisait de savoir qu'il l'aimait et voulait vivre avec elle.

Côté travail, tout se déroulait à merveille, très vite aussi. La semaine précédente, son atelier avait déménagé dans un endroit dix fois plus grand qu'à Boston, avec une climatisation qui fonctionnait. Elle avait embauché dix nouvelles personnes, et Tessa était désormais en charge de superviser la production ; de la sorte, elle pouvait se consacrer entièrement à la création, la sélection de tissus, la programmation des nouvelles collections. C'était difficile à croire, mais tout se présentait sous les meilleurs auspices, dans le domaine professionnel.

Ce samedi soir-là, Aiden et elle étaient chez lui, et attendaient des nouvelles de Jacob, qui avait conduit Anna à l'hôpital à la première heure de la journée : le travail avait en effet commencé. Pour tuer le temps, ils avaient fait une grande balade dans la journée, déjeuné à l'extérieur puis étaient rentrés afin qu'Oliver fasse sa sieste. En ce moment, elle se trouvait dans le bureau d'Aiden où elle travaillait un peu, après leur pique-nique sur la terrasse, tandis qu'Oliver était déjà au lit et Aiden dans la bibliothèque.

Soudain, le téléphone de ce dernier sonna.

— Aiden ! Aiden ! cria-t-elle. C'est Jacob. Viens vite !

Elle s'en saisit et prit l'appel.

— Jacob ? C'est Sarah. Aiden est dans la pièce voisine, alors j'ai décroché pour lui. Alors ?

— C'est une fille ! annonça-t-il d'un ton triomphant. Elle pèse 3,5 kg et mesure 52 cm. Elle a les cheveux noirs et est très belle.

— Félicitations, dit-elle en se levant pour partir à la recherche d'Aiden. Comment va Anna ?

Curieux, il n'était pas dans la bibliothèque...

— Fatiguée, bien sûr, mais ça va ! Nous sommes si soulagés d'avoir une petite fille en bonne santé. Ce fut un long combat.

— Oui, je sais, c'est votre bébé miracle.

Elle entra dans la cuisine : pas de trace d'Aiden non plus.

— Comment l'avez-vous appelée, finalement ?

— Grace.

— Oh ! c'est un superbe prénom ! Tu dois être aux anges.

— Complètement ! Désolé, Sarah, mais j'ai des tonnes de coups de fil à donner. Préviens Aiden, Anna vous rappellera de toute façon plus tard.

— Entendu ! dit-elle en montant l'escalier. J'espère que vous pourrez venir à l'anniversaire d'Oliver, samedi prochain.

— Ah oui, c'est vrai ! Ça dépendra de Grace, mais *a priori* oui, nous aurons besoin de vos conseils !

— Naturellement ! On vous embrasse. J'ai hâte de la voir.

Et elle raccrocha.

Mais où était donc Aiden ?

Tiens, la porte de sa salle de bains était fermée. Curieux. Elle frappa, attendit. Frappa de nouveau et il finit par ouvrir.

— Oh ! fit-il l'air confus en passant la tête par l'entrebâillement de la porte.

— Anna vient d'accoucher d'une petite fille. Elle s'appelle Grace.

— Zut, j'ai raté l'appel ! Tout va bien ?

— Oui, mais... Que fais-tu exactement ?

— Euh, c'est une surprise, et elle n'est pas tout à fait prête.

Elle se mit à rire.

— Bon, reprit-il, attends une minute. Ferme les yeux, s'il te plaît. Je reviens.

— Mais qu'est-ce que tu fabriques ?

— Ce que tu es impatiente...

Au bout de quelques secondes, il ajouta :

— Allez, viens. Tu peux ouvrir les yeux.

Et il lui prit la main pour l'entraîner dans la salle de bains. La lumière était éteinte, mais le comptoir en marbre était recouvert de petites bougies...

— Oh ! un bain de nuit ! Que c'est romantique ! C'est adorable, dit-elle en l'enlaçant par la taille.

— Je voulais que cette soirée soit spéciale...

— C'est-à-dire ? Ce que tu es cryptique, ce soir !

Du pouce, il lui caressa la joue, puis embrassa le coin de sa bouche.

— Tu es le meilleur qui me soit arrivé, dit-il d'un ton presque grave, et je ne veux plus jamais que tu repartes.

Repartir ? Oh ! oh... Elle commençait à comprendre.

— Aiden, est-ce que tu... ?

— Chut ! Laisse-moi faire ma demande !

De dessous une serviette, il sortit alors une boîte bleue de chez Tiffany et l'ouvrit : le plus gros diamant qu'elle ait jamais vu y étincelait.

— Je t'aime, Sarah, je veux que tu sois ma femme et la mère d'Oliver. Et toi, veux-tu m'épouser ?

Elle cligna des paupières, pour retenir ses larmes ; son cœur était sur le point d'éclater de bonheur.

— Oui !

Il lui passa la bague au doigt et elle se hissa sur la pointe des pieds pour l'embrasser.

— Elle est superbe, dit-elle en l'admirant avec attention. As-tu dit, chez Tiffany, que tu comptais me l'offrir dans la salle de bains ?

Il se mit à rire.

— Tu sais pourquoi j'ai choisi cette pièce ?

Elle haussa les épaules.

— En souvenir du premier bain que nous avons donné à Oliver, expliqua-t-il. Car notre vie de famille a vraiment commencé ce soir-là. Et je voulais saluer cet événement avant que notre futur commence.

Des larmes roulèrent sur ses joues.

— C'est la plus belle chose que l'on m'ait dite.

— C'est aussi la première fois où j'ai surpris ton regard sur moi.

Elle lui donna une petite tape.

— C'était plus fort que moi. Tu étais si sexy en maillot de bain dans ta baignoire, avec ton fils.

— J'ai hâte d'entrer dans ce bain et de te faire l'amour toute la nuit en parlant de notre avenir.

« Notre avenir » ? Une ultime larme lui échappa et elle parvint à articuler :

— Maintenant, je n'ai plus à me préoccuper de trouver l'homme parfait, puisque je l'ai trouvé.

— Et réciproquement, puisque tu es entrée dans ma vie.

MAUREEN CHILD

Fiancée par surprise

Traduction française de
LAURENCE LENGLET

PASSIONS

HARLEQUIN

Titre original :
A TEXAS-SIZED SECRET

Ce roman a déjà été publié en 2018.

1

Du haut de son cheval, Toby McKittrick jeta un œil à Naomi, accoudée à la barrière du corral.

— Qu'est-ce que j'ai bien pu faire à ce maître chanteur ? dit-elle, donnant un coup de pied dans une motte de terre et poussant un long soupir. Pourquoi s'en prend-il à moi ?

Même furieuse, elle était ravissante.

Elle mesurait un mètre soixante à vue d'œil, soit une trentaine de centimètres de moins que lui. Et pourtant, que d'atouts chez une femme aussi menue ! Ses longs cheveux brun cuivré cascadaient sur ses épaules comme des traînées de feu et ses yeux caramel brillaient de profondeur et d'intelligence. Elle portait un pantalon d'été blanc et une veste en dentelle assortie sur une tunique vert pâle. Ses boots couleur crème étaient parfaits pour les trottoirs propres des grandes villes. Ici, au ranch, ils n'auraient pas duré plus d'un jour ou deux. Mais Naomi était une fille de la ville, pas du tout faite pour la vie dans un ranch.

— Ce maître chanteur, répondit-il — mais c'est peut-être une femme, nous n'en savons rien — s'en prend apparemment à tout le monde. Ton tour était sans doute venu.

En effet, cela faisait quelques mois qu'un maître chanteur semait le trouble à Royal, Texas, révélant des informations privées de l'un, raillant les peurs et les problèmes les plus intimes de l'autre. Qui que ce soit, cette personne non seulement connaissait parfaitement les gens de la ville, mais se fichait éperdument du mal qu'elle pouvait causer.

Manifestement, il — ou elle — exhumait les secrets les plus sombres des uns et des autres et les rendait publics. Toby ne voyait pas ce que ce mystérieux maître chanteur retirait de tout ça — même si certains l'avaient parfois payé pour qu'il se taise. Mais hormis l'argent, le seul but de cet inconnu était apparemment de salir la réputation des gens. Si c'était le cas, il y réussissait à la perfection.

— Super, grommela-t-elle. Vraiment super.

— Qu'a-t-il dit exactement pour que tu débarques ici à la première heure ? demanda-t-il avec un regard appuyé.

En général, elle ne commençait pas sa journée avant midi. D'une élégance méticuleuse, elle mettait toute la matinée à choisir ses tenues et à s'apprêter.

Elle soupira et plongea la main dans son sac, en quête de son portable.

— Regarde, dit-elle en lui tendant l'appareil.

Sautant à bas de sa monture, il prit le téléphone.

— Appuie sur « play ».

Fronçant les sourcils, il releva le bord de son chapeau et toucha l'écran du smartphone.

Depuis environ un an, Naomi animait et produisait une émission de mode sur une chaîne locale. Elle était devenue célèbre en faisant ce qu'elle savait faire le mieux : donner des conseils de mode aux femmes pour améliorer leur apparence. Elle était fière de sa réussite et c'était bien naturel. Elle travaillait dur pour assurer la qualité de l'émission, qui avait de plus en plus d'audience.

En regardant la vidéo, il ne put retenir une grimace. Le maître chanteur y parodiait l'émission de Naomi. Il avait trouvé une actrice qui lui ressemblait, et la jeune femme s'extasiait devant un portant chargé de robes, soupirant bruyamment comme prise d'un orgasme devant la caméra. Lorsque l'actrice s'écarta du portant, il comprit aussitôt ce qui avait *vraiment* déstabilisé Naomi.

L'actrice se dandinait sur le plateau, soutenant à deux mains un ventre si énorme qu'il semblait contenir un éléphanteau.

— Oh ! bon Dieu...

— Attends, ce n'est pas terminé...

Consterné, il continua à regarder. L'actrice se mit à parler avec un accent texan à couper au couteau.

— « Et pour l'été, minauda-t-elle devant la caméra, les collections maternité se font plus excitantes ! Notre gros ventre ne nous empêchera pas d'être élégantes, mesdames. (Rejetant ses longs cheveux brun roux derrière son épaule, l'actrice passa ses deux mains sur son ventre rebondi puis, sans cesser de parler, disparut de nouveau derrière le portant.) Souvenez-vous, l'essentiel est d'accessoiriser. Une jolie ceinture autour de ce ventre fera merveille. Attirez l'attention sur votre grossesse. Soyez-en fières. Montrez au monde entier qu'une femme enceinte peut être d'un chic absolu. »

Pauvre Naomi ! Il sentit la moutarde lui monter au nez en songeant à ce qu'elle avait dû ressentir.

L'actrice réapparut alors, vêtue d'une robe trapèze extra-large ornée d'une ceinture géante qui faisait ressortir encore plus son ventre.

— Dis-le au monde entier, Naomi, poursuivit-elle. Dis-le vite, sinon le maître chanteur le fera à ta place.

Il lui rendit le téléphone, dégoûté.

— Je comprends maintenant pourquoi tu es si énervée.

Elle rangea l'appareil et s'agrippa à la barrière du corral. Elle la serra si fort que les jointures de ses doigts blanchirent.

— Ce n'est pas tant qu'il menace de révéler que je suis enceinte, Toby, répondit-elle d'une voix si basse qu'il dut se pencher pour l'entendre. Ce qui m'énerve le plus, c'est qu'il se moque de moi. Et de mon émission.

Il posa la main sur la sienne et la pressa doucement.

— Ce qu'il pense de toi n'a aucune importance, Naomi. Tu le sais.

— Bien sûr que je le sais, répondit-elle avec un sourire triste. Mais en regardant cette vidéo, je me suis demandé si je parlais vraiment comme ça. Avec ce ton sentencieux et maniéré. Je prends vraiment les gens de haut ?

La voir si perdue le troubla et il lui sourit.

— Je n'irais pas jusque-là, mais c'est vrai que par moments...

Elle le dévisagea longuement puis baissa la tête avec un petit grognement.

— Tu parles de ma dispute avec les filles ?

Haussant les épaules, il se tourna vers son cheval pour resserrer une sangle de la selle. Naomi était sa meilleure amie depuis l'enfance, mais ils s'étaient véritablement rapprochés durant leurs études. Il la connaissait donc mieux que quiconque, mais ça ne le rendait pas pour autant aveugle à ses défauts. Il savait par exemple qu'elle avait tendance à jouer la froideur pour masquer sa sensibilité. Bien sûr, personne n'était parfait.

— Cécilia, Simone et toi avez tout fait pour mériter cette réputation. Tu le sais...

— Je préférerais ne pas le savoir, bougonna-t-elle en glissant une main sous son menton.

Il valait mieux ne pas insister sur le sujet, d'autant qu'elle s'en voulait déjà beaucoup, il le voyait bien.

— Les choses ont changé, aujourd'hui, reprit-elle en se redressant. Parce que les gens changent, tu sais.

Son regard brillait de détermination, et il s'en réjouit.

— C'est une évidence, renchérit-il en hochant la tête.

— Cécilia et Deacon sont ensemble, maintenant, et elle est enceinte, elle aussi, rappela Naomi. Quant à Simone et Hutch, ils se sont réconciliés et attendent des triplés. Tu te rends compte ! ajouta-t-elle avec un grand geste des bras. Rien qu'à nous trois, nous allons faire exploser le taux de natalité de cette ville. Nous ne sommes plus des pestes. Nous sommes... (Elle soupira.) Je ne sais plus ce que nous sommes...

Bon, elle avait besoin qu'il lui remonte un peu le moral.

— Moi, je sais qui tu es en tout cas, répondit-il en souriant. Tu es Naomi Price, la femme qui ne craint pas de s'acheter des chaussures plus chères qu'une selle de cheval.

Elle se mit à rire, comme il l'avait prévu. Plongeant dans son regard, il reprit :

— Tu es aussi la femme qui a créé sa propre émission de télévision et qui a travaillé dur pour en faire un succès.

— Merci, Toby.

Il y eut entre eux un instant de silence.

— Très bien, reprit-elle en assenant une dernière tape à la barrière avant de s'en éloigner. Tu as raison. Je suis forte. Je suis prête. Je peux faire face.

— Bien sûr.

Il caressa le cou gracieux de son cheval.

— Je ne sais pas comment leur annoncer la nouvelle, ajouta-t-elle soudain. Tous mes arguments féministes sonnent faux quand je pense que je vais devoir dire à mes parents que je suis enceinte.

Il s'immobilisa. Pourquoi diable avait-elle gardé le secret avec sa famille ? D'un geste instinctif, comme pour masquer son irritation, il abaissa son chapeau sur ses yeux.

— Tu aurais déjà dû le leur annoncer.

— Facile à dire ! lanca-t-elle, agacée.

Elle se mit à faire les cent pas avant de s'arrêter devant lui, les bras croisés sur son ventre.

— Que t'arrive-t-il ? Je croyais que j'avais ton soutien.

— Je te soutiens, répliqua-t-il. Mais ne compte pas sur moi pour te brosser dans le sens du poil. Tu n'as pas besoin de ça.

Elle grommela quelque chose qu'il ne comprit pas et se remit à faire les cent pas. Si elle n'était pas aussi agitée, il l'aurait bien prise dans ses bras. Mais à peine cette idée eut-elle germé dans son esprit qu'il s'empressa de l'écarter. Cela faisait des années qu'il lui cachait l'attirance qu'il éprouvait pour elle. Au point qu'il était passé expert en la matière. Elle était venue au ranch en quête d'un ami, et il se contenterait de ce rôle. Ce qui impliquait de lui dire ce qu'elle n'avait pas forcément envie d'entendre.

— Naomi, reprit-il, tu savais que tu ne pourrais pas garder ça secret pour toujours.

Elle s'arrêta devant lui. La brise d'été soulevait légèrement ses longues mèches et, éblouie par le soleil, elle posait sur lui ses beaux yeux bruns, le nez froncé.

— Je sais, mais...

— Mais quoi ? dit-il en ôtant son chapeau pour se passer les doigts dans les cheveux. Tu ne contrôles plus la situation. Tu n'as plus d'autre choix que d'annoncer la nouvelle à tes parents. Le moment est venu.

— Comment le maître chanteur l'a-t-il appris ? demanda-t-elle avec un profond soupir. Tu es le seul à qui j'ai parlé du bébé.

Se sentant accusé, il la regarda dans les yeux.

— Je n'en ai parlé à personne.

— Je sais, répondit-elle, écartant cette possibilité d'un revers de la main.

Il prit une profonde inspiration pour retrouver son calme. Il était un homme de parole. L'avait toujours été. « Un homme sans honneur est homme qui n'a rien », disait son père. C'était d'ailleurs le seul enseignement qu'il tenait de lui. Et aujourd'hui encore, il ne faisait jamais une promesse sans être sûr de pouvoir la tenir.

— Tu sais, tu es le seul homme dans ma vie qui ne m'ait jamais laissée tomber, Toby, reprit-elle dans un souffle. La seule personne sur qui je peux vraiment compter.

Il hocha la tête mais ne répondit pas. Il connaissait assez Naomi pour savoir qu'elle avait probablement quelque chose à ajouter.

— J'ai essayé de recontacter Gio.

Son sang ne fit qu'un tour... Il ne prit même pas la peine de cacher sa colère. Gio Fabiani, qui avait couché une fois avec elle et l'avait mise enceinte, ne valait même pas qu'on se souvienne de son nom. Mais Naomi étant ce qu'elle était, elle essayait depuis des mois de le retrouver pour lui parler du bébé. De toute manière, même si elle parvenait à ses fins, ce vaurien s'en ficherait totalement, Toby en était certain.

— Je t'ai déjà dit de laisser tomber, maugréa-t-il. Ce n'est pas parce que ce type t'a fait un enfant qu'il est capable d'être père.

— Je sais, mais...

— Il n'y a pas de mais, l'interrompit-il. Enfin, Naomi, tu m'as dit toi-même que tu n'aurais jamais dû coucher avec lui. Tu tiens vraiment à refaire la même erreur en le faisant revenir ?

— Parce que selon toi, c'est une erreur de vouloir l'informer qu'il va avoir un enfant ?

— S'il n'avait pas fait qu'un passage éclair dans ta vie, il serait déjà au courant, répliqua-t-il, même si, au fond, il se réjouissait de cette situation car, à ses yeux, Naomi méritait tellement mieux. Je me suis renseigné quand tu m'as parlé de cette histoire.

— Tu t'es renseigné ? Sur Gio ?

— Qui d'autre ? (Il s'efforça de se calmer en caressant le cou de son cheval.) Ce type est ce qu'on appelle un consommateur. Il jette les femmes comme de vulgaires mouchoirs en papier après utilisation.

Il la vit rougir. Cette comparaison était peut-être un peu crue, mais c'était la vérité.

— Il ne sera jamais là pour toi, ajouta-t-il d'un ton radouci.

Elle poussa un long soupir.

— Je sais bien. D'ailleurs, je n'en ai aucune envie. (Secouant la tête, elle se remit à faire les cent pas.) Une partie de jambes en l'air se transforme rarement en relation sérieuse. Mais j'ai intérêt à lui parler de cet enfant avant que la vidéo du maître chanteur ne devienne virale sur Internet. Tu te rends compte ? reprit-elle en s'arrêtant devant lui. On va voir cette horrible vidéo *dans le monde entier*. Partout on va se moquer de moi. Ou me plaindre. Ou alors se réjouir car, comme tu l'as dit, je n'ai pas toujours été la personne la plus sympa de la planète. J'en ai la boule au ventre, et ça n'a rien à voir avec le bébé.

— Tu y survivras.

— Pourquoi devrais-je me contenter de survivre ? Qui est ce maître chanteur ? Comment se fait-il que personne ne l'ait encore percé à jour ?

— Je n'en sais rien...

Décidément, toute cette situation la chamboulait. À quoi

pouvait-elle bien penser, exactement ? Mystère. Avec elle, ce n'était jamais facile à deviner. À cause de son métier, elle avait appris à contrôler ses émotions et les expressions de son visage. Mais, avec lui, elle se montrait généralement plus ouverte. Aujourd'hui, en revanche, c'était différent. Il ne l'avait jamais vue aussi éprouvée. Ce n'était pas simplement à cause de sa grossesse, mais de la façon dont sa vie tout entière semblait lui échapper.

Or, elle aimait tout contrôler.

— Cette vidéo..., reprit-elle en secouant la tête. S'il la diffuse sur Internet comme il a menacé de le faire, tout le monde en ville connaîtra mon secret dans quelques heures.

Il soupira et, posant les bras sur la barrière du corral, attendit qu'elle le regarde avant de répondre :

— De toute façon, ils l'auraient été d'ici un mois ou deux. Tu n'aurais pas pu le cacher beaucoup plus longtemps.

Il se répétait, il le savait, mais avec elle, il fallait parfois insister lourdement pour qu'elle admette une vérité bancale. Ce côté têtu était une des choses qui le touchait le plus chez elle. Ce qui était ridicule, sans doute. Mais lorsqu'elle affichait ce regard déterminé, presque farouche, il était littéralement bouleversé. Il se demandait parfois s'il lui arrivait, lui aussi, de l'émouvoir.

Elle s'immobilisa et fit volte-face pour le regarder.

— Tu as raison, s'exclama-t-elle.

Surpris, il haussa si fortement les sourcils qu'elle se mit à rire, ce qui, cette fois, l'enflamma littéralement. Il fit de son mieux pour ignorer cette sensation. Mais il n'y pouvait rien. Elle était si belle, et son rire agissait sur lui comme le bruissement de draps en soie pendant une nuit d'amour.

— Je ne suis pas assez bornée ou assez folle pour ne pas voir la vérité lorsqu'elle explose devant mes yeux, déclara-t-elle avant de poser les bras sur la barrière à côté de lui. C'est pourquoi, poursuivit-elle, je suis passée te voir ce matin car je voulais te demander de m'accompagner pour parler à mes parents.

Il grimaça. Il n'avait jamais apprécié les parents de Naomi.

Ils étaient si guindés, si sûrs d'eux et si rigides qu'ils le rebutaient. Leur maison ressemblait à un musée silencieux, figé, où l'on ne voyait jamais la moindre poussière. Chez eux, il avait toujours l'impression de n'être qu'un cow-boy balourd.

Mais il savait aussi que Naomi souffrait de son rapport avec ses parents. Elle n'avait jamais vraiment su où était sa place face à ces gens qui, probablement, n'auraient jamais dû avoir d'enfant. Ils ne faisaient qu'exprimer en gestes et en paroles toute la déception qu'elle leur inspirait, il l'avait observé lui-même plusieurs fois. L'annonce qu'elle allait leur faire aujourd'hui n'allait certes pas arranger les choses.

Alors qu'elle le regardait, attendant sa réponse, il vit passer dans son regard une lueur d'inquiétude. Il réagit au quart de tour.

— D'accord, dit-il. Je t'accompagne.

— Merci, Toby, dit-elle en posant la main sur son bras. Je savais que je pouvais compter sur toi. Tu es vraiment mon meilleur ami.

Un meilleur ami qui n'aurait pas dû ressentir un tel plaisir lorsqu'elle lui effleurait le bras.

Naomi était sur les nerfs depuis qu'elle avait ouvert ce mail intitulé : « Percée à jour. » Elle avait tout de suite compris en voyant le message dans sa boîte de réception que le maître chanteur avait finalement décidé de s'attaquer à elle. Au cours des mois précédents, des gens qu'elle appréciait avaient vu leur vie bouleversée par ce machiavélique inconnu. Mais elle avait réussi à se persuader qu'il ne s'en prendrait pas elle. Maintenant que c'était chose faite, elle allait devoir dire la vérité à ses parents et survivre à leur fameux *regard désapprobateur*.

Toute sa vie, elle avait su qu'elle n'était pas à la hauteur de leurs attentes. Bien sûr, ni l'un ni l'autre ne le disait clairement car ils auraient trouvé cela déplacé. Mais les parents ont d'autres moyens de faire comprendre à leurs enfants qu'ils ne correspondent pas à ce qu'ils désirent, et les siens étaient passés maîtres en matière de désapprobation silencieuse.

À chaque fois qu'elle leur annonçait une nouvelle, concernant le travail, ses amitiés ou autre, ses parents avaient un mouvement de recul et la dévisageaient comme s'ils se demandaient de quelle planète elle pouvait bien venir. Et les choses se dérouleraient exactement de la même façon aujourd'hui.

Par chance, Toby serait à ses côtés. Elle jeta un coup d'œil à son profil stoïque tandis qu'au volant de son pick-up il la rapprochait inexorablement de la demeure de ses parents. Il était le seul à connaître son secret. Le seul à qui elle avait eu envie de se confier lorsqu'elle avait découvert trois mois plus tôt qu'elle était enceinte. N'était-ce pas révélateur ? Elle n'en avait parlé ni à Cécilia Morgan ni à Simone Parker, alors qu'elles étaient amies depuis des années.

Quand elle avait un problème, c'était Toby qu'elle allait voir. Même si elle s'était sentie complètement ridicule lorsqu'elle lui avait avoué qu'elle avait succombé au charme de Gio, connu pour être le plus grand don juan de la région.

Comment une chose pareille avait-elle pu lui arriver ? Tout ça parce qu'elle avait bu trop de champagne et cédé aux avances d'un séducteur invétéré ? Cela dit, Toby avait raison. Même si le maître chanteur n'avait pas fourré le nez dans ses affaires, elle n'aurait pas pu garder le secret beaucoup plus longtemps. Bientôt, ses amples tuniques et les sacs à main qu'elle tenait contre elle pour masquer son ventre ne donneraient plus le change.

Elle frémit en songeant au maître chanteur. Il n'y avait rien de plus détestable que d'être harcelée par un inconnu.

— Ça va ? demanda Tony en lui lançant un bref regard avant de se concentrer de nouveau sur la route.

— Bof... Que vais-je bien pouvoir leur dire ?

— La vérité, Naomi, répondit-il en posant la main sur la sienne. Dis-leur que tu es enceinte, voilà tout.

Elle s'agrippa à sa main, s'imprégnant de sa chaleur et de sa force.

— Et quand ils me demanderont qui est le père ?

Visiblement, il se retenait de dire tout ce que lui inspirait l'homme qui l'avait mise dans cette situation. Elle apprécia son effort. De toute façon, quoi qu'il puisse dire sur Gio, elle serait d'accord avec lui, elle le savait.

Lorsqu'elle avait annoncé à Toby qu'elle était enceinte, elle avait compris que ce dernier valait mille fois mieux que le type avec qui elle avait couché. Toby avait aussitôt proposé de l'aider, et c'était l'une des choses qu'elle aimait le plus chez lui. Il ne jugeait pas. Il était là, c'est tout. Comme les montagnes. Comme les chênes qui entouraient son ranch. Il était solide. Fiable. Qualité dont elle ignorait même l'existence avant de le rencontrer. Et dont elle avait besoin aujourd'hui plus que jamais.

Les Price vivaient dans un lotissement privé avec golf. Les maisons y trônaient au milieu de vastes pelouses dont la moindre mauvaise herbe semblait bannie et où l'organisation de barbecues entre voisins était considérée comme une obligation. C'était du moins son opinion. Grandir dans un tel environnement n'avait pas été simple, car ses parents n'avaient jamais eu l'air de savoir quoi faire d'elle. Les choses se seraient peut-être passées différemment si elle avait eu un frère ou une sœur. Mais seule, elle avait toujours eu l'impression d'être... médiocre.

Elle s'arracha brutalement à ses pensées lorsque Toby s'arrêta devant la grille du domaine. Lorsqu'il baissa la vitre pour parler au vigile, la chaleur de ce début d'été se répandit dans l'habitacle.

— Qui venez-vous voir ?

Reconnaissant la voix, elle se pencha en avant et sourit.

— Bonjour, Stan. Nous venons voir mes parents.

— Ah, Naomi, comment ça va ? répondit l'homme en souriant avant d'appuyer sur un bouton pour ouvrir la grille. Vos parents sont là. Ils vont être bien contents de vous voir.

Il leur fit signe d'avancer tandis qu'elle se redressait dans son siège.

— Bien contents de me voir ? J'en doute.

Toby, qui lui tenait toujours la main, la pressa avec force.

Elle garda sa main dans la sienne. Aujourd'hui plus que jamais, elle avait besoin de son soutien et de son amitié.

Le long des superbes allées se dressaient de grandes villas dont la plupart étaient dissimulées par des clôtures chargées de verdure. Même dans ce lotissement fermé, certains, manifestement, ne se sentaient pas encore assez à l'abri. Bien sûr, toutes les demeures n'étaient pas masquées à la vue des passants. Certaines d'entre elles, plus luxueuses encore que les autres, semblaient au contraire exhiber leur magnificence. La maison de ses parents était l'une d'elles, et plus Naomi s'en approchait, plus elle avait l'impression de perdre ses moyens.

D'aussi loin qu'elle s'en souvienne, elle ne s'était jamais sentie à l'aise avec ses parents. Elle avait toujours eu l'impression de jouer un rôle, celui de la fille parfaite. Sauf qu'elle n'avait jamais été crédible à leurs yeux. Elle aurait aimé que les choses soient différentes, mais si elle avait eu le pouvoir d'agir sur son destin, elle aurait choisi d'autres parents, tout simplement.

Le long de l'allée menant à leur maison se déployaient des myriades de parterres de fleurs entretenus avec amour par une escouade de jardiniers. La pelouse était impeccable et les arbres coupés en boules parfaites. Seules les branches tortueuses que l'on apercevait à travers leur feuillage semblaient fournir d'infinis efforts pour ressembler à de vrais arbres. La maison en elle-même était somptueuse mais sobre, car ses parents n'auraient pas toléré la moindre faute de goût. Avec ses murs gris pâle à moulures blanches et ses volets noirs, elle se dressait avec grâce au centre de l'immense jardin telle une danseuse étoile au milieu de la scène. La porte d'entrée était blanche, et pas le moindre grain de poussière ne venait en altérer la surface. À travers les vitres, étincelantes sous le soleil, on apercevait les rideaux, tous disposés exactement de la même façon d'une fenêtre à l'autre.

On avait l'impression de regarder une photo dans un magazine d'architecture. Un décor de théâtre, un lieu où personne ne vivait vraiment. Ce qui était, songea-t-elle, exactement le cas. Au lieu de vivre, ses parents évoluaient sur une scène où tout le monde connaissait son texte et n'osait s'en écarter. Tout le monde sauf elle.

Elle était, elle le savait, un « accident ». Le seul imprévu que ses parents aient connu dans leur vie. Un bébé arrivé très tard qui, d'un simple embarras s'était vite transformé en déception. Sa mère avait été horrifiée de se découvrir enceinte à l'âge de quarante-cinq ans et avait subi cette grossesse non désirée, tout autre solution étant impensable pour elle. Ils l'avaient élevée avec soin sinon avec un réel amour, en espérant qu'elle ne causerait pas d'autres remous dans leur vie.

Mais elle avait toujours causé des remous, et parfois même des vagues.

Et aujourd'hui, ce serait un véritable tsunami.

— Tu es bien silencieuse, remarqua Toby en esquissant un sourire. Ce n'est jamais bon signe.

Elle ne put s'empêcher de lui rendre son sourire.

— C'est le stress...

Elle regarda la porte fermée. Aurait-elle seulement la force d'appuyer sur la sonnette ? Bien sûr que oui. Et elle serait annoncée par Matilda, la gouvernante, qui travaillait pour ses parents depuis vingt ans. Personne n'entrait librement dans cette maison

Et voilà que son esprit prenait une fois de plus la tangente... À croire qu'elle n'avait pas envie de penser au véritable motif de sa venue.

La voix de Toby la ramena à la réalité.

— Tu as déjà pris la décision la plus difficile. Celle de garder le bébé.

Il avait raison. Et ce n'était pas parce qu'elle tenait à garder le père, se dit-elle. Mais parce qu'elle voyait déjà ce bébé comme un être à part entière. Une personne. *Son* enfant. Comment aurait-elle pu se résoudre à interrompre cette grossesse ?

— J'aurais été incapable de faire autrement.

Il lui pressa la main.

— Je sais. Et je t'aiderai autant que je le peux.

— Merci, dit-elle en s'agrippant à sa main comme à un filin de sécurité.

— Tu sais, poursuivit-il lentement, sa voix grave résonnant dans l'habitacle, tu n'as aucune raison d'être aussi angoissée. N'oublie pas que tu as presque trente ans...

— Hé ! l'interrompit-elle. J'ai vingt-neuf ans !

— Désolé, répondit-il, amusé. Mais le fait est que tu subviens à tes propres besoins depuis le début de tes études. Tu es une femme indépendante, tu n'as pas à te justifier devant tes parents.

— Facile à dire quand on a, comme toi, un fan-club en guise de famille.

— Pas faux, reconnut-il en hochant la tête. Mais, Naomi, tôt ou tard, il va falloir que tu t'imposes et que tu dises à tes parents que ta vie est ce qu'elle est, que ça leur plaise ou non.

C'était un conseil parfaitement sensé. Et elle savait qu'il avait raison. Mais cela ne rendait pas pour autant la chose plus facile à faire. Laissant tomber sa main sur son ventre, elle donna une petite tape réconfortante à son enfant. Elle comprit alors que c'était le moment ou jamais de tenir tête à ses parents. N'allait-elle pas devenir mère à son tour ?

— Tu as raison, dit-elle en lui pressant la main une dernière fois avant d'enlever sa ceinture de sécurité. Je vais leur dire que je suis enceinte, que je ne peux pas compter sur le père, que je vais l'élever toute seule et que...

Elle s'interrompit.

— À t'entendre, on dirait presque que tu es pressée d'y aller...

— Je le suis, confirma-t-elle en dépit, ou peut-être à cause, des nœuds qui s'étaient formés dans son estomac. Allons-y, finissons-en, d'accord ?

— Ensuite, je t'invite à déjeuner.

— Vendu.

2

Naomi inspira profondément, tentant de se détendre. Mais elle savait qu'elle ne se détendrait vraiment qu'une fois la visite terminée. Contournant le pick-up, Toby lui ouvrit la portière.

— Tu es prête ? demanda-t-il lorsqu'elle fut à ses côtés.

— Non. Oui. Je ne sais pas. (Elle secoua la tête, tirant sur sa tunique verte pour mieux masquer son ventre pourtant à peine visible.) Comment je suis ? demanda-t-elle.

— Comme toujours. Ravissante.

Elle ne put réprimer un rire. Il savait y faire pour rebooster son amour-propre. Du moins, si elle en avait une once. Bon sang, quelle pensée pitoyable... Bien sûr qu'elle avait de l'amour-propre ! Mais il était un peu comme les montagnes russes. Un jour au plus haut, le lendemain au plus bas. Elle aurait été heureuse de trouver un équilibre. Mais deux voix contradictoires habitaient son esprit, se livrant une bataille sans merci. L'une lui disait qu'elle était intelligente et talentueuse, tandis que l'autre ne cessait d'instiller le doute. Et semblait bien plus crédible que la première. Elle se ressaisit, sachant pertinemment qu'elle essayait de gagner du temps, une fois de plus.

— Tu essayes de gagner du temps, dit-il, comme s'il lisait dans son esprit.

— Tu crois donc si bien me connaître ?

— Oui, répondit-il en souriant. Absolument.

Il avait raison. De toutes les personnes de son entourage,

il était le seul qui puisse affirmer ce genre de choses avec certitude. Même ses amies proches, Cécilia et Simone, ne connaissaient d'elle que ce qu'elle voulait bien leur dire. Elle était vraiment douée pour masquer ses pensées et coller au rôle que les gens lui assignaient. Mais elle n'avait pas besoin de faire semblant avec Toby.

Prenant sa main, il se dirigea vers la porte d'entrée.

— Viens, Naomi. Allons parler à tes parents et mettre tout ça sur le tapis. Ensuite, nous irons déjeuner : comme d'habitude, je prendrai un hamburger et toi, une salade verte sans assaisonnement.

Elle leva les yeux au ciel dans son dos. Comment pouvait-il si bien la connaître ? Elle n'était pourtant pas la seule femme à surveiller son poids ! Cela dit, ça ne risquait pas de s'arranger maintenant qu'elle était enceinte. À cette pensée, les images de l'horrible vidéo du maître chanteur surgirent dans son esprit. L'actrice se dandinant lourdement sur une réplique du plateau de son émission... Elle frémit. Non, elle ne se déplaçait absolument pas comme ça !

Elle poussa un soupir et monta les marches du porche au côté de Toby. Il lui tenait toujours la main, heureusement. Une petite voix en elle la sermonnait, pointant le ridicule de la situation : comment une femme adulte pouvait-elle être aussi tétanisée à l'idée de parler à ses parents ? Mais elle était noyée par la clameur des autres voix qui lui rappelaient qu'il ne ressortait jamais rien de bon d'un échange avec Franklin et Vanessa Price.

— On y va ?

Elle plongea dans son regard et prit à deux mains ce qu'il lui restait de courage. Elle n'avait pas le choix.

— Oui.

— Arrête de te mordiller les lèvres. Tu seras plus crédible.

— Zut, grommela-t-elle en plissant les lèvres pour unifier son rouge à lèvres. Voilà.

— Très bien, approuva-t-il.

En voyant son sourire, elle retrouva un peu de confiance. Elle se demanda ce qu'elle avait bien pu faire pour mériter un ami comme Toby, mais c'était ainsi. Et elle avait bien de la chance.

Avant de se laisser une fois de plus submerger par ses craintes, elle sonna. Quelques secondes s'écoulèrent, après quoi la grande porte blanche s'ouvrit, révélant Matilda, qui officiait chez les Price en qualité de gouvernante et cuisinière.

Matilda était une grande femme mince aux cheveux courts gris métallisé. Son uniforme noir faisait ressortir la pâleur de son visage marqué de rides profondes. Elle paraissait si austère qu'on aurait pu la croire complètement dépourvue d'humour. Pourtant, rien n'était plus éloigné de la vérité. Matilda lui adressa un chaleureux sourire.

— Mademoiselle Naomi, dit-elle en s'écartant pour leur céder le passage, monsieur Toby, entrez. Je vais prévenir vos parents. Ils sont au petit salon.

Comme toujours, songea-t-elle. Elle connaissait par cœur l'agenda de sa famille. Il faut dire que celui-ci ne déviait jamais d'un iota. À 11 heures, ses parents prenaient le thé, interlude qui prenait fin à 11 h 45. Sa mère se rendait ensuite en ville pour ses bonnes œuvres. Pendant ce temps, son père allait au golf, sauf le mardi, journée réservée à son club.

Appréciant la fraîcheur du vaste vestibule, Toby ôta son chapeau.

— Ça me fait drôle quand Matilda m'appelle « monsieur Toby ».

— Je sais. Dans cette maison, on ne plaisante pas avec les règles de la bienséance.

Les apparences, elle le savait, étaient très importantes pour ses parents.

Elle parcourut du regard ce lieu où elle avait grandi. La décoration n'avait que peu bougé au fil des années. Sa mère n'aimait pas le changement : une fois que les choses correspondaient à ses attentes, elles se figeaient pour toujours.

Dans le vestibule, le sol était dallé de marbre blanc veiné de gris. Des pastels aux cadres blancs ornaient les murs écrus, leurs teintes pâles constituant les seules touches de couleur dans la décoration. Sur le guéridon, un vase en cristal Waterford enserrait un énorme bouquet de fleurs exotiques, toutes d'une nuance différente de blanc. Il régnait dans la maison un silence profond, digne d'un musée.

Songeant à son enfance, Naomi se souvint combien elle avait eu du mal à trouver sa place dans cette maison. Elle n'y était du reste jamais réellement parvenue, raison pour laquelle le simple fait d'être là la mettait mal à l'aise, aujourd'hui encore.

Toby lui pressa la main lorsque Matilda réapparut et leur fit signe d'avancer. Apparemment, le roi et la reine donnaient audience aujourd'hui. Lorsque cette pensée lui traversa l'esprit, elle fut submergée par la culpabilité. Ses parents n'étaient pas de mauvaises personnes. Ils ne méritaient pas tant de critiques de la part de leur fille unique.

En même temps, elle aurait réellement voulu que les choses se passent différemment. Elle aurait voulu pouvoir entrer dans cette maison sans être annoncée. Que ses parents soient heureux de la voir. Elle aurait voulu pouvoir se blottir contre sa mère sur le canapé et parler avec elle de tout et de rien. Que son père la prenne dans ses bras en l'appelant « ma princesse ». Peut-être alors n'aurait-elle pas été si stressée à l'idée de leur faire face dans le petit salon.

Mais si elle avait vraiment eu le choix en cet instant, elle aurait mille fois préféré lézarder sur une plage en sirotant une margarita.

Ses parents étaient assis sur des bergères identiques, avec, devant eux, une table basse sur laquelle était posé le service à thé. Le reste de la pièce était décoré avec un soin tout aussi scrupuleux, évoquant une exposition de meubles Louis XIV. Rien dans cette maison n'invitait les visiteurs à se mettre à l'aise. La simple idée de poser les pieds sur la table aurait été totalement sacrilège dans ce lieu.

À travers les fenêtres, les rayons du soleil soulignaient certains détails : les meubles de couleur beige et coquille d'œuf, la feuille dorée ornant le bureau, les pendeloques du lustre en cristal, et le regard froid de ses parents. Il était 11 h 30. Il ne restait que quinze minutes avant la fin de leur pause thé, qu'elle venait de leur gâcher.

Et ça ne faisait que commencer...

— Bonjour, maman, papa, dit-elle en souriant.

S'armant de courage, elle lâcha la main de Toby pour traverser la pièce. Elle se pencha pour embrasser la joue que lui tendait sa mère. Elle fit également la bise à son père lorsque ce dernier se leva pour saluer Toby.

— Bonjour, ma fille, dit sa mère. Quelle bonne surprise. Je suis ravie de vous voir, Toby. Vous prendrez bien une tasse de thé ? Je vais demander à Matilda d'en refaire.

— Ce n'est pas la peine, madame, merci, répondit Toby après avoir serré la main de son père et reculé d'un pas pour se ranger à côté d'elle.

Son père, toujours très élégant, portait un costume parfaitement coupé, et ses cheveux argentés balayés en arrière révélaient un front aussi haut que large. Son regard bleu perçant se teinta de curiosité lorsqu'il se posa sur elle. Beaucoup plus menue, sa mère affichait un maintien sans faille bien qu'âgée de presque soixante-quinze ans. L'incroyable blancheur de ses cheveux était mise en valeur par une coupe moderne mais flatteuse. Grâce aux régimes drastiques qu'elle s'était imposés toute sa vie, elle était d'une remarquable minceur. Elle portait aujourd'hui une robe d'été bleu roi d'un chic décontracté qui lui donna l'impression d'être vêtue comme une souillon.

— Que se passe-t-il, ma chérie ? Un problème ? l'interrogea sa mère en posant sa tasse en porcelaine de Limoges sur la table, avant de croiser les mains sur ses genoux.

Naomi ne manqua pas de saisir la perche tendue.

— Oui. Vous avez probablement entendu parler de ce maître chanteur qui harcèle les habitants de Royal depuis quelques mois ?

— Lamentable, commenta sa mère en secouant la tête.

— Je suis d'accord avec ta mère. Il faut absolument que cet individu soit appréhendé et jugé, renchérit son père. S'immiscer ainsi dans la vie privée des gens est indigne.

— Il a causé bien des problèmes, ajouta Toby en pressant discrètement sa main.

Sa mère surprit le geste et leur lança un regard soupçonneux.

— Le maître chanteur s'en est pris *à moi* ce matin, lâcha-t-elle tout à trac.

— À toi ? fit sa mère en portant la main à son ras-de-cou en perles. Que pourrait-il bien te vouloir ?

Avec la même expression préoccupée, son père les regarda tour à tour.

— Que se passe-t-il, ma fille ?

Nous y voilà, se dit-elle. Et une fois que le mot serait prononcé, rien ne serait jamais plus comme avant. Mais elle n'avait pas le choix. Toby avait raison. Elle ne pourrait plus cacher longtemps sa grossesse sous d'amples vêtements. Bientôt, la vérité éclaterait aux yeux de tous.

— Je suis enceinte, déclara-t-elle platement, et le maître chanteur s'apprête à diffuser une vidéo sur Internet pour que tout le monde le sache.

— Enceinte ? répéta sa mère en se tassant sur son fauteuil et en se massant le cou comme si elle manquait d'air.

— Qui est le père ? demanda son père d'un ton calme mais néanmoins féroce.

— Oh ! Naomi, soupira sa mère, consternée, comment as-tu pu laisser faire une chose pareille ?

— Qui t'a fait ça ? répéta son père.

Elle déglutit. Elle ne pouvait pas, bien sûr, leur parler de Gio. Et encore moins de la naïveté ridicule avec laquelle elle avait accepté ses avances. Comment aurait-elle pu dire à ses parents que le père du bébé était un gigolo italien avec qui elle n'avait passé qu'une seule nuit ? Mais que pouvait-elle dire *d'autre* ?

Ils étaient suspendus à ses lèvres, sa mère horrifiée, son père bouillonnant d'une colère froide. Toute sa vie, elle n'avait fait que les décevoir. Et à compter d'aujourd'hui, ce serait encore pire.

— Je suis le père, déclara soudain Toby alors qu'elle s'apprêtait à révéler le pot aux roses.

Il lui adressa un bref sourire avant de fixer les yeux sur son père.

— C'est pourquoi j'accompagne Naomi aujourd'hui. Nous voulions vous annoncer ensemble que nous attendions un enfant et que nous allions nous marier.

Elle le dévisagea, muette de stupeur. Jamais elle n'aurait imaginé une chose pareille de sa part. Et elle ne savait absolument pas comment réagir. Une bouffée de soulagement déferla soudain sur elle, même si elle ne pouvait pas le laisser faire ça. Bien qu'appréciant ce sauvetage chevaleresque, elle était responsable de la situation et devait trouver un moyen de...

— Nous tenions à vous en informer avant que quelqu'un d'autre ne le fasse, poursuivit Toby avec un calme olympien. Naomi va s'installer avec moi dans mon ranch.

— Toby...

Il ne lui adressa pas même un regard.

— Maintenant que nous somme fiancés, elle n'a plus besoin de son appartement en ville, donc elle va emménager au Paradise Ranch dans quelques jours.

— Mais..., bafouilla-t-elle, essayant de reprendre la parole. De le corriger. De dire *quelque chose*. Mais sa mère intervint à cet instant, lui coupant l'herbe sous le pied.

— Généralement, je n'approuve pas les couples qui vivent ensemble sans être mariés, déclara-t-elle d'un ton pincé, mais puisque vous êtes fiancés, la morale est sauve.

La morale. Naomi avait souvent pensé que sa mère aurait dû vivre au XIXe siècle, époque à laquelle les convenances régissaient toutes les relations humaines.

— Fiancés, répéta sa mère, comme si elle savourait le mot. Oh ! Naomi, tu vas épouser Toby. C'est tout simplement merveilleux, ajouta-t-elle en se levant vivement, le regard rayonnant de plaisir.

Naomi, qui n'avait jamais reçu ce genre de sourire, fut tout d'abord déstabilisée. Puis la vérité lui sauta aux yeux : ce qui ravissait autant sa mère n'était pas l'arrivée du bébé, mais le fait qu'elle épouse Toby. Le séduisant, le sérieux, le *riche*

Toby. C'était le genre d'annonce que Vanessa Price ne pouvait qu'approuver.

Et cette découverte la rendit furieuse. Contre Toby. Elle aurait certes été profondément contrariée de ne pas être soutenue par ses parents, mais il n'aurait jamais dû voler ainsi à sa rescousse — malgré le soulagement qu'elle avait ressenti sur le coup. Elle n'attendait de lui qu'un soutien moral. Ce qui n'allait pas jusqu'à mentir pour lui sauver la mise. Son seul objectif en venant voir ses parents avait été de leur dire la vérité.

Or la déclaration de Toby avait non seulement repoussé ce moment de vérité, mais compliqué les choses — en ajoutant un nouveau mensonge dont elle devrait répondre un jour.

— Toby...

Il baissa les yeux vers elle, sourit et la sidéra une fois de plus en déposant sur ses lèvres un baiser bref mais bien senti, qui l'électrisa littéralement. Elle en resta hébétée. C'était la première fois qu'il l'embrassait sur la bouche et, même s'il ne s'agissait pas du baiser d'un amoureux, ce n'était pas non plus un baiser fraternel.

Lorsqu'il fut certain de lui avoir cloué le bec, il se tourna vers ses parents.

— Naomi est un peu contrariée. Elle voulait vous annoncer notre mariage elle-même, mais je n'ai pas pu tenir ma langue. Nous avons prévu aujourd'hui d'aller chez elle pour commencer son déménagement, mais nous n'aurions pas pu le faire sans passer vous voir d'abord.

— C'est tout à fait compréhensible, approuva son père avant de se tourner vers elle. J'avoue que tu m'as fait un peu peur avec cette histoire de grossesse. Mais puisque tu te maries, l'affaire est réglée.

Super. C'était bien ce qu'elle pensait : seule l'annonce de ce beau mariage avait permis d'obtenir leur approbation. Peut-être vivaient-ils vraiment au XIXe siècle, après tout.

— Tu n'as pas de bague, remarqua sa mère avec un regard appuyé sur sa main gauche.

Elle soupira, levant les yeux vers Toby. Maintenant, à lui de régler le problème puisque tout ça était son idée.

Il s'exécuta. À sa façon.

— Justement, nous avions prévu de faire un saut chez le bijoutier. Et si nous ne trouvons rien qui nous plaît, nous irons à Houston. (La prenant par l'épaule, il l'attira contre lui.) Mais ce qui compte le plus pour nous, c'est de vous avoir annoncé la nouvelle avant que vous ne l'appreniez par ce maître chanteur.

— Personne ne prête attention à ce genre d'hurluberlus, affirma sa mère.

Mais comment pouvait-elle dire une chose pareille, alors que toute la ville de Royal ne parlait que de ça depuis plusieurs mois ? Mais sa mère refusait de voir la laideur du monde et fermait les yeux avec une facilité déconcertante sur tout ce qui aurait pu troubler son univers.

— Naomi, sache que tu n'as rien à craindre de ce maître chanteur, déclara sa mère. Toby et toi n'avez rien fait de mal. Même si vous n'avez pas fait les choses tout à fait dans le bon *ordre*...

Ce qui voulait dire : cour, fiançailles, mariage et, *seulement après*, bébé. Pourtant Vanessa Price était prête à passer l'éponge, car sa fille allait se marier avec ce qu'on appelait un « beau parti ». Ce qui voulait dire que lorsque Naomi devrait leur annoncer qu'elle n'en avait en fait aucune intention, ce serait un véritable scandale.

— Il faut qu'on y aille, dit Toby. Nous avons beaucoup à faire. Désolé d'avoir interrompu votre thé.

Il allait l'entraîner hors de la maison avant qu'elle ne puisse dire la vérité. Et elle allait le laisser faire. Bien sûr, elle devrait un jour révéler le pot aux roses, mais pas maintenant. Elle ne souhaitait qu'une chose, en cet instant : partir le plus vite possible de cette maison.

— Pas du tout, répondit son père. Vous avez toujours été le bienvenu, ici, Toby. Et vous l'êtes encore plus aujourd'hui.

Elle étouffa un soupir. Tout ce qu'il avait fallu pour ouvrir la porte de ses parents était la promesse d'un « beau » mariage.

Elle ne pouvait qu'imaginer à quelle vitesse celle-ci se refermerait une fois qu'ils sauraient la vérité.

— Merci beaucoup, monsieur Price.

— Franklin, mon garçon. Appelez-moi Franklin.

— D'accord, monsieur. Maintenant, si vous voulez bien nous excuser. Nous allons nous occuper de ce déménagement et acheter cette bague avant que Naomi ne change d'avis et me brise le cœur.

— Oh ! jamais elle ne ferait une chose pareille ! s'exclama sa mère.

Il sembla ne pas remarquer l'agacement de sa mère. Pour ses parents, ce mariage précipité était bien réel. Naomi savait qu'il pensait avoir arrangé les choses, mais il n'avait fait, en réalité, que les compliquer davantage.

— Amusez-vous, et nous parlerons des préparatifs très bientôt, n'est-ce pas, Naomi ? lança sa mère. La cérémonie devra avoir lieu avant que la grossesse ne devienne trop... *visible*.

— Oh ! mon Dieu, murmura-t-elle.

Toby lui pressa la main et l'entraîna hors de la maison. Une fois dehors, il l'enferma dans le pick-up sans lui laisser le temps de dire quoi que ce soit.

Mais une fois qu'il eut démarré, elle ne put se retenir plus longtemps.

— Que t'est-il passé par la tête ? Te rends-tu compte de ce que tu as fait ?

Il expira longuement et, faisant demi-tour, s'engagea dans l'allée bordée de fleurs.

— Je n'aimais pas la façon dont tes parents te regardaient, expliqua-t-il.

Elle soupira, sentant sa colère s'estomper un peu. Jamais elle n'aurait imaginé qu'il prendrait autant à cœur la réaction de ses parents. Même si, rétrospectivement, elle aurait dû. Toby avait toujours été le genre d'homme à voler au secours des opprimés. C'était un trait de sa personnalité. Mais elle n'avait pas envie de faire partie de ses bonnes œuvres.

— J'apprécie ton côté généreux, mais c'était malvenu,

reprit-elle, s'efforçant de garder son calme. Tu n'as fait que compliquer la situation. Maintenant, je vais devoir leur dire que je ne vais pas emménager chez toi et que nous avons rompu nos fiançailles. Et je vais devoir inventer autre chose pour me justifier, ce que ma mère n'acceptera jamais. Et ensuite, je me retrouverai mère célibataire, comme prévu, et je perdrai définitivement l'estime de mes parents.

— Ce n'est pas une fatalité, répondit-il en lui lançant un bref regard. Il suffit de faire ce que j'ai dit. Tu emménages au ranch aujourd'hui, et puis nous nous marions.

Elle le dévisagea, incrédule. Ses yeux étant fixés sur la route, elle était incapable de voir s'il plaisantait ou pas.

— Tu n'es pas sérieux... ?

— Si, totalement.

— Toby, reprit-elle. C'est insensé. Enfin... C'est adorable de ta part, mais...

— Je me fiche d'être *adorable*, répliqua-t-il. Ce n'était pas mon intention. En réalité, je n'avais rien projeté en arrivant chez tes parents. Les mots sont sortis malgré moi et, en les disant, j'ai compris que c'était la seule chose à faire.

— Dans un monde sans queue ni tête, peut-être. Mais dans celui-ci ? Je ne crois pas.

— Penses-y, Naomi.

Elle se massa le front, tentant d'atténuer la migraine qui commençait à poindre.

— Je n'arrête pas, figure-toi, depuis que tu as lâché ta petite bombe.

— Pense aussi au bébé. Je ne vois pas pourquoi tu devrais l'élever toute seule alors que je suis là.

— Ce bébé n'est pas le tien, fit-elle remarquer.

— Il pourrait l'être. Je serai un bon père. Et un bon mari.

— Ce n'est pas la question.

— Alors, quelle est la question ?

Elle se tira les cheveux d'un coup sec. Non, ce n'était pas un mauvais rêve, ce qui voulait dire qu'elle devait lui faire entendre raison. Elle était touchée par ce qu'il venait de dire.

Profondément. Savoir qu'il était prêt à se sacrifier pour elle représentait beaucoup plus qu'elle n'aurait pu le dire. Mais devait-elle pour autant lui permettre d'adopter l'enfant d'un autre ? Ça n'aurait pas été juste pour lui.

— J'ai énormément d'objections, mais la principale est que tu n'es pas responsable de moi, reprit-elle d'un ton ferme.

— C'est vrai, répondit-il. Mais tu es mon amie.

— Ta meilleure amie, corrigea-t-elle sans cesser de le regarder. C'est une certitude.

— Alors, accepte que j'aie envie de t'aider.

— Toby, je ne peux pas te laisser faire une chose pareille.

— Tu ne me *laisses* pas le faire, je le *fais*, c'est tout.

Il s'arrêta à un croisement puis tourna en direction de Royal.

— C'est logique, Naomi, reprit-il. Pour nous deux, et aussi pour le bébé. Tu as vraiment envie d'élever cet enfant toute seule dans ton bel appartement ? Ne préférerais-tu pas être avec moi au ranch ? Si nous vivons ensemble, cet enfant aura deux parents pour s'occuper de lui. Et en prime, tu n'auras plus à te ronger les sangs à cause de tes parents.

— Donc, tu veux me sauver..., répondit-elle. C'est un geste bien noble que tu veux faire pour moi...

— Je le fais aussi pour moi, répliqua-t-il en se garant au bord de la route.

Coupant le moteur, il pivota sur son siège pour lui faire face. Il y avait dans son regard bleu turquoise une détermination absolue. Ce n'était pas la première fois qu'elle lui voyait cette expression. À chaque fois qu'il décidait quelque chose ou se lançait dans une nouvelle invention, c'était impossible de lui faire changer d'avis. Mais, cette fois, il allait devoir céder.

— Je ne suis pas un saint et mon but n'est pas de te sauver.

— Ah bon... J'aurais cru, pourtant..., murmura-t-elle.

Poussant un profond soupir, il contempla la route avant de se tourner de nouveau vers elle.

— Bon sang, Naomi. Nous sommes les meilleurs amis du monde. Et tous les deux célibataires. Qu'est-ce qui nous empêche d'élever cet enfant ensemble ? De nous entraider ? Ça pourrait marcher, si seulement tu voulais...

Quelque part — elle avait honte de l'admettre — elle avait envie d'accepter cette invraisemblable proposition. Mais il était avant tout son ami, et elle ne pouvait se servir de lui de cette façon.

— Je n'ai pas besoin d'un mari. Je peux élever mon enfant toute seule.

— Tu oublies, s'emporta-t-il soudain, que ma mère nous a élevés seule, ma sœur et moi, après la mort de notre père. J'ai vu à quel point c'était difficile pour elle de jouer à la fois le rôle de père et de mère. De travailler et de s'occuper de la maison. De courir dans tous les sens pour nous élever convenablement. Tu crois vraiment que j'ai envie de te voir gâcher ta vie sans lever le petit doigt ?

Elle se mordilla les lèvres. Elle avait oublié l'histoire de sa famille. Sa mère, Joyce, était une femme adorable, intelligente et courageuse, qui avait travaillé dur pour élever ses deux enfants. Aujourd'hui, Toby avait non seulement un ranch florissant, mais il s'était également lancé dans une carrière d'inventeur qui avait fait de lui un homme plus riche encore. Quant à sa jeune sœur, Scarlett, elle était à présent vétérinaire.

— Ta mère peut être fière de ce qu'elle a accompli.

Elle vit ses traits se détendre. Il lui sourit.

— Merci. Ce que je veux te dire, c'est que tu n'es pas obligée de prendre le chemin le plus difficile, comme l'a fait ma mère. Ma mère ne pouvait compter que sur elle-même. Toi, tu peux compter sur moi.

— Je sais, répondit-elle en prenant une profonde inspiration pour calmer la colère qui bouillonnait toujours en elle. Vraiment. Mais tu n'es pas obligé de m'épouser, Toby.

— Qui a parlé d'*obligation* ? J'en ai envie. Nous nous entendons bien, Naomi. Le ranch est grand. Tu pourras installer ton bureau dans une des chambres. C'est à deux pas du studio où tu enregistres ton émission...

Tout cela était on ne peut plus vrai. Le studio où elle

enregistrait chaque semaine *Modissime*, son émission, se trouvait en bordure de la ville. Et pour être honnête, habiter au ranch lui permettrait d'échapper aux ragots qui circulaient à Royal, et qui ne feraient que se démultiplier une fois que le maître chanteur aurait diffusé sa vidéo sur Internet.

— C'est une super idée, Naomi. Même tes parents ont applaudi à deux mains.

Elle étouffa un rire.

— Évidemment. Toby McKittrick, inventeur, rancher, riche. Je suis étonnée que ma mère n'ait pas crié de joie.

Hochant lentement la tête, il esquissa un sourire.

— Tu es trop dure avec elle. Avec eux deux.

— Tu n'as pas tort, soupira-t-elle, posant les mains sur ses genoux. Ils n'ont rien de diabolique. Ils ne sont même pas méchants. Simplement, ils vivent dans un monde très étroit où il n'y a jamais eu de place pour moi.

Il lui prit la main, apaisant ses doigts nerveux.

— Il y a de la place pour toi chez moi.

— Toby…

Elle ne savait plus quoi penser. Toby avait raison quand il disait qu'ils s'entendaient bien. Ils étaient déjà amis, et peut-être un mariage de convenance serait une bonne chose pour eux deux. Mais était-ce juste pour lui ?

— Si nous nous marions, tu ne trouveras jamais quelqu'un pour de vrai.

— Ça ne m'intéresse pas, répondit-il fermement. Il y a déjà eu quelqu'un, et ça s'est mal terminé.

Elle soupira de nouveau. C'était triste de voir à quel point il ne croyait plus en l'amour, à quel point son cœur était devenu une forteresse presque imprenable, et elle détestait la femme qui l'avait blessé.

— Très bien. Tu ne cherches pas l'amour. Moi non plus, murmura-t-elle. Mais ça ne veut pas dire…

— Penses-y.

— Mais personne n'y croira.

— Tes parents l'ont cru.

— Parce qu'ils ne me connaissent pas. Mais mes amies...

— ... sont tellement préoccupées par leur propre bonheur qu'elles n'y verront que du feu.

— Mais ta famille...

Il fronça les sourcils, réfléchissant quelques instants avant de se tourner vers elle lorsqu'il eut trouvé la réponse.

— D'accord, je dirai la vérité à ma famille. Je n'ai pas envie de leur mentir, de toute façon. Ça te convient ?

— Ça ne plaira pas à ta mère et à ta sœur, répondit-elle, redoutant qu'elles lui en veuillent.

— Ma mère et Scarlett t'adorent, alors où est le problème ?

Le problème ? Un mariage de convenance n'avait jamais été une option, pour elle.

— Je ne sais pas si j'ai envie de me marier, déclara-t-elle simplement. Tu es mon meilleur ami, Toby. Ce serait... *bizarre*.

Il se mit à rire et secoua la tête.

— Pas nécessairement. Dis-toi que nous sommes ensemble à cause du bébé. Pas pour le sexe. Ce sera une simple cohabitation amicale.

« Pas pour le sexe. » Au moment de sa nuit avec Gio, cela faisait plus d'un an qu'elle n'avait pas eu de relations. Et après Gio, elle avait évité *tous* les hommes, sauf Toby, évidemment. Faire abstinence ne devrait donc pas être si difficile, pas vrai ? Oh ! mon Dieu...

— L'idée n'est pas de mener une vie monacale, reprit-il comme s'il lisait dans ses pensées. Si l'un de nous deux rencontre quelqu'un, nous aviserons. Jusque-là, nous vivrons ensemble.

Il la dévisagea. Pourquoi hésitait-elle autant ? C'était pourtant une merveilleuse idée ! Même si celle-ci ne lui serait jamais venue à l'esprit s'il n'avait pas surpris le regard glacial que Vanessa Price avait lancé à Naomi lorsque celle-ci avait annoncé qu'elle était enceinte. Jamais il n'aurait pu laisser sa meilleure amie s'empêtrer dans des explications et des justifications scabreuses sans rien faire. Il était monté spontanément au créneau et avait dit la première chose qui lui était passée par la tête… et en avait éprouvé, curieusement, une intense satisfaction.

Pourquoi ne pas se marier avec sa meilleure amie, après tout ? Peut-être ne le réalisait-elle pas encore, mais elle allait avoir besoin d'aide pour s'occuper du bébé. Et tant que leur relation resterait platonique, ce serait impeccable. Bien sûr, Naomi lui plaisait énormément. Mais ne plaisait-elle pas à tous les hommes ? D'ailleurs, il n'avait pas l'intention de céder à cette attirance, c'est pourquoi un mariage de convenance était la meilleure solution.

— Eh bien ? demanda-t-il, les yeux fixés sur elle. Qu'en penses-tu ?

— Je pense que tu es cinglé, répondit-elle en gloussant.

— Tu n'es pas la seule ! Depuis des années, les gens me prennent pour un type qui passe sa vie à inventer des trucs bizarres.

Elle se passa nerveusement la main dans les cheveux. Quelques mèches auburn scintillèrent dans la lumière du début d'après-midi.

— Si nous le faisons, ça va nous rendre fous.

— Il y a pire dans la vie…

Elle sourit.

— Tu es sûr de toi ?

Il pencha la tête sur le côté et la dévisagea.

— Tu m'as déjà vu douter de moi quand je décide quelque chose ?

— Jamais, répondit-elle. C'est une des choses que j'apprécie le plus chez toi. Je sais toujours ce que tu penses parce que tu ne joues pas avec les gens.

— Les jeux sont faits pour les enfants, Naomi. Et nous ne sommes plus des enfants.

— Tu as raison, dit-elle en le regardant droit dans les yeux. Mais je suis une pure citadine. Que vais-je bien pouvoir faire dans un ranch ?

— Ce qu'il y a à faire, répondit-il.

Elle se mit à rire.

— Décidément, nous sommes vraiment fous, toi et moi. Très bien. J'accepte de t'épouser, en tout bien tout honneur.

Il ressentit un immense bonheur l'envahir, mais se limita à lui adresser un clin d'œil.

— En tout cas, c'est une expérience on ne peut plus originale, tu ne trouves pas ? Bon, allons déjeuner et, ensuite, nous irons acheter la bague.

— Non.

— Comment ça, non ?

— Pas de bague, insista-t-elle, déterminée. Nous n'en avons pas besoin alors que nous n'allons faire que jouer un rôle. Tu vois ce que je veux dire ?

Il le comprenait parfaitement et partageait même son avis. Leur mariage ne serait qu'une forme de cohabitation et non une union fondée sur l'amour, après tout.

— Mais que va penser ta pauvre mère ?

— De toute façon, même si nous en avions acheté une, elle ne l'aurait pas trouvée assez bien, répondit-elle tristement.

Ils glissèrent dans le silence. Il lui prit la main jusqu'à ce qu'ils soient arrivés à destination, mais la laissa à ses pensées.

3

Quand Toby ouvrit la porte du Royal Diner pour faire entrer Naomi, il s'immobilisa. Tout le monde dans le restaurant les regardait. Il comprit. Le maître chanteur avait tenu parole. Sa stupide vidéo était maintenant sur Internet, et c'était désormais le sujet de conversation numéro un à Royal.

Quelqu'un avait mis un rock classique sur le vieux juke-box, et on entendait le cuisinier s'activer par le passe-plat, mais, hormis cela, le silence était total.

— Partons, dit Naomi en le tirant par la main.

— Pas question, répliqua-t-il avant de lui murmurer à l'oreille : Tu veux vraiment qu'ils pensent que tu as peur ?

Il sut qu'il avait touché juste lorsqu'elle se redressa et fit face à tout le monde, fière et majestueuse, telle une reine. Il ne put s'empêcher de sourire. Cette femme était incroyable, il lui avait fallu à peine deux secondes pour redevenir la battante qu'elle était vraiment.

Deux autres secondes s'écoulèrent avant que les clients ne se remettent à manger. La plupart d'entre eux semblaient toutefois converser à voix basse. Il ne fallait pas être un génie pour deviner de quoi ils parlaient.

Pressant la main de Naomi, il ôta son chapeau et sourit à Amanda Battle qui venait à leur rencontre. Mariée au shérif Nathan Battle, qui menait l'enquête sur le maître chanteur, Amanda gérait le restaurant avec sa sœur Pam.

— Bonjour, vous deux, lança-t-elle avec un sourire appuyé. Un box ou une table ?

— Un box, s'il en reste, répondit-il aussitôt, sachant que Naomi refuserait de s'asseoir au milieu de la salle — Un peu de tranquillité éviterait sans doute qu'elle prenne ses jambes à son cou.

— Prenez celle-là, près de la fenêtre, conseilla Amanda. Je vous apporte de l'eau et les menus.

Lorsqu'ils passèrent à côté d'un groupe d'amis et de voisins, les saluant d'un hochement de tête, Toby sentit Naomi se raidir à ses côtés. Elle faisait face, sa nervosité ne transparaissait pas, mais l'effort lui coûtait, il le savait. Et il se mettait à sa place.

Elle resta tendue tout au long du repas, malgré la convivialité du lieu. Le Royal Diner n'avait que peu changé au fil des années. Il y avait bien eu quelques travaux de rénovation, mais Amanda et Pam avaient conservé, dans l'ensemble, la même décoration : lino à damier noir et blanc, banquettes et tabourets revêtus de vinyle rouge et mobilier chromé. Les murs blancs étaient ornés d'anciennes photos de la ville. Le restaurant était réputé depuis toujours pour servir les meilleurs hamburgers des environs.

Lorsqu'ils furent installés, Amanda revint rapidement. Avec les verres d'eau et les menus. Elle leur adressa un grand sourire.

— Je suppose que les félicitations sont de rigueur.

— Oh ! mon Dieu, murmura Naomi en se tassant sur la banquette. Tu as vu la vidéo...

Amanda lui tapota amicalement l'épaule.

— Je ne parle pas de la vidéo, chérie. Ne t'inquiète pas pour ça. Ce sale type a fourré son nez dans la vie de tellement de gens que chacun sait qu'il pourrait être le suivant. Je suis sûre que ce maître chanteur ne tardera pas à s'attaquer à quelqu'un d'autre. D'ici quelques jours, tu seras reléguée aux oubliettes.

— Amanda a raison, dit Toby, plein de reconnaissance pour la restauratrice.

Naomi le regarda, et il vit de la résignation et de l'inquiétude dans ses yeux.

— Ça ne me réconforte qu'à moitié. Toute la ville sait que je suis enceinte, maintenant.

— Naomi, la plupart des gens l'avaient déjà remarqué, répondit Amanda. D'habitude, tu ne portes que des vêtements près du corps.

— Moi qui croyais bluffer tout le monde avec mes déguisements..., soupira Naomi.

— Oh ! tu as probablement bluffé les hommes. Vous, les hommes, dit Amanda en lui jetant un regard amusé, n'êtes pas très attentifs, pas vrai, Toby ? Mais nous, les femmes, savons ce que ça veut dire lorsque l'une d'entre nous se met soudain à porter des vêtements amples.

— Je vois, commenta Naomi.

— Je ne te félicitais pas pour ça, en tout cas, précisa Amanda. Mais pour tes fiançailles avec Toby...

Il la dévisagea, éberlué.

— Comment ça, tu es déjà au courant ?

— Rappelle-toi où nous vivons, chéri, répondit Amanda, secouant la tête et agitant sa queue-de-cheval blonde. La mère de Naomi a appelé une de ses amies, qui a appelé quelqu'un d'autre, qui a appelé la belle-sœur de Pam, laquelle a appelé Pam à son tour. C'est elle qui me l'a dit.

Bon sang ! Il avait toujours su que les ragots circulaient à Royal tels ces ouragans qui balayaient parfois le Texas. Mais, cette fois, un record de vitesse avait sans doute été battu.

— Mais ça fait à peine vingt minutes que nous sommes sortis de chez mes parents, gémit Naomi.

— Et alors ? fit Amanda en souriant.

— Et alors, rien, répondit-elle, accablée.

— Comme ça, tu sais que les gens parlent plus de vos fiançailles que de la vidéo, reprit Amanda. Ce maître chanteur pensait sans doute être drôle... Mais se moquer de toi comme ça, c'est absurde, non ? À Royal, tu es une véritable icône de la mode. Il a complètement tapé à côté en faisant de toi une future maman mal fagotée.

Voyant le soulagement de Naomi, il eut une fois de plus

envie d'embrasser Amanda pour avoir trouvé les mots justes. Elle avait bien sûr raison. Même enceinte, Naomi resterait l'icône de la mode qu'elle avait toujours été. Le but de la vidéo était de la blesser et de l'humilier, mais il la connaissait assez pour savoir qu'elle reprendrait le dessus.

— Mais vos fiançailles..., reprit Amanda en leur adressant un clin d'œil. Ça, au moins, c'est une vraie nouvelle.

— J'ai horreur qu'on parle dans mon dos, grommela Naomi.

— Dans une petite ville, remarqua Amanda, tout le monde passe à la moulinette à tour de rôle.

— Il n'empêche, c'est détestable.

— Sans doute, répondit Amanda, mais au moins les gens se réjouissent de votre bonheur.

— Eh bien, tant mieux, si tout le monde est au courant, lança Toby. Et pour fêter ça, je vais prendre un hamburger cow-boy, des frites et un thé glacé.

— Très bien. Et toi, Naomi ?

— Une petite salade, s'il te plaît. Avec l'assaisonnement à part. Et un thé glacé *light*.

— Ce n'est pas une façon de nourrir un bébé, commenta Amanda. Et encore moins de célébrer des fiançailles. Mais bon. Ce sera prêt dans quelques minutes.

Lorsque Amanda eut disparu, il prit une gorgée d'eau.

— Elle a raison, dit-il en reposant son verre. Ce bébé a besoin d'autre chose que de trois feuilles de laitue.

— Ne commence pas, répliqua-t-elle en détournant la tête pour contempler la rue. Même enceinte, il n'est pas question que je finisse obèse, Toby.

Il la dévisagea, agacé, mais garda son calme. Depuis qu'il la connaissait, elle avait toujours été au régime. En fait, il ne l'avait pratiquement jamais vue prendre plaisir à manger. Elle était tellement déterminée à faire oublier la fillette boulotte qu'elle avait été autrefois qu'elle comptait aujourd'hui la moindre calorie comme si sa vie en dépendait.

Mais elle n'était plus seule, à présent. Le bébé allait avoir besoin de protéines. Et une fois que Naomi serait installée dans son ranch, il devrait veiller à ce qu'elle cesse de manger comme un oiseau. Il poussa un soupir. Bon, cette bataille serait pour plus tard.

— Très bien.

— Je n'en reviens pas que les gens soient déjà au courant de nos fiançailles, reprit-elle en arrachant nerveusement les bords de sa serviette en papier.

— Au moins, ils parlent de nous, pas de la vidéo, remarqua-t-il en prenant une autre gorgée d'eau.

— Je ne veux pas qu'on parle de moi du tout.

Il se mit à rire et son hilarité s'accrut lorsqu'elle le foudroya du regard.

— Qu'y a-t-il de si drôle ?

Tentant de retrouver son sérieux, il se passa la main sur le visage.

— Toi ? répondit-il à voix basse. Tu as *toujours* adoré être le centre des conversations. Au lycée déjà, tu étais déléguée des élèves et pom-pom girl de l'équipe de foot. Et tu n'as pas changé. La preuve, tu as créé ta propre émission. Tu adores capter l'attention des gens. Et personnellement, je trouve ça parfaitement normal.

— Je ne fais pas ça uniquement pour qu'on parle de moi.

— Je sais, répondit-il en lui prenant la main. Tu fais tout ça parce que ça te plaît. Parce que tu en as envie.

Et parce que ça te permettait d'obtenir l'attention que tes parents te refusaient à la maison. C'est ce qui a fait de toi la battante que tu es devenue aujourd'hui.

Mais, cela, il valait mieux le garder pour lui. Il n'était pas sûr qu'elle apprécierait ce dernier commentaire, vu son état d'agitation.

— Exactement. Et ça me fait plaisir que les gens regardent mon émission et en discutent, répondit-elle toujours à voix basse, mais en ôtant la main de la sienne. Mais il y a une différence, Toby, entre parler de mon travail et parler de ma vie privée.

— Pas tant que ça. Naomi, nous vivons dans une petite

ville. Les gens parlent. Ça ne changera jamais. Ce qui compte, c'est ta façon de réagir.

— Je connais le mode d'emploi, grommela-t-elle.

— Pas du tout, répliqua-t-il. Tu es enceinte de presque cinq mois, et tu viens seulement d'en informer tes parents.

— Ça n'a rien à voir, répondit-elle en se remettant à déchiqueter sa serviette.

— Et quand nous sommes entrés dans le restaurant et que les gens nous ont dévisagés, tu serais partie en courant si je ne t'en avais pas empêchée.

Elle lui lança un regard furibond, et il s'estima heureux de ne pas recevoir un coup de pied.

— Arrête de me faire la leçon. Je n'aime pas ça.

— Écoute, soit tu laisses ce maître chanteur remporter la partie en te renfermant sur toi-même et en te cachant. Soit tu redresses la tête, tu redeviens la battante que tu as toujours été et tu ne laisses pas cette stupide histoire te dicter ta vie.

— Ce n'est pas si simple.

— Je sais.

Elle se cala au fond de la banquette tout en continuant à triturer sa serviette dont il ne restait presque plus rien. Il nota mentalement d'en redemander une à Amanda.

— Toby, je ne veux pas laisser le maître chanteur remporter la partie. Ou le laisser me dicter ma vie. Mais n'est-ce pas ce que je suis en train de faire en acceptant de t'épouser ?

— Pas du tout, répondit-il en la regardant dans les yeux. Si tu cédais à son chantage, tu serais enfermée chez toi à pleurer. Tu crois vraiment que ce sale type veut que tu sois heureuse avec moi ? Tu crois vraiment qu'il veut que les gens se détournent de sa stupide vidéo parce qu'ils s'intéressent davantage à ton mariage ?

— Non, sans doute pas.

— C'est une certitude, dit-il en lui prenant la main. Tu as pris le dessus sur lui, Naomi.

— Je n'en ai pas l'impression.

— Je vois ça. Mais, crois-moi, c'est toi qui mènes la danse, maintenant. Tu as pris le maître chanteur de vitesse, et il ne pourra plus te rattraper. (Il lui pressa la main jusqu'à ce qu'elle fasse de même.) Quant à notre mariage, c'est une excellente chose. Pour nous, et pour le bébé.

Elle soupira.

— Je ne sais pas comment je fais pour survivre à cette journée. Ce matin encore, je craignais de parler à mes parents. Et là, à l'heure du déjeuner, me voilà fiancée avec toi.

— Je ne comprends pas pourquoi tu vois ce mariage de manière si négative.

Elle le regarda, agacée.

— Je n'ai pas dit ça, d'accord ? lança-t-elle avant d'ajouter en le voyant sourire : Oui, oui, tu peux rire. On verra si tu riras toujours autant une fois que je vivrai avec toi au ranch.

Il haussa les épaules.

— Tu es bonne cuisinière et déjà enceinte. Je ne vois pas pourquoi j'aurais du souci à me faire.

Elle éclata de rire, portant la main à la bouche. Bon sang, comme il aimait la voir comme ça, espiègle, joyeuse.

— Tu me fais rire pour que j'arrête de te prendre la tête avec mes problèmes.

— Ça marche ?

Elle prit le temps de réfléchir avant de répondre.

— Oui. Merci.

— De rien.

Il continua de la fixer tandis que, toujours souriante, elle regardait par la fenêtre la petite ville bruissant de commérages. Royal avait connu bien des bouleversements, ces derniers mois. À cause des révélations de ce mystérieux maître chanteur, Naomi et lui avaient décidé de se marier. Mais ils n'étaient pas les seuls. Certains de ses amis avaient, à sa grande surprise, brusquement changé de vie.

Wes Jackson était l'un d'eux. Toby n'aurait jamais imaginé que cet homme se marierait un jour. Et aujourd'hui, il avait une femme et une fille, et le couple attendait même un deuxième enfant. Tom et Emily Knox, pour leur part, avaient réglé leurs problèmes et semblaient plus unis que jamais. Et même les meilleures amies de Naomi, Cécilia et Simone, étaient désormais en couple et parfaitement heureuses.

Il savait que le maître chanteur était, en quelque sorte, derrière tous ces changements. Ironie du sort, car, alors que ce mystérieux personnage avait tenté de ruiner la vie des gens concernés, il n'avait fait au contraire que les rendre heureux.

Jusqu'ici, personnellement, Toby s'était limité à observer ces bouleversements, se demandant cependant quand viendrait son tour. Or le maître chanteur ne s'était pas attaqué directement à lui, mais à Naomi. Et c'était l'impact que la vidéo avait eu sur elle qui l'avait amené à jeter aux orties sa posture anti-mariage. En réalité, plus il y pensait, plus il se disait que leur mariage était une bonne chose. Il fonderait ainsi une famille avec une femme qu'il appréciait énormément, sans qu'il soit question d'amour. Que vouloir de plus, pour quelqu'un que l'amour avait blessé à tout jamais ?

Il ne devrait veiller qu'à une seule chose : que sa promise ne fasse pas machine arrière.

— Hé, Toby ! lança Clay Everett, tu as une minute ?

— Bien sûr, répondit-il en jetant un regard à Naomi.

Naomi hocha la tête, et Toby rejoignit la table où Clay et Shane Delgado prenaient leur déjeuner. Il avait une démarche parfaitement décontractée, comme s'il n'avait aucune raison de se presser. Il était grand, sûr de lui et paraissait absolument persuadé qu'ils faisaient le bon choix. Pourquoi était-elle incapable de partager sa certitude ?

Clay, Shane et Toby étaient tous trois ranchers, et ils devaient sans doute parler de chevaux, de pâturages et du niveau des nappes phréatiques. Elle les observa quelques instants. Shane avait de longs cheveux bruns, une barbe naissante et un sourire ravageur. Il était à la fois rancher et promoteur immobilier. Clay était un bel homme pensif, qui, après un accident de rodéo qui avait mis fin à sa carrière, avait fondé une entreprise d'informatique devenue rapidement florissante. Et puis, il y avait Toby. Toby était à la fois inventeur et rancher et, de son point de vue, c'était le plus séduisant des trois.

Elle cligna des yeux à cette pensée et réalisa qu'elle le regardait aujourd'hui sans le filtre de l'amitié, comme si elle le voyait pour la première fois. Lorsqu'il croisa son regard et lui adressa un petit sourire, elle sentit quelque chose s'épanouir en elle... Une émotion étrange, qu'elle réprima instantanément.

Surprise par sa réaction, elle détourna le regard. Ce mariage était platonique, elle devait se le rappeler. Ce n'était surtout pas le moment de se mettre à remarquer des choses auxquelles elle n'avait jamais prêté attention jusqu'ici. Toby la soutenait comme personne ne l'avait jamais fait. Il se comportait en cela comme l'ami qu'il avait toujours été, et elle aurait dû lui en être reconnaissante. Peut-être finirait-elle par l'être...

Mais pour l'instant, elle s'en voulait... Le simple fait de savoir qu'elle avait réellement besoin de l'aide de quelqu'un l'insupportait. Élever un enfant toute seule était un véritable défi, bien sûr, mais elle l'aurait fait si elle l'avait dû. Aujourd'hui, elle n'était plus seule face à son avenir. Son meilleur ami était à ses côtés. Mais une question demeurait : devait-elle accepter qu'il se sacrifie de la sorte ?

— Voilà le thé, dit Amanda en déposant deux grands verres sur la table.

— Oh ! merci.

Elle mourait de soif et prit aussitôt une gorgée.

— Il est déthéiné, précisa Amanda. (La restauratrice jeta un œil vers Toby, en pleine conversation avec ses deux amis, avant de revenir à elle.) Une jeune femme qui s'apprête à se marier devrait avoir l'air plus heureuse, remarqua-t-elle.

Amanda Battle avait une dizaine d'années de plus qu'elle, mais le fait d'avoir grandi dans la même petite ville rapprochait forcément les gens. Amanda posa sur elle son regard affûté.

— Que se passe-t-il, ma chérie ? Tu devrais être tout sourire à l'idée d'épouser Toby, non ?

— C'est que tout s'est passé si vite..., répondit-elle.

— Pas si vite que ça, lui rappela Amanda, puisque tu es enceinte de lui.

— Euh, oui, répondit-elle, gênée, en se dépêchant de changer de sujet. Mais il m'a demandée en mariage ce matin sans crier gare, et je ne me suis sans doute pas encore faite à l'idée, expliqua-t-elle en se disant que les mensonges les plus crédibles étaient ceux qui s'approchaient le plus de la vérité.

— Je te comprends. Je suis passée par là, moi aussi, il y a quelques années. Tu te souviens ?

Elle s'en souvenait parfaitement et, d'ailleurs, elle ne comprenait pas pourquoi Amanda se montrait si amicale avec elle. Quelques années plus tôt, Amanda était tombée enceinte de Nathan et avait accepté de l'épouser pour cette raison. Hélas, elle avait fait une fausse couche et le mariage avait été annulé. Amanda avait quitté la ville, mais était revenue quelques années plus tard, à la mort de son père. Ayant presque aussitôt renoué avec Nathan, elle était devenue la cible de tous les commérages. Aujourd'hui, Nathan et Amanda avaient deux enfants et étaient si heureux en mariage qu'Amanda rayonnait littéralement de bonheur. Naomi avait honte de l'admettre mais, à l'époque, elle et ses amies Cécilia et Simone cultivaient leur côté « peste » : c'était elles qui avaient colporté toutes ces rumeurs au sujet d'Amanda. Elle secoua la tête, tentant vainement de chasser ces souvenirs peu glorieux.

— Pourquoi es-tu si gentille avec moi ? demanda-t-elle.

Amanda se glissa sur la banquette face à elle.

— Parce que j'ai été moi-même la cible de propos malveillants et que je sais à quel point ça peut faire mal. Et parce que tu as beaucoup changé depuis cette époque.

— Comment le sais-tu ?

— Parce que l'ancienne Naomi n'aurait jamais eu honte de ce qu'elle avait fait.

Comme Amanda se trompait ! Même à l'époque où elle orchestrait les rumeurs au sujet d'Amanda, Naomi était rongée de culpabilité lorsqu'elle songeait à ce qu'elle avait dit ou fait. À cet instant, elle expira longuement, réalisant qu'elle retenait son souffle depuis plusieurs secondes. Cela faisait des années qu'elle fréquentait le Royal Diner, et pourtant elle n'avait jamais pris la peine de discuter avec Amanda. Cela pouvait s'expliquer par le fait qu'il y avait entre elles une grande différence d'âge. Mais la vérité était autre : elle n'avait jamais osé se rapprocher d'Amanda, tellement le souvenir de ses mauvais agissements la tourmentait encore.

La gentillesse d'Amanda la touchait beaucoup.

— Merci, dit-elle. Je suis désolée pour...

Amanda fit un petit geste de la main.

— Nous avons tous fait des bêtises dans notre jeunesse, que nous regrettons aujourd'hui. Donc, puisque tu as la chance de t'être rendu compte de ton erreur, je te conseille d'en profiter pour être vraiment toi-même.

— À t'entendre, on dirait que c'est facile.

— Non, ça ne l'est pas, répondit Amanda. Mais tu le sais déjà. Tu as lancé cette émission de mode — dont, soit dit en passant, je ne rate jamais un épisode — et tu es en train de construire un avenir avec Toby.

— C'est vrai.

Mais, se demanda-t-elle, est-ce que ça comptait si cet avenir était construit sur un mensonge ? Est-ce que ça pouvait fonctionner ?

— Merci encore, ajouta-t-elle. Pour tes encouragements, et pour tout le reste.

— Pas de problème, répondit celle-ci en se levant et en lui pressant la main sur l'épaule. Toby est un homme bien. Tu devrais fêter ça.

Naomi hocha la tête et regarda Toby qui riait de bon cœur avec ses deux amis. Ils étaient si séduisants dans leur style cow-boy qu'ils devaient faire battre secrètement le cœur de bien des femmes. Elle sentit le sien bondir dans sa poitrine lorsque, surprenant son regard, Toby lui adressa un clin d'œil. De nouveau, une sensation de chaleur se répandit en elle, qu'elle ne parvint pas tout à fait à ignorer.

Spontanément, elle lui rendit son sourire et espéra que ce mariage ne lui coûterait pas son meilleur ami.

Toby savait que l'annonce qu'il avait à faire allait prendre de court sa mère et sa sœur. Après le déjeuner, durant lequel il avait finalement réussi à convaincre Naomi de prendre une bouchée de hamburger, il l'avait déposée chez elle, où elle devait commencer à emballer ses affaires, après quoi il s'était rendu directement à Oak Ridge Farm.

Le ranch familial était beaucoup plus petit que le sien, mais les liens qu'il avait tissés avec ce lieu étaient irremplaçables. Sa mère louait la plupart de ses terres à d'autres ranchers, et sa sœur avait fait rénover la grange pour y installer son cabinet vétérinaire. Malgré ces changements, le ranch restait le lieu de son enfance, et le simple fait de remonter le chemin de terre qui conduisait jusqu'à la maison déclenchait toujours en lui un afflux de souvenirs.

Il savait qu'il serait le premier à informer sa mère de ses fiançailles. Joyce McKittrick n'avait en effet jamais supporté les commérages, et il y avait des années que personne n'osait plus lui en colporter. Quant à sa sœur, elle était bien trop prise par son métier pour prêter attention aux rumeurs.

Il avait dit à Naomi qu'il ne mentirait pas à sa famille, et après avoir expliqué toute la situation à sa mère et à sa sœur, il assistait, ébahi, à leur réaction. Une réaction qui le prenait de court car, s'il s'attendait à de la surprise, jamais il n'aurait imaginé qu'elles seraient aussi heureuses. D'autant plus qu'il avait bien précisé que c'était un mariage de raison et que l'amour n'avait rien à voir là-dedans. Il n'y comprenait rien.

— Tu vas épouser Naomi ? s'écria Scarlett en se jetant dans ses bras. Ce n'est pas trop tôt !

— Quoi ? fit-il en regardant, étonné, le visage radieux de sa sœur.

— Allons donc, fit Scarlett. Elle et toi êtes proches depuis des années. Il faudrait être aveugle pour ne pas avoir remarqué les étincelles qui fusent entre vous.

« Les étincelles » ? Quelles étincelles ?

Il fronça les sourcils. Peut-être que le désir qu'il ressentait secrètement pour Naomi depuis si longtemps crevait-il en réalité les yeux de son entourage. C'était un peu vexant de comprendre que sa sœur n'avait jamais été dupe d'une réalité que, pour sa part, il s'était toujours efforcé d'occulter. Quoi qu'il en soit, il fallait calmer le jeu tout de suite.

— Scarlett, dit-il en la serrant à son tour dans ses bras, il n'y a aucune étincelle. Je te répète que c'est un mariage de convenance.

— J'ai entendu, répondit-elle en lui tapotant la joue. Mais je ne te crois pas pour autant. Je vois comment tu la regardes, Toby. Et j'ai bien l'impression que ce n'est pas seulement comme un bon copain.

— Pourtant, c'est exactement ça. C'est mon amie. C'est tout.

Secouant la tête, Scarlett jeta un œil à la pendule.

— Si ça peut te faire plaisir… Bon, il faut que je file. On m'a appelée pour une vache qui doit mettre bas, et si elle se débrouille toute seule, les gens vont croire que ce n'est pas la peine de m'appeler pour ce genre de choses, expliqua-t-elle avant de prendre sa grosse mallette et de se diriger vers la porte de derrière.

Elle s'arrêta brusquement avant de l'ouvrir et se retourna, le fixant de ses grands yeux noisette.

— Mais je veux plus de détails un autre jour, tu m'entends ? À plus tard, maman. Je ne sais pas à quelle heure je rentre.

Sur ce, elle sortit. Sa sœur était une force de la nature. Elle avançait dans la vie à la vitesse d'un ouragan, et c'était encore pire depuis qu'elle était vétérinaire. Elle répondait aux appels urgents de ses clients, même en pleine nuit, et prenait un soin quasi maternel des animaux dont elle avait la charge.

Scarlett menait une vie effrénée, enchaînant les interventions toujours avec le sourire. La plupart des gens la jugeaient trop menue pour ce genre de travail. Mais quand on la voyait en action, on ne pouvait plus avoir de doutes. Une fois, lorsque l'une de ses juments avait eu des difficultés à mettre bas, Scarlett était intervenue avec une incroyable efficacité, sauvant à la fois la mère et le poulain. Oui, il était fier de sa sœur, qui avait en elle la force et la détermination pour réussir dans un métier encore trop souvent considéré comme masculin.

La porte se referma avec un claquement sonore, et la chaleureuse cuisine retrouva sa sérénité. Prenant un cookie au chocolat dans l'assiette posée au centre de la table, Toby regarda autour de lui. Les murs étaient bleu ciel et les placards d'un blanc brillant. Il avait repeint la cuisine l'été précédent, à la demande de sa mère, et il était certain que celle-ci ne tarderait pas à le solliciter de nouveau. Le sol était recouvert d'un plancher rustique, et le réfrigérateur et l'ancien poêle avaient été remplacés par du matériel flambant neuf. Mais les vieilles photos avaient toujours leur place sur le frigo, et il ne pouvait s'empêcher de sourire en regardant les clichés jaunis de Scarlett et de lui enfants.

Il avait grandi dans cette maison et passé d'innombrables heures à cette table à faire ses devoirs ou à assister aux repas familiaux. C'était aussi dans la cuisine que sa mère l'attendait lorsqu'il rentrait tard dans la nuit après un rendez-vous amoureux. Il n'y avait donc rien d'étonnant à ce que la conversation qui s'annonçait ait lieu dans cette pièce.

Sa mère avait des cheveux blonds ondulés coupés au carré. Son regard bleu était toujours aussi affûté, et rien ne pouvait lui échapper. Il la trouvait belle, forte et intelligente. N'avait-elle pas pris à bras-le-corps l'éducation de ses enfants lorsqu'ils avaient perdu leur père ? Grâce à l'argent de l'assurance-vie, ils n'avaient pas eu de difficultés financières, mais sa mère n'avait jamais été du genre à se tourner les pouces. Elle s'était mise à prendre des chevaux en pension et à donner des leçons d'équitation aux enfants du coin. Et c'était elle qui avait instillé l'amour des animaux chez Scarlett et l'avait poussé, lui, à développer son esprit inventif. En fait, c'était elle qui avait fait breveter sa toute première invention : un distributeur de ketchup qu'il avait fabriqué à l'âge de dix ans.

S'il était fier de sa sœur, il l'était aussi de sa mère, pour avoir donné à ses enfants la vie familiale pleine d'amour et de confiance qui avait tant manqué à Naomi dans son enfance.

— Quand tu as annoncé que tu allais épouser Naomi, j'ai été ravie. C'est quelqu'un de bien, et je me réjouis qu'elle ait décidé de montrer le bon côté de sa personnalité plutôt que de se cacher derrière cette mascarade qui ne lui ressemblait pas.

Il réprima un sourire. Sa mère voyait toujours au-delà des apparences. Ce n'était pas le cas de tout le monde. Longtemps, Naomi, Cécilia et Simone s'étaient comportées comme des pestes, passant leur temps à rabaisser les autres par des paroles ou des regards blessants.

Mais le temps, comme toujours, avait changé les choses. Aujourd'hui, toutes les trois semblaient avoir trouvé leur voie. Naomi, surtout, s'était réellement remise en question et avait construit l'avenir auquel elle aspirait réellement.

— J'aurais dû me douter que tu voyais clair dans son jeu, remarqua-t-il.

— Bien sûr. Mais ce n'était pas sa faute. Ses parents sont des gens… difficiles, et ce sont eux qui l'ont rendue malheureuse. Qu'elle ait réussi à s'en sortir toute seule en dit long sur son caractère. Par chance, elle avait un ami à ses côtés.

Elle lui passa une main dans les cheveux, et ce geste affectueux lui réchauffa le cœur.

— J'ai toujours été son ami, répondit-il. Et je compte bien le rester.

— Je m'en doute, reprit-elle en se calant dans sa chaise avant de le regarder attentivement. Mais, Toby, fonder un mariage sur un mensonge ne peut pas être une bonne chose.

— Il n'y a pas de mensonge entre elle et moi, répliqua-t-il. Ni entre Scarlett, toi et moi.

Il avait anticipé son objection et ne pouvait lui en vouloir. Mais il pouvait au moins tenter de la convaincre qu'il savait ce qu'il faisait.

— Naomi a besoin de moi, maman. Et le bébé, aussi. J'ai vu à quel point ça a été difficile pour toi de nous élever toute seule, et je ne veux pas que Naomi se retrouve dans la même situation. Nous sommes les meilleurs amis du monde.

Même s'il y avait des *étincelles*, se rappela-t-il, avant de chasser cette pensée de son esprit.

— Nous nous entendons merveilleusement bien, insista-t-il, et c'est pourquoi je lui ai proposé ce mariage.

— Je comprends, chéri. Mais je te demande simplement d'être prudent. De réfléchir sérieusement à ce que tu t'apprêtes à faire.

— Je suis toujours prudent.

— Pas assez à mon goût.

— Honnêtement, reprit-il en croquant dans un autre délicieux cookie de sa mère, je savais que ça te gênerait que j'endosse la paternité du bébé.

— Pas du tout, répliqua-t-elle en secouant énergiquement la tête. Ce bébé est innocent, et Naomi et toi avez raison de vous marier pour lui. Simplement, je me demande si c'est une bonne chose pour toi.

— Ça l'est, maman, affirma-t-il. Je n'ai jamais voulu me marier pour...

— Les hommes disent toujours ça, l'interrompit-elle avec un petit rire, et pourtant le monde est peuplé de maris.

— Peut-être mais, quoi qu'il en soit, Naomi et moi nous entendons très bien et je pense que nous saurons faire fonctionner ce mariage.

— J'ai toujours aimé Naomi, elle a de la personnalité et un peu d'impertinence, ce qui est une bonne chose. Mais c'est aussi quelqu'un qui a souffert dans son enfance...

— Je ne la ferai pas souffrir.

— Pas volontairement, peut-être. Et elle non plus. Cela dit, je suis ta mère, et il est normal que je m'inquiète un peu. Mais si c'est ma bénédiction que tu veux, je te la donne.

— Tu es formidable, répondit-il tendrement.

— Je sais, mon fils, répondit-elle en se levant pour aller

chercher un sac en plastique et en y verser le reste des cookies. Tiens, prends-les. Et quand tu seras rentré, réfléchis à ce mariage et demande-toi si c'est vraiment ce que tu veux.

— D'accord, maman, répondit-il en lui tapotant la main. Je sais ce que je fais.

Elle secoua la tête avec un sourire.

— Scarlett a raison, tu sais. Il y a toujours eu des étincelles entre vous deux.

— Maman...

— En tout cas, ne t'étonne pas si ces étincelles déclenchent un incendie.

4

Le lendemain matin, Naomi se rendit au studio de télévision situé aux abords de Royal. Malgré le chaos de sa vie privée, elle avait un travail, qui, par chance, la passionnait.

Le studio de la chaîne locale était petit mais parfaitement équipé. Des entreprises de la région y tournaient des publicités, on y diffusait les matchs de football lycéens, et c'était là que son émission avait vu le jour. Les équipes techniques prenaient aussi des étudiants en stage.

Sortant de sa voiture, elle essaya de se concentrer sur l'enregistrement de son émission, mais ce n'était pas chose aisée en sachant que Toby passerait à son appartement dans l'après-midi pour emporter ses affaires au ranch. Elle s'arrêta net au milieu du parking pour prendre le temps de réaliser tout ce que cela impliquait. Elle avait travaillé dur pour acheter et rénover son appartement situé dans le centre-ville. Certes, il n'était pas grand mais, au moins, c'était à elle. Et maintenant, elle allait le quitter pour vivre à la campagne.

Bien sûr, dans une petite ville comme Royal, on n'était jamais loin de la campagne, mais y vivre était une autre affaire. Et non seulement elle allait quitter son appartement et Royal, mais elle allait épouser son meilleur ami. Une nouvelle bouffée d'angoisse l'assaillit tandis qu'elle contemplait cette perspective en se mordillant les lèvres.

En fait, elle avait passé presque toute la nuit à arpenter son appartement, l'esprit en ébullition. Était-ce la bonne chose à faire ? Elle n'en savait rien. Et elle avait à ce sujet beaucoup plus de questions que de réponses. Une chose, toutefois, était certaine : elle ne pouvait plus faire marche arrière, puisque toute la ville ne parlait plus que de ses fiançailles avec Toby.

D'ailleurs, maintenant que tout le monde s'intéressait à leur futur mariage, plus personne ou presque ne parlait de l'épouvantable vidéo du maître chanteur. Et aujourd'hui, elle s'apprêtait à enregistrer sa toute première émission sur le thème de la mode des femmes enceintes. Une façon de répondre à l'attaque par l'attaque. Le maître chanteur avait voulu la ridiculiser, mais elle allait le combattre avec ses propres armes. S'il avait espéré lui casser le moral, il allait être vraiment déçu.

En réalité, c'était un profond soulagement pour elle de ne plus avoir à cacher sa grossesse. Masquer un ventre qui s'arrondissait n'était pas facile. Les chemises amples, les pantalons larges et les sacs géants n'étaient que des solutions temporaires. Savoir que son secret n'en était plus un était — totalement — libérateur.

Maintenant plus calme, elle inspira profondément, gara sa voiture, pénétra dans le bâtiment climatisé et tomba nez à nez avec Eddie, le cameraman.

— Nous sommes prêts à enregistrer, Naomi, dit-il en souriant et en levant le pouce. Et toi ?

— Je passe au maquillage et je suis à vous.

Vingt minutes plus tard, elle entra sur le plateau, impeccablement coiffée, maquillée juste ce qu'il fallait et vêtue d'une tenue qui révélait le ventre qu'elle avait caché si longtemps caché.

Chaîne locale ou pas, son émission, *Modissime*, faisait de plus en plus d'audience. Depuis quelques mois, elle était également diffusée à Houston et à Dallas, et cette semaine, une chaîne de Galveston l'avait contactée pour faire de même. Et, grâce aux réseaux sociaux, on commençait à parler de son émission au-delà des frontières du Texas. Sa page Facebook comptait de plus en plus d'abonnés, y compris à New York, en Californie et même en Europe.

Elle avait des projets. Elle voulait que son émission devienne nationale, qu'on en parle dans les magazines. Elle voulait être prise suffisamment au sérieux pour susciter même l'intérêt de ses parents. Et elle ferait tout pour que ces rêves deviennent réalité. Redressant le menton, elle entra sur le plateau d'un pas déterminé et se tourna vers la caméra, prête à conquérir toujours plus de spectateurs.

— Dans cinq, quatre..., commença Tammy, l'assistante son, décomptant aussi avec les doigts.

— Bonjour, à toutes et à tous, dit Naomi dès que Tammy eut pointé son index sur elle, et bienvenue sur *Modissime*. Je suis Naomi Price.

Elle s'était toujours sentie à l'aise devant la caméra. Sur ce point aussi, Toby avait raison. Elle aimait être le centre de l'attention, du moins quand *elle* le décidait.

Et elle avait beaucoup d'idées. La veille encore, alors qu'elle cherchait désespérément le sommeil, elle avait envisagé toutes sortes de possibilités. Pour accroître son audience, séduire le plus de gens possible, elle devait diversifier les thèmes de son émission. Il y avait une quantité de femmes, elle le savait, qui se fichaient éperdument de la mode, même si cela paraissait difficile à croire. Mais ces femmes s'intéressaient en revanche à la décoration d'intérieur. Il suffisait de voir l'audience réalisée par les émissions de bricolage et de rénovation.

Et si elle n'avait aucune compétence en matière de travaux, elle pouvait trouver des partenaires qui en avaient. Aujourd'hui, elle avait donc décidé d'annoncer quelques changements. À commencer par le plus important de tous. Elle devait tenir compte du fait qu'une bonne partie de son audience avait vu la vidéo du maître chanteur. Et elle avait bien l'intention de reprendre le contrôle de la situation.

— Comme vous pouvez le voir, dit-elle en se tournant sur le côté pour montrer son ventre arrondi que soulignait un haut moulant couleur lavande, mon style vestimentaire va connaître une véritable révolution au cours des prochains mois. Mon fiancé, Toby McKittrick, et moi-même sommes heureux de vous annoncer l'arrivée de ce grand événement dans notre vie.

« Et pour accompagner ces grands changements, poursuivit-elle en souriant à la caméra, je vous proposerai désormais de nombreuses émissions sur les collections destinées aux femmes enceintes.

Une fois de plus, elle adressa un sourire radieux à son audience.

— Mais ne vous affolez pas, ça ne va pas devenir une obsession. Car nous avons toutes et tous de nombreux autres centres d'intérêt. C'est pourquoi, *Modissime* va se diversifier en s'intéressant à la décoration sous toutes ses formes : aménagement de terrasse, conception de jardin ou encore choix de mobilier d'intérieur ou d'extérieur. (Elle rejeta ses cheveux en arrière avant de reprendre :) Puisque je me « développe », il m'a semblé logique que *Modissime* suive le mouvement.

Sa remarque déclencha quelques rires sur le plateau, et elle sut alors qu'elle avait trouvé le ton juste.

— J'espère donc que vous m'accompagnerez dans cette aventure. Dans les mois à venir, nous allons explorer de tout nouveaux territoires... Et je suis sûre que nous allons beaucoup nous amuser !

— Coupez !

Lorsque Eddie lui fit signe que la caméra était coupée, elle le regarda.

— Alors, c'était comment ?

— Super, Naomi. Vraiment super, répondit Eddie en lui adressant un clin d'œil. Je crois que tu as vu juste avec cette histoire de décoration. Ma femme est rivée à ce genre de programme et passe son temps à me demander de faire des aménagements dans la maison. Et j'ai bien l'impression que ça ne va pas s'arranger avec la nouvelle version de ton émission.

— C'est bon à savoir, répondit-elle en riant.

— Bien, on se prépare pour la prochaine séquence. Reviens dans un quart d'heure, dit Eddie alors que l'équipe s'activait autour d'eux pour installer décors et accessoires.

La révélation du cameraman lui avait mis du baume au cœur : si toutes les femmes étaient comme celle d'Eddie, la nouvelle version de l'émission ferait mouche, elle n'en doutait pas. Il ne lui resterait plus qu'à inviter des spécialistes sur le plateau — jardiniers, peintres, carreleurs — pour faire des démonstrations et donner des conseils. Elle s'y voyait déjà. Elle pousserait *Modissime* à un niveau supérieur. Le plus curieux, c'était de devoir cette nouvelle perspective au maître chanteur lui-même.

Trouvant une chaise dans un coin isolé du plateau, elle s'assit et alluma son téléphone pour vérifier ses mails. Elle soupira en voyant leur nombre, mais la plupart d'entre eux étaient sans doute des réactions à la vidéo du maître chanteur. Elle ferma sa boîte mail, résolue à ne pas se laisser démoraliser.

Car elle se sentait de mieux en mieux. Euphorique, même. N'avait-elle pas rendu au maître chanteur la monnaie de sa pièce ? Non seulement, elle assumait désormais sa grossesse, mais elle débordait de projets pour son émission. Sans compter qu'elle allait épouser son meilleur ami.

D'accord, ce dernier aspect lui faisait aussi un peu peur. Toby occupait depuis longtemps une place si importante dans son existence qu'elle ne pouvait supporter l'idée qu'elle puisse le perdre à cause d'un mariage blanc. Peut-être devait-elle en rediscuter avec lui. Envisager tout ce que cela allait impliquer. Et ils devraient se promettre que leur amitié passerait toujours en premier, quoi qu'il arrive.

Le bruit qui régnait sur le plateau lui indiqua que l'équipe n'avait pas fini de disposer les éléments de décor. Et quand son téléphone sonna, elle fut complètement prise de court en voyant le nom qui s'affichait sur l'écran.

Quelle guigne ! Alors qu'elle commençait à peine à sortir la tête de l'eau…

— Bonjour, Gio, dit-elle, prenant la communication.

— *Ciao, bella*, répondit son correspondant d'une voix charmeuse, qui fit aussitôt resurgir dans son esprit la nuit qu'elle avait passée avec lui cinq mois plus tôt.

Elle ferma les yeux, submergée par les souvenirs, puis s'empressa de secouer la tête pour les chasser. Ce n'était jamais agréable d'admettre que l'on avait commis une erreur. C'était pourtant ce qui s'était passé lorsqu'elle avait accepté de vivre une aventure avec un homme dont elle savait *pertinemment* qu'il ne lui donnerait jamais plus. Ils s'étaient protégés, bien sûr, mais la contraception n'était pas infaillible, comme elle l'avait constaté.

Grâce à un numéro de charme bien rodé, le séduisant Gio Fabiani avait pris le temps qu'il fallait pour réussir à percer ses défenses. Aujourd'hui encore, elle regrettait amèrement d'avoir cédé à ses avances. Mais le regret ne menait jamais nulle part. Ouvrant les yeux, elle regarda quelques instants les techniciens s'activer sur le plateau. Elle avait beau avoir envie de lui raccrocher au nez, elle devait faire ce qu'elle avait à faire et lui parler du bébé.

— J'ai vu que tu avais laissé pas mal de messages sur mon répondeur, *bella*, commença Gio. Que t'arrive-t-il ? Je te manque ?

Elle leva les yeux au ciel, s'exhortant à la patience. À en croire les bruits qu'elle entendait autour de lui, Gio se trouvait dans un restaurant. Avec le décalage horaire, il devait être environ 19 heures en Italie, et il s'apprêtait probablement à dîner en terrasse, entouré de gens qui entendaient tout ce qu'il disait. Bien qu'agacée par cette vision, elle la chassa de son esprit et se concentra sur ce qu'elle avait à dire.

— Ça fait plusieurs mois que j'essaie de te joindre, Gio, dit-elle.

— *Sì, sì*, mais j'ai été très occupé.

Sans aucun doute à déployer ses charmes pour attirer toujours plus de femmes dans son lit, songea-t-elle, honteuse d'admettre qu'elle n'avait été qu'une prise sur son tableau de chasse.

— Moi aussi, Gio, répondit-elle avant d'inspirer profondément et de lâcher le morceau : Je suis enceinte.

Il y eut un silence à l'autre bout de la ligne.

— *Ma*, quelle bonne nouvelle !

Sans relever la remarque, elle enchaîna :

— Tu es le père.

Cette fois, le silence fut plus long et elle entendit des gens parler en italien autour de lui. Elle l'imaginait parfaitement, assis confortablement en terrasse, les pieds sur une chaise, tenant dans une main un verre de vin et dans l'autre son smartphone. La seule chose qu'elle ne voyait pas, c'était sa réaction. Celle-ci ne se fit pas attendre.

— Je ne suis le père de personne, *bella*, répondit-il d'une voix soudain beaucoup plus basse. C'est toi qui es enceinte. C'est *ton* bébé, pas le mien.

Bien qu'ayant anticipé sa réponse, Naomi reçut celle-ci comme une gifle. Combien de femmes l'avaient-elles appelé pour lui annoncer la même chose ? Combien de fois s'était-il dérobé à ses responsabilités ? Cet homme était méprisable, mais c'était sa faute à elle si elle était tombée dans ses bras. Toby avait raison, bien sûr, lorsqu'il avait qualifié Gio de « simple consommateur ». C'était exactement ça.

Cela dit, une chose était certaine : elle n'avait aucune envie de voir un tel homme revenir dans sa vie. C'était la raison pour laquelle elle devait mettre les points sur les *i*.

— Ça ne t'intéresse pas, je suppose ?

— *Bella*, tu dois comprendre que je ne suis pas le genre d'homme à m'encombrer d'un enfant.

On aurait cru qu'il s'adressait à une pauvre sotte. Mais peut-être l'avait-elle été. Cinq mois plus tôt. Plus aujourd'hui, en tout cas.

— Pas de problème, Gio. Je n'attends absolument rien de toi, ajouta-t-elle en jetant un œil au plateau pour s'assurer que personne ne pouvait l'entendre. Simplement, il me semble normal que tu sois au courant, pour le bébé. Je n'ai rien d'autre à te dire.

— Ah, fit-il après un long soupir exprimant probablement sa satisfaction. Donc, tout est fini entre nous ?

Oui, mille fois oui. À cet instant, les images de la veille se bousculèrent dans son esprit. Jamais elle ne remercierait assez Toby de l'avoir aidée à affronter ses parents. Un gouffre séparait les deux hommes. Toby faisait ce qu'il y avait à faire. Par principe. Gio se défilait de toutes ses obligations. Et quant à elle, elle ferait ce qu'il y avait de mieux à faire pour son enfant. Y compris se débarrasser de l'homme qui avait admis lui-même qu'il n'était le « père de personne ».

— Oui, Gio, dit-elle en serrant son téléphone à s'en faire mal aux doigts. Tout est fini.

Elle ressentit un soulagement inouï en prononçant ces mots. Jamais plus elle ne reverrait cet homme ni n'aurait affaire à lui. Il n'y avait aucun risque qu'il revienne ou rende visite à son enfant. À peine aurait-il raccroché qu'il oublierait toute cette conversation. Et il l'oublierait, *elle aussi*. Mais c'était beaucoup mieux comme ça.

— *Arrivederci, bella,* dit Gio en raccrochant sans même attendre sa réponse.

Expirant longuement, elle fixa son téléphone et secoua la tête. Elle avait essayé de le joindre pendant des semaines et, lorsqu'elle y était parvenue, la conversation avait duré moins de trois minutes. Mais elle était soulagée d'un poids énorme, car c'était terminé.

Certes, c'était *déjà* terminé depuis des mois. D'ailleurs, rien n'avait jamais réellement commencé. Il n'avait fait que passer dans sa vie, pendant une nuit. Ne l'aurait-elle pas, elle-même, déjà oublié si elle n'était pas tombée enceinte ?

— Bien sûr, affirma-t-elle à voix haute.

Nul doute, en effet, qu'elle aurait tout mis en œuvre pour bannir de son esprit tous les souvenirs attachés à cet homme. Elle poussa un soupir. Gio était définitivement sorti de sa vie. Toby serait sûrement ravi de l'apprendre.

Toby.

Les bruits familiers du travail de l'équipe sur le plateau se muèrent en bruit de fond tandis que ses pensées virevoltaient dans son esprit. Le fait que Toby soit la première personne à qui elle songeait en cet instant prouvait une fois de plus la force de l'amitié qui les unissait. Oui, Toby était son meilleur ami. La première personne vers qui elle se tournerait toujours dans sa vie, pour le meilleur et pour le pire.

Peut-être serait-ce une bonne chose de l'épouser, se dit-elle. Elle avait confiance en lui, l'aimait — comme un ami — et savait qu'elle pourrait toujours compter sur lui. Alors qu'est-ce qui l'inquiétait autant ? L'absence de vie sexuelle ? Ce n'était pas si grave, se rassura-t-elle. Les femmes enceintes n'avaient pas une vie sexuelle débridée, de toute façon. Et après l'accouchement, sa priorité serait son bébé.

Mais était-ce juste pour Toby ? C'était son choix à lui, après tout. S'il voulait l'épouser, pourquoi refuserait-elle ? Elle aurait été parfaitement capable d'élever son enfant toute seule. Mais comme Toby le lui avait fait remarquer, pourquoi choisir le chemin le plus difficile alors qu'il y avait une autre solution ? Et savoir qu'il serait à ses côtés, partageant son quotidien, lui permettrait de surmonter plus facilement les peurs liées à la maternité. Mais ce mensonge, si pratique soit-il, ne risquait-il pas de détruire leur amitié ?

— On est prêts, Naomi, lança Tammy depuis l'autre bout du plateau.

S'extirpant de sa chaise, elle rejoignit l'équipe et, toujours aux prises avec ses pensées et ses émotions contrastantes, prit place au centre du plateau.

— Hé, lança Eddie. Retrouve ton sourire, Naomi. Nous devons finir cette séquence.

— D'accord.

Chassant ses doutes, elle se concentra de nouveau sur l'instant présent, résolue à faire de son émission un exemple incontestable de réussite.

Toby s'arrêta devant la porte de l'écurie, jetant un coup d'œil derrière lui pour s'assurer que Clay Everett le suivait. Ancien champion de rodéo, son ami était, dans la région, l'un des meilleurs experts en matière de chevaux — à part lui-même, bien sûr. Clay avait renoncé à ce sport après une chute de taureau dont il avait gardé un léger boitement et était toujours nostalgique de cette époque : la compétition, l'intensité de cette chevauchée de sept secondes qui pouvait faire des champions ou leur briser le cœur. Mais Clay avait aujourd'hui son propre ranch à Royal, et les chevaux constituaient toujours une part importante de sa vie.

Clay n'était pas seulement rancher. Son entreprise, Everest, qui installait des infrastructures de stockage informatique pour le compte de grandes sociétés, était florissante. Remarquable homme d'affaires, Clay n'en restait pas moins profondément attaché à son ranch, tout comme lui. Car il avait beau consacrer une bonne part de son temps à ses inventions, le ranch nourrissait son âme.

Son écurie comptait une vingtaine de box, mais seuls onze d'entre eux étaient occupés actuellement. Clay était venu voir l'un de ses trésors, une superbe jument à la robe noisette nommée Rain.

— Je suis allé la chercher dans sa pâture, ce matin. Je me suis dit que tu aurais envie de la voir avant de l'acheter.

— Tu as bien fait, répondit Clay.

À l'intérieur du box, la jument mangeait tranquillement son foin mais, en les voyant, elle s'approcha pour les accueillir.

— Elle est superbe, s'exclama Clay en lui flattant l'encolure.

La jument semblait ravie d'être le centre de leur attention.

— Tu sais que tu es belle, pas vrai ? lui lança Clay en riant.

— Bien sûr qu'elle le sait, confirma Toby en regardant Clay offrir à la jument une pomme qu'il avait apportée spécialement. Elle a deux ans et est en parfaite santé. Scarlett lui a fait un examen complet la semaine dernière.

— J'ai entière confiance en Scarlett, répondit Clay en caressant le nez du cheval. Et si tu veux toujours la vendre, je suis preneur.

— C'est d'accord, dit-il avec un pincement au cœur.

Vendre des chevaux faisait partie du métier d'éleveur. Mais à chaque fois qu'il se séparait de l'un d'eux, il en éprouvait une grande tristesse. Par chance, il savait qu'elle serait bien traitée chez Clay et qu'il aurait même l'occasion de la voir de temps à autre.

— Eh bien, allons au ranch. Je t'offre une bière pour fêter ça.

— Ça marche, fit Clay avant de lui lancer un regard en coin. Au fait, j'ai entendu dire que tu allais épouser Naomi...

L'idée de se marier un jour ne l'avait pas effleuré depuis que Sasha l'avait quitté. Il avait renoncé à nouer de nouvelles relations amoureuses. Et pourtant, aujourd'hui il était fiancé, s'apprêtait à avoir un enfant, et... s'en réjouissait.

Il remonta le bord de son chapeau et hocha la tête. Le moment était venu. Il allait regarder son ami dans les yeux et lui mentir. Mais tant pis. Mentir pour protéger Naomi ne lui posait aucun problème.

— Quand on a un bébé en route, c'est qu'il est temps de se marier.

Clay haussa les sourcils.

— Je n'avais pas entendu parler du bébé... À croire que ma source était mal informée.

— Les rumeurs n'ont jamais été une source d'information fiable, tu sais.

— Cela dit, c'est fou le nombre d'hommes qui se sont fait prendre au piège du mariage. Wes Jackson, par exemple. Jamais je n'aurais cru qu'il s'embarquerait là-dedans. Et regarde-le, maintenant...

Il y a encore quelques mois, Toby était lui-même exactement sur la même longueur d'onde que Clay. Il avait été surpris de voir Wes renouer avec la femme qu'il aimait, après avoir découvert qu'il avait une fille d'une précédente relation. Aujourd'hui, toutefois, il lui donnait raison. C'était incroyable à quelle vitesse on pouvait changer d'avis, parfois. Bien sûr, à la différence de Wes, lui n'était pas amoureux, se rappela-t-il. Son mariage avec Naomi était un arrangement entre amis, raison pour laquelle cela allait fonctionner.

— Wes est heureux, voilà tout, répondit-il. Il faut se rendre à l'évidence. Il est resplendissant depuis qu'il est de nouveau avec Belle.

Par les portes ouvertes, la lumière du soleil inonda soudain l'intérieur de l'écurie. Il régnait une bonne odeur de fourrage et de cheval, qu'il aimait par-dessus tout.

— Je ne le blâme pas, reprit Clay, pensif. Mais je ne m'explique pas cette épidémie de mariages qui semble frapper Royal, en ce moment. Les hommes sont emportés les uns après les autres.

— Une *épidémie* ? répéta-t-il en riant.

— Apparemment, c'est contagieux, reprit Clay. Il y a eu Deacon, Hutch et puis Tom Knox...

— Tom ne compte pas, l'interrompit-il. Emily et lui étaient déjà mariés.

— Peut-être, mais ils étaient séparés. Et aujourd'hui, ils se sont remis ensemble, répliqua Clay. Et puis, il y a eu Shane, et maintenant toi.

— Je ne suis ni malade ni contagieux, répondit-il en riant, rassure-toi. Et puis, je ne me sens pas piégé. Je vais épouser ma meilleure amie.

Tout en prononçant ces mots, il réalisa une fois de plus toute la justesse de sa démarche. Ce mariage ne comportait pas le moindre risque. Au moins, il ne tomberait pas amoureux d'une femme qui allait le quitter, lui brisant le cœur au passage.

Il était déjà passé par là. Naomi ne risquait pas de s'envoler un beau jour avec un chanteur de country. Lorsque Sasha avait disparu de sa vie, il avait été tellement affecté qu'il s'était juré de bannir toutes les femmes de son existence. Mais, à l'époque, Naomi l'avait aidé à traverser cette épreuve.

Aujourd'hui, il n'éprouvait plus aucun regret et savait qu'il avait eu de la chance de surmonter un tel choc. C'était d'ailleurs grâce à Naomi qu'il avait repris le contrôle de sa vie. C'est pourquoi se marier avec elle était non seulement une solution au problème qu'elle rencontrait actuellement, mais une façon de la remercier de tout ce qu'elle avait fait pour lui. Ce mariage lui permettrait de cohabiter avec sa meilleure amie et de s'occuper de son enfant comme un père. Et tout cela, sans jamais se poser de questions sur la fidélité de sa femme.

— C'est peut-être ta meilleure amie, *maintenant*, remarqua Clay, ironique. Mais elle cessera de l'être quand elle sera ta *femme*.

— Non, pas Naomi. J'ai confiance en elle.

— Tu verras..., répondit Clay en haussant les épaules.

— Tu fais le malin, reprit-il. Mais je te rappelle que tu n'es pas à l'abri, avec Sophie.

Sophie Prescott était la secrétaire de Clay.

— Qu'est-ce que tu me chantes ?

— Allons, ne fais pas l'innocent ! s'exclama Toby en riant. J'ai bien remarqué comment tu la regardes.

— Regarder une femme est une chose, l'épouser en est une autre, répliqua Clay avec un grand sourire. Et je peux t'affirmer que, contrairement à vous tous, je ne tomberai pas dans le piège.

— Comme tu l'as dit, on verra, répondit Toby en sortant de l'écurie. C'est ce que disent tous les hommes. Il n'empêche que tu feras moins le malin quand tu seras tout seul dans ton ranch, et que je serai dans le mien avec Naomi.

Il esquissa un sourire en réalisant combien il avait hâte que Naomi emménage chez lui. Ce serait une joie de l'avoir à ses côtés et de voir son ventre s'arrondir jour après jour. Avec elle, il pourrait avoir la vie à laquelle il aspirait, sans les inconvénients. N'était-ce pas l'idéal pour un homme ?

5

Naomi regarda affectueusement sa copine Simone, qui l'aidait, avec Cécilia, à préparer ses affaires pour le déménagement.

— Et alors, demanda Simone en posant un carton vide sur son lit, que dit Toby à l'idée d'être père ?

Simone avait coiffé ses cheveux noir corbeau en une longue queue-de-cheval basse. Il y avait dans ses incroyables yeux bleu acier une lueur joyeuse qui la réjouissait. La beauté de Simone l'avait souvent desservie, car les gens avaient toujours eu tendance à penser qu'elle n'avait rien dans la tête. Mais il n'avait pas fallu bien longtemps à la brillante Simone pour leur prouver à quel point ils se trompaient.

— Eh bien, il en est très heureux.

Ce qui était vrai, du moins en partie. Naomi se sentit mal à l'aise en comprenant que le marché qu'elle avait passé avec Toby pour le bien de son enfant impliquait qu'elle mente à ses amies.

Elle avait pourtant toute confiance en Simone et Cécilia. Amies depuis toujours, elles avaient partagé tant de secrets qu'elles savaient pratiquement tout de la vie des unes et des autres. Mais elle devait penser à son enfant, à présent. Ce dernier grandirait en considérant Toby comme son père. Était-ce une bonne chose pour le bébé que les gens sachent que Gio Fabiani était son géniteur ? Car ce dernier n'était rien de plus que cela, se persuada-t-elle. Il n'était son père dans aucun sens du terme, et en tant que tel il ne méritait même pas d'être mentionné. Maintenant qu'elle l'avait eu au téléphone et était certaine qu'il n'aurait jamais de relation avec le bébé, n'était-il pas préférable de gommer complètement le rôle qu'il avait joué ?

— Je n'en reviens pas que tu aies réussi à cacher ta grossesse. Surtout à *nous* ! reprit Simone. Tu es enceinte de cinq mois, c'est ça ?

— C'est parce qu'elle ne mange presque rien, intervint Cécilia en lui tirant la langue, faussement agacée.

Avec ses yeux gris-vert, ses longs cheveux blonds ondulés, sa silhouette tout en courbes et ses longues jambes fuselées, Cécilia avait un physique qui faisait rêver les hommes. Elle était aussi énergique, ambitieuse et pleine d'humour.

— Malgré sa grossesse, elle est dix fois plus mince que moi, poursuivit Cécilia.

Être mince était son objectif depuis l'adolescence. À présent, son corps allait subir de profonds bouleversements, tout comme sa vie, mais, curieusement, cela ne l'inquiétait pas. Peut-être grâce au soutien de Toby. Mais peut-être, aussi, parce qu'elle commençait à accepter l'idée qu'elle allait être maman, et même à en être fière. Quelle qu'en soit la raison, il était temps qu'elle arrête un peu de se soucier autant de son poids, elle le savait. Elle devait à présent penser à son enfant. C'était d'ailleurs ce que Toby avait voulu dire l'autre jour en remarquant qu'un bébé avait besoin d'autre chose que de trois feuilles de laitue.

— Naomi ? Ça va ?

— Comment ? Oui. Désolée. Ça va. Je suis juste un peu...

Elle s'interrompit et, regardant le chaos qui régnait dans son appartement, comprit qu'il était exactement à l'image de sa vie. Submergée...

— C'est bien naturel, commenta Simone en pliant un pull et en le rangeant dans un carton. Ce n'est pas tous les jours qu'on est l'objet d'une vidéo devenue virale sur Internet, qu'on se fiance et qu'on annonce sa grossesse.

— Seigneur, murmura-t-elle. Ça paraît encore plus insensé quand tu le dis à voix haute.

— En tout cas, tu fais face, remarqua Cécilia en se pelotonnant sur le lit et en serrant contre elle un oreiller. Simone et moi avons eu aussi notre lot de folies, dernièrement. Tu te souviens ?

— Absolument, répondit Simone en s'emparant d'une pile de T-shirts. Honnêtement, je ne savais pas ce qui allait se passer avec Hutch, mais regarde-nous aujourd'hui.

Cécilia jeta d'autres T-shirts en direction de Simone pendant qu'elle bouclait sa trousse de cosmétiques.

— Regarde-nous, toutes les trois, tu veux dire ! renchérit Cécilia avec un grand sourire. Le temps des commères est révolu, nous voilà toutes amoureuses.

À ces mots, elle soupira.

— De plus, nous sommes enceintes exactement en même temps ! Nos enfants pourront même jouer ensemble !

— Je suis plus enceinte que toi, fit remarquer Simone. Il y en a trois, là-dedans, indiqua-t-elle en tapotant son ventre rebondi. Tu te souviens ?

— Il faut toujours que tu la ramènes, lança Cécilia en riant.

Naomi sourit à son tour, c'était si facile d'être avec ses deux amies. Elles formaient un trio depuis si longtemps qu'elle ne pouvait même pas imaginer sa vie sans elles. Elle avait des amis formidables : Cécilia, Simone — et Toby.

C'était pour son bébé qu'elle allait épouser son meilleur ami. Et, somme toute, ce n'était sans doute pas une mauvaise chose.

— Il est temps de faire une pause, non ? lança Cécilia, allongée sur le lit. Allons, laissons le nouveau fiancé finir les cartons quand il arrivera.

— Cécilia, objecta Simone, si tu en faisais autant que tu parles, on aurait déjà terminé.

— Parler est plus amusant, répondit Cécilia qui s'extirpa néanmoins du lit pour descendre un gros sac de voyage du placard. Très bien, je vais essayer de fourrer tout ce que je peux là-dedans. Mais il faudra plusieurs voyages pour transporter tous tes vêtements, Naomi.

— Je sais. L'appartement est petit, mais les rangements énormes. C'est d'ailleurs la raison pour laquelle je l'ai acheté. Vous savez quoi ? fit-elle, prise d'une soudaine inspiration. Cécilia, mets ce que tu peux dans ce sac. Et, toi, Simone, termine ce carton. Et ça suffira. J'aurai bien assez de vêtements pour l'instant. Après tout, je ne m'installe pas sur la Lune. Je reviendrai une autre fois avec Toby pour prendre le reste.

— Vendu. Je sens que ça va bientôt être l'heure de la glace, fit Cécilia du fond du placard.

— De la glace..., soupira Simone. Vu ma prise de poids, je ferais mieux de m'abstenir. Malheureusement, je suis faible et j'adore ça.

— Alors, tu n'as rien à craindre, répondit Naomi en haussant les épaules, car je n'achète jamais de glace.

En fait, elle n'avait jamais rien qui fasse grossir chez elle. Elle n'avait jamais vu l'intérêt de s'exposer à la tentation.

— Oh ! quel dommage ! gémit Cécilia en sortant du placard. Très bien, alors je vais m'en acheter une, ajouta-t-elle en prenant son sac. Je reviens dans un quart d'heure.

— Elle a bien fait d'y aller, avoua Simone après le départ de Cécilia. Elle m'a vraiment donné envie...

— Je suppose qu'il faut établir des priorités, répondit Naomi en riant.

— La glace est la première de toutes, renchérit Simone, avant de lui presser une main sur l'épaule. Je sais ce que tu penses. Tu es un peu dépassée par tous ces changements.

— C'est vrai, reconnut-elle.

— J'étais exactement dans le même état d'esprit que toi il y a quelques semaines, et puis je me suis rappelé ce qui était le plus important.

— À savoir ?

— Le changement a du bon.

— Tu as raison, répondit-elle en regardant sa chambre remplie de cartons.

Cet appartement avait été parfait pour elle, au départ. Elle était alors célibataire et n'avait pas d'autre préoccupation que sa carrière. Mais ce n'était plus le cas aujourd'hui.

Le moment était venu de s'adapter aux évolutions de sa vie.

— Nous ne pouvons pas dormir dans le même lit.

Naomi venait d'arriver au Paradise Ranch et dévisageait Toby, stupéfaite. N'avaient-ils pas décidé que ce serait un mariage platonique ? À en croire l'expression de Toby, ça ne semblait plus très clair.

Il prit une profonde inspiration, agacé.

— Naomi, tu connais Rebecca, ma gouvernante. Si nous ne partageons pas la même chambre, tu peux être sûre que tout Royal sera au courant dans moins de deux jours.

— Mais...

Elle contempla le lit géant qui trônait dans la chambre de Toby et secoua la tête. Certes, on aurait pu y faire dormir quatre ou cinq personnes. Mais serait-il assez grand pour eux ?

La chambre avait un peu l'aspect d'une caverne, ce qui semblait correspondre à la personnalité du maître de maison. Deux fauteuils et une table basse étaient disposés devant une belle cheminée en granit. Le long d'un mur, les étagères étaient chargées de livres de toutes tailles, de photos de famille et de brevets d'invention encadrés. Face au lit, un écran plat était fixé au mur, et de grandes baies vitrées donnaient sur un immense balcon en bois surplombant les prairies et une piscine vraiment spectaculaire.

Tout cela était très joli, mais son regard ne cessait de revenir vers l'imposant lit à baldaquin recouvert d'une courtepointe couleur bordeaux manifestement faite à la main. C'était sans doute l'œuvre de Joyce, qui faisait partie d'un club de couture. Posés contre la tête de lit, une montagne d'oreillers semblaient inviter à la détente.

Elle n'était pas étrangère au confort des lieux puisqu'elle avait aidé Toby à décorer la maison. Mais jamais elle n'aurait imaginé dormir un jour dans sa chambre.

— Je croyais que j'allais prendre une des chambres d'amis, répliqua-t-elle. Il y en a sept dans la maison.

— C'est vrai. Mais, en général, les couples mariés dorment ensemble. C'est du moins ce qu'on attend d'eux.

Il n'avait pas tort, mais pourquoi n'y avaient-ils pas pensé avant ? Elle, en tout cas, n'avait absolument pas anticipé ce problème. Comment allait-elle faire pour partager un lit avec son meilleur ami ?

— Bon, écoute, reprit-il, comme s'il avait lu dans ses pensées. On va faire comme ça : tu dormiras dans la chambre voisine, mais tu laisseras tes affaires dans la mienne. Cela devrait suffire à détourner les soupçons de Rebecca. Surtout, si nous faisons en sorte que ta chambre reste impeccable.

— C'est d'accord.

Seigneur, mais dans quelle situation s'était-elle fourrée ? Les choses devenaient de plus en plus insensées. Cette intimité forcée allait mettre leur amitié à rude épreuve. Ils finiraient par se brouiller, elle le pressentait.

Saisie d'une peur subite, elle posa la main sur son bras, attendant qu'il capte son regard.

— Toby, tu dois me promettre que, quoi qu'il se passe, nous resterons amis.

— Mais ça va sans dire, Naomi ! répliqua-t-il en l'étreignant fraternellement.

Une fois dans ses bras, elle ne put s'empêcher de se blottir contre lui, étonnée elle-même du plaisir qu'elle prenait à s'abandonner à la force qui émanait de lui. Les choses changeaient trop vite. Toby avait toujours été le principal élément de stabilité dans sa vie, et l'idée de le perdre lui était insupportable.

— Ça va aller, Naomi. Ne t'inquiète pas, dit-il en lui tapotant le dos, déclenchant involontairement en elle une série de décharges électriques.

Mais que lui arrivait-il ? Elle s'écarta. Elle était simplement fatiguée. Stressée. Vulnérable. Oui, rien de plus. Et pourtant, le feu qu'il avait allumé en elle persistait.

Ces sensations étaient bien étranges, et la situation troublante. Elle devait se protéger.

Hélas, ce ne serait pas facile, car la chambre de Toby ne serait jamais assez éloignée de la sienne.

D'habitude, Naomi ne se levait jamais à 6 heures du matin. Pourtant c'était le cas aujourd'hui.

En bonne fille de la ville, elle avait toujours cru que la seule raison de se lever à l'aube était d'avoir un incendie chez soi. Or, elle s'apprêtait à épouser un rancher. Elle habitait maintenant à la campagne : terminé le bruit de la circulation ou du voisin qui mettait sa musique à tue-tête. Ici, le silence était si profond qu'il en était presque palpable.

Sans surprise, elle avait mal dormi. Allongée dans l'obscurité, sachant que Toby se trouvait de l'autre côté de la cloison, elle n'avait fait que sommeiller par intermittence. À présent, elle se sentait épuisée et déstabilisée.

En partant travailler, Toby l'avait réveillée pour qu'elle vienne s'installer dans sa chambre. Une fois dans son lit, elle avait bien essayé de se rendormir, mais les oreillers et les draps encore imprégnés de son odeur et de sa chaleur l'en avaient empêchée. Elle aurait pu rester là pour ranger ses affaires, mais elle avait enfilé un T-shirt de Toby et son jean de grossesse. Elle ajouta à sa tenue des baskets rouges, et sortit sur la terrasse.

En regardant le paysage, elle réalisa toute la beauté du Paradise Ranch. Les chênes qui parsemaient la propriété offraient des coins d'ombre agréables à qui voulait échapper au soleil texan, qui frappait déjà fort à cette heure matinale. Derrière la maison, un potager aux rangées bien droites était entouré d'une palissade blanche dans l'espoir de décourager les lapins. Le corral était entouré lui aussi d'une clôture blanche, et la grange ainsi que le bungalow des cow-boys qui travaillaient pour Toby venaient d'être repeints en rouge brique. À l'écart des autres dépendances, l'atelier de Toby était de la même couleur.

Sur le devant, une belle pelouse était bordée de parterres de fleurs chatoyantes. Composée d'un rez-de-chaussée et d'un étage, la maison était le joyau des lieux. Évoquant un chalet montagnard, elle était dotée de murs en bois de cèdre et de grandes baies vitrées qui donnaient sur les prairies s'étendant à perte de vue autour de la propriété. D'un côté de la maison se trouvait une piscine enserrée dans un décor de rochers et de cascades évoquant un lagon naturel. Tout cet espace de détente était protégé du soleil par une pergola de vigne grimpante. Tout autour de la maison, un porche couvert était meublé de tables et de fauteuils invitant à la détente.

Ce n'était pas sa première visite au ranch de Toby, loin de là. Pourtant, aujourd'hui, il lui faisait une impression toute différente. Ce qui n'était pas surprenant, songea-t-elle, puisqu'elle *habitait* ici, à présent.

Elle laissa son regard errer sur les arbres et les prairies environnantes avant de se concentrer sur le corral, où Toby pansait un de ses plus beaux chevaux.

Malgré la splendeur du cheval, elle ne pouvait détacher les yeux de Toby. Il était torse nu. Ses pectoraux étaient larges et ciselés, sa peau bronzée. À chacun de ses mouvements, les muscles semblaient onduler sous la peau, rappelant les plis des draps frais qu'elle venait de quitter.

— Oh ! Seigneur...

Les hormones. Ça ne pouvait être que cela. La grossesse lui échauffait le sang. Rien d'autre ne pouvait expliquer l'effet que produisait brutalement sur elle son meilleur ami.

Elle posa une main sur son ventre, et le simple fait de toucher son bébé sembla la ramener sur terre. Lui rappeler la véritable raison de sa présence dans ces lieux et le marché qu'elle avait accepté. Toby était son *ami*, ce n'était pas le moment de se laisser troubler par un homme uniquement parce qu'il était torse nu et vêtu d'un jean délavé qui lui moulait parfaitement les fesses. Elle n'aurait même pas dû remarquer à quel point son visage, découpé par l'ombre de son chapeau, semblait tout à coup plus sexy que bienveillant. Et d'ailleurs, si elle avait la moindre once de bon sens, elle serait rentrée dans la maison.

— Naomi ?

Dieu merci, pensa-t-elle en reconnaissant la voix de Rebecca derrière elle.

— Oui ?

Rebecca avait des cheveux roux grisonnants, des yeux verts et des taches de rousseur qui parsemaient généreusement son nez et ses joues. Veuve, elle avait deux enfants adultes qui vivaient à Houston. Elle travaillait pour Toby depuis cinq ans et occupait un petit appartement au-dessus de la cuisine. Elle était absolument ravie à l'idée d'avoir prochainement un bébé à la maison.

— Je vais préparer le petit déjeuner, et vous me rendriez un grand service en allant me chercher des œufs.

— Des œufs ?

Rebecca agita le panier qu'elle tenait à la main.

— Le poulailler se trouve derrière la grange. Il n'y aura peut-être pas beaucoup d'œufs mais prenez tout ce que vous trouvez. Je les ajouterai à ceux que j'ai déjà.

— Vous savez, ce sera la première fois de ma vie que je ramasse des œufs, admit-elle en prenant le panier et se demandant pourquoi elle semblait s'en excuser.

— C'est simple comme bonjour, répondit Rebecca, qui se hâtait déjà de regagner la fraîcheur de la maison. Il suffit de glisser la main sous les poules pour les attraper.

— Glisser la main sous les poules..., répéta-t-elle en fixant le panier vide puis la grange, derrière laquelle elle aperçut effectivement une cabane.

Un poulailler. Qui abritait des poules. Est-ce que ça mordait ?

— Je vais vite le savoir, grommela-t-elle en se mettant en route.

Au moins, ça lui éviterait de penser à Toby. En tout cas, pour l'instant. Alors qu'elle se dirigeait vers le poulailler, peu pressée de découvrir l'effet que ça faisait de « glisser la main sous une poule », la voix de Toby retentit derrière elle.

— Hé, Naomi, viens voir deux minutes.

Elle bifurqua et s'approcha du corral, le panier à la main. Il la regarda approcher, et malgré l'ombre du chapeau sur son visage, elle vit son regard bleu s'illuminer. Lorsqu'il lui décocha un sourire, elle sentit son cœur bondir dans sa poitrine. Elle devait absolument se ressaisir.

Honnêtement, elle avait toujours su qu'il était un homme séduisant. Il aurait fallu être aveugle pour ne pas le remarquer. Mais alors, pourquoi le trouvait-elle tout à coup irrésistible ? De près, son torse paraissait encore plus large, sa peau plus hâlée, et chacun de ses muscles semblait avoir été sculpté dans du bronze. Elle déglutit et força un sourire.

— Je suis censée aller ramasser des œufs. Tu crois que je vais faire peur aux poules ?

Il se mit à rire.

— Sérieusement, reprit-elle, comment ramasse-t-on des œufs ?

— Tu es une femme intelligente, je suis sûr que tu vas trouver, sourit-il en secouant la tête avant de la faire entrer dans le paddock. Je voulais te présenter Légende.

Le cheval qu'il tenait par la bride était grand et arborait une robe d'un brun doré avec une bande plus foncée sur le museau. Il fixa ses grands yeux sombres sur elle.

— Il est magnifique !

— Oui, approuva-t-il. Légende est dans ma vie depuis mon enfance. Il vivait chez ma mère, mais je l'ai fait venir ici, au Paradise Ranch, il y a deux mois. Il est vieux, et je voulais qu'il passe ses dernières années ici. Avec moi.

— Il n'a pas l'air vieux, répondit-elle en tendant la main pour caresser le cheval, mais Toby lui saisit le poignet et l'obligea à reculer.

— Qu'y a-t-il ?

— Probablement rien. Mais il vaut mieux l'approcher avec prudence. Comme je l'ai dit, c'est un vieux bonhomme et il peut être grincheux, expliqua-t-il, tenant fermement la bride pour qu'elle puisse caresser l'encolure de l'imposant animal.

Parfois, il devient intolérant, même avec moi, ajouta-t-il en riant. Alors je me méfie un peu.

— Je suis sûre que tu n'es pas dangereux, murmura-t-elle à l'attention de l'animal.

Elle avait l'habitude des chevaux, comme tous les natifs du Texas. Elle n'en avait jamais possédé et n'avait pas monté depuis le lycée, mais elle les avait toujours aimés. Et apparemment, Légende comptait beaucoup pour Toby.

— Tu as ton petit caractère, pas vrai ? poursuivit-elle sans cesser de caresser le cheval. Eh bien, moi aussi, c'est pourquoi je crois que nous allons bien nous attendre.

— Tu murmures à l'oreille des chevaux, maintenant ?

— C'est un mâle, non ? Les femmes savent toujours comment s'y prendre avec les hommes grincheux.

— C'est vrai ? dit-il, amusé.

Elle lui jeta un coup d'œil, et la vue de son torse et de son dos constellés de gouttes de sueur la fit trembler. Des frissons en plein soleil... Ce n'était pas bon signe. Elle décida de masquer son trouble en misant sur l'humour :

— Je parviens toujours à te rendre le sourire quand tu es fâché, non ?

Il s'esclaffa, caressant le nez de Légende.

— Tu sais bien que je ne le suis jamais.

— Oh ! vraiment ? fit-elle en glissant le bras dans l'anse du panier. Souviens-toi de cet ascenseur hydraulique sous la table du patio, que tu n'arrivais pas à faire marcher.

C'était une des plus amusantes inventions de Toby. Une table qui disparaissait sous le sol lorsqu'on appuyait sur un bouton. Sortie, la table pouvait accueillir six convives. Il suffisait de la faire apparaître quand on en avait besoin. Et le repas terminé, elle s'escamotait, laissant les convives profiter de la terrasse.

— C'était différent, répondit-il avec une moue.

— Comment ça ?

— Je n'étais pas fâché. J'étais excédé.

— Eh bien, c'est un sentiment très similaire, figure-toi,

répliqua-t-elle en écartant une mèche qui tombait sur son visage. Mais grâce à moi, tu as retrouvé ta bonne humeur, non ?

La moue de Toby se mua en sourire au souvenir de cette soirée.

— C'est vrai. Tu m'as même emmené boire une bière et faire un karaoké.

— Tu chantes horriblement mal.

— Mais je me suis plié à l'exercice avec enthousiasme.

Elle éclata de rire et sentit tous ses doutes s'évaporer. Tout était parfait. Hormis les hormones qui lui jouaient des mauvais tours, cette entente, cette affection qui la liait à Toby était ce dont elle avait besoin. Ils étaient amis et le seraient toujours. Elle y veillerait.

— Très bien, reprit-elle, donnant à Légende une dernière tape. Maintenant que j'ai eu le dessus dans cette dispute...

— Ce n'était pas une dispute. Personne n'a crié.

— Un débat, alors, corrigea-t-elle. J'ai des poulets à attaquer et des œufs à kidnapper. Si je ne suis pas revenue dans une demi-heure, viens me chercher.

— Tu prends à cœur ta nouvelle vie de femme de rancher, dis-moi, fit-il avec un sourire.

— Puisque je vis ici, je compte bien faire ma part de corvées, répondit-elle. Tant que les poulets ne se jettent pas sur moi. (Elle se tourna vers le cheval.) Légende, c'était un plaisir de faire ta connaissance. Toby, à tout à l'heure, pour le petit déjeuner.

Elle poussa la barrière du corral et s'arrêta lorsque Toby se mit à rire. Jetant un œil par-dessus son épaule, elle vit que Légende s'était libéré pour la suivre.

— C'est la première fois qu'il fait ce genre de chose, s'écria Toby.

— C'est parce que je suis nouvelle, ici, voilà tout, répondit-elle en se remettant en marche.

Mais le bruit des sabots continuait derrière elle. Elle s'arrêta de nouveau et, cette fois, attendit que le cheval la rejoigne. Elle plongea dans les grands yeux chocolat.

— Tu es mon ami, n'est-ce pas ?

Levant son énorme tête, le cheval la posa doucement sur

son épaule comme pour l'étreindre. Touchée, elle lui murmura quelques mots à l'oreille et le caressa tendrement.

Jetant un œil à Toby, elle vit qu'il la regardait d'un air ébahi. Et elle se dit que leur cohabitation allait peut-être marcher, après tout.

6

Les deux semaines qui suivirent furent plus difficiles que Toby ne l'avait imaginé. Vivre avec Naomi était à la fois une torture et un plaisir.

Elle était son amie mais, de plus en plus, il remarquait ses seins, ses fesses, son sourire, son rire qui, à chaque fois, lui remuait les sangs. Il la désirait. C'était aussi simple que ça. Maintenant qu'elle avait accepté sa grossesse et qu'il était parvenu à la convaincre de se nourrir convenablement, elle s'était arrondie, ce qui la rendait encore plus désirable à ses yeux.

Il ne voulait pas tomber amoureux d'elle. Mais il ne pouvait s'en empêcher. Étouffant un juron, il se mit à resserrer les vis de sa dernière invention. Il passa le pouce sur elles pour s'assurer qu'elles étaient bien enfoncées puis inspecta longuement le prototype : tout devait être parfait avant de passer à la phase de test. Mieux valait s'occuper l'esprit à quelque chose, se dit-il. Au moins, ça lui évitait de penser à Naomi.

L'atelier était son sanctuaire. Lorsqu'il avait fait construire le ranch, il avait conçu lui-même ce lieu de travail. Il y avait fait poser du plancher, moins fatigant que du béton quand on restait de longues heures debout à travailler. Grâce aux larges fenêtres et aux lucarnes de toit, il bénéficiait d'un éclairage naturel presque toute la journée. Les murs étaient couverts de croquis et d'étagères remplies de matériel. Au-dessus de l'établi, il avait fixé un panneau perforé sur lequel accrocher les outils.

Au fond de l'atelier, il entreposait différents matériaux, bois, plastique, métal, et disposait d'une table pour les découper. L'atelier était si bien équipé que son esprit bouillonnait d'idées dès qu'il y pénétrait.

Quoique, beaucoup moins, dernièrement...

— Il suffit de se concentrer, dit-il à voix haute.

Il examina le prototype du meuble qu'il avait fabriqué, cherchant des choses à améliorer. Si tout fonctionnait comme prévu, il ferait la version définitive dans un matériau plus adapté. Il se procurerait alors un brevet afin de la commercialiser. C'était son métier. Imaginer un objet et le concrétiser. Grâce à certaines de ses inventions, il avait amassé une fortune, ce qui lui avait permis de faire construire son ranch et de vivre exactement comme il l'entendait.

— Il n'y a pas de raison que ça change parce que Naomi est là, grommela-t-il.

Mais il n'y croyait pas lui-même. Sa présence avait déjà tout changé.

Vivre sous le même toit qu'elle, c'était s'exposer à un supplice sans pouvoir s'en plaindre. Ce qu'il n'avait absolument pas anticipé. Son parfum était partout. Comme s'il le suivait à la trace. Dans son sommeil, dans la cuisine. Même dans son atelier, elle ne quittait plus son esprit. Elle avait envahi tous les recoins de sa vie, et le pire, c'est qu'elle l'avait fait à sa demande, *à lui*. Il s'était lui-même infligé ce supplice en lui proposant ce mariage de convenance. À présent, il avait l'impression d'être à l'étroit dans sa propre peau et était hanté par l'image de Naomi. Alors que, de son côté, elle le considérait toujours de la même façon. Comme son vieil ami Toby...

— Il faut que tu restes à ta place, s'intima-t-il.

Lorsqu'il serait habitué à sa présence, il cesserait d'avoir constamment envie d'elle et leur relation redeviendrait normale. Ce serait mieux comme ça. Il ne voulait rien de plus que son amitié. Dépasser cette limite était trop risqué. La frustration sexuelle, il pouvait s'en arranger. Mais tomber amoureux d'elle... Le vrai danger était là. Il avait déjà eu suffisamment de déconvenues comme ça dans sa vie.

Il devait donc se focaliser sur le moment présent. Et pour cela, la meilleure chose à faire était de rester à l'écart. De s'occuper. Comme aujourd'hui, dans son atelier, en se concentrant sur ce qu'il aimait faire.

Soudain, la voix de Naomi l'arracha à ses pensées.

— Toby ! Tu es là ?

— Mince..., grommela-t-il. Oui, répondit-il, haussant la voix. Au fond.

Hélas, c'en était fini de sa tranquillité. Il se tint prêt à affronter Naomi. Heureusement qu'elle dormait dans la chambre d'amis. Car il n'aurait jamais pu supporter de l'avoir dans son lit *sans* la toucher.

L'entendant approcher, il se sentit soudain submergé par son parfum. Alors qu'il s'apprêtait à prendre une profonde inspiration pour se calmer, il s'abstint, de peur de se laisser complètement enivrer.

— Tu as l'air bien occupé, dit-elle en s'approchant.

Il se retourna. Comment un homme pouvait-il se concentrer sur quoi que ce soit quand Naomi Price était dans les parages ? Mais elle était avant tout son amie et, l'espace d'un instant, il eut honte de ses pensées malsaines.

— Je commercialise deux de mes projets dans deux mois, expliqua-t-il en se tournant vers son établi.

— De quoi s'agit-il ?

Elle s'était toujours intéressée à ses inventions, et cela lui faisait plaisir, il devait bien l'admettre. Elle l'interrogeait toujours sur leur fonctionnement ou leur fabrication.

— Voici mon bol autodoseur, dit-il en jetant un œil par-dessus son épaule. Ma mère, qui adore faire de la pâtisserie, se plaint toujours de devoir utiliser deux bols différents, l'un pour les ingrédients secs, l'autre pour les liquides. Celui-ci fait les deux et dose automatiquement. Comme ça, tu es sûre de mettre toujours la bonne quantité.

Lorsqu'elle esquissa un sourire, il détourna les yeux, mais

pas assez vite. Un nœud s'était formé dans son estomac, et il sentit tout son corps s'embraser. Bon sang...

— Ça va plaire à ta mère. Et l'autre ? fit-elle en se mettant à jouer avec une cheville en bois, attirant son regard sur ses doigts fuselés et ses ongles vernis de rouge.

— Ça, c'est une chose dont Scarlett m'a parlé, répondit-il en faisant un réglage sur le système hydraulique pour se donner une contenance. Elle s'est acheté une caisse de coffre pour ranger ses instruments médicaux dans sa voiture, mais elle trouve le matériau trop fin. Du coup, j'ai conçu un modèle rigide avec couvercle à charnières et compartiments à ouverture automatique, expliqua-t-il, feignant de se concentrer sur les charnières. Je suis sûr que ça va faire un tabac chez les artisans, les peintres et même les pêcheurs. Ils pourront ainsi ranger leur matériel sans risque de l'abîmer.

— Super, s'exclama-t-elle en abandonnant la cheville sur l'établi. Tu fais plaisir à ta mère, à ta sœur... Mais qu'est-ce que tu as en stock pour moi ?

Il leva les yeux et vit qu'un large sourire illuminait son visage. *Ce qu'il avait en stock pour elle ?* répéta-t-il mentalement, frémissant au sous-entendu de la question. Au lieu de répondre, il posa une autre question.

— De quoi as-tu besoin ?

Posant une fesse sur l'établi, elle secoua sa magnifique chevelure brune striée de mèches cuivrées.

— Surprends-moi...

Tout ce qu'elle disait avait un double sens, mais ce n'était pas intentionnel, il le savait.

— D'accord, promis.

— Et ça, qu'est-ce que c'est ?

— Ça ? C'est un prototype de meuble, répondit-il, soulagé de passer à autre chose. (Reculant d'un pas, il croisa les bras.) Eh bien, devine.

Elle se pencha quelques instants sur l'objet.

— On dirait une petite bibliothèque. Du moins, les deux étagères du haut. Le bas fait penser à un meuble de rangement classique avec une porte. Sauf qu'il n'y a pas de poignée pour l'ouvrir.

— Pas la peine, répondit-il en souriant. Tu vois le poussoir sur le côté ? Actionne-le.

Elle s'exécuta, déclenchant un mécanisme. La porte s'ouvrit et bascula lentement en position horizontale.

— Oh ! une table dépliante !

— Et ce n'est pas tout, reprit Toby en glissant la main sous la table.

Il actionna un autre mécanisme, libérant de part et d'autre deux bancs dissimulés sous la table.

Naomi se mit à rire.

— Une table, des chaises et une bibliothèque tout en un ! J'adore !

Ravi de son appréciation, il s'assit sur l'un des bancs et l'invita à s'asseoir en face de lui.

— Avec ça, tu peux créer ton espace de lecture ou de travail quand tu en as besoin.

Posant les coudes sur la table, elle glissa le menton entre ses mains jointes.

— Pour un homme qui vit dans une si grande maison, tu es vraiment obnubilé par le gain de place, observa-t-elle.

— J'aime les objets multifonctions, répondit-il en passant la main sur la table.

— C'est super. J'adore. De plus, la partie bibliothèque ne bouge pas, si bien que tu n'as pas besoin de la vider avant d'utiliser la table.

— Merci. Il existe déjà des produits de ce genre, mais sans bancs et sans mécanisme hydraulique.

— Et un brevet de plus pour le petit génie !

— Je ne l'ai pas toujours été, répondit-il en plongeant dans son regard.

Pendant quelques secondes qui durèrent une éternité, une tension palpable sembla s'installer entre eux. En la dévisageant, il se demanda si elle décelait dans ses yeux le désir qui le rongeait. Elle s'humecta les lèvres, expira légèrement et ouvrit la bouche comme pour parler. Soudain, une voix résonna dans l'atelier, rompant d'un coup leur intimité.

— Eh, vous deux ! Arrêtez vos minauderies ! Je suis pressée.

Le ton moqueur de sa sœur le fit sourire.

— Nos minauderies ? répéta-t-il.

— J'étais justement venue te prévenir, intervint Naomi. Scarlett vient examiner Légende. Du coup, je l'ai ramené dans son box. Ce sera plus simple pour elle. De toute façon, il fait trop chaud dehors.

Il secoua la tête.

— Je suis sûr qu'il t'a suivie jusqu'à son box.

— Effectivement. À croire qu'il me trouve irrésistible.

Il n'est pas le seul, se dit-il. Son cheval l'adorait, et lui-même n'en était pas très loin. Naomi Price rendait la vie au ranch beaucoup plus intéressante qu'il ne l'aurait imaginé.

— Alors ? Vous venez ou il faut que je vous déloge ? lança Scarlett d'un ton amusé.

— On arrive ! lui répondit Naomi en se dirigeant vers la sortie. Tu viens ? demanda-t-elle en se tournant vers lui.

Par la lucarne du toit, la lumière du soleil exaltait les reflets cuivrés de ses cheveux, et ses yeux caramel semblaient miroiter comme un bon whisky. Tandis qu'elle le dévisageait, un petit sourire aux lèvres, il sentit tout son corps se durcir de désir.

— J'arrive, grommela-t-il en se levant lentement, essayant de recouvrer ses esprits. Deux minutes.

Dès qu'il pourrait se mettre debout sans risque.

Quelques jours plus tard, Naomi lisait ses dossiers remplis d'articles et de captures d'écran de sites Internet qui l'intéressaient. Elle avait pu sans problème les étaler sur la table de la salle à manger. Cette pièce, comme toutes les autres, était parfaite. Du moins, à ses yeux. La table en chêne massif pouvait accueillir jusqu'à douze convives, et le grain du bois luisait sous les couches de vernis. À l'opposé, la cheminée était décorée de grands chandeliers en fer forgé. En face d'elle, de vastes baies vitrées donnaient sur le paddock et les champs alentour.

En l'absence de Toby, parti rendre visite à Clay Everett, et de Rebecca, sortie faire les courses, elle avait la maison pour elle toute seule. C'était curieux. Jusque-là, elle s'était toujours convaincue d'apprécier la vie en solitaire. Mais depuis qu'elle habitait chez Toby et qu'elle partageait le quotidien de ses occupants, y compris les ouvriers du ranch, elle se sentait presque trop seule quand la maison était vide. Mais c'était aussi l'occasion de travailler sans être interrompue.

Pour son émission, elle voulait inviter différents spécialistes susceptibles de faire des démonstrations sur le plateau. Et elle savait parfaitement par où commencer. Il y avait à Houston une entreprise spécialisée dans la pose d'enduits imitation pierre. La patronne avait lancé son affaire dans son garage. Son passage dans l'émission serait profitable aussi à l'entrepreneuse.

Elle examinait un des dossiers en quête d'un numéro de téléphone lorsque son téléphone sonna. Elle décrocha machinalement.

— Allô !

— Madame Price ?

— Oui, répondit-elle, surprise de ne pas reconnaître la voix.

— Je travaille pour la société de production Chasen à Hollywood.

Elle déglutit et tressaillit sur sa chaise, un peu effrayée. Hollywood ? Elle prit une profonde inspiration pour stabiliser sa voix.

— Que puis-je faire pour vous ?

— Je m'appelle Tamara Stiles, et je pense que nous pourrions nous entraider.

— De quelle façon ?

Elle se félicita silencieusement de paraître si calme, alors qu'elle jubilait intérieurement. Hollywood. Qui l'appelait, *elle*.

— J'ai vu votre émission, et j'aimerais vous parler d'une éventuelle diffusion nationale.

Elle bondit de sa chaise et se mit à marcher de long en large.

— Une diffusion nationale ? répéta-t-elle d'une voix plus aiguë qu'elle ne l'aurait voulu.

— C'est l'idée, répondit Tamara. Pourriez-vous venir à Hollywood la semaine prochaine ? J'aimerais vous rencontrer en personne pour discuter des termes d'un accord.

Elle porta la main à la gorge, complètement estomaquée.

— Mais bien sûr ! Je veux dire, oui, répondit-elle. Ce serait formidable. Ce sera avec grand plaisir, ajouta-t-elle, ce qui était l'euphémisme du siècle.

— Très bien, alors. Donnez-moi votre adresse mail, je vous enverrai mes coordonnées. Je peux vous réserver un vol et un hôtel...

— Ce n'est pas la peine, répondit-elle spontanément.

Bien sûr, cela aurait été agréable de se faire offrir le voyage par une productrice de Hollywood. Mais en prenant les frais à sa charge, elle garderait la main.

Elles échangèrent encore quelques informations.

— Je vous enverrai un mail si j'ai des questions, conclut-elle.

— Parfait. Si vous pouviez venir lundi, ce serait idéal.

— Lundi, c'est faisable pour moi.

Même si ça ne l'était pas, elle s'arrangerait pour se rendre disponible. Hollywood ? Une diffusion nationale ? Malgré la popularité croissante de son émission dans la région, elle savait que ses parents considéraient encore son travail comme un simple passe-temps. Cela les convaincrait qu'elle valait beaucoup plus qu'ils ne le pensaient. Submergée par l'émotion et les perspectives qui se dessinaient tout à coup devant elle, elle mit fin à la conversation aussi vite que possible.

Elle se rassit sur sa chaise et, le sourire aux lèvres, resta immobile dans le silence, perdue dans ses rêves.

Ce soir-là, Toby regardait et écoutait Naomi qui, marchant de long en large, faisait le récit de sa journée. Elle parlait sans discontinuer depuis qu'il était rentré. Mais c'était bien naturel. Ce n'était pas rien de recevoir un appel de Hollywood. Par chance, le salon était vaste, ce qui offrait à Naomi toute la latitude nécessaire pour se calmer les nerfs.

— Tu imagines ? fit-elle. Un appel de Hollywood ? Pour *moi* ?

— En quoi est-ce si étonnant ? demanda-t-il depuis le canapé où il était confortablement installé, les pieds croisés et les mains sur le ventre. Ça veut dire que la notoriété de ton émission dépasse déjà les frontières du Texas.

Elle s'immobilisa et lui lança un sourire radieux, qui le pétrifia.

— C'est normal que tu dises ça, tu es mon ami.

Et voilà... Son ami. Pas de séduction. Pas de désir. Juste de l'amitié. Rien de surprenant. Malheureusement, pour lui, il en allait autrement.

— Tu es excellente dans ton boulot. La moitié du Texas parle de toi, et l'autre moitié ne va pas tarder à s'y mettre. Alors, pourquoi pas Hollywood ?

— Tu as raison, je suppose, répondit-elle en se remettant à faire les cent pas. Tamara... Quel prénom élégant... très showbiz, je trouve...

— Très showbiz ?

Elle le regarda avec un grand sourire.

— Je suis un peu hystérique, désolée. Mais je n'arrive pas à m'arrêter de parler. Avant que tu arrives, j'ai cassé la tête à Rebecca. Mais elle est trop gentille pour me dire de la boucler.

— Peut-être qu'elle se réjouit pour toi, fit-il remarquer.

— Sans doute. Même si je n'avais envie d'en parler à personne d'autre qu'à toi, Toby, je n'en pouvais plus de t'attendre. Et je ne voulais pas t'annoncer ça par téléphone.

— La prochaine fois que tu as besoin de moi, répondit-il en posant les avant-bras sur ses genoux, appelle-moi et je rentrerai.

— D'accord. Très bien. (Elle prit une profonde inspiration et soupira, posant une main sur son ventre arrondi.) Toby, c'est de la folie, tout ça. Suis-je en train de devenir folle ?

— Je n'ai rien remarqué.

— Il faut que je réserve mon billet d'avion et mon hôtel.

— Fais-le pour nous deux, alors.

Elle le dévisagea, surprise. Ne comprenait-elle pas qu'il la soutenait ? Qu'il savait tout ce que cela représentait pour elle ?

— Vraiment ? Tu veux m'accompagner ?

— Je ne vais pas te laisser y aller seule, répondit-il en se redressant et en glissant un bras sur le dossier du canapé. Je comprends toute l'importance que cette émission revêt pour toi. C'est normal que ça intéresse des producteurs. Et vu l'importance de cette négociation, je préfère t'accompagner.

— Tu es vraiment le meilleur, Toby, dit-elle d'une voix douce, presque éperdue.

Il secoua la tête avec un petit sourire.

— Sinon, à qui parleras-tu quand tu useras le tapis en faisant les cent pas dans ta chambre d'hôtel ?

À ces mots, elle s'arrêta net et, traversant la pièce, se laissa tomber à côté de lui sur le canapé en cuir chocolat, repliant les pieds sous elle. Elle posa une main sur son bras.

— C'est tellement irréel ! Hollywood s'intéresse à *mon* émission, Toby. Bon, bien sûr, ça ne mènera peut-être à rien et j'y suis complètement préparée, mais c'est une véritable ouverture. Cela veut dire que les gens prêtent attention à mon travail.

— Je sais, dit-il en posant la main sur la sienne.

— Tu sais, poursuivit-elle, quand le maître chanteur a diffusé sa vidéo, j'ai cru que c'était la fin du monde, et maintenant, regarde... Je vais épouser mon meilleur ami et je vais à Hollywood pour discuter de mon émission.

« Meilleur ami. » Il prit une profonde inspiration. Peu importe ce qu'il se passait, il resterait son ami, et ce serait plus facile, se dit-il, s'il lâchait sa main et s'écartait un peu d'elle.

— Oh ! s'exclama-t-elle soudain, les yeux écarquillés.

— Qu'y a-t-il ? lança-t-il, paniqué. C'est le bébé ? Ça va ?

Elle ne répondit pas et se contenta de le regarder, les yeux brillant d'un bonheur immense. Prenant alors leurs mains jointes, elle les posa sur son ventre.

— Il a bougé. Le bébé a bougé, Toby...

Il s'apaisa, soulagé de voir qu'elle ne souffrait pas. À cet instant, le bébé bougea de nouveau, et il sentit une vague infime se propager sous ses doigts. Submergé par la magie de ce moment, il plongea dans le regard radieux de Naomi.

— C'était...

— Je sais, répondit-elle, retenant son souffle.

Elle pressa sa main contre son ventre, et il attendit, espérant de toutes ses forces sentir de nouveau ce léger frôlement, et lorsqu'il se produisit, ils échangèrent un sourire. Ce moment d'émerveillement sembla les souder plus que tout ce qu'ils avaient partagé par le passé.

— C'est merveilleux, non ? s'exclama-t-elle en lui sautant au cou et en l'embrassant brièvement sur la bouche. Mais ce baiser spontané et bon enfant se mua aussitôt en quelque chose de totalement différent.

Sans crier gare, une vague de chaleur le submergea, le prenant de court. Son cœur se mit à battre à tout rompre lorsque, se pressant contre lui, Naomi ouvrit les lèvres sous les siennes. Resserrant son étreinte, il l'embrassa passionnément. Les mains de Naomi errèrent un instant sur ses épaules avant de plonger dans la masse de ses cheveux, attirant irrésistiblement sa tête contre la sienne. En quelques instants, la chaleur qui les faisait frémir se mua en un véritable brasier.

Il n'avait jamais rien ressenti de tel, et il se demanda comment il avait pu fréquenter Naomi durant toutes ces années sans même tenter de l'embrasser. Elle s'assit sur ses genoux et se mit à onduler contre son sexe durci, distillant un mélange de plaisir et de panique dans son esprit.

Bon sang, il devait mettre fin à leur étreinte avant d'atteindre le point de non-retour. Ne s'étaient-ils pas promis de se protéger mutuellement ? Rompant le baiser, il reposa Naomi sur le canapé et se leva. Il devait absolument reprendre ses distances.

— Toby...

Jetant un œil par-dessus son épaule, il réprima un gémissement de regret. Le souffle court, elle le dévisageait, les lèvres entrouvertes et les yeux écarquillés de surprise. Maintenant qu'il avait goûté à ce mélange de douceur et de passion qui couvait en elle, il se demanda comment il allait lui résister à présent.

— Laisse-moi une minute, tu veux ? lança-t-il en se passant les deux mains dans les cheveux.

— Pourquoi t'es-tu arrêté ? fit-elle.

Il fit volte-face.

— Tu plaisantes, ou quoi ?

— Non, répondit-elle en se dirigeant lentement vers lui.

Il leva la main pour l'arrêter. Ses cheveux cascadaient sur ses épaules. Son ventre arrondi tendait le tissu élastique de son T-shirt. Et son short blanc mettait beaucoup trop en valeur le hâle de ses jambes. Ses pieds nus ne faisaient pas un bruit sur le sol, mais chacun de ses pas résonnait dans sa tête, dans sa poitrine, comme un avertissement. Un avertissement qu'il était crucial de ne pas ignorer.

Autrefois, l'amour avait failli le détruire. Et il n'était pas question pour lui de retomber dans ce piège. Ils seraient amis. Un point, c'est tout.

— Toby, c'était...

— Une erreur, poursuivit-il en se dirigeant vers le bar situé à l'autre bout de la pièce.

Il prit une bière dans le frigo avant d'en reclaquer bruyamment la porte. Ouvrant la cannette, il prit une longue gorgée du breuvage glacé, espérant calmer le feu qui le dévorait mais doutant de l'efficacité du remède.

— Pourquoi serait-ce une erreur ? demanda-t-elle. Nous sommes fiancés, non ?

— C'est vrai, concéda-t-il en prenant une autre gorgée de bière. Mais c'est un mariage de convenance, tu as oublié ? Nous avons décidé de ne pas coucher ensemble. Ça ne ferait que compliquer les choses, et tu le sais très bien.

Elle fronça les sourcils.

— Coucher ensemble ? Nous n'avons fait qu'échanger un baiser...

— Un baiser comme celui-là, répondit-il avec un geste

de la main en direction du canapé, ne mène qu'à une seule chose, Naomi.

— Eh bien… Tu es bien sûr de toi… Ou alors de moi, dis donc. (Elle le dévisagea froidement.) Tu crois peut-être qu'il suffit de m'embrasser pour que je me précipite dans ton lit en te suppliant de me faire l'amour ?

— Je n'ai pas dit ça.

— Ce n'était pas la peine, répliqua-t-elle en repoussant la masse soyeuse de sa chevelure derrière ses épaules — sans doute pour mieux le foudroyer du regard, supposa-t-il. Et bien, sache que je ne suis pas si facile.

Il émit un petit rire et avala une gorgée de bière.

— Je te connais bien, Naomi, jamais je ne dirais de toi que tu es une femme facile.

— Très bien. (Elle croisa les bras, faisant bomber ses seins sous son T-shirt.) Il n'empêche que tu as cru qu'il suffisait de m'embrasser pour que j'enlève ma culotte…

— Tu me fais un procès d'intention, rétorqua-t-il en se demandant ce qu'il avait pu dire pour la mettre dans cet état.

— Oh ! je ne crois pas. J'ai aimé ce baiser, ce qui, c'est vrai, m'a un peu désarçonnée…

Il ne put réprimer un petit rire ironique. Pour sa part, ce baiser avait fait beaucoup plus que le désarçonner. Il en ressentait encore la brûlure sur ses lèvres.

— Mais ça ne veut pas dire que j'ai envie d'aller plus loin. Cela dit, nous sommes fiancés, Toby. Et c'est toi qui me réveilles chaque matin à 6 heures pour que Rebecca voie bien que nous partageons le même lit.

— Et donc ? fit-il, sans comprendre où elle voulait en venir.

— Eh bien, il me semble qu'elle trouverait tout à fait normal de nous voir échanger un baiser de temps à autre… Puisque, comme tu le dis, nous sommes fiancés, ajouta-t-elle.

— Nous embrasser ? Faire semblant d'être intimes ?

Il n'y avait jamais pensé, mais il devait bien admettre qu'elle n'avait pas tort. S'il continuait à la traiter comme une bonne copine ou une petite sœur, Rebecca finirait par se poser des questions.

— Pas faux, concéda-t-il.

— Ah, fit-elle, satisfaite. Parfait. Maintenant, peut-être que tu t'affoleras moins pour un simple baiser. D'ailleurs, tu ferais mieux de t'y habituer, parce que nous allons le faire beaucoup plus souvent.

Il la dévisagea, vexé.

— Tout d'abord, je ne me suis pas affolé. Et puis, ce baiser n'avait rien de simple.

— Rien de simple, vraiment ? répéta-t-elle en se dirigeant vers la porte. Eh bien, sache que pour moi, c'était agréable, mais sans plus.

Sidéré, il la regarda s'éloigner. Elle le faisait marcher. Forcément. Car, pour sa part, il avait trouvé ce baiser totalement renversant. De plus, le cœur de Naomi s'était mis à battre aussi fort que le sien, il l'avait bien senti. Et maintenant, voilà qu'elle le prenait de haut, comme si ça ne lui avait fait ni chaud ni froid.

— Honnêtement, Toby, reprit-elle en s'arrêtant à la porte, si nous voulons être crédibles aux yeux de Rebecca et des autres, nous ferions mieux de nous entraîner. Car, pour l'instant, nous faisons figure de débutants.

Esquissant un sourire, elle quitta la pièce. Le regard rivé sur la porte, il vida sa bière d'un trait.

S'ils dépassaient le niveau débutant, ils ne pourraient plus revenir en arrière, il le savait.

7

Dîner au Texas Cattleman's Club était toujours un plaisir. Naomi appréciait le club depuis longtemps, et lorsque les femmes avaient pu y adhérer, elle avait pleinement profité de ses nouveaux droits. Simone, Cécilia et elle avaient pris la tête du comité de rénovation et fait de leur mieux pour rajeunir ces locaux d'un autre âge.

Elles n'avaient pas eu carte blanche, tant s'en faut. Mais le coup de peinture donné au vestibule et au restaurant avait fait entrer de la lumière dans les lieux. Les membres, dans l'ensemble, étaient trop attachés aux traditions pour renoncer aux décorations typiques du Texas, ce qu'elle pouvait comprendre. Elle aussi était texane, après tout. Mais au moins, avec ses murs gris perle et ses moulures blanches, le club avait acquis un peu de cachet.

Assise à une table face à Toby, elle prit une seconde pour admirer le restaurant, qui demeurait un haut lieu d'une gastronomie régionale ancrée dans la tradition. Les tables étaient recouvertes de nappes blanches, avec, en leur centre, un soliflore contenant une rose jaune. Les enceintes diffusaient un fond sonore de jazz et, sur les murs, les appliques en cuivre dispensaient un éclairage intimiste. La clientèle rassemblait toutes les générations. Les conversations montaient et descendaient comme des vagues, parfois égayées d'un éclat de rire.

Elle regarda Toby et parvint difficilement à réprimer un soupir. Avec son costume noir et sa chemise blanche au col entrouvert, il était à croquer. Elle fut parcourue d'un long frémissement et sentit un nœud se former au fond de son estomac. La sensation avait beau être fréquente depuis quelque temps, elle la prenait toujours par surprise.

Elle ne cessait de refouler le désir qui l'habitait. Mais elle n'avait pas le choix. Toby n'avait pas évoqué une seule fois le baiser qu'ils avaient échangé deux jours auparavant, et elle en avait déduit qu'il ne partageait pas son désir.

D'ailleurs, c'était peut-être pour tenter de lui rappeler ce baiser qu'elle avait choisi la tenue qu'elle portait ce soir : une courte robe rouge à larges bretelles qui mettait joliment en valeur son buste et ses formes. Les escarpins assortis avaient l'avantage de la grandir de dix centimètres tout en donnant un galbe incomparable à ses jambes, dont elle avait toujours été fière.

Elle avait vu une lueur d'approbation passer dans le regard de Toby lorsqu'elle était sortie de sa chambre. Mais à part cela, il avait gardé son sang-froid et semblait même un peu plus distant depuis leur arrivée au restaurant.

Deux jours s'étaient écoulés depuis qu'elle l'avait embrassée sur un coup de tête et en avait éprouvé un plaisir aussi fulgurant qu'inattendu. Lorsqu'il s'était emparé de ses lèvres et l'avait prise dans ses bras, c'était comme si toutes les cellules de son corps étaient d'un seul coup revenues à la vie. Et elle s'était littéralement embrasée lorsqu'elle avait senti son érection en s'asseyant sur ses genoux. À ce souvenir, elle se trémoussa sur son siège.

Mais si torride qu'ait été cette étreinte, elle ne pouvait oublier son regard paniqué lorsqu'il avait rompu le baiser en affirmant que c'était pour son bien.

Deux jours plus tard, elle était toujours aussi furieuse. En tant que femme indépendante, elle ne supportait pas qu'on lui dicte sa conduite. Après tout, ce n'était pas son genre de coucher avec un homme sur un coup de tête. Même si…, songea-t-elle en regardant son ventre, elle l'avait fait au moins une fois. D'ailleurs, c'était peut-être ce qui avait rebuté Toby. Si elle avait cédé si facilement à Gio, pourquoi ne lui céderait-elle pas aussi, à lui ?

Seigneur, comme c'était humiliant...

Surtout parce que c'était vrai. Si Toby l'avait voulu, elle l'aurait volontiers suivi dans son lit, oubliant l'accord qu'ils avaient passé. C'était la première fois qu'un baiser lui faisait un tel effet, et elle brûlait de goûter à tout ce qu'elle pourrait ressentir entre ses bras.

— Je me demande à quoi tu peux bien penser, remarqua-t-il de sa voix grave.

— Quoi ? fit-elle, surprise et soulagée qu'il n'ait pas la faculté de lire dans sa tête.

— Pour ton information, Naomi, sache que tu n'es pas faite pour le poker, déclara-t-il. Ça fait plusieurs minutes que je t'observe. Tu changes d'expression à chacune de tes pensées. Ça ne va pas ?

— Si, si, répondit-elle.

Même si elle avait envie de parler du baiser et de comprendre pourquoi il l'avait repoussée, ce n'était pas le moment d'avoir cette conversation. La moitié de la ville semblait en effet s'être donné rendez-vous dans ce restaurant.

— Je me préparais au voyage de demain. Je réfléchissais à ce que je dois emporter.

— Ah oui ? fit-il, sceptique. Très bien. Wes m'a dit que son jet nous attendra à l'aéroport à l'heure qui nous arrange.

Toby avait demandé à Wes Jackson de lui prêter son jet pour le voyage à Los Angeles, et elle s'en réjouissait. Elle était si stressée à l'idée de sa rencontre avec la productrice que ce serait un plus de ne pas avoir à se soucier du voyage.

En réalité, Toby s'était occupé non seulement du vol mais aussi de l'hôtel, le tout sans lui en parler. En temps normal, elle aurait trouvé cela agaçant. Elle était, après tout, capable de faire ce genre de choses toute seule. Pourtant, elle avait trouvé ce geste adorable. Ce qui prouvait à quel point le baiser l'empêchait de voir les choses clairement.

— Tu n'aurais pas dû demander à Wes de nous prêter son avion, ça me gêne un peu.

— Il n'en avait pas besoin, répondit-il. Selon lui, c'est beaucoup plus agréable qu'un avion de ligne.

— Rien d'étonnant, répondit-elle en s'efforçant de sourire. En tout cas, je suis heureuse que tu m'accompagnes toujours.

— Pourquoi aurais-je changé d'avis ?

— Après ce qui s'est passé l'autre soir...

Et voilà, elle avait mis le sujet sur la table, alors même qu'elle s'était promis de ne pas le faire. Mais c'était perdu d'avance, elle aurait dû s'en douter, puisque le souvenir brûlant de leur baiser l'obsédait.

— Tu avais raison, affirma-t-il en tapotant la table du bout des doigts.

— Voilà qui est inattendu, répondit-elle calmement, se demandant où il voulait en venir. Ça fait toujours plaisir. À quel propos ?

Il se pencha vers elle.

— Sur la nécessité de nous témoigner de l'affection. Si nous voulons que ce mariage soit crédible, c'est inévitable.

Joignant le geste à la parole, il lui prit la main. Et elle sentit une vague de chaleur remonter le long de son bras avant de se répandre dans sa poitrine. Du bout du pouce, il se mit à lui caresser la main et plongea dans son regard.

— Je suis avec toi, Naomi. Pour longtemps. Mais nous avons passé un accord, et je suis un homme de parole. Tu le sais.

— Je n'en ai jamais douté, répondit-elle sincèrement.

Il tenait toujours ses promesses. Ce qui voulait dire, songea-t-elle tristement, qu'il ne trahirait jamais celle qu'il lui avait faite, à savoir ne pas coucher avec elle. Si quelqu'un devait franchir le pas, ce serait elle. Maintenant, il ne restait plus qu'à savoir si c'était vraiment ce qu'elle voulait.

— Très bien, reprit-il. Alors nous aurons des petits gestes l'un envers l'autre. Nous allons jouer la comédie... tout en respectant l'accord que nous avons passé.

Sur ce, il lui tapota la main.

Elle resta songeuse, étonnée de se sentir perdante et gagnante à la fois.

— Naomi ! s'exclama soudain Cécilia, s'approchant de leur table avec un grand sourire, Deacon sur les talons. Quelle joie de te voir ! Bonsoir, Toby. Je ne veux pas vous interrompre, mais il faut absolument que je le dise à quelqu'un.

— Me dire quoi ? demanda-t-elle en se levant pour étreindre son amie.

Cécilia lui rendit son étreinte puis, prenant la main de Deacon, se tourna de nouveau vers elle.

— Nous allons avoir une fille. Nous l'avons appris hier, déclara-t-elle, les larmes aux yeux.

Ravie, Naomi l'étreignit de nouveau puis fit la bise à Deacon.

— Toutes mes félicitations.

— Et les miennes, ajouta Toby en serrant la main de Deacon. C'est une merveilleuse nouvelle.

— Oui, c'est merveilleux, renchérit Deacon en attirant Cécilia contre lui comme s'il craignait qu'elle ne s'échappe. Et si notre fille tient de sa mère, ce sera une véritable beauté.

— Deacon..., soupira Cécilia en se hissant sur la pointe des pieds pour l'embrasser. Et toi, Naomi ? Quand le sauras-tu ? Je brûle d'impatience !

— Je préférerai peut-être avoir la surprise, répondit-elle, alors qu'en réalité elle n'avait jamais vraiment réfléchi à la question.

— Mais sur quoi te baseras-tu pour aménager la chambre ? demanda Cécilia. Non, il faut que tu le saches ! Je ne pourrais pas supporter ce suspense.

— D'accord, j'y penserai, promit-elle en riant.

— Parfait. À présent, il est temps pour nous d'aller dîner. Nous devons planifier l'avenir de notre fille au moins jusqu'aux études, déclara Cécilia, hilare. Oh ! Naomi, tu pourrais peut-être me conseiller sur l'aménagement de la chambre... ?

— Ce serait avec plaisir.

Et ce serait un excellent entraînement. Elle n'avait pas

encore pensé à la chambre de son enfant, mais cela n'avait rien d'étonnant. Elle avait été si occupée dernièrement...

— Très bien, appelons-nous, alors.

Lorsque Cécilia et Deacon s'éloignèrent, elle se rassit et regarda Toby régler l'addition.

Cécilia avait la chance d'aimer Deacon et d'être aimée de lui. Elle lui jeta une œillade discrète. Toby l'aimait, elle le savait. Mais il n'était pas amoureux d'elle, et c'était la grande différence entre leur relation et celle de Cécilia. Pourtant, elle avait de la chance. Il était là. Il avait volontairement modifié le cours de sa vie pour lui venir en aide.

Et ils avaient partagé un baiser qui avait révélé des sentiments qu'elle n'aurait jamais imaginé avoir pour lui. Existait-il entre eux autre chose que de l'amitié ? Devait-elle prendre le risque de perdre Toby pour le savoir ?

Los Angeles était immense, bruyante et surpeuplée, mais elle adorait cette ville. Entre les autoroutes embouteillées et les hordes de touristes qui déambulaient sur Hollywood Boulevard, tout était si différent de ce qu'elle connaissait qu'elle se sentait pleine d'énergie. Bien sûr, la présence de Toby à ses côtés contribuait aussi à cet état d'esprit.

Après le vol à bord du jet de Wes, leur suite au Château Marmont à West Hollywood leur donnait l'impression de vivre dans un rêve. Avec ses murs gris, ses parquets et ses poutres apparentes, le logement comptait deux chambres. Ainsi qu'un salon qui donnait sur une terrasse dallée surplombant l'océan. Dans la cheminée, des flammes dansaient dans le poêle à bois. Même en juin, il faisait frais le soir, en Californie, en raison de l'air humide venant de la mer. Et un bon feu était toujours le bienvenu, créant en plus une atmosphère intime.

Seule dans sa chambre, la première nuit, elle avait été incapable de dormir. Ce n'était pas seulement à cause de son rendez-vous avec la productrice, prévu le lendemain matin. La présence de Toby, à la fois si proche et si loin dans la chambre voisine, la mettait aussi sur des charbons ardents.

Il avait tenu parole, se montrant tendre avec elle devant Rebecca et les ouvriers du ranch. Mais dès qu'ils étaient seuls, il reprenait ses distances. Ce qui ne semblait pas lui poser le moindre problème. Du coup, elle ne pouvait s'empêcher de se dire qu'elle avait mal analysé la situation. Peut-être était-elle la seule à être hantée par ce baiser et à rêver d'aller plus loin.

— Eh bien, comment s'est passé ton rendez-vous ? demanda Toby quand ils se retrouvèrent dans leur suite.

Assis en face d'elle, jambes étendues et chevilles croisées, il attendait sa réponse, la brise marine jouant nonchalamment avec ses cheveux. Il avait tombé la veste de son costume gris acier et, avec sa cravate rouge légèrement dénouée et sa chemise d'un blanc immaculé aux manches retroussées, il était détendu, et absolument irrésistible.

Installés sur la terrasse, ils contemplaient le coucher du soleil. Sur la table basse en verre, l'employé du room service avait déposé un pichet de thé glacé et deux verres. La journée avait été longue. Naomi avait rencontré la productrice, et Toby avait eu rendez-vous avec différents avocats pour ses brevets. C'était la première fois qu'ils avaient l'occasion de se parler depuis le petit déjeuner qu'ils avaient partagé le matin.

Elle prit une profonde inspiration. Comment expliquer la fierté qu'elle avait ressentie lorsque Tamara Stiles avait chanté les louanges de son émission ? Toute sa vie, elle s'était battue pour s'imposer professionnellement. Peut-être avait-elle cherché en cela obtenir l'approbation de ses parents, du moins au départ. Mais en cours de route, les choses avaient changé. Ce qui la motivait n'était plus seulement de gagner la reconnaissance de ses parents, mais aussi de se sentir fière d'elle-même. Elle voulait démontrer à tous, y compris à elle-même, qu'elle était beaucoup plus qu'une jeune fille de bonne famille. Qu'elle avait beaucoup plus à offrir.

Certes, elle animait une petite émission de mode sur une chaîne locale, et elle n'avait ni inventé un vaccin contre le cancer ni mis fin à une guerre nucléaire, mais, quelque part, elle aidait les gens, elle en était persuadée. Elle leur donnait des idées pour améliorer non seulement leur apparence, mais aussi leur vie. Pour elle, une apparence soignée était le reflet d'un bien-être intérieur. Bien sûr, elle aimait son travail, mais savoir que les autres aimaient aussi ce qu'elle faisait était finalement ce qui comptait le plus pour elle.

Aujourd'hui, à Hollywood, elle semblait avoir atteint son objectif ou, comme on dit, *décroché le jackpot*. Des gens désiraient produire son émission et élargir sa diffusion et son audience. Elle aurait l'occasion de se faire entendre, de gagner en notoriété. Pourtant, elle n'était pas aussi ravie qu'elle aurait dû l'être...

Elle aurait voulu confier à Toby son ressenti mais en était incapable, car tout était encore flou dans son esprit. Peut-être avait-elle besoin de prendre un peu de recul pour voir les choses clairement.

— Naomi ? fit-il, l'air un peu inquiet. Ça ne s'est pas bien passé ?

— Si, répondit-elle. Tout s'est bien passé. Elle adore l'émission. Elle a dit que c'était très prometteur.

— Prometteur ? répéta-t-il en fronçant les sourcils. Qu'est-ce que ça veut dire ? L'émission a un succès fou au Texas. C'est d'ailleurs pour cette raison qu'elle t'a contactée.

— Merci. C'est ce que je pensais également.

Incapable de rester en place, elle se leva et se mit à faire les cent pas sur la terrasse. Il avait raison quand il disait qu'elle avait besoin d'espace lorsqu'elle devait réfléchir. Mais, cette fois, elle avait l'impression que même en marchant jusqu'au Texas, les choses resteraient toujours aussi chaotiques dans son esprit.

Au lieu de regarder Toby, elle se mit à contempler le paysage, les deux mains posées sur la rambarde de la terrasse.

— Tamara dit que si l'émission devient nationale, il va falloir faire des changements. Sur les décors, le style de l'émission, un peu sur tout, en fait.

— Si elle aime l'émission, pourquoi veut-elle la changer ?

Elle lui jeta un coup d'œil par-dessus son épaule.

— C'est drôle, je me suis posé la même question.

— C'est normal, répondit-il en la rejoignant près de la rambarde.

La brise marine qui rafraîchissait Hollywood les frôlait comme une caresse. Repoussant ses cheveux, elle exposa quelques instants son visage à ce doux zéphyr, puis leva les yeux vers lui.

Il était si solide. Si fort. Et elle était si heureuse qu'il l'ait accompagnée. Elle se sentait comme un poisson hors de l'eau, ici. À Royal, ou même à Houston, elle était chez elle. Mais, ici, elle n'était qu'une quémandeuse parmi tant d'autres qui espéraient percer à Hollywood. Elle s'appuya contre la rambarde avant de reprendre :

— Selon Tamara, l'émission a du charme et la vidéo du maître chanteur aurait créé un buzz qui l'aurait propulsée sur le devant de la scène. Pour elle, c'est très favorable.

— Très bien...

— Mais, poursuivit-elle, plongeant de nouveau le regard dans le paysage nocturne, elle prétend que pour une diffusion nationale il va falloir débarrasser l'émission de son côté provincial. Ce serait nécessaire pour toucher toutes les audiences.

— Son côté provincial ? fit-il. Elle est déjà diffusée à Houston et à Dallas. Ce ne sont pas exactement des petites villes et les producteurs ont pris ton émission telle quelle.

— Exactement, répliqua-t-elle, songeant une fois de plus qu'il disait tout haut ce qu'elle pensait tout bas depuis qu'elle était sortie de la réunion. Elle dit qu'avec un studio plus grand et une équipe de techniciens et de scénaristes professionnels au top, l'émission pourrait faire un malheur.

— *Pourrait*...

— Elle ne peut pas le garantir, bien sûr, répondit-elle. Et je ne l'aurais pas crue si elle avait tenté de le faire. Mais en ce qui me concerne, je ne vois pas ce que le studio de Royal pourrait avoir à envier à d'autres.

— Moi non plus.

— De plus, les équipes sont très professionnelles. Même nos stagiaires savent parfaitement ce qu'ils font.

C'était exactement ce qu'elle avait dit à Tamara. Et c'était ce qu'elle ne cessait de se répéter depuis qu'elle l'avait quittée.

— Absolument.

— Elle a dit que l'émission devrait être enregistrée ici. À Hollywood.

Il se figea sur place.

— Donc, il faudrait que tu t'installes ici ?

— Eh oui...

Elle leva les yeux vers lui pour tenter de deviner ce qu'il pensait. Mais son regard était insondable.

— En théorie, reprit-elle, ils enregistreraient chaque saison d'une traite, ce qui m'obligerait à être sur place pendant quelques semaines.

— Quelques semaines..., répéta-t-il, pensif.

Un long silence s'installa entre eux. Elle ne cessait de se repasser le film de la réunion. Serait-ce une bonne chose de s'installer, au moins en partie, en Californie ? Pour Toby ? Pour elle ? Pour le bébé ? Il y avait tant de questions et si peu de réponses...

— C'est Hollywood, Toby, reprit-elle sur un ton résigné. Ce sont eux, les experts. Et ils m'offrent la chance que j'attendais depuis toujours.

— On dirait que ta décision est prise, remarqua-t-il d'un ton neutre.

— Oh ! je n'en sais rien..., répondit-elle dans un murmure.

Los Angeles était certes une ville fascinante. Et Hollywood avait un cachet fou, qu'on le veuille ou non. Même le Château Marmont était une légende dans une ville pourtant foisonnante d'hôtels de luxe. C'était le lieu de résidence préférée des stars de cinéma depuis les années 1920, et on avait l'impression qu'elles y avaient laissé leur empreinte, conférant à ce lieu une atmosphère intemporelle. Aujourd'hui, cet hôtel et cette ville demeuraient un véritable aimant pour les artistes, acteurs et chanteurs.

Cette ville avait fait naître tant de rêves… et suscité tant de déceptions…

Et à ce stade, Naomi ne savait plus si elle avait envie de saisir la chance qui lui était offerte.

— Curieusement, on en revient toujours à cette vidéo du maître chanteur…, reprit-elle d'un ton un peu désabusé, se demandant comment une chose aussi odieuse avait pu jouer un rôle dans cette chance qu'on lui offrait aujourd'hui. Mais peut-être est-ce notre façon de réagir à cette vidéo qui a fait la différence. C'est ça qui a attiré l'attention de Tamara. Elle a beaucoup apprécié les changements que nous avons apportés à l'émission dans la foulée.

— Pas *nous*, Naomi, murmura-t-il. *Toi*. Tout ça est *ton* œuvre. C'est *toi* qui as terrassé le maître chanteur, *toi* qui as fait de cette vidéo un atout pour ton émission.

Elle sourit, écartant une mèche que le vent avait poussée sur son visage.

— Peut-être, Toby, mais je crois que, sans toi, je n'y serais jamais arrivée. C'est toi qui m'as fait comprendre que je n'avais pas besoin de me cacher. Tu étais là. À mes côtés. Tu m'as soutenue et aidée. Tu es devenu le père de mon enfant.

À ces mots, le regard de Toby s'assombrit, comme traversé par une tempête d'émotions. Mais peu importait ce qu'il pensait ou ressentait. Tout ce qui comptait en cet instant, c'était ce qu'elle ressentait, *elle*.

— Depuis ce baiser, reprit-elle dans un murmure, laissant glisser sa main jusqu'à la sienne, je rêve d'aller plus loin.

— Moi aussi, répondit-il, fixant leurs mains jointes avant de plonger dans son regard.

— Et cette promesse que nous avons faite de ne pas coucher ensemble, continua-t-elle, la gorge serrée et le cœur battant de plus en plus vite. Celle que tu tiens tant à honorer…

— Eh bien ? fit-il, suspendu à ses lèvres.

— Je n'ai pas envie de la tenir.

— Moi non plus.

Il y eut un instant de silence, puis il ouvrit les bras et elle le rejoignit sans attendre. Refermant son étreinte, il s'empara de ses lèvres avec une telle avidité que toutes ses défenses, si elle en avait encore, s'effondrèrent d'un seul coup.

Enfin unies, leurs langues s'entrelaçaient dans une danse passionnée, et elle sentit un courant électrique se répandre dans tout son corps. Meilleur encore que le baiser qui avait hanté ses jours et ses nuits, celui-ci recelait la promesse d'une suite des plus torrides, d'un brasier dans lequel elle était prête à se jeter.

Elle était perdue dans l'intensité, l'émerveillement de l'instant présent. Enfin, elle était dans ses bras, offerte à ses caresses et à ses baisers. Des jours durant, elle avait rêvé de revivre cette sensation. Des jours durant, elle l'avait vu ériger toutes les barrières possibles entre eux. Tous ces obstacles venaient de tomber en un instant.

Sentant ses mains glisser le long de son dos, elle rêvait maintenant de se dépouiller de sa petite robe. De sentir ses mains — ces mains puissantes, rugueuses et pourtant si douces — sur sa peau. De le sentir enfin en elle.

Il releva la tête, interrompant leur baiser, et l'espace d'un horrible instant, elle crut qu'il allait la repousser une fois de plus. Fuir leur désir.

Le souffle court, le cœur battant à tout rompre, elle leva les yeux vers lui et comprit qu'elle n'aurait jamais dû s'en faire.

— Enfin nous y sommes, articula-t-il d'une voix rauque avant de la soulever de terre.

— Toby !

— Ne dis rien, ordonna-t-il entre ses dents. Nous sommes allés trop loin, Naomi. Mais je te laisserai tranquille… si tu me le demandes. Alors, je t'en supplie, ne demande rien.

Prenant son visage entre ses mains, elle plongea dans son regard.

— Je n'ai rien à te demander, j'attendais ce moment depuis longtemps.

— Parfait, alors.

8

Il traversa le salon et entra directement dans la grande chambre. Ils avaient passé la nuit précédente séparément. Mais pas ce soir, se dit Naomi. Ce soir, tout serait différent. Arrivé près du lit, Toby la déposa tout en la maintenant fermement, comme s'il craignait qu'elle disparaisse. Mais elle n'en avait aucune intention. Elle pivota sur elle-même et ramena ses cheveux d'un seul côté.

— Tu m'aides, pour la fermeture ?

Il s'exécuta, laissant errer ses doigts le long de son dos. Elle frémit lorsqu'il s'inclina pour lui embrasser la nuque et, quelques instants plus tard, la robe glissait lentement au sol, formant une flaque de soleil à ses pieds. Vêtue de ses seuls sous-vêtements crème et de ses escarpins à talons, elle se tenait maintenant devant lui, offerte à son regard.

Elle était un peu nerveuse car son corps avait beaucoup changé. Des années durant, elle avait compté chaque calorie, surveillé chaque bouchée. Mais depuis qu'il l'avait demandée en mariage et encouragée à mieux se nourrir, elle s'était arrondie, et son ventre était maintenant bien visible. Elle voulut le couvrir de ses mains.

Il l'en empêcha.

— Non, ne te cache pas de moi. (Secouant la tête, il la contempla de la tête aux pieds et esquissa un sourire.) Tu es magnifique, Naomi.

En voyant son regard brûlant, elle reprit confiance. C'était lui qui la rendait belle et désirable. Elle expira longuement, réalisant qu'elle retenait sa respiration depuis plusieurs secondes, et attaqua les boutons de la chemise de Toby. Elle tira sur la cravate et la jeta sur une chaise.

— Tu as trop de vêtements, murmura-t-elle.

— Ça ne va pas durer, répondit-il, joignant le geste à la parole.

En un instant, il se déshabilla et, l'étendant sur le lit, l'enveloppa de son corps nu.

Elle frémit au contact de sa peau, leur premier corps à corps. Dieu, que c'était bon. Exquis, avec d'un côté, la fraîcheur des draps, et de l'autre la peau brûlante de cet homme qui la rendait folle de désir... Elle sentait son corps fourmiller de sensations, qui gonflaient comme une vague à chacune de ses respirations.

Lorsqu'elle posa les mains sur son torse, il retint son souffle. Elle sourit, ravie de voir l'effet qu'elle produisait sur lui. Du bout du pouce, elle lui titilla les tétons jusqu'au moment où il poussa un grognement avant de baisser la tête pour aspirer un de ses mamelons.

Elle fut prise d'un vertige, consumée par le feu qu'il attisait en léchant ses seins à petits coups de langue. Éperdue, elle se cambra sous lui et, dans un gémissement, murmura son nom et l'étreignit tendrement.

Elle aurait voulu qu'il ne s'arrête jamais. Les yeux clos, elle baignait dans une effervescence de sensations. Jamais elle n'avait rien connu de tel. Les lèvres de Toby étaient électrisantes, et elle frémit de tout son être lorsqu'elle sentit sa main glisser sur elle. Ses mains puissantes, modelées par des années de dur labeur, se faisaient si tendres au contact de sa peau qu'elle en eut le souffle coupé.

Il releva la tête, et elle réprima un gémissement de frustration lorsqu'il abandonna son sein. Mais en plongeant dans son regard tourmenté comme un ciel d'orage, elle fut emportée par l'émotion. Comment avait-elle pu vivre aussi longtemps sans savoir ce qu'ils pouvaient créer ensemble ? Sans connaître l'effet ravageur de ses mains sur sa peau ?

— Ça fait longtemps que j'en ai envie, Naomi, murmura-t-il en lui caressant le ventre. Mais toi, tu dois en être sûre...

Elle réprima un petit rire en songeant qu'il lui offrait encore une porte de sortie. Mais ils avaient tous deux dépassé le stade de la réflexion et de la prudence. Ce soir, en cet instant, seul comptait leur désir. Elle n'avait pas envie de penser au lendemain, mais elle devait toutefois être rassurée sur un point.

— J'en suis absolument sûre. Mais, Toby..., reprit-elle en prenant son visage entre ses mains, je veux que tu te souviennes de l'engagement que nous avons pris l'un envers l'autre : quoi qu'il se passe, nous devons rester amis.

— Mon ange, à cet instant précis, j'éprouve une *très grande* amitié pour toi, plaisanta-t-il avant de lui prodiguer un long baiser qui la laissa haletante. Mais tu as raison. Amis pour toujours, telle est notre devise.

Trop submergée par l'émotion, elle se contenta de hocher la tête. Elle n'était même plus capable d'identifier ce qu'elle ressentait. Mais une chose était claire dans son esprit : elle se trouvait en cet instant exactement là où elle voulait être. Et à présent, la parole était devenue superflue. Tout ce qui restait à faire était de *ressentir*, d'explorer, d'expérimenter.

Comme s'il lisait dans son esprit, il posa doucement la main sur son ventre arrondi. Elle se figea, se demandant ce qu'il allait faire, ce qu'il pensait. Ce ne devait pas être très sexy de coucher avec une femme enceinte...

— Arrête de gamberger, lui souffla-t-il à l'oreille.

— Comment ça ?

— Je vois bien que tu te poses des questions. Sur ton apparence, en particulier. (Il plongea dans son regard avant de poursuivre :) Tu ne vois pas que tu es à mes yeux la plus belle femme du monde ?

— Toby...

Il caressa son ventre arrondi puis s'inclina pour l'embrasser, témoignant son amour à la mère qu'elle était et à l'enfant qu'elle portait. Il y avait tant de tendresse dans ce geste, dans son regard, que l'émotion la prit à la gorge. Lorsque les larmes lui montèrent aux yeux, elle les essuya, agacée. Rien ne devait brouiller cette vision qui resterait à jamais gravée dans sa mémoire.

Lorsqu'il se redressa, il lui décocha un sourire qui la fit chavirer. Elle l'aimait ! Elle le comprenait maintenant. Au-delà de l'amitié, au-delà de la raison, au-delà de tout. Elle était amoureuse de Toby. De son meilleur ami.

Quand cela s'était-il produit ? Ce sentiment avait-il toujours été en elle, attendant simplement d'émerger ? Et qu'allait-elle en faire à présent ? S'il l'apprenait, il reprendrait ses distances, et elle ne pourrait le supporter. Elle devait donc le lui cacher. Enfouir en elle ce sentiment qui risquait de le faire fuir.

Avec une infinie tendresse, elle lui caressa la joue et lui effleura les lèvres, traçant leurs contours du bout du doigt. Elle aurait eu tant à lui dire... Mais c'était impossible.

— Toby, tu vas me faire pleurer, dit-elle enfin lorsqu'elle eut repris suffisamment ses esprits.

— Oh non, répliqua-t-il avec un sourire et un clin d'œil malicieux. Je vais te faire crier.

— Des promesses, toujours des promesses, plaisanta-t-elle, masquant du mieux qu'elle pouvait ce qu'elle venait de découvrir.

— Je tiens toujours mes engagements, rappela-t-il en glissant la main dans son entrejambe.

Retenant son souffle, elle se cambra instinctivement, vibrante, une fois de plus submergée de désir. Un désir qu'il était plus que prêt à satisfaire. Sans plus attendre, il se mit à lui caresser le clitoris du bout du pouce tout en enfonçant deux doigts entre ses replis humides.

La sensation fut tellement exquise qu'elle s'embrasa et, s'agrippant à ses épaules, s'offrit tout entière à son exploration.

Il était partout, prodiguant généreusement des caresses à toutes les parties de son corps, ses seins, son cou, son sexe, faisant naître en elle une frénésie qu'elle n'aurait jamais imaginé éprouver un jour. Elle n'avait jamais été spécialement portée sur le sexe mais, en cet instant, tout son corps n'aspirait plus qu'à la jouissance. Et le seul homme qui pouvait la libérer semblait tout mettre en œuvre pour prolonger le plus possible son attente.

— Tu sens si bon... Où que j'aille, ton odeur me poursuit, souffla-t-il au creux de son cou. Tu es même dans mon sommeil, et je ne peux plus t'en chasser.

— Alors, n'essaie plus, dit-elle.

À ces mots, il releva la tête.

— Tu as raison, répondit-il. J'arrête. Tu es là pour de bon.

Deux interminables secondes s'écoulèrent avant qu'il ne l'embrasse, exprimant toute la passion qui l'animait. Elle avait envie de se remplir de lui, de se perdre en lui et dans les sensations qu'il faisait naître. Elle avait beau le caresser partout, elle n'en avait jamais assez. Elle se régalait du mouvement de ses muscles sous ses mains.

Alors, il s'agenouilla entre ses cuisses et la pénétra avec lenteur, prenant entièrement possession de son corps. Elle leva les jambes, nouant les chevilles dans son dos, totalement offerte à son assaut.

Il allait et venait en elle, de plus en plus vite. Entre soupirs et gémissements, elle se délectait de sentir son sexe tendu la pénétrer si profondément. Silencieusement, il lui donnait tout ce qu'il pouvait et attendait d'elle la même chose. Lorsqu'il la regarda dans les yeux, elle y vit une telle ardeur qu'elle en resta hypnotisée.

Elle ne pourrait plus résister longtemps, elle le sentait. Elle ondulait maintenant aussi vite que lui, avide de goûter à l'extase. Il se mit à lui caresser le clitoris tout en accélérant le rythme des pénétrations. Plantant les ongles dans son dos, criant son nom, elle se laissa submerger par un plaisir si intense qu'elle en fut aveuglée.

Alors que tout son corps palpitait encore de toute la force de cet orgasme, Toby ne marqua pas même une pause. Voyant qu'il continuait, elle comprit qu'il voulait la pousser encore plus loin.

— Toby, je ne peux plus..., bredouilla-t-elle en levant les yeux vers lui. J'ai déjà...

— Encore, souffla-t-il en la pénétrant résolument.

À cet instant, il lui souleva les hanches et, calant ses jambes sur ses épaules, plongea en elle encore plus profondément qu'il ne l'avait fait jusque-là.

Elle n'aurait jamais cru cela possible... Alors que son corps vibrait encore des effets de l'orgasme le plus fabuleux qu'elle ait jamais ressenti, elle sentit qu'un second s'annonçait. Elle pouvait à peine respirer, mais ça lui était égal. Renversant la tête en arrière, elle saisit les cuisses de Toby. Elle ne pouvait faire aucun autre mouvement. Elle était à sa merci, et manifestement Toby comptait en profiter.

Elle n'avait jamais connu des sensations aussi irrésistibles, perdu à ce point le contrôle avec un homme. Et jamais elle n'aurait imaginé que l'on puisse faire l'amour aussi intensément.

Toby était inarrêtable. Infatigable. Ses hanches allaient et venaient, la poussant au-delà de toutes les limites, de toutes les restrictions. Elle le regarda et comprit que rien ne serait jamais plus comme avant. Pas après ça. Pas après lui.

— Vas-y, Naomi, souffla-t-il. Envole-toi. Lâche-toi, Naomi, lâche tout.

— Je viens, Toby..., répondit-elle, haletante, en plantant les talons dans son dos.

Il était en train d'abattre ses dernières défenses. Elle était au bord de l'implosion. Tout son corps aspirait tellement à ce second orgasme qu'il semblait avoir déjà tout oublié du premier.

— Maintenant... Naomi, murmura-t-il en lui pétrissant les fesses, ajoutant une sensation irrésistible à toutes les autres. Viens, maintenant.

Elle eut un petit rire, mais le son qui sortit de sa gorge ressemblait un sanglot.

— Tu ne me laisses pas le choix... Je sens que...

— Regarde-moi, dit-il.

Elle ouvrit les yeux et plongea dans son regard tandis qu'il la faisait basculer dans une forme d'extase si intense, si différente de tout ce qu'elle avait éprouvé jusque-là, qu'elle ne put que se laisser emporter par cette vague d'une force inouïe. Le regard perdu dans les yeux bleus de Toby, elle sentit alors tout son corps voler en éclats. Elle hurla, incapable de stopper le flot de sensations qui déferlaient en elle, marquant son âme pour toujours.

Alors, sans quitter son regard, elle se serra à lui et le berça tendrement tandis qu'il se perdait en elle à son tour.

Lorsqu'il s'effondra sur elle, elle resserra son étreinte. Leurs deux cœurs tambourinaient à l'unisson, et ils tremblaient de la tête aux pieds, tels deux rescapés d'un naufrage agrippés l'un à l'autre. Mais ce qu'ils venaient de partager signifiait beaucoup plus que ça.

Roulant sur le côté, il l'attira au creux de ses bras, et elle posa la tête contre sa poitrine. Ce ne serait pas facile de l'aimer, vu le marché qu'ils avaient conclu, mais elle ne pouvait rien y faire. Il était entré dans son cœur pour toujours. Et elle n'oublierait jamais le moment qu'ils avaient partagé cette nuit. Ce moment où elle avait compris qu'elle l'aimait.

Toby gisait sur le lit, vidé. Si un incendie s'était déclaré dans l'hôtel en cet instant, il se serait laissé rôtir par les flammes tant il était incapable de bouger.

Il avait connu bien des femmes dans sa vie, mais rien de ce qu'il avait partagé avec elles n'atteignait l'intensité de ce qu'il venait de goûter avec Naomi. Il se passa une main sur le visage et fixa le plafond. Il avait trahi sa promesse. Il l'avait même annihilée. Mais ça lui était complètement égal. En cet instant, il ne pensait plus qu'à une seule chose. Il avait envie d'elle. Une fois de plus. Maintenant.

Elle glissa une jambe sur les siennes. Le simple contact de sa peau soyeuse contre la sienne suffit à attiser son désir. Qui aurait pu imaginer qu'il existerait entre eux une telle alchimie sensuelle ? Il lui caressa le dos, et elle se nicha contre lui, glissant une main sur son torse. Elle était… fabuleuse. Et même beaucoup plus que cela, mais il ne trouvait pas les mots.

Toutefois, il était conscient de s'aventurer en terrain miné. Maintenant qu'ils avaient passé outre à tous les interdits, il fallait établir de nouvelles règles. Pour son bien à elle, comme pour le sien.

— Toby…

À peine eut-elle murmuré son nom qu'il se sentit prêt à lui refaire l'amour. L'étreinte qu'ils venaient de partager avait beau être ce qu'il avait connu de plus intense dans sa vie, ça lui était égal. Son corps semblait déjà prêt pour une nouvelle bataille. Mais en cet instant, c'était sa raison qu'il devait écouter avant toute chose. Et mieux valait faire cette mise au point tant que Naomi le couvait de ce regard caressant…

— Naomi, il faut qu'on parle…, commença-t-il, réalisant que cette entrée en matière faisait un peu cliché.

— Mais non, répondit-elle en lui titillant un téton.

— Tu ne me facilites pas les choses, reprit-il en étouffant un grognement et en lui bloquant la main. Naomi, tout a changé à présent…

Elle se mit à rire et leva les yeux vers lui.

— Ça, c'est sûr.

— Ce n'est pas drôle, reprit-il, se hissant sur un coude pour lui faire face.

Pourtant, en voyant son regard tendre et rieur, il faillit perdre son sérieux. Il se souvint alors de son objectif. Écartant de longues mèches soyeuses de son visage, il fit un effort surhumain pour se concentrer.

— Ce qui vient de se passer n'est pas sans conséquences. Il faut qu'on en parle.

Elle soupira et se raidit à ses côtés.

— En tout cas, observa-t-elle, ça ne peut qu'aider à nous témoigner de l'affection devant les autres.

Il aurait voulu lui en témoigner sans attendre, mais il devait s'assurer qu'elle comprenne qu'il y avait une limite à ce qu'il pouvait lui donner. Ou était prêt à risquer pour elle. Plongeant dans son magnifique regard caramel, il secoua la tête et prit une profonde inspiration.

— Tu as raison, mais ce que je veux te dire, c'est que...

Mais, bon sang, que voulait-il lui dire ?

Elle se redressa à son tour.

— Tu veux que je le dise à ta place ? Que je ne devrais surtout pas tomber amoureuse de toi parce que l'amour ne t'intéresse pas ?

— Naomi...

— Ou que je ne dois surtout pas croire que notre mariage va soudain devenir un vrai mariage ?

— Ce n'est pas ce que je voulais dire, répliqua-t-il, même s'il devait bien admettre que c'était très proche.

— Très bien, reprit-elle. Ce n'est pas la peine de paniquer, Toby. Nous avons toujours été amis, et nous le sommes toujours. C'est tout. N'est-ce pas la meilleure façon de résumer la situation ?

Elle avait raison. Et pourtant, quelque part, ça le dérangeait qu'elle se résigne aussi vite. Jamais il n'aurait imaginé qu'elle accepterait la situation avec tant de calme... Et curieusement, il en était presque déçu.

— Écoute, reprit-il, nous nous étions interdit de coucher ensemble, mais aujourd'hui cet accord est réduit à néant...

— Et sache que je ne regrette rien..., commenta-t-elle.

— Moi non plus, répondit-il, comprenant qu'ils pouvaient au moins être honnêtes l'un envers l'autre. Mais je dois être sûr que tu comprennes que le sexe ne veut pas dire...

Elle s'assit sur son séant et repoussa ses cheveux en arrière avant de le regarder droit dans les yeux.

— Pour l'amour du ciel, Toby. Je n'ai aucune intention de te livrer mon cœur en pâture. Je sais tout sur toi, tu as oublié ? Et je sais que Sasha t'a tellement bousillé la tête que le seul fait d'entendre le mot « amour » te donne des boutons.

Il fronça les sourcils, se demandant si c'était une bonne chose, finalement, qu'elle le connaisse si bien.

— Ça n'a rien à voir avec Sasha..., gronda-t-il.

— Allons... Tu sais bien que si. Cette folle n'était absolument pas le genre de femme qu'il te fallait et, poursuivit-elle en haussant les sourcils, c'est d'ailleurs ce que je t'avais dit à l'époque, tu as oublié ?

— Pas du tout. À propos, ajouta-t-il, amer, merci pour le « je te l'avais bien dit ».

— Pas de problème, répondit-elle en sortant vivement du lit pour gagner la fenêtre et contempler le crépuscule.

L'obscurité se répandait maintenant dans la pièce, se glissant dans tous les recoins. Toby contempla du regard le dos de Naomi et s'attarda sur ses fesses. Des fesses magnifiques. Lorsqu'elle se retourna et que sa silhouette se découpa contre la vitre, il ne put qu'admirer ses seins généreux et son ventre arrondi dans lequel se nichait son bébé. Elle était d'une beauté à couper le souffle. Même la colère qui brillait dans son regard ne parvenait pas à amoindrir l'effet qu'elle produisait sur lui.

— Le départ de Sasha est la meilleure chose qui te soit arrivée, reprit-elle.

— Sasha n'a rien à voir là-dedans, répéta-t-il sèchement.

— Si, insista-t-elle. Elle a toujours eu quelque chose à voir là-dedans. Depuis qu'elle t'a quitté pour ce chanteur de country. Elle est partie, Toby, mais tu es toujours prisonnier de ce mauvais mélodrame.

— Où diable veux-tu en venir ? demanda-t-il en s'adossant contre la tête de lit.

— À ce que tu es devenu aujourd'hui, répondit-elle en le foudroyant du regard. Elle a tourné la page, Toby, alors que toi, tu mènes ta vie comme si tu étais toujours sous le coup de cette déception.

— Absolument pas !

— Tu en es sûr ? Depuis son départ, tu n'as pas eu la moindre aventure avec une femme, assena-t-elle, en croisant les bras sous ses seins. Pourquoi ?

— Ça ne m'intéresse pas.

— Menteur, lança-t-elle. Tu pourrais au moins avoir

l'honnêteté de reconnaître que c'est parce que tu n'es plus capable de faire confiance à qui que ce soit.

— J'ai confiance en toi, rétorqua-t-il en se demandant pourquoi il se sentait soudain obligé de se justifier.

Elle soupira, comme déçue. Pourquoi ? Il n'en avait pas la moindre idée.

— Toby, tu te refuses à éprouver le moindre sentiment uniquement parce que Sasha t'a trahi, déclara-t-elle en lui tapotant le torse du bout de l'index. Eh bien, tu as tort de lui donner autant de pouvoir.

— Pourquoi en reviens-tu toujours à Sasha ? lança-t-il en sautant du lit et en la toisant de toute sa hauteur. Elle n'a jamais dirigé ma vie et ne la dirigera jamais. J'ai cessé de penser à elle le jour où elle a quitté Royal. Je vis ma vie comme je l'entends, Naomi.

— Tu es sans doute l'homme le plus borné que j'aie jamais rencontré.

— Merci.

— Ce n'est pas vraiment un compliment, précisa-t-elle en soupirant et en se mordillant la lèvre inférieure.

L'attrapant par les hanches, il l'attira contre lui. Elle dut pencher la tête en arrière pour le regarder dans les yeux.

— J'ai confiance en toi. Et ça me suffit amplement.

— Très bien, acquiesça-t-elle sans le quitter des yeux. Simplement, je n'ai pas envie que tu regrettes un jour de m'avoir épousée uniquement parce que tu t'es empêché de m'aimer.

— Je ne regrette pas ce mariage, Naomi. Et tant mieux, ajouta-t-il en souriant, si, en prime, nous pouvons coucher ensemble.

Elle lui rendit un pâle sourire, qu'il ne sut comment interpréter.

— Ça me convient également.

— Je t'aime vraiment, Naomi. Je t'aimerai toujours. Mais je ne voudrais pas que tu te fasses des idées.

— J'ai compris. Tu n'es pas amoureux de moi.

— C'est ça.

S'il ne savait pas exactement ce qu'il ressentait pour elle, il savait au moins que ce n'était pas de l'amour au sens romantique du terme.

— Très bien. Ça ira, ne t'inquiète pas, reprit-elle en rejetant les cheveux en arrière. Et arrête de me regarder comme si j'étais une petite chose fragile. Je suis une grande fille, Toby. J'ai conclu cet accord avec toi en toute connaissance de cause, et je n'ai jamais attendu de ta part de grandes déclarations.

Il comprit qu'elle était sincère. En fait, elle se comportait comme si ce qui venait de se passer entre eux n'avait pas grande importance. Et, quelque part, ça le dérangeait un peu. Décidément, elle avait le don de retourner les choses dans tous les sens, au point qu'il en venait à douter lui-même de ce qu'il pensait. S'était-il inquiété pour rien ?

— Bon, la discussion est terminée ? demanda-t-elle, glissant la main sur son torse puis sur son ventre avant d'enrouler les doigts autour de son sexe tendu.

— Absolument, répondit-il, retenant son souffle. Je crois que nous nous sommes tout dit.

— Tant mieux, répondit-elle en l'embrassant sans cesser de le caresser. Alors ne reste pas planté là, cow-boy, et montre-moi ce que tu as dans le ventre.

— À vos ordres, madame, répondit-il d'une voix rauque.

Il était sur le point d'exploser. Comment pouvait-il la désirer à ce point ? se demanda-t-il en la soulevant pour la coller contre le mur le plus proche.

— Je ne vais pas aller lentement, je te préviens. Cette fois, ce sera torride et débridé.

S'agrippant à ses épaules, elle glissa les jambes autour de sa taille et lui mordilla le cou.

— Fais voir...

Il la pénétra d'un coup de reins et fut instantanément happé dans sa chaleur soyeuse. Il poussa un grognement lorsqu'elle planta les ongles dans ses épaules et noua les chevilles derrière son dos. Elle se mit à onduler avec la même avidité, la même frénésie que lui, et il faillit perdre le contrôle en plongeant dans le regard de cette femme qu'il croyait si bien connaître.

Son corps, le sien étaient enchevêtrés, et il n'avait jamais ressenti une sensation aussi incroyable, un désir aussi insensé. Une partie de son esprit le sommait de prendre son temps. Mais cette voix calme et raisonnable était réduite au silence par une autre, plus impérieuse encore, qui l'adjurait de la dévorer ici et maintenant.

— Toby, Toby..., gémit-elle en se pressant encore plus contre lui, amplifiant ainsi ses sensations au point qu'il en fut presque aveuglé.

— Vas-y, chérie. (Il s'empara voracement de ses lèvres, aspirant son souffle tandis qu'ils continuaient à se repaître l'un de l'autre.) Viens ! Maintenant, avec moi !

À cet instant, elle se cabra et il sentit les premières pulsations de son orgasme. Alors, son regard se figea et, dans un long frémissement, elle fut secouée par une jouissance d'une force inouïe. Et, renonçant à toute velléité de contrôle, il se perdit à son tour en elle.

Noyé dans un tourbillon de sensations, il comprit alors qu'en dépit de tout ce qu'il avait dit ce soir rien ne serait jamais plus comme avant.

9

Après ces quelques jours à Los Angeles, Naomi était de retour au Texas et ravie de l'être. À l'approche de juillet, la chaleur était de plus en plus implacable, et tout le monde semblait saisi de langueur. Si le rythme était bien moins trépidant qu'à Hollywood, c'était aussi ce qui faisait le charme de Royal. Certains prétendaient que vivre dans le nord du pays ne nécessitait aucune qualité particulière, mais supporter la chaleur texane demandait une véritable endurance.

Elle n'en était pas si sûre mais, en cet instant, elle était ravie que le Royal Diner ait la climatisation. Lorsque Scarlett poussa la porte du restaurant, Naomi poussa un soupir de soulagement.

— Oh ! cet été va être terrible, lança Scarlett en l'entraînant vers un box.

Naomi se laissa tomber sur la banquette en vinyle rouge, entassant d'innombrables sacs à ses côtés.

— Tu m'as fait acheter beaucoup trop choses...

— Mais non, répondit Scarlett. De plus, tu vas te marier. Tu as besoin... de quelques trucs.

« Quelques trucs »... Quel euphémisme quand on voyait tout ce qu'elle avait acheté ce matin. Elle avait passé plusieurs heures avec Scarlett aux Courtyard Shops, sorte de centre commercial où on trouvait de tout, des meubles anciens jusqu'aux spécialités culinaires locales. Mais il y avait aussi la nouvelle boutique de robes de mariée de Natalie Valentine.

C'était dans cette boutique que Scarlett l'avait poussée à faire une véritable razzia. Les sacs qu'elle transportait ne contenaient que quelques-uns des articles qu'elle avait achetés. Tout le reste serait livré. Elle n'avait pourtant pas envie d'un grand mariage mais d'une petite réception au ranch organisée en fin de journée, pour éviter la chaleur. Elle n'en avait pas encore parlé à Toby, mais elle savait déjà que sa mère tiquerait. En ce qui la concernait, un petit mariage tout simple, avec les familles et les amis proches, semblait le plus indiqué. Après tout, ce n'était pas un *vrai* mariage.

C'était aussi ce qui l'attristait. Mais elle devait voir les choses telles qu'elles étaient, même si c'était douloureux. Toby ne saurait jamais qu'elle l'aimait. Et il ne l'aimerait jamais en retour. Elle devait trouver un moyen de s'accommoder de la situation. Si elle n'en trouvait pas... alors ce mariage serait un fiasco. Pour elle comme pour lui.

— J'adore la robe que tu as choisie, remarqua Scarlett. Ce jaune pâle te va à ravir. De plus, elle est assez courte, ce qui t'aidera à mieux supporter la chaleur.

— Merci. Je l'adore, moi aussi. Ma mère aurait sans doute préféré me voir enveloppée de kilomètres de dentelle et de tulle, mais ça aurait été un peu ridicule vu la taille de la réception. Et puis, ajouta-t-elle, sarcastique, c'est un peu kitsch de porter du blanc quand on est aussi enceinte que moi.

Scarlett eut un petit rire et secoua la tête.

— Tu feras une mariée splendide. Mais tu es sûre de vouloir organiser cette réception à l'extérieur ? Même en fin de journée, il fera encore chaud...

— Absolument sûre, répondit-elle. Nous serons près de la piscine et, s'il fait trop chaud, les invités iront se rafraîchir à l'intérieur. Bien sûr, je n'en ai pas encore parlé à Toby. Si ça se trouve, il voit les choses différemment.

— Il se pliera à ton choix, répondit Scarlett, rassurante. N'oublie pas qu'il t'aime.

Avec un léger soupir, Naomi se pencha vers Scarlett.

— Scarlett, lui murmura-t-elle à l'oreille, tu connais la vérité. Je sais que Toby t'en a parlé.

— Peut-être, répondit-elle. Mais je connais mon frère. C'est un type formidable, mais jamais il n'épouserait une femme uniquement pour lui rendre service. Il tient à toi. C'est une évidence.

Mais « tenir à quelqu'un » n'était pas la même chose qu'*aimer*. Depuis qu'ils étaient rentrés de Californie, ils partageaient le même lit et faisaient tout le temps l'amour, le soir, le matin, et même, une fois, l'après-midi, dans l'atelier de Toby. Mais ils n'avaient pas reparlé de Hollywood. Ni du mariage. En fait, ils avaient soigneusement évité tous les sujets importants. Et elle ne savait plus quoi faire.

— Naomi, ça va ?

— Comment ? fit-elle avant de soupirer. Désolée. Je me suis laissé emporter dans mes pensées.

— Pas trop loin, j'espère...

— Dis-moi, Scarlett, puis-je te poser une question ?

— Bien sûr.

— Que penses-tu de tout ça ? De ce mariage, je veux dire ? Tu n'y vois rien à redire ?

— Bien sûr que non. (Scarlett marqua une pause en voyant Amanda Battle s'approcher de leur table, où elle déposa deux grands verres d'eau glacée.) Merci, mon ange, tu nous sauves la vie, soupira Scarlett.

— Je sais, répondit Amanda en riant. Eh bien, vous avez fait une sacrée razzia dans les boutiques !

— Et tu n'as pas tout vu ! répliqua-t-elle. (À cet instant, son estomac gargouilla.) Une salade ne lui disait absolument rien. Pourrais-je avoir un sandwich à la dinde ? demanda-t-elle. Avec une salade de pommes de terre ?

— Oh ! moi aussi, s'il te plaît, ajouta Scarlett.

Amanda hocha la tête et tourna vivement les talons pour s'occuper des autres clients. Lorsqu'elles furent de nouveau seules, Scarlett prit une longue gorgée d'eau.

— Pourquoi est-ce que ça me gênerait que tu épouses Toby ? reprit-elle. Tu es beaucoup mieux pour lui que Sasha.

— Tu places la barre très bas, mais merci quand même, répondit-elle, levant les yeux au ciel.

— Que se passe-t-il ? demanda Scarlett en la dévisageant. Tu n'as pas l'air aussi heureuse que tu devrais l'être. Regarde-toi : tu es fiancée, enceinte, et Hollywood frappe à ta porte.

— C'est compliqué, répondit-elle, réalisant que ce devait être l'euphémisme du siècle.

Elle était toujours indécise quant à la proposition de Tamara Stiles, mais elle devait lui donner sa réponse prochainement.

Si elle acceptait, elle perdrait tout contrôle sur son émission. Et puis, avait-elle envie de faire la navette entre Royal et Hollywood et y séjourner plusieurs semaines d'affilée ? Et dans ce cas, que ferait Toby ? La suivrait-il ? Resterait-il au ranch ? Et que se passerait-il lorsque le bébé serait là ? L'entraînerait-elle dans ses pérégrinations ?

— Eh bien, à voir la tête que tu fais, je regrette de ne pas pouvoir t'offrir une bière.

— Moi aussi. Mais je préférerais un gigantesque verre de vin, dit-elle en prenant une longue et apaisante gorgée d'eau glacée. J'ai trop de choses dans la tête en ce moment, et puis je reçois toujours des mails au sujet de cette stupide vidéo.

— Tous les gens qui te connaissent s'en fichent, Naomi, tu le sais.

— C'est vrai, mais des millions d'inconnus l'ont vue aussi.

Se savoir ainsi salie durablement sur Internet la rendait furieuse. Elle avait beau avoir tourné cette attaque à son avantage, ça ne changeait rien pour ces innombrables inconnus qui avaient visionné la vidéo.

Qui qu'il soit, le maître chanteur avait essayé de détruire sa vie, et le simple fait de savoir qu'il était toujours là, tapi quelque part, la rendait nerveuse. Il avait tout fait pour lui nuire. Et il serait sans doute furieux d'apprendre qu'il l'avait, en réalité, aidée sans le vouloir. Allait-il tenter autre chose pour se venger ?

— Tu as raison, admit Scarlett, des millions de gens ont vu cette vidéo, mais c'est aussi ce qui les a incités à regarder ton émission. Donc, c'est très bien pour toi. Sérieusement, ne laisse pas ce malade troubler ton bonheur. Je suis sûre que le shérif Battle ne va pas tarder à le démasquer et à l'arrêter.

— J'espère. Mais j'ai peur qu'il ne tente autre chose contre moi pour se venger du flop de sa vidéo.

— Je comprends mais, honnêtement, je n'y crois pas. Pourquoi le ferait-il ? Il y a tellement d'autres gens à harceler à Royal.

— Vous parlez du maître chanteur ?

Les deux femmes levèrent les yeux et reconnurent Gabe Walsh. C'était un homme grand et avenant, avec des yeux noisette qui brillaient toujours d'une touche d'humour. Les cheveux coupés en brosse, il arborait de nombreux tatouages. Ancien agent du FBI, il dirigeait aujourd'hui une entreprise de surveillance basée à Royal.

— Désolé de m'immiscer dans votre conversation, reprit-il avec un petit sourire, mais je vous ai entendues en passant à côté de votre table. Vous parliez bien du maître chanteur, hein ?

— Qui d'autre ? fit Scarlett.

— Tout le monde parle de lui, renchérit-elle. Surtout ceux d'entre nous qui ont fait les frais de son humour très particulier.

— Je comprends, compatit Gabe. Ce type a fait beaucoup de tort aux gens de cette ville. Mais ça n'affecte pas tout le monde. Prenez mon oncle Dusty, par exemple. Eh bien, je sors de chez lui, et on dirait que toutes ces cabales lui ont redonné le goût de vivre. Au point même qu'il semble mieux réagir à son traitement.

Âgé d'une soixantaine d'années, Dale « Dusty » Walsh était naguère un grand costaud. Mais après une longue chimiothérapie, il n'était plus que l'ombre de lui-même.

— Je suis heureuse d'apprendre qu'il va mieux, répondit Naomi.

— Je ne sais pas s'il va mieux, répondit Gabe, fourrant tristement les mains dans les poches, mais ce qui est sûr, c'est que toute cette affaire a aiguisé son intérêt plus que tout autre chose. Il a même démarré sa propre enquête pour tenter de démasquer le maître chanteur.

— J'espère vraiment qu'il parviendra à ses fins, répondit-elle avec véhémence. Je ne me sentirai pas en sécurité tant que ce sale type sera en liberté.

— Ça ne va plus durer. Personne ne peut faire ce genre de choses très longtemps, assura Gabe avant de rejoindre ses amis à leur table.

Mais rien n'était moins sûr, songea Naomi. Cela faisait des mois que le maître chanteur passait sous tous les radars. Qui pouvait affirmer que ça allait changer ? Et qu'il ne s'en prendrait pas de nouveau à elle ?

À cet instant, le téléphone de Scarlett sonna.

— C'est Toby, annonça-t-elle en jetant un œil à l'écran.

Après un bref échange, elle raccrocha.

— Que se passe-t-il ? demanda Naomi.

— C'est Légende, son cheval. Apparemment, il s'est couché et ne se relève pas, expliqua Scarlett, inquiète. Il faut qu'on file au ranch. Amanda, appela-t-elle en faisant un signe de la main, on annule la commande, désolées !

Naomi avait déjà rassemblé toutes ses affaires et se dirigeait vers la porte. Elle sortit du restaurant, Scarlett sur les talons.

Toby détestait se sentir impuissant.

Allongé au fond de son box, Légende se mit à haleter, et il s'agenouilla à son côté. La paille fraîche disposée sur le sol craquait à chaque mouvement de l'animal. Longuement, il lui caressa l'encolure. À chacune de ses laborieuses respirations, il percevait les battements désordonnés de son cœur. Légende était vieux et avait eu une belle vie. S'il l'avait fait venir dans son ranch, c'est parce qu'il savait qu'il était en fin de vie. Pourtant, maintenant que le moment était arrivé, il ressentait une profonde tristesse.

Il entendit derrière lui les pas de sa sœur et reconnut la démarche plus légère de Naomi. Il s'en voulait d'avoir gâché leur sortie, mais il ne voulait pas voir Légende souffrir. Il devait bien cela à son vieil ami. Et il voulait aussi que Naomi soit à ses côtés.

Sa mallette à la main, Scarlett entra dans le box et se mit aussitôt à l'ouvrage. Il se leva pour lui faire de la place et rejoignit Naomi. Sans un mot, elle le prit par la taille et nicha la tête contre sa poitrine. Il s'agrippa à elle comme à un filin lancé dans une mer démontée et se sentit soudain plus calme.

En regardant sa sœur examiner le cheval, il vit soudain toute sa vie défiler devant ses yeux. Le jour où Légende était arrivé chez eux. Leur première chevauchée sur les sentiers et à travers champs. Ses jeux d'enfant où, monté sur le cheval, il se prenait pour un grand explorateur ou un hors-la-loi. À l'époque, la vie était simple et pleine de possibilités, et Légende avait vécu tout cela à ses côtés.

Ce cheval avait été la composante la plus importante de sa vie durant de longues années. Aujourd'hui, l'heure était venue de le laisser partir. Il n'avait pas besoin des regards compatissants de sa sœur pour comprendre que l'animal n'en avait plus pour longtemps.

— Je peux lui faire une injection, Toby, déclara Scarlett. Il aura juste l'impression de s'endormir.

— Oh ! mon Dieu...

La voix de Naomi n'était qu'un murmure, mais il perçut sa détresse. C'était un réconfort qu'elle soit à ses côtés.

— Laisse-nous une minute avec lui, tu veux ?

— Bien sûr. (Scarlett se leva, déposant une bise sur sa joue.) Appelle-moi quand tu es prêt.

— Merci, souffla Naomi en pressant la main de Scarlett tandis qu'elle sortait du box.

Il s'approcha de Légende et tendit la main à Naomi pour qu'elle le rejoigne. La respiration du cheval était de plus en plus sifflante, et ses yeux roulaient dans leurs orbites comme s'il essayait de comprendre ce qu'il se passait.

— Pauvre Légende, murmura Naomi en embrassant le front de l'animal. Tu es un si bon cheval.

— Il t'aime, remarqua-t-il simplement alors que Légende essayait vainement de poser la tête sur les genoux de Naomi.

Elle plongea ses yeux baignés de larme dans les siens.

— Je suis tellement triste qu'il s'en aille...

— Je sais. Moi aussi. (Il caressa le flanc du cheval, remontant la main jusqu'à son cou et sa tête. Puis il plongea le regard dans celui de son plus vieil ami.) Nous avons été heureux, Légende. Je n'oublierai jamais à quel point.

Le cheval secoua la tête comme s'il était d'accord puis essaya de se lever avant de retomber sur sa litière. Toby sentit son cœur se serrer en voyant son ami tenter désespérément de redevenir ce qu'il avait été.

— Doucement, mon grand, souffla-t-il. Tout va bien. Tu peux partir, maintenant.

Incapable d'en supporter davantage, il se leva. Jetant un œil à Naomi, il vit ses larmes et sentit les siennes. C'était inutile de prolonger les souffrances de l'animal. Le moment était venu de laisser Légende galoper vers de nouvelles aventures.

— Scarlett ?

— Je suis là, répondit-elle en entrant dans le box, affligée.

— Vas-y, lui dit-il. Mais je reste avec lui.

— *Nous* restons avec lui, corrigea Naomi, captant son regard.

— Bien sûr, dit-il d'une voix étouffée.

— Ce n'est pas un problème, répondit Scarlett. Ça ne prendra pas longtemps et il ne souffrira pas. Je te le promets.

Mais il n'entendait déjà presque plus sa sœur. Il ne voulait pas la voir mettre fin à la vie de son vieux compagnon, même s'il savait que cela épargnerait bien des souffrances à l'animal. Une fois de plus, il plongea son regard dans celui de son cheval et eut l'impression d'y voir de la gratitude.

Peu à peu, la respiration de Légende s'amenuisa puis s'arrêta, les plongeant dans un silence insupportable. Il était parti, emportant avec lui un pan entier de sa vie. Naomi lui prit doucement la main. Scarlett l'embrassa de nouveau avant de sortir, les laissant tous deux auprès du cheval.

— Je suis désolée..., souffla Naomi en le prenant dans ses bras.

— Je sais, dit-il en l'étreignant à son tour, nichant la tête au creux de son cou.

Il avait tenu à ce qu'elle soit là lorsqu'il avait compris que Légende était mourant. Il avait eu besoin d'elle, et elle était venue. Comme elle l'avait toujours fait. Sa main dans la sienne, il sentit sa chaleur se déverser en lui et s'y accrocha de toutes ses forces.

Après leur séjour en Californie, tout avait changé entre eux. Certes, leur vie sexuelle était devenue intense, voire extraordinaire, mais, hors du lit, leurs rapports étaient tendus. Ils n'avaient pas reparlé de l'offre de la productrice, et il ignorait ce qu'elle en pensait. Qu'allait-elle faire ? Accepter l'offre, quitte à s'installer à Hollywood ? Et si elle partait, que ferait-il, lui ? Sa vie était ici, à Royal. Vivre en Californie ne faisait pas partie de ses projets. Mais Naomi ? Cette productrice lui offrait de réaliser son rêve. Allait-elle succomber à la tentation ?

Et si c'était ce qu'elle voulait, peut-être devraient-ils annuler leur mariage. Mais serait-ce juste pour elle ?

C'est n'importe quoi, tout ça, se réprimanda-t-il. En réalité, ce n'était pas à elle qu'il pensait. Mais à *lui*. À ce qu'il ressentait. À chaque fois qu'ils faisaient l'amour, il se sentait glisser le long d'une pente de plus en plus périlleuse. Et d'ici peu, il se retrouverait pieds et poings liés, prisonnier de l'amour qu'il éprouvait pour cette femme. Or ne s'était-il pas promis de ne jamais plus se retrouver dans cette position ?

Se redressant de toute sa hauteur, il plongea dans ce magnifique regard caramel et comprit qu'il était en danger. Mais il ne voyait pas comment éviter de tomber dans le piège.

— Merci, Naomi. D'avoir été là.

— Je serai toujours là, Toby.

Il l'espérait. Mais rien n'était moins sûr. Il prit son visage au creux de ses mains et comprit que, en dehors de sa famille, elle était la seule personne en qui il avait pleinement confiance. Alors, pourquoi avait-il si peur de tomber amoureux d'elle ? Était-ce de lui qu'il doutait ? Ou était-il trop lâche pour prendre le risque d'aimer à nouveau ?

Dans un cas comme dans l'autre, ce n'était pas à son avantage.

— Viens. Il faut que je sorte d'ici.

— D'accord.

Sans lâcher sa main, elle le suivit hors du box. Sur le seuil, ils s'arrêtèrent pour regarder Légende une dernière fois.

Alors, tournant le dos à l'écurie et à la tristesse, ils regagnèrent le ranch, la main dans la main.

10

Deux jours plus tard, Naomi était furieuse. Une fois de plus, elle se remémora le texto qu'elle avait reçu une heure auparavant.

Naomi, il faut qu'on parle. Je t'attends au bar de l'hôtel Oaks à Houston. Rejoins-moi dès que possible. Gio

Le ton pressant du message l'agaçait presque autant que son contenu. Que faisait Gio au Texas ? Pourquoi, subitement, lui envoyait-il ce message après lui avoir fait clairement comprendre qu'il ne voulait plus entendre parler ni d'elle ni du bébé ?

Une bouffée de colère l'envahit. Elle n'avait pas parlé du texto à Toby, car elle savait qu'il lui dirait de ne pas y aller. Mais elle n'avait pas vraiment le choix. Elle devait savoir ce que Gio mijotait. Pourquoi il était là. Et faire en sorte qu'il ne revienne plus jamais. Une fois qu'elle aurait réglé le problème, elle en parlerait à Toby. Il n'était pas question de lui mentir.

Il s'était passé tant de choses dans sa vie ces derniers temps qu'elle avait complètement oublié Gio. Il n'avait rien à voir avec elle ou son bébé. Toby était l'homme qu'elle aimait. Celui qu'elle allait épouser. Gio n'avait pas de place dans sa vie. Et c'était la seule raison pour laquelle elle allait le rencontrer : pour le lui dire en face.

Le moment était venu de faire une croix sur ce passé et de se projeter dans l'avenir.

Elle se gara dans la rue, glissa une pièce dans le parcmètre et se dirigea vivement vers l'hôtel Oaks. C'était bien sûr un établissement de luxe, avec un portier en livrée et un tapis rouge qui s'étendait du trottoir à la porte ornée de poignées de cuivre rutilantes.

Elle lissa son pantalon crème et tira sur sa fine tunique vert pâle, qui dessinait fièrement les contours de son ventre. Le portier se précipita pour lui ouvrir et elle pénétra avec soulagement dans le vestibule climatisé.

Immense, le hall de l'hôtel se caractérisait par une décoration à dominante de bois, de tons noirs et de verre. Tout ici respirait l'argent et l'élégance. Le genre de lieu qu'affectionnait Gio. Elle regarda autour d'elle puis se dirigea vers le bar. Elle était pile à l'heure et ne resterait que le temps nécessaire pour régler le problème.

Il régnait dans le bar une tranquillité propre à ce genre de lieu. Au fond de la salle parquetée s'étirait un comptoir en acajou devant lequel une douzaine de petites tables rondes accueillaient quelques clients. Elle parcourut la salle du regard et, aussitôt, repéra Gio. Elle soupira en voyant qu'il s'était installé dans le coin le plus sombre du bar. S'il avait prévu un rendez-vous galant, il risquait fort d'être déçu. Elle avait accepté de le voir uniquement pour lui dire d'aller au diable.

Il n'avait été qu'une passade dans sa vie. Une parenthèse qui appartenait désormais au passé. Il ne faisait pas partie de son avenir, et c'était ce qu'elle était venue lui dire. Le cliquetis de ses talons sur le parquet attira son attention, et il leva la tête. Elle se crispa en croisant son regard. Comment avait-elle pu être assez bête pour tomber dans les bras d'un tel homme ?

Il était incroyablement séduisant, elle devait bien l'admettre. Moins grand que Toby, Gio avait des cheveux noir corbeau, des yeux bleu-vert et une barbe naissante savamment travaillée. Il portait un pantalon noir et une chemise en soie crème et paraissait, comme à son habitude, très satisfait de lui. Mais son apparence avantageuse n'avait d'égal que la superficialité de son caractère.

— *Bella*, sussurra-t-il en se levant pour l'accueillir. Tu es superbe.

— Merci, Gio.

Elle recula lorsqu'il se pencha pour lui faire la bise, sans relever l'expression faussement déçue et blessée qui s'était peinte sur son visage.

— Tu bois quelque chose ? demanda-t-il en faisant signe à la barmaid.

— Non, merci.

Tandis qu'il chassait la serveuse d'un autre geste de la main, elle s'assit à la table, en face de lui. Elle regarda autour d'elle pour s'assurer qu'elle ne connaissait personne puis, se tournant vers lui, attendit.

— Je suis si heureux que tu aies accepté de me voir, commença-t-il en prenant un air ravi et déçu à la fois.

— Gio, répondit-elle, j'ignore ce que tu as en tête, mais si je suis venue, c'est uniquement pour te dire que je n'attends strictement rien de toi, si ce n'est, ajouta-t-elle dans un éclair de lucidité, un document signé dans lequel tu renonces à tous tes droits sur le bébé.

— *Sì, sì*, dit-il, écartant sa demande d'un geste de la main comme si c'était une broutille. Nous en parlerons mais, *avant*, j'ai autre chose à te dire…

D'accord. Donc, ce n'était pas le bébé qui l'intéressait. Ce n'était pas une surprise, vu la façon dont il avait réagi lorsqu'elle lui avait annoncé qu'il allait être père. Dans ce cas, pourquoi était-il revenu d'Italie ?

À l'instar du lieu, la voix de Gio était calme. Il s'inclina vers elle par-dessus la table. En l'observant pendant ce court laps de temps, elle se demanda ce qui avait bien pu l'attirer chez cet homme, au départ. Il était séduisant, certes, mais sa beauté était artificielle comme s'il passait un temps fou à travailler son apparence, avec ses cheveux taillés exactement à la bonne longueur, sa barbe naissante savamment entretenue et l'éventail de poses décontractées qu'il adoptait. Il n'aurait pas pu être plus différent de Toby.

Bien dans sa peau, Toby n'avait nul besoin de se mettre en scène pour susciter l'admiration des femmes. Lorsqu'il entrait dans une pièce, c'était sa force tranquille qui attirait leurs regards.

Non, il n'y avait aucune comparaison entre Toby et Gio. Et à présent, elle ne souhaitait plus qu'une chose : en terminer rapidement avec lui et retourner auprès de l'homme qu'elle aimait.

— Ça pousse, dis donc, dit-il en désignant son ventre.

C'était difficile de ne pas le remarquer, avec le haut qu'elle portait. À cet instant, le bébé lui donna un énergique coup de pied comme s'il était pressé, lui aussi, de partir. Elle sourit à cette idée, et il sourit en retour, pensant sans doute que cela lui était destiné.

Elle secoua légèrement la tête.

— Comme tu vois, répondit-elle froidement. Et comme je le disais, Gio, je n'attends rien de toi. Pour ton information, sache que je vais me marier et que c'est mon futur mari qui sera le père de mon enfant.

Il se tapota la lèvre du bout du doigt, esquissant un sourire circonspect.

— Oui, j'ai entendu parler de tes projets de mariage. (Voyant sa surprise, il haussa les épaules.) Les commérages traversent les océans, tu sais, *bella*. D'ailleurs, il paraît que tu vas épouser un homme très riche. Je t'en félicite.

— Où veux-tu en venir, Gio ? demanda-t-elle, inquiète.

— Je vois que tu es pressée... Si tu veux, je te signerai le document que tu m'as demandé...

— Parfait. Merci.

— ... À *condition* que tu me rendes un petit service.

À ces mots, elle sentit un frisson glacé remonter le long de sa colonne vertébrale. Il la fixait du regard, et elle vit passer dans ses yeux une lueur de satisfaction.

— Qu'est-ce que tu veux, Gio ?

— Parlons un peu business, tu veux ? dit-il avec un petit sourire sournois qui effaça d'un coup le peu de souvenirs qu'elle avait encore de la nuit qu'ils avaient passée ensemble. *Bene*. Nous allons parler franchement, toi et moi. C'est mieux.

— Je t'écoute, dit-elle en croisant les mains sur la table.

— Je ne dirai rien sur ma paternité, commença-t-il en lui adressant un clin d'œil, *si* tu acceptes de financer mon prochain film.

Elle écarquilla les yeux, stupéfaite. Une tentative de chantage... C'est bien la dernière chose qu'elle aurait imaginée. Elle savait, bien sûr, qu'il était réalisateur et que ses deux derniers films n'avaient pas marché. Et aujourd'hui, il peinait apparemment à trouver des financements. Suffisamment, en tout cas, pour revenir aux États-Unis dans le seul but de la faire chanter.

Elle était si furieuse contre lui, contre elle-même, qu'elle se sentit suffoquer. Sans remarquer son malaise, Gio continua à exposer son business plan.

— Lorsque tu m'as dit que tu étais enceinte, j'ai pris la liberté de demander de tes nouvelles à quelques-unes de mes connaissances. Et c'est là que j'ai appris que ton fiancé était un merveilleux inventeur... Et surtout, qu'il était très riche. C'est curieux que tu ne m'en aies pas parlé, ajouta-t-il, feignant la déception. Comment cela se fait-il ?

— Parce que ça ne te regarde absolument pas ! lança-t-elle.

— Bien sûr que si, poursuivit-il, tout sourire, en posant la main sur la sienne. Tu es sur le point de l'épouser, oui ou non ?

— Oui, admit-elle, furieuse et humiliée.

— Donc, tu as largement les moyens de m'aider, n'est-ce pas ? J'ai un film en production, et j'aurais besoin que tu le finances. Nous allons devenir associés, *bella* ! (Il lui lâcha la main et lui adressa un sourire bienveillant.) Toi, moi et notre *bambino*.

Il la faisait chanter, purement et simplement. C'était un mot odieux, mais c'était le seul qui décrivait la situation. Elle fut saisie de honte et de dégoût en songeant à ce qui la liait à cet homme indigne. Et elle ne pouvait qu'espérer que son enfant hériterait majoritairement de ses gènes à elle. Mais au même moment, elle réalisa qu'avec un modèle paternel tel que Toby — qui le guiderait et l'aimerait — son enfant grandirait heureusement dans un environnement favorable.

— Alors, nous sommes d'accord, *bella* ? (Esquissant une moue, il secoua la tête en arrière et se positionna dans l'unique rayon de lumière qui éclairait ce coin du bar.) Je n'exigerai pas l'autorité parentale. Tout ce que tu as à faire, c'est de m'aider. Ce n'est pas une mauvaise affaire, non ?

Elle inspira profondément et secoua la tête.

— Non, Gio. Ce n'est pas une mauvaise affaire.

Il sourit, manifestement ravi de sa réaction.

— C'est tout simplement ignoble.

Le sourire de Gio s'évanouit.

— *Mia cara*, ne sois pas ridicule.

Son sang ne fit qu'un tour. Si cet homme infâme croyait qu'elle allait céder à son chantage, il se trompait. Et comment !

— Tu veux que je te dise ce qui était vraiment ridicule, Gio ? lança-t-elle. C'est quand j'ai cru voir en toi quelque chose qui n'existait pas. Maintenant, je vois clairement qui tu es. (Elle se pencha vers lui avant de poursuivre.) Je ne te donnerai pas un centime. Tu n'obtiendras rien de moi, Gio. Jamais. Alors, vas-y, venge-toi, comme tu sais sans doute si bien le faire. Dis au monde entier que tu es le père de l'enfant. En fait, dit-elle, subitement inspirée, je suis d'accord. Fais-le. Publie une pleine page dans les journaux, diffuse l'information sur Internet, exige l'autorité parentale. Ensuite, ce sera plus facile pour moi de t'attaquer en justice pour réclamer une pension alimentaire.

Il la dévisagea, bouche bée. Il n'avait probablement pas anticipé sa réaction. Il avait cru qu'elle ferait tout pour protéger sa réputation. Mais elle avait appris une chose grâce à Toby : il fallait toujours résister aux harceleurs. Ne jamais les laisser vous dicter vos actes. C'était exactement ce qu'elle venait de faire.

Il paraissait absolument abasourdi, et le fait de savoir qu'elle l'avait pris de court lui procura un immense plaisir. À cet instant, elle se leva.

— Mon mari sera le père de mon enfant, et c'est une grande chance pour lui. Alors, fais ce que tu as à faire, Gio. Mais jamais tu n'obtiendras un centime de ma part.

Avec un sourire, elle tourna les talons et sortit majestueusement du bar cossu. Elle se sentait libérée et avait à présent hâte de rentrer au ranch pour raconter à Toby comment elle avait réglé toute l'affaire.

À aucun moment, elle ne remarqua l'homme, qui, assis dans un coin, prenait subrepticement des photos.

Lorsque son téléphone émit un signal annonçant la réception d'un texto, Toby y jeta un œil, s'attendant à un message de Naomi l'informant qu'elle était de retour de Houston. Mais lorsqu'il ouvrit le texto, il faillit lâcher l'appareil.

Sur la photo, elle était assise à une table en compagnie d'un homme aux cheveux sombres. Ils paraissaient intimes. L'homme lui tenait la main et, penché vers elle, la regardait intensément dans les yeux. Le message qui accompagnait la photo était aussi bref que direct.

Pauvre idiot. Elle rencontre Gio Fabiani dans ton dos.

Gio. Le père de son enfant. À cet instant, il vit rouge, *littéralement*. Sa vision se brouilla et s'obscurcit tandis qu'il fixait la satanée photo. Naomi, la femme qu'il allait épouser, avait accepté de rencontrer l'homme qui l'avait mise enceinte et abandonnée ! L'homme dont elle ne voulait plus entendre parler, ainsi qu'elle l'avait crié haut et fort. Pourtant, ils avaient l'air de parfaitement s'entendre, comme en témoignait le geste intime de Gio.

Elle lui avait dit qu'elle allait faire des courses à Houston pour le mariage. Mais, en réalité, elle avait rendez-vous avec un autre homme. Elle lui avait menti. Et si ce n'était pas la première fois ? Son cœur se serra, comme écrasé par une main glacée, et il se sentit suffoquer de rage.

C'était exactement ce qu'il redoutait. Son rapprochement avec Naomi n'avait fait que le rendre plus vulnérable à la souffrance que lui avait infligée, une première fois déjà, une femme qu'il avait laissée entrer dans sa vie. Naomi savait parfaitement ce que Sasha lui avait fait endurer, et maintenant, voilà qu'elle, sa meilleure amie, sa future femme, lui infligeait le même sort ?

Pourquoi voyait-elle Gio ? Courait-elle deux lièvres à la fois ? Envisageait-elle de le quitter pour renouer avec le père biologique de son enfant ?

— Que se passe-t-il, Naomi ? Qu'est-ce qui te prend ? s'écria-t-il, incapable de détacher les yeux de la photo.

Ce petit cadeau émanait du maître chanteur, il le savait. Qui d'autre aurait pu suivre Naomi pour lui rendre compte de ses faits et gestes ? Ce salaud ne savait pas à quoi il s'exposait lorsqu'il se ferait prendre.

Éteignant son téléphone, il le fourra dans sa poche comme si, en cessant de regarder la photo, il pouvait effacer de son esprit l'image de Naomi avec un autre homme. La souffrance qu'il éprouvait était insupportable. Pire encore que ce qu'il avait ressenti lorsque Sasha l'avait quitté. Pire, parce que Naomi faisait partie de lui. Parce qu'elle était son amie. Son amante. Sa fiancée.

Mais qu'était-elle à présent ? Il n'en savait plus rien. Une chose était certaine : il devait réfléchir. Il ne l'obligerait pas à l'épouser si elle tenait vraiment à ce Gio. Mais ce serait sans sa bénédiction. Jamais il ne lui pardonnerait sa trahison.

Bon sang, mais que fichait-elle avec ce type ?

Après tout ce qu'ils avaient partagé, projeté, elle allait retrouver Gio en secret ? Pourquoi ? Elle était à *lui*. Ils bâtissaient leur avenir. Cela ne signifiait-il rien pour elle ? L'espace d'un instant, il songea à la rejoindre à Houston et à pourchasser ce Gio pour lui infliger une bonne correction. Mais au-delà de la satisfaction que cela lui procurerait, ça ne changerait rien au fait qu'elle l'avait trahi.

Il avait besoin de temps pour réfléchir. Et d'espace. Claquant la porte de son atelier, il se dirigea vers l'écurie et sella un cheval. Ce serait mieux pour tout le monde s'il n'était pas au ranch au retour de Naomi. Car il ne savait pas comment il réagirait si — une fois de plus — elle lui mentait en le regardant droit dans les yeux.

C'était une chance qu'il ne soit pas amoureux d'elle, sinon un coup pareil l'aurait tué.

Talonnant le grand étalon noir, Toby s'éloigna au galop tandis que le martèlement des sabots sur le sol semblait sonner le glas de sa relation avec Naomi.

Lorsque Naomi arriva en vue du ranch, sa colère contre Gio s'était dissipée et, pour la première fois depuis bien longtemps, elle avait l'impression de savoir exactement ce qu'elle voulait.

Le moment était venu de tenir tête à tous les hommes de sa vie. Elle avait envoyé Gio au diable et peut-être devait-elle mettre Toby au pied du mur. Elle était lasse de jouer un rôle et aspirait à une vie libérée de tous faux-semblants.

Elle était amoureuse de Toby, c'était un fait, et aujourd'hui, elle allait le lui faire comprendre. Peu importait qu'il ne soit pas amoureux d'elle, elle pouvait attendre. Parce qu'il l'aimait telle qu'elle était et qu'elle pouvait s'en contenter — du moins, pour l'instant. Elle savait qu'un jour il finirait par partager ses sentiments. Ce n'était qu'une question de temps. Le temps qu'il guérisse des blessures infligées par Sasha.

Il n'y avait rien de surprenant à ce qu'il se protège ainsi après ce qu'il avait subi.

Ce qu'elle comptait lui démontrer, en revanche, c'était que l'amour n'était pas forcément synonyme de souffrance. Et elle l'obligerait à l'écouter. Jusqu'au bout.

Elle s'engagea dans la longue allée sinueuse menant au ranch et réalisa combien elle s'y était très vite acclimatée. En l'espace de quelques semaines, le Paradise Ranch — les champs immenses qui l'entouraient, son fichu poulailler et le grand chêne sous lequel était enterré Légende — était devenu son foyer.

Son cœur était ici, avec l'homme qui avait toujours été son ami et était à présent son amant. L'homme qui lui avait proposé de devenir le père de son enfant. Comment aurait-elle pu *ne pas* l'aimer après tout ce qu'ils avaient vécu ensemble ?

Elle n'avait pas besoin de Hollywood. Elle n'avait pas besoin de rêves de gloire et de fortune. Et elle n'avait même plus besoin de l'approbation de ses parents. Tout ce dont elle avait besoin, c'était Toby.

À peine se fut-elle garée qu'elle se précipita dans la maison, en quête de son futur mari. Elle s'était absentée plus longtemps que prévu et pensait le trouver dans son bureau, où il travaillait presque tous les jours sur les plans de ses incroyables inventions. Mais il n'y était pas, et elle se dirigea vers la cuisine, le cliquetis de ses talons sur le plancher faisant écho aux battements désordonnés de son cœur.

— Toby ?

— Il n'est pas là, répondit Rebecca, passant la tête hors du garde-manger. Il est parti à cheval il y a quelques heures. Je ne l'ai pas revu depuis.

— Vous savez où il est allé ? demanda-t-elle, déçue.

— Aucune idée, répondit Rebecca en reprenant ses activités. Mais il est parti comme s'il avait le diable aux trousses. Il a dû se passer quelque chose.

Sentant sa déception se muer en inquiétude, Naomi se mordilla la lèvre inférieure. Qu'avait-il bien pu se passer en son absence ?

— Très bien, merci. Je vais l'appeler sur son portable.

— Un portable, à cheval..., grommela Rebecca. Quel drôle de monde...

Elle se dirigea vers le salon pour appeler, mais les sonneries s'égrenèrent les unes après les autres jusqu'au moment où elle entendit le message d'accueil de son répondeur. Elle raccrocha sans laisser de message. Sortant sur la terrasse, elle contempla quelques instants le ranch qu'elle considérait désormais comme son foyer et se demanda où Toby avait bien pu aller. Et pourquoi.

Une heure plus tard, il poussait la porte et entrait dans la maison comme une tornade.

Elle l'avait appelé une dizaine de fois, mais était tombée systématiquement sur le répondeur. Il n'avait répondu à aucun de ses textos. Lorsqu'elle l'entendit entrer, elle était à bout de nerfs.

Le suivant à la trace, elle le trouva dans son bureau, en train de se servir un verre de scotch. Il lui jeta un regard glacial lorsqu'elle pénétra dans la pièce.

— Toby ? Tout va bien ?

— Intéressante question, remarqua-t-il sans répondre.

Derrière lui, la lumière rasante du couchant se déversait par la fenêtre. Bien qu'incapable de voir clairement son visage, elle perçut une lueur menaçante dans son regard.

— J'étais inquiète, dit-elle en s'approchant.

— Ah oui ? fit-il avec un petit rire avant de prendre une longue gorgée de scotch. À vrai dire, moi aussi. Alors, tu as trouvé ce que tu cherchais à Houston ?

— Je voulais justement t'en parler.

— C'est vrai ? lança-t-il en serrant son verre de toutes ses forces au point qu'elle vit blanchir ses articulations.

— En réalité, je ne suis pas allée en ville faire du shopping.

Il planta son regard dans le sien.

— Oui, je sais. Tu n'es pas la seule à m'avoir bombardé de textos aujourd'hui.

Elle sentit son estomac se serrer.

— Que veux-tu dire ? demanda-t-elle, angoissée.

— Regarde, dit-il en lui tendant son téléphone. Dis-moi ce que tu en penses.

En cet instant, elle n'avait aucune envie de voir ce qu'il y avait sur le téléphone. Ni de savoir pourquoi il la traitait aussi froidement. Néanmoins, elle lui prit l'appareil des mains et l'alluma. La photo s'afficha aussitôt.

Gio et elle assis à une table dans l'éclairage tamisé du bar. Lui, penché vers elle, la main posée sur la sienne. Comme s'ils étaient intimes. Si elle n'avait pas su la vérité, elle aurait pu croire qu'ils étaient amants tant ils semblaient absorbés l'un par l'autre.

Oh ! Seigneur. Qu'avait dû penser Toby en voyant la photo ? Elle prit une profonde inspiration et leva les yeux vers lui.

— Toby...

— Tu m'as menti.

Jamais il ne l'avait regardée aussi froidement. Jamais il n'avait paru hostile, même lorsque Sasha l'avait quitté. Il semblait devenu complètement hermétique.

— Je n'ai pas menti.

— Tu pinailles. Tu as omis de me dire que tu avais rendez-vous avec Gio, donc tu m'as menti, assena-t-il, impitoyable. Bon sang, Naomi...

Se mettant à tourner en rond comme un fauve en cage, il jeta son verre dans la cheminée, où il se fracassa dans un tintement sinistre. Lorsqu'il fit volte-face, ses yeux bleus ressemblaient à un ciel d'orage.

— Tu donnes rendez-vous à Gio dans mon dos ?

— Ça ne s'est pas passé comme ça.

— Vraiment ? tempêta-t-il en se passant les deux mains dans les cheveux. Pourtant, quand on voit cette photo, on dirait le contraire. Le maître chanteur m'a traité d'idiot, et je commence à croire qu'il a raison.

Elle le dévisagea, abasourdie.

— Tu m'as toujours dit que le maître chanteur était un moins que rien. Et aujourd'hui, tu es prêt à avaler ces horreurs plutôt que de croire ce que je te dis ? lança-t-elle, faisant un pas dans sa direction et furieuse de voir qu'il reculait comme s'il la fuyait comme la peste. Gio m'a envoyé un texto en insistant pour que l'on se voie. J'y suis allée uniquement pour lui dire de me ficher la paix.

— Ah bon ? fit-il en penchant la tête sur le côté d'un air sceptique. Et tout ça, dans un petit coin sombre et romantique ?

— Ce n'était pas romantique, Toby.

Elle n'en revenait pas d'avoir à se justifier ! Et elle s'en voulut amèrement de ne pas lui avoir parlé du rendez-vous dès le départ.

— Je ne veux pas de lui. C'est toi que je veux.

— Et pourquoi ça ? Il a refusé tes avances ? Ou alors, tu as décidé de courir deux lièvres à la fois ? C'est ça, ton plan ?

assena-t-il en secouant la tête, dégoûté. Bah, ne te fatigue pas à répondre. J'en ai assez des mensonges.

— Je ne te mens pas, rétorqua-t-elle.

Seigneur, elle n'aurait jamais dû s'y prendre de cette façon. Elle aurait dû lui en parler et lui demander de l'accompagner. Ils auraient fait front ensemble. Or, elle avait tenu à régler le problème elle-même, et à présent tout se passait comme si elle avait troqué une situation délicate contre une autre, plus délicate encore. Comment pouvait-elle lui faire entendre raison ? Lui faire comprendre qu'il se trompait complètement ?

C'est alors qu'elle comprit ce qu'elle avait à faire. Ce qu'elle aurait dû faire depuis des semaines lorsqu'elle s'était avoué la vérité.

— Toby, je t'aime.

Il se mit à rire, mais d'un rire froid, ironique.

— Je t'en prie, Naomi. Pas ça. Tu crois vraiment que tu vas me convaincre ?

— Mais alors, qu'est-ce qui peut te convaincre ? demanda-t-elle, touchée en plein cœur.

— Rien, répondit-il en la dévisageant comme si elle était une étrangère.

Elle resta plantée sur place, pétrifiée. Elle était en train de tout perdre sans pouvoir l'empêcher. Il la regardait toujours droit dans les yeux et, malgré sa peine, elle comprit qu'elle n'était pas seulement blessée, mais qu'elle se sentait profondément *insultée*. Elle était son amie la plus proche. Il la connaissait de fond en comble, et il prenait les calomnies du maître chanteur pour argent comptant ?

Elle devait frapper fort, et sans attendre, pour tenter de garder ce qui lui revenait de droit. Car si elle renonçait maintenant, il perdrait définitivement confiance en elle. Et refuserait d'entendre qu'elle l'aimait.

— Tu me connais, non ? reprit-elle en s'efforçant de parler calmement.

— C'est ce que je croyais.

— Merci de me laisser le bénéfice du doute, répondit-elle en croisant les bras sur sa poitrine pour tenter de se réconforter.

— Quel doute ? Cette photo dit tout ce qu'il y a à savoir.

— Cette photo dit uniquement ce que le maître chanteur voulait qu'elle dise, répliqua-t-elle.

Cette fois, il ne prit même pas la peine de répondre. Il semblait comme verrouillé de l'intérieur, et tout son corps semblait habité d'une tension insupportable. C'est alors qu'elle comprit pourquoi il était sourd à tous ses arguments. Le problème n'était pas le maître chanteur et ses mauvais tours. Non, c'était beaucoup plus profond. Il s'agissait une fois de plus de ses peurs.

— Eh bien, on en revient encore une fois à Sasha, lança-t-elle pour tâter le terrain.

— Ça n'a rien à voir avec elle, répliqua-t-il en se mettant à marcher de long en large, comme s'il avait besoin de s'éloigner d'elle, comme s'il ne l'excluait pas encore assez. Elle est partie, assena-t-il en se retournant. Partie depuis des années.

— Et elle a emporté ton cœur, enchaîna-t-elle, même s'il lui en coûtait de l'admettre.

— Allons donc..., ricana-t-il.

— Je ne veux pas dire que tu es encore amoureux d'elle, reprit-elle, glaciale. Je veux dire qu'elle a emporté une partie de toi, ta confiance et ton goût du risque. Tu l'aimais, et elle t'a quitté.

— Je n'ai pas besoin qu'on me le rappelle, bougonna-t-il. J'étais là.

— Oui, moi aussi. J'étais là pour toi. J'ai vu ce que cela t'a coûté de t'en relever. Tu as cessé de faire confiance aux autres de peur de souffrir à nouveau.

— Peur ? Je n'ai pas peur.

— Allons, Toby, répondit-elle. Au moins, sois honnête.

— Comme toi, tu veux dire ? lança-t-il, avec un rire amer.

Même si elle s'y attendait, elle grimaça à cette pique.

— Aujourd'hui, je t'ai menti pour la première fois, Toby, et ce n'était pas de gaieté de cœur. Tu me connais. Donc, quels que soient tes sentiments en ce moment, ils n'ont rien à voir avec le fait que j'ai vu Gio sans t'en parler.

— Vraiment ? Alors, avec quoi ont-ils à voir, Naomi ?

— Ce qui t'angoisse, c'est qu'au fond de toi tu sais très bien que tu prends la photo du maître chanteur comme prétexte pour te débarrasser de moi avant que je ne te sois trop proche.

Il la dévisagea, de plus en plus excédé.

— Tu dis vraiment n'importe quoi...

— Tu crois ? fit-elle en se plantant devant lui. (Relevant fièrement la tête, elle affronta son regard furibond.) Je n'ai rien fait de mal. Même si, admit-elle, j'aurais dû te dire que j'allais voir Gio aujourd'hui.

— Ah, quand même...

— Mais, reprit-elle, sans relever sa repartie, hormis cela, je n'ai rien à me reprocher, Toby. Tu es mon ami. Mon amant. L'homme à qui je m'apprête à confier l'avenir de mon enfant.

Un muscle de sa joue se mit à palpiter furieusement, mais il resta silencieux. Elle s'en félicita car elle n'avait pas terminé.

— Sasha t'a fait tellement de mal que tu ne fais plus confiance à personne.

— Je *te* faisais confiance. Et regarde où ça m'a mené...

— C'est faux. Du moins, en partie. En fait, réalisa-t-elle à voix haute, tu étais en embuscade depuis le début. Tu attendais que quelque chose dérape. Que je fasse quelque chose de mal. Pour te prouver que je ne valais pas mieux que Sasha.

— C'est faux.

— Bien au contraire, rétorqua-t-elle. Mon erreur a été d'entrer dans ton jeu. J'ai décidé de ne pas te dire ce que je ressentais vraiment parce que je craignais que ça te fasse peur.

— Que veux-tu dire ?

— J'aurais dû t'en parler en Californie lorsque j'en ai pris conscience. Je t'aime, Toby. Je suis amoureuse de toi.

— Je ne veux pas le savoir.

— Dommage. Tu devrais, répondit-elle avant de plonger dans son regard, espérant qu'il voie enfin la vérité. Je ne fais plus semblant. Je t'aime. Et si tu ne me crois pas, je ne peux vraiment rien faire pour toi. Je savais que tu réagirais comme ça. C'est pourquoi je ne t'ai rien dit. J'ai cru pouvoir attendre, que tu finirais par m'aimer, toi aussi. (Elle prit fermement son visage entre ses mains avant de poursuivre.) Eh bien, tu vois, je n'en suis même plus sûre, à présent. Et tu sais quoi ? Je n'ai plus envie d'attendre si c'est pour recevoir des miettes, Toby. Je mérite mieux. Nous méritons mieux, tous les deux. Je ne peux pas me lier avec quelqu'un qui doute de moi. Qui ne croit pas en moi. Qui ne m'aime pas.

Tournant les talons, elle se dirigea vers la porte, espérant à chaque pas qu'il la retienne. Lui demande de rester. Mais il n'en fit rien. La déception était si forte qu'elle ne put retenir ses larmes.

Elle se retourna une dernière fois. Il était si grand, si fort et si déterminé à se couper de l'amour. Elle n'avait rien à gagner en restant, si ce n'est de la souffrance — et elle en avait eu assez pour aujourd'hui.

— Félicitations, Toby, ajouta-t-elle, amère, sur le seuil. Tu as trouvé un moyen de te dégager de ce mariage et tu es parvenu à te convaincre que c'était ma faute. Tu es gagnant sur toute la ligne. Tu as pris ce rendez-vous avec Gio comme prétexte pour te couper de tes sentiments. C'est plus facile comme ça. C'est en évitant de s'exposer qu'on se protège le mieux.

— Mais alors pourquoi as-tu vu Gio ?

— C'est la première chose que tu aurais dû me demander, Toby. Tu aurais dû me faire confiance. Croire en moi. Mais tu n'as pas pris cette peine. Ce mariage était un marché. C'est devenu une mascarade. Mais, aujourd'hui, je n'ai plus envie de jouer. Je veux du vrai. Ou alors, rien du tout. Je mérite mieux. Et mon bébé aussi.

Sans attendre sa réponse, elle traversa l'entrée, attrapa au vol son sac au portemanteau et sortit du ranch, fermant sans un bruit la porte derrière elle.

11

— Elle a raison, tu sais.

Toby lança un regard à sa sœur, qui examinait une de ses juments.

— Je m'attendais à cette réaction. Tu es une femme, après tout...

Scarlett se mordilla la lèvre, réprimant un sourire.

— C'est vrai que les femmes sont beaucoup plus logiques que les hommes, mais ce que tu me racontes est si évident que même un homme devrait être capable de distinguer le vrai du faux. Malheureusement, tu t'y refuses.

Pourquoi diable s'était-il confié à elle ? Sans doute parce qu'il n'avait pas dormi et était à cran depuis que Naomi l'avait planté là, dans son bureau. Pour tenter de se calmer, il avait erré dans la maison comme un fantôme, hantant chacune des pièces et voyant Naomi partout où il portait le regard. Peut-être était-ce elle le *fantôme*, finalement.

Depuis la veille, il revivait leur dispute à s'en faire exploser la tête. C'est alors que Scarlett était arrivée et qu'il lui avait ouvert son cœur. Il avait toujours été proche de sa sœur. Et il s'attendait légitimement à un peu de soutien de sa part. Or elle était en train de lui passer un savon.

— Mais enfin, reprit-il, têtu, elle est allée à Houston voir ce type sans même m'en parler !

— Lui as-tu au moins laissé une chance de s'expliquer ? fit Scarlett. Ou lui as-tu sauté à la gorge dès ton arrivée ?

Il fronça les sourcils. Scarlett avait manifestement changé de camp, et il se demanda pourquoi. Par solidarité féminine ? Une fois de plus, il se sentit abandonné.

— Voilà... C'est bien ce que je pensais, reprit-elle, voyant qu'il ne répondait pas.

— J'ai vu la photo, Scarlett.

— Tu as vu exactement ce que cette ordure de maître chanteur voulait que tu voies, corrigea-t-elle.

Il la regarda et attendit, sachant qu'elle n'en avait pas terminé.

— Bon sang, Toby, ça fait des mois que ce type harcèle les gens de cette ville ! Tu as réagi exactement comme il l'espérait. Vraiment, comment peux-tu être aussi prévisible ?

Il contre-attaqua sans relever la pique.

— Le maître chanteur ne fait que révéler des vérités cachées. C'est ce qu'il fait depuis le départ.

— Ah ah ah ! ricana sa sœur. La vérité, c'est qu'elle a simplement rencontré Gio. Elle ne s'est pas jetée dans ses bras pour s'enfermer avec lui dans une chambre d'hôtel. Cette histoire-là, c'est toi, et toi seul, qui te la racontes.

Il la foudroya du regard mais elle poursuivit, imperturbable :

— D'ailleurs, si j'ai bonne mémoire, la première fois que le maître chanteur a révélé la vérité au sujet de Naomi, tu l'as soutenue, non ? (Inclinant la tête sur le côté, elle contourna la jument, laissant courir la main le long du dos de l'animal.) Tu crois que ça a fait plaisir au maître chanteur de voir qu'il avait raté son coup ? De te voir voler à la rescousse de Naomi en la demandant en mariage ?

Il se frotta le menton, pensif. Malgré sa fatigue, il devait bien admettre qu'elle n'avait pas tout à fait tort.

— Peut-être.

— Si ça se trouve, il s'est servi de toi pour se venger. Pour te pousser à quitter Naomi et l'anéantir comme il l'avait prévu au départ. (Elle s'adossa contre la cloison du box et le dévisagea.) Et toi, puisque tu es un homme et que tu manques de logique, surtout en ce qui concerne les femmes de ta vie, tu as réagi exactement comme il le voulait.

Si l'analyse de Scarlett était juste, c'était profondément désolant. Il ne pouvait supporter l'idée d'avoir donné au maître chanteur ce qu'il voulait. D'avoir été si « prévisible ». Il se rappela le regard accablé de Naomi. Et si Scarlett avait raison ? Sa sœur avait-elle compris spontanément ce qu'il avait obstinément refusé de voir ? Mais lorsqu'elle reprit la parole, il se sentit beaucoup moins magnanime.

— Naomi a raison pour Sasha et toi.

Il lui lança un regard glacial.

— Lâche-moi, avec ça, tu veux ?

— Je ne te ferai pas ce plaisir, répliqua-t-elle en riant. Tu sais, avec maman, on s'est fait beaucoup de souci pour toi quand Sasha est partie.

Il ne s'en était jamais rendu compte, songea-t-il, mal à l'aise. Bien sûr, il avait souffert de cette rupture, mais comme n'importe qui dans sa situation. Il se souvenait que sa mère et sa sœur avaient tenté de lui faire comprendre que le départ de Sasha était la meilleure chose qui lui soit arrivée. Mais il avait refusé de l'entendre.

— Oui, et alors ?

— Et alors, c'est vers Naomi que tu t'es tourné à l'époque.

— Je sais.

Il se le rappelait parfaitement. Naomi n'avait pas ménagé sa peine pour le sortir de la dépression qui l'avait anéanti des semaines durant, lorsque la femme qu'il avait cru aimer avait disparu avec un autre homme. Elle était restée à ses côtés de bout en bout, encaissant ses crises, ses sarcasmes, tout ce qu'il faisait pour la faire fuir.

Mais elle avait refusé de l'abandonner à son sort. Elle l'avait traîné partout, au cinéma, au restaurant, à des pique-niques. Grâce à elle, il avait réappris à rire. Et il avait fini par comprendre que ce n'était pas tant Sasha qu'il avait pleurée que l'idée de la famille qu'il souhaitait fonder avec elle.

— Ton problème, c'est que tu ne t'es jamais remis de la trahison de Sasha.

— C'est n'importe quoi, rétorqua-t-il en ouvrant la porte du box à sa sœur pour la faire sortir.

Ils se retrouvèrent dans l'allée centrale de l'écurie inondée de soleil. Il y régnait une bonne odeur de paille et de cheval, mais accablé par les critiques de Scarlett, Toby n'y trouva pas le réconfort habituel.

— Tu ne t'en rends sans doute même pas compte, reprit sa sœur, mais, depuis cette femme, tu considères les autres comme des traîtres potentiels. Et tu n'attends qu'une seule chose : qu'ils commettent une erreur et te donnent raison.

Il la dévisagea, mal à l'aise. S'il s'était depuis longtemps remis du départ de Sasha, la leçon qu'elle lui avait donnée restait gravée dans son esprit.

— Donc, j'ai tort d'être prudent ?

— Ce n'est pas de la prudence, Toby, répondit-elle, posant une main sur son torse. C'est de la lâcheté.

— Merci beaucoup..., répondit-il en ouvrant la porte du box suivant, mais elle ne le suivit pas à l'intérieur.

— Comment qualifierais-tu quelqu'un qui refuse de s'impliquer pour éviter de souffrir ? Qui refuse de faire confiance aux autres de peur d'être abandonné ?

Il aurait voulu répondre « circonspect », mais il craignait à présent que sa sœur n'ait raison.

— Naomi t'aime.

— Comment peux-tu le savoir ? lança-t-il. Elle ne me l'a avoué qu'hier soir.

— Et tu l'as laissée partir ? s'étonna-t-elle, horrifiée. Tu es encore plus bête que je ne le croyais. Bien sûr qu'elle t'aime ! Depuis toujours. Et si tu n'étais pas aussi borné, tu l'aurais remarqué depuis longtemps.

Elle entra dans le box, claquant la porte derrière elle.

— L'amour ne faisait pas partie de notre accord, répliqua-t-il, bien que conscient de la faiblesse de l'argument.

— L'amour ne se négocie pas, Toby. Il s'offre comme un cadeau. Un cadeau qu'en l'occurrence tu as refusé, assena-t-elle en s'activant autour de la jument. Idiot !

Tout en continuant à regarder sa sœur, il cessa de l'écouter, sachant très bien que ce qu'elle disait ne devait être, de toute façon, pas très flatteur pour lui. Mais peut-être était-ce ce qu'il méritait. Peut-être était-il bel et bien un idiot.

Et peut-être, réalisa-t-il, consterné, avait-il repoussé la seule chose pour laquelle il aurait dû se battre.

Lorsque son portable sonna, Naomi le saisit vivement, espérant voir apparaître le nom de Toby sur l'écran. Mais ce n'était pas lui, et une bouffée de déception la submergea.

— Salut, Cécilia, dit-elle dans un soupir.

— Naomi, commença son amie à toute allure, tu te souviens de ce Gio que tu avais rencontré à ce grand défilé de mode ?

Elle leva les yeux au ciel et se laissa tomber dans un fauteuil.

— Oui, très bien, répondit-elle, repliant les jambes sous elle. (*Je l'ai vu hier, justement*, compléta-t-elle mentalement.) Eh bien ?

— Eh bien, j'étais en train de regarder cette chaîne people et figure-toi qu'on n'arrête pas de parler de lui. (Cécilia marqua une pause pour ménager son effet.) Petite cachottière... Tu ne nous avais pas dit qu'il était aussi mignon.

— Il est beaucoup moins bien en vrai, je t'assure.

Comparé à Toby, ce type n'était qu'une plante verte : jolie, peut-être, mais purement décorative.

— En tout cas, il est très télégénique, reprit Cécilia. Mais bon, il n'a pas l'air au mieux de sa forme en ce moment...

Naomi soupira une fois de plus. Elle était épuisée. Elle avait passé la nuit à se repasser le film de sa dispute avec Toby et n'avait pratiquement pas dormi. Et lorsqu'elle s'était enfin assoupie, elle avait été assaillie de rêves du même acabit.

Ce matin, elle avait réglé une quantité de problèmes au téléphone, sans pour autant cesser de penser à ce qu'elle dirait à Toby lorsqu'elle le reverrait. Parce qu'elle n'avait pas dit son dernier mot. Elle n'allait tout de même pas le laisser détruire tout ce qui les unissait uniquement à cause d'un stupide mensonge. Aurait-elle dû lui parler de ce rendez-vous avec Gio ? Bien entendu. Rétrospectivement, c'était une évidence. Mais sur le coup, elle avait voulu régler le problème elle-même. Mettre un point final à cette histoire. Pour mieux se projeter dans l'avenir. Était-ce si difficile à comprendre ?

— Et pourquoi n'est-il pas au mieux de sa forme ? demanda-t-elle distraitement en appuyant la tête sur le dossier du fauteuil.

— Eh bien, figure-toi, répondit Cécilia, surexcitée, que *trois* femmes l'ont assigné en justice pour exiger une pension alimentaire.

Dégoûtée, mais en même temps curieusement réconfortée d'apprendre qu'elle n'était pas la seule idiote à avoir atterri dans le lit de Gio, elle réprima un gloussement.

— Vraiment ?

— Eh bien, oui. Apparemment, il fait la une des journaux en Italie. Il a même quitté le pays pour se faire oublier quelque temps.

— Apparemment, en pure perte puisqu'il fait la une des journaux.

— Tu l'as dit. Et tu connais la meilleure ? Un photographe est tombé sur lui à l'aéroport de Houston. Il s'apprêtait apparemment à s'envoler pour l'Angleterre. Tu te rends compte ? Il était ici, au Texas.

Et maintenant, il est parti, songea-t-elle, ravie. Apparemment, il avait pris ses menaces au sérieux, puisqu'il n'avait même pas attendu de voir si elle allait changer d'avis.

— Eh bien, j'espère que ces femmes obtiendront gain de cause.

— Très certainement, répondit Cécilia. Il faudra bien qu'il rentre en Italie un de ces jours, non ? En tout cas, c'était vraiment bizarre de le voir à la télé, sachant que tu le connaissais...

— Bizarre, en effet, renchérit-elle.

Mais elle comprenait maintenant beaucoup mieux les raisons pour lesquelles Gio en était venu à lui extorquer de l'argent. L'avantage, maintenant que trois autres femmes l'avaient assigné en justice, c'est qu'il renoncerait sans doute à son autorité parentale, ce qui était une bonne nouvelle pour elle et le bébé.

Cécilia continuait de parler, mais elle ne l'écoutait plus qu'à moitié. Elle pensait à Toby. Peut-être aurait-elle dû rester au ranch, la veille, et tenter de s'expliquer. Mais il lui avait fait trop mal en refusant d'entendre qu'elle l'aimait. Elle avait pris le risque de lui ouvrir son cœur, et il ne l'avait pas crue.

Et il ne lui faisait pas confiance. C'était ce qui lui avait fait le plus mal. On aurait dit qu'il s'attendait depuis le départ à ce qu'elle le trahisse. Pour faire une croix sur leur relation. Alors qu'elle songeait, accablée, à la dispute de la veille, elle eut soudain un éclair de lucidité.

Toby était intimement persuadé qu'elle allait le quitter, l'abandonner. Pour se protéger, il avait réprimé ses sentiments et s'était engagé dans un projet de mariage sans y croire afin de ne pas être pris de court lorsque ce qu'il voyait comme inéluctable se produirait.

Elle se redressa brusquement. Et qu'avait-elle fait ? Elle était partie au beau milieu de leur dispute. Elle lui avait tourné le dos. Exactement comme il le voulait.

— Oh ! mon Dieu...

— Naomi, tu m'écoutes ?

Elle tressaillit.

— Désolée, Cécilia, je suis un peu distraite.

— Tout va bien entre Toby et toi ?

Elle s'apprêta à mentir avant de se raviser, songeant qu'elle ne devait pas en faire une habitude.

— Ça va aller. Nous avons juste deux ou trois choses à régler.

Comme... notre vie.

— Oh ! je comprends très bien. Ne t'en fais pas. Entre le mariage, la grossesse, les projets d'avenir... nous sommes toutes un peu à cran en ce moment. Je te laisse, ma chérie. Je voulais juste te donner des nouvelles de ce Gio.

— Merci pour l'info. Et à très vite.

Lorsqu'elle eut raccroché, elle se mit à marcher de long en large dans l'appartement, réalisant qu'elle ne s'y sentait plus chez elle. Et que sa place était auprès de Toby. Même s'il ne le savait pas encore.

Elle devait agir. Elle prit son téléphone et composa un numéro.

— Scarlett, c'est Naomi. Où est ton frère ?

— Il était au ranch il y a une heure. Et d'une humeur massacrante...

Elle sourit.

— Eh bien, ça ne va pas s'arranger avec ce que j'ai à lui dire.

— Fonce ! s'écria Scarlett.

Sautant dans sa voiture, elle prit la direction du ranch, se disant qu'elle attendrait Toby s'il n'était pas là. Elle ne partirait pas sans tenter de lui montrer ce qu'il y avait *vraiment* entre eux — ce qu'il *pourrait* y avoir. Si elle était restée la veille au lieu de partir, ce serait déjà chose faite. *Aller jusqu'au bout de ce que j'ai à dire, sans partir*, s'adjura-t-elle mentalement.

Ses cheveux voltigeaient follement par la fenêtre ouverte. Le ciel d'été était presque mauve, et seuls quelques rares nuages erraient sans but, comme perdus dans cette vaste étendue. Il n'y avait aucune circulation sur la route, et elle accéléra. Le bébé s'agitait dans son ventre comme s'il savait qu'ils rentraient à la maison. Elle sourit résolument et surprit son regard déterminé dans le rétroviseur.

Elle forcerait Toby à l'écouter. À la croire. À l'aimer autant qu'elle l'aimait. Toute sa vie durant, elle avait attendu l'amour, et elle n'avait pas l'intention de revoir ses exigences à la baisse.

Faisant voler le gravier sous ses pneus, elle s'engagea dans le sentier menant au ranch. Du regard elle balaya la propriété et aperçut soudain Toby qui montait dans son pick-up.

— Oh non..., murmura-t-elle.

Elle s'arrêta devant son véhicule pour lui bloquer le passage. Puis, sortant de voiture, elle se dirigea vers lui au pas de charge.

Toby retint son souffle. Lorsque la voiture de Naomi était apparue dans l'allée, il avait cru voir un miracle. Et maintenant qu'elle se tenait devant lui, il la trouvait d'une beauté à couper le souffle. Elle le dévisageait, le regard étincelant de colère, et il ne pouvait s'empêcher de trouver cela incroyablement sexy, comme s'il avait déjà tout oublié de la dispute de la veille.

C'était un bonheur indicible de la voir. De capter les senteurs sucrées de son parfum dans le vent. Il eut envie de plonger les mains dans son épaisse chevelure, de s'emparer de ses lèvres et de ressentir cette *évidence* qui s'imposait à lui à chaque fois qu'ils étaient ensemble.

Depuis la veille, il n'était plus que l'ombre de lui-même. Au-delà de la colère et de la rancœur, il se sentait comme amputé d'une partie de lui-même. Elle avait beau l'avoir trahi, il la désirait. Malgré ce qui s'était passé, elle lui manquait.

Et après sa discussion avec Scarlett, il avait compris qu'il s'était mal comporté avec Naomi. Il était tellement sur la défensive, tellement pétri de certitudes qu'il ne l'avait même pas écoutée.

Mais il avait tort. Sur toute la ligne. Et il était urgent qu'elle découvre ce qu'il s'était tant efforcé de lui cacher en croyant se protéger.

— Tu partais ? demanda-t-elle.

— Non, ce n'est plus la peine, maintenant, répondit-il, avec un petit sourire.

— Eh bien, je ne te laisserai pas partir avant d'avoir mis les points sur les *i*, lança-t-elle avant de s'interrompre : Qu'est-ce que tu as dit ?

— C'était toi que j'allais voir, Naomi. Donc, non, je ne vais plus nulle part, maintenant.

Il vit ses épaules se relâcher, comme si une partie de sa colère s'était émoussée à ces mots.

— Tu venais vraiment me voir ?

— Je ne supportais plus ce silence, Naomi. Ce vide. J'avais besoin que tu rentres. Et c'est ce que tu as fait.

Il l'attira résolument contre lui et l'embrassa, laissant son corps exprimer tout ce qu'il ressentait. Lorsqu'elle se blottit contre lui, il eut l'impression de se réconcilier enfin avec lui-même. C'était auprès d'elle qu'était sa place. Autour de lui, le monde sembla s'apaiser. Il sentit ses doutes se dissiper et réalisa tout ce qu'il avait failli perdre.

— Je suis désolé…, murmura-t-il en s'écartant pour plonger dans son regard.

— Comment ? Tu es désolé ?

Il esquissa un sourire.

— C'est tellement surprenant ?

— En fait…, admit-elle, oui. Je ne m'y attendais pas. Je pensais devoir te forcer à m'écouter. Je n'avais pas anticipé tes excuses.

— J'ai eu tort, Naomi. Que tu le veuilles ou non, je suis désolé. Je n'aurais jamais dû me laisser abuser par le maître chanteur, déclara-t-il en fourrant les mains dans ses poches, embarrassé. J'ai réagi exactement comme il le voulait. J'ai refusé de t'écouter. Alors que j'ai toujours eu confiance en toi.

Elle expira longuement, comme étourdie. Il la connaissait mieux qu'il ne se connaissait lui-même, et c'était bel et bien la raison pour laquelle il s'était comporté, pour reprendre le mot de sa sœur, comme un « idiot ».

Naomi, elle, ne trichait pas. Elle ne l'aurait jamais fait souffrir.

— Merci, répondit-elle, émue.

— Quand j'ai vu la photo, j'ai perdu la tête, reprit-il, accablé. Je ne pouvais plus me raisonner. J'ai oublié que ce salaud ne cherche qu'à semer le chaos et la zizanie entre les gens.

— Ça ne serait pas allé si loin si je t'avais informé de mon rendez-vous avec Gio. J'aurais dû te demander de m'accompagner.

Il lui posa alors la question qu'il aurait dû lui poser la veille.

— Pourquoi ne m'en as-tu pas parlé ?

— Je voulais régler le problème moi-même, admit-elle en se caressant le ventre comme pour apaiser son bébé. Je voulais qu'il disparaisse de ma vie, de *notre* vie. Mais, une fois sur place, j'ai regretté que tu ne sois pas à mes côtés, si ça peut te réconforter.

— Un peu, répondit-il. Je comprends pourquoi tu as voulu y aller seule, Naomi. Mais tu aurais pu m'en parler.

— Je sais. (Elle se passa la main dans les cheveux et soupira.)

Il m'a demandé de l'argent. En me menaçant de révéler qu'il était le père de l'enfant si je ne m'exécutais pas.

Il la dévisagea, furieux. Ah ! s'il avait pu dire deux mots à ce salaud !

— Je lui ai rétorqué de ne pas se gêner. Que ce serait plus facile pour moi de l'attaquer en justice pour exiger une pension alimentaire.

Surpris, il se mit à rire.

— Tu lui as dit ça ?

— Oui, et il n'a pas apprécié, répondit-elle en souriant. Mais d'après Cécilia, il a des problèmes beaucoup plus graves en ce moment.

— Ah oui ? Quoi donc ?

— C'est sans importance. Je te raconterai ça plus tard. Et toi, pourquoi voulais-tu me voir ?

— Parce que, cette nuit, j'ai finalement compris une chose, répondit-il en posant les mains sur ses épaules. J'ai compris que je t'aimais.

Elle plaqua la main sur sa bouche, abasourdie.

— Vraiment ? bafouilla-t-elle, les larmes aux yeux.

— Oui, répondit-il en caressant son visage du regard.

Au soleil, ses mèches étincelaient comme des traînées de cuivre. Derrière sa main, elle souriait comme si elle voulait y croire mais n'y parvenait pas encore tout à fait. Mais une lueur d'espoir illuminait son beau regard.

— Je t'aime, Naomi, répéta-t-il, désireux d'imprimer cette certitude dans son esprit. J'ai été trop bête, hier soir. J'avais tellement peur de te perdre que j'en ai oublié l'essentiel.

— Toby...

Il ne savait absolument pas ce qu'elle allait dire, mais il tenait à aller jusqu'au bout. Lui dire enfin tout ce qu'il aurait dû lui dire depuis qu'il l'avait demandée en mariage.

— Je n'aurais pas dû te pousser dans tes retranchements, hier soir. J'ai toujours eu confiance en toi, Naomi. Mais j'avais tellement peur de m'exposer que je ne voulais pas t'avouer que je t'aime depuis toujours. Mais aujourd'hui, ajouta-t-il en plongeant dans son regard, j'ai compris que j'étais amoureux de ma meilleure amie.

D'une main tremblante, elle essuya les larmes qui coulaient sur ses joues.

— Quand je suis partie, hier soir, ce n'était pas parce que je te quittais. Je savais déjà que j'allais revenir.

— Ne me fais plus jamais ça. Je ne pourrais pas le supporter, avoua-t-il, conscient qu'il lui appartenait désormais corps et âme.

— Ne t'inquiète pas pour ça, le rassura-t-elle en glissant les bras autour de sa taille. Je reste. Parce que je sais que c'est ici que je veux être.

Tandis qu'il l'étreignait, enveloppé dans son parfum, il sentit les battements désordonnés de son cœur et les coups de pied de l'enfant dans son ventre.

Lorsque, enfin, il s'écarta, il prit son visage entre ses mains.

— Je veux adopter ton enfant, Naomi. Je veux être son père dès sa naissance. Pour qu'il sache que nous sommes une famille.

— Oh ! Toby..., souffla-t-elle, entre rire et larmes.

— Et au sujet de la Californie, enchaîna-t-il vivement, soucieux de régler ce dernier problème, nous trouverons une solution si tu dois vraiment y séjourner durant de longues périodes. Nous pourrions acheter une maison sur les collines de Hollywood, ça nous ferait un pied-à-terre sur place.

— Tu ferais ça pour moi ? demanda-t-elle.

— Pour *nous*, corrigea-t-il, essuyant ses larmes du bout du pouce.

— Ça me fait tellement plaisir..., souffla-t-elle en se hissant sur la pointe des pieds pour l'embrasser. Mais ce ne sera pas nécessaire. Ce matin, j'ai appelé Tamara pour lui dire que je refusais sa proposition.

Il la regarda, surpris.

— Mais... pourquoi ?

— Parce que c'est devenu moins important, répondit-elle. Avant, je voulais que mon émission ait du succès parce que j'avais besoin de faire mes preuves. Pour moi-même. Et pour mes parents. Parce que mon émission était la seule chose qui comptait pour moi. Mais, ces derniers temps, j'ai découvert que ma vie personnelle comptait plus que mon émission. Et que je n'avais plus rien à prouver. Tout ce qui compte, à présent, c'est toi. C'est *nous*.

— Mais, Naomi... c'était ton rêve...

Elle haussa les épaules en souriant.

— Si Tamara Stiles peut donner à *Modissime* une dimension nationale, c'est que je peux le faire, moi aussi. Le faire à ma façon et sans perdre le contrôle. Je n'ai pas envie de quitter le Texas, de renoncer à tout ce qui fait le charme de mon émission. Tout ce qui a été à l'origine de son succès. J'y arriverai, Toby. Même si ça doit me prendre un peu plus de temps.

— Tu es merveilleuse, souffla-t-il, impressionné par sa force et sa détermination. Je crois en toi, Naomi. Tu verras. Dans quelques années, tout le monde connaîtra le nom de Royal grâce à ton émission.

— Tout sera parfait tant que tu seras à mes côtés, répondit-elle, radieuse.

— Je serai toujours là, mon ange.

— Tant mieux.

Elle l'embrassa une fois de plus.

Il rompit soudain leur baiser.

— Il reste une dernière chose à régler.

— Quoi donc ? demanda-t-elle, intriguée, en esquissant un sourire qui le soulagea car, jamais plus, il ne voulait la voir pleurer.

— Ça, dit-il en s'agenouillant devant elle et en sortant de sa poche une bague en saphir. Tu n'as jamais voulu de bague de fiançailles parce que tu pensais que notre mariage ne serait jamais un vrai mariage. Mais, aujourd'hui, j'espère que tu accepteras celle-ci. C'est la bague que mon grand-père a offerte à ma grand-mère pour leurs cinquante ans d'amour.

— Toby...

— Je te l'offre, Naomi, poursuivit-il, parce que je veux te donner mon nom et mon amour. Parce que je souhaite que nous construisions ensemble notre avenir. Épouse-moi *vraiment*,

Naomi. Confie-moi ton cœur et ton enfant. Donne-moi d'autres enfants. Remplissons cette grande maison d'un amour infini.

— Oh ! Toby... Mon cœur bat si vite qu'on dirait qu'il va exploser, souffla-t-elle d'une voix brisée.

— Dois-je comprendre que c'est oui ?

— Oui. Bien sûr que c'est oui.

À ces mots, il lui glissa la bague au doigt, et le saphir se mit à étinceler de mille feux sous le soleil. Alors, soulevant le bas de sa tunique, il déposa un baiser sur son ventre tandis qu'elle lui caressait doucement les cheveux.

Lorsqu'il se releva, il plongea dans son regard et la prit dans ses bras.

— Je t'aime, Naomi. Je t'ai toujours aimée. Et je t'aimerai pour toujours.

Dans un soupir, elle sourit en le recoiffant tendrement du bout des doigts.

— Je t'aime, Toby. Je t'ai toujours aimé. Et je t'aimerai pour toujours.

— Comme c'est bon de l'entendre, murmura-t-il.

Elle eut un grand sourire.

— Des paroles, toujours des paroles. Allons, cow-boy, montre-moi ce que tu as dans le ventre.

Il lui rendit son sourire et, sans plus attendre, il l'embrassa jusqu'à lui couper le souffle.

Vous aimez la romance et souhaitez découvrir nos collections ?
Abonnez-vous dès maintenant, c'est sans engagement !

Recevez tous les mois (ou tous les 2 mois) vos romances préférées directement chez vous et offrez-vous un véritable moment de détente. En plus, le premier colis est à prix réduit !

Votre 1er colis à **-60%** (incluant 3€ de frais d'envoi) contenant :
2 livres de la collection choisie + en cadeau
le 1er tome de la saga *La couronne de Santina*

8 tomes en tout sont à collectionner !

COCHEZ la collection choisie et renvoyez cette page au
Service Lectrices Harlequin – CS 20008 – 59718 Lille Cedex 9 – France

Collections	Prix 1er colis	Réf.	Prix abonnement (frais de port compris)
❑ **AZUR**	5,00€	AZ1406	6 livres par mois 31,50€
❑ **BLANCHE**	7,12€	BL1603	3 livres par mois 25,20€
❑ **PASSIONS**	7,52€	PS0903	3 livres par mois 26,79€
❑ **BLACK ROSE**	7,60€	BR0013	3 livres par mois 27,09€
❑ **HARMONY***	5,99€	HA0513	3 livres par mois 20,97€
❑ **LES HISTORIQUES**	7,12€	LH2202	2 livres tous les deux mois 17,80€
❑ **SAGAS***	7,68€	SG2303	3 livres tous les 2 mois, 29,46€
❑ **VICTORIA**	7,52€	VI2115	5 livres tous les 2 mois 42,59€
❑ **GENTLEMEN***	7,20€	GT2022	2 livres tous les 2 mois 18,00€
❑ **NORA ROBERTS***	7,52€	NR2402	2 livres tous les 2 mois prix variable**
❑ **HORS-SÉRIE***	7,44€	HS2812	2 livres tous les 2 mois 18,65€

*Livres réédités / **Entre 18,80€ et 19,00€ suivant le prix des livres

F24PDFM

N° d'abonnée Harlequin (si vous en avez un) |_|_|_|_|_|_|_|_|

Mme ❑ Mlle ❑ Nom : ____________________

Prénom : ____________________ Adresse : ____________________

____

Code Postal : |_|_|_|_|_| Ville : ____________________

Pays : ____________________ Tél. : |_|_|_|_|_|_|_|_|_|_|

E-mail : ____________________

Date de naissance : ____________________

Date limite : 31 décembre 2023. Vous recevrez votre colis environ 20 jours après réception de ce bon. Offre soumise à acceptation et réservée aux personnes majeures, résidant en France métropolitaine, dans la limite des stocks disponibles. Prix susceptibles de modification en cours d'année. Vous pouvez demander à accéder à vos données personnelles, à les rectifier ou à les effacer. Il vous suffit de nous écrire en nous indiquant vos nom, prénom et adresse à : Service Lectrices Harlequin CS 20008 59718 LILLE Cedex 9. Service Lectrices disponible du lundi au vendredi de 9h à 17h : 01 45 82 47 47.